U0124300

健康之道：照相館

當我的父親，老羅勃，在1954年12月27日珍和我結婚那天，然後又在1957年，幫我們照相時，我們中任何一個人知道他的作品會在幾乎半個世紀之後出版嗎？

是的，我認為我們每個人以我們個別的方式，由許多可得的實相中，選擇創造這個可能的實相。

在賽斯同時性時間的觀念內，這照相館裡的寶貴影像，是「過去」如何活在「現在」及「未來」中的好例子。

珍的母親瑪麗，1972年過世。

珍，不到兩歲；七歲及1941年時十二歲——全在紐約州撒拉托加溫泉市，她的童年滿艱困的。

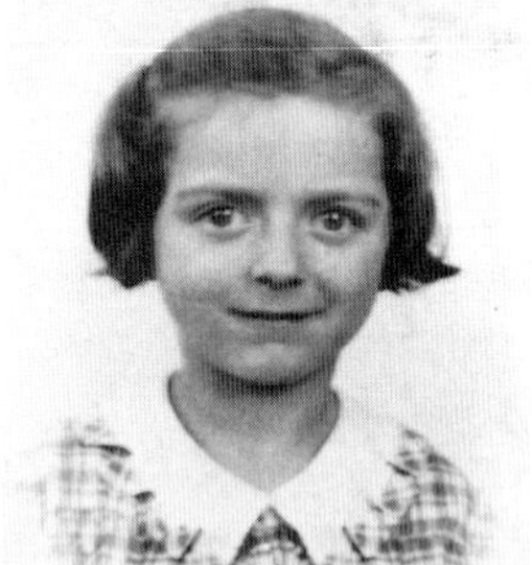

珍的父母在珍三歲時離婚，而她和她憤怒、臥病在床的母親靠社會福利生活。當珍的母親住院時，珍還在孤兒院待了一年。

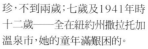

在1969年的一節賽斯課裡，身為賽斯，珍帶著很多的幽默說明一個重點。她當時四十歲。（理查·康／攝影）

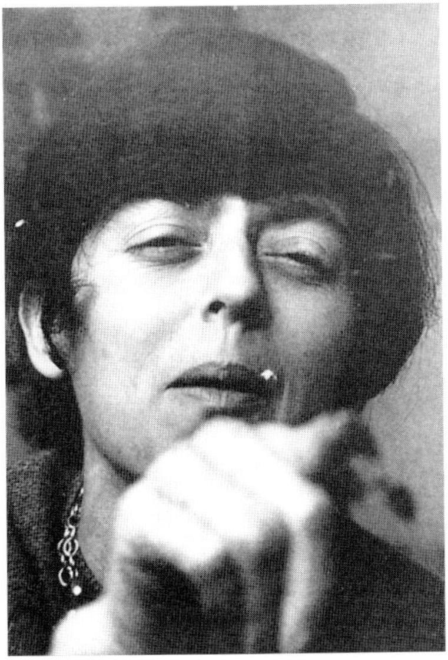

我的朋友，羅瑞爾·李·戴維斯，於1986年，珍逝世兩年之後，替我拍了這張照片。

珍的父親戴爾，在1951年珍二十二歲時，為她拍的照片。我在三年後遇見她。

當我父親在1955年3月替珍拍下此張照片時，她和我已結婚三個月了。

我的雙親，老羅勃與伊絲黛爾，支持他們三個孩子的選擇——因此，他們全心歡迎珍進入我們的家庭。她接著也深愛他們。他們在1970年初去世。

戴爾墨和瑪麗‧羅伯茲在1928年結婚。兩人都是二十三歲。珍於1929年5月8日出生。

珍覺得與她的「小爸爸」——外公，約瑟夫‧柏多——心靈相通。當他1949年六十八歲去世時，珍二十歲。

珍喜歡這張出神的照片：在一節很好笑的課裡的安靜片刻，賽斯深深思量艾爾墨拉明星報的攝影師，利其·剛茲。利其有很多問題。

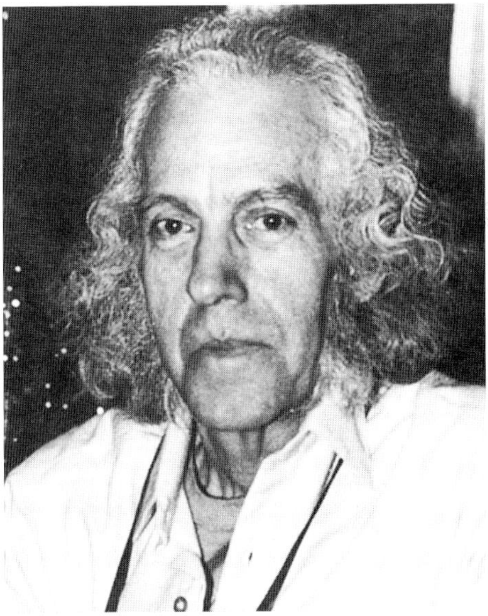

多年來，我輔助珍，同時對她了不起的創造力驚訝不已，而試圖瞭解其來源。她為何上課？它們是她貢獻給瞭解我們自己、並窺入一切萬有偉大神秘的方法。

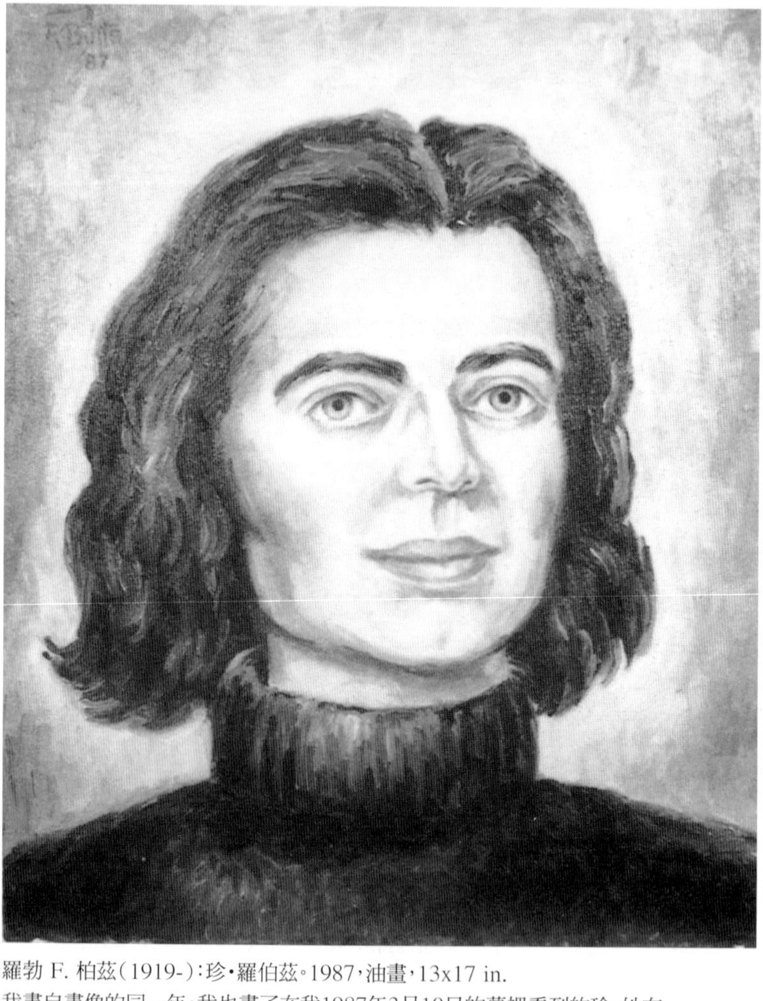

羅勃 F. 柏茲(1919-):珍•羅伯茲。1987,油畫,13x17 in.
我畫自畫像的同一年,我也畫了在我1987年3月10日的夢裡看到的珍。她在1984年去世。我知道,那夢中的珍是在向我保證她仍活著。

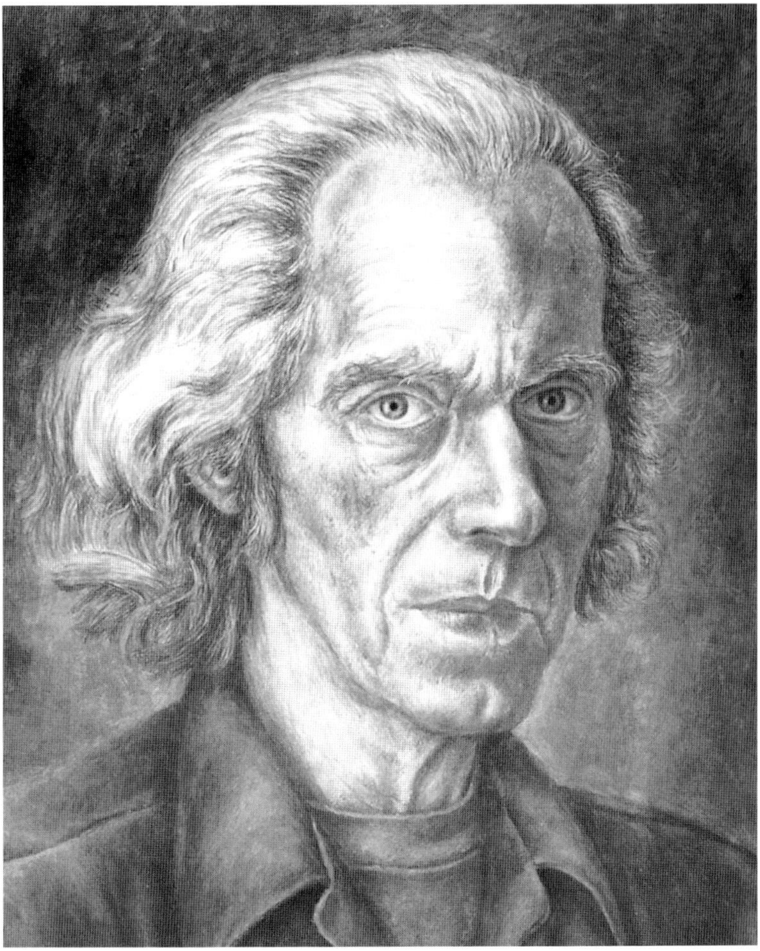

羅勃 F. 柏茲(1919-):自畫像。1987,油畫,16x14 in.
當我六十八歲時,我畫了自畫像。在鏡子裡瞪了我自己三個月,是個頗心靈上、心理上與身體上的教育。

羅勃 F. 柏茲(1919-):賽斯。
1968,油畫,27x21 in.
在珍為賽斯,那個永遠的「能量人格元素」,在1963開始說話之後五年,我由我對他的一個異象中畫了賽斯。他們非常具創意的關係維持了二十一年。

油畫,36x26 in.

油畫,24x30 in.

1965年,珍在三十六歲時,替此地展示的兩張畫像擺了姿勢。

新心靈

A New Vision of Mind & Spirit

The Way Toward Health (A Seth Book) by Jane Roberts
Foreword and Epilogue by Robert F. Butts
Copyright©1997 by Robert F. Butts
Original U.S. Publication November, 1997 by Amber-Allen Publishing, Inc.,
P.O. Box 6657, San Rafael, California 94903 USA
Complex Chinese edition copyright©2005 by Yuan-Liou Publishing Co., Ltd.
All rights reserved

新心靈叢書49
健康之道
原書名 The Way Toward Health (A Seth Book)
作者 Jane Roberts
前言・跋 Robert F. Butts
譯者 王季慶
主編 李佳穎
責任編輯 許邦珍
商標設計 陳國強
發行人 王榮文
出版發行 遠流出版事業股份有限公司
臺北市南昌路2段81號6樓
郵撥 0189456-1 電話 2392-6899 電傳 2392-6658
香港發行 遠流（香港）出版公司
香港北角英皇道310號雲華大廈4樓505室
電話 2508-9048 傳真 2503-3258
香港售價 港幣160元
法律顧問 王秀哲律師・董安丹律師
著作權顧問 蕭雄淋律師
排版印刷 鴻柏印刷事業股份有限公司
2005年3月1日 初版一刷
行政院新聞局局版臺業字第1295號
售價新台幣480元 （缺頁或破損的書，請寄回更換）
版權所有・翻印必究 Printed in Taiwan
ISBN 957-32-5454-9（精裝）（英文版ISBN 1-878424-30-0）

YL ib.com 遠流博識網
http://www.ylib.com E-mail: ylib@ylib.com
遠流心靈勵志專屬網站
心靈左岸 http://www.ylib.com/heart

健康之道

最後的一堂賽斯課

The Way Toward Health (A Seth Book)

Jane Roberts　著

Robert F. Butts　前言・跋

王季慶　譯

出版緣起

心靈新視野

這套《新心靈》叢書所揭示的編輯理念是，不斷以一種新的視野，探瞰人類的心神與靈魂。

在內容上，它超越物質、時空與科學典範的規限，不排除人類經驗的任何部分，包括神祕經驗、精神感知，與直觀的智慧。在方法上，它仍然重視推理，但不以實證法爲必然，而更致力於撼動人們生而有之的想像力與領悟力。在品質上，它的格局必須博大得足供讀者親自參與思考及體悟，甚至有暫時存疑的自由；不強迫灌食任何一種信仰，造成迷信，或訴諸法術的教習，形成另一重心靈桎錮。

做爲讀者的您，可以是科學的愛好者，也可以謝絕宗教教義，但這並不對立於您對心靈的關心，以及對智慧的嚮往。出版這套叢書，是基於我們對於人類身爲萬物之靈的一種慶幸，也是一種提醒。讓我們尊重、了解並善加開發自己的高層精神力量，讓萬物因人類的智慧而美好。現在，就請接受我們的邀約，共同晤訪這幻化多姿的心靈大千世界。

王榮文

健康之道

目錄

The Way Toward Health: A Seth Book

〈推薦人的話〉

靈魂挑戰的如實呈現

許添盛

《健康之道》是賽斯口授的最後一本「賽斯書」，其間貫串著魯柏日益惡化的病情，終至結束了她最後一世的物質性輪迴。

許多讀者不解的是，賽斯有如此高的智慧、慈悲及神通，魯柏又是一個——以佛教說法而言——開悟成道的人，為何魯柏又會生病，且因病而死，難道這一切都禁不起考驗，難道賽斯資料中看不中用嗎？

有趣的是，我從來不會這樣想，反之，魯柏以她的勇氣及堅毅，顯現了賽斯資料的博大精深，既不嘩眾取寵，也不媚俗，而是如實呈現了自己的一生。就如魯柏的先生——約瑟——提到的，很少人能真的了解到魯柏如此深刻的靈魂挑戰。

是的，我想我完全了解這句話。身為家醫科及精神科的專科醫師，我想我對健康的了解已遠超過一般人，但是，現代醫學似乎一直停留在「物質的健康」，以為身體沒病，或把身體的病醫好了，就叫健康；甚至以為身體的健康才是根本，沒有了身體的健康，哪來心理及心靈的健康？但這種觀念根本是倒果為因，且不會有成功的一天。

物質並非宇宙的根本，相反的，物質的原子分子乃來自內在心靈能量的具體化。因此，物質是果，心靈才是因。同樣的，身體的病痛也是如此，「醫病」是永遠醫不好病的，徒然耗費金錢、時間及精力，只能控制症狀，或暫時醫好了，旋即復發。

身體病痛乃是「果」，真正的因是其背後痛苦扭曲的心理及心靈能量，如果大家不改變過去的思考模式，也就無法真正解決人類的病痛。

一味醫病是沒有用的，因為物質是果，身體是果，病痛也是果，一個完全的醫生一定要學會醫人、醫心，真正了解所謂的「身心動力學」，了悟到所有肉體疾病背後扭曲的心靈能量為何？在思想、情緒及生活層面重新恢復平衡，在果的層面的身體自然會回歸健康之道。

現代的醫學走向比較像「疾病之道」，我希望大家遠離疾病之道，而真正回歸內在身心靈平衡的「健康之道」。

【推薦人簡介】許添盛，曾任台北市立仁愛醫院家庭醫學科專科醫師、台北市立療養院成人精神科醫師，現任台北縣立醫院身心科主任、中華新時代協會理事長兼心靈諮商師。曾為聯合報心靈版、中國時報家庭版及大成報心靈推手版專欄作家。著有《絕處逢生》、《你可以不生病》、《許醫師安心處方》、《用心醫病》、《許醫師諮商現場》、《絕處逢生之旅》、《許醫師抗憂鬱處方》、《在孩子心裡飛翔》、《我不只是我：邁向內在的朝聖之旅》及《身心靈健康的10堂必修課》等書，並出版有《身心靈健康生活處方》講座有聲書及影音光碟。

〈譯序〉

溫柔疼惜

王季慶

終於，校對完了賽斯／珍的最後一本書，心中真是百味雜陳，一言難盡啊！

也許與許多讀者不盡相同，讀賽斯對我而言，一向不僅止於感受到知性與理性上的震撼，卻同時是一種深度的情感經驗。而這本詳細描述珍臥病在床，直到瀕臨死亡時，賽斯不氣餒地，一再給她教導、鼓舞、愛與支持，展現出「生命」本身的睿智和慈悲，更令我每讀之不能自已！

常常，我是噙著淚的，而，到後來，有時我會掩卷而泣。

但，也不能說我純粹是在哀悼珍，沒錯，我為她心疼、不捨，也為她的英年早逝帶給人類的損失而痛惜。但，內心深處，我感受最深的，是賽斯表現出的「一切萬有」，我們內心的神、我們的存有，對活在世上的祂的兒女，無窮無盡的關懷和摯愛！所以，同時我心中又有極大的喜悅和感動！

多年來，我與許多身心受創的朋友「心靈對談」，不得不注意到，大多數人都有不盡幸福的童年。並非父母欠缺善意，卻往往因自身並未受到足夠的愛與肯定，又受到所有種種傳下來的負面信念的荼毒，習焉而不察。無論是言教或身教的結果，都使子女也得不到喜悅生活所需的愛與肯定，造成或深或淺的「拖累症」（co-dependence）及相關的「強迫」思想和行為。這些案例，好比鏡子一般，也照見了療癒者本身的痛處和不足。這在身心方面造成的病痛，是相當不容易治癒的。賽斯在本書第二章及第五章特別針對兒童天生的自發性、愛遊戲、信任、樂觀和蓬勃生氣著墨不少，使我悟到，我們這些成人，唯有真正接受了賽斯給我們提示的真理，改變消極卻自以為浪漫的人生觀，人生才會豁然開朗。讓我們一同利用本書二月一日賽斯教珍的「新方式」，重新活過來。

賽斯說，健康之道是自然的、最容易的做事方式。所有的自然都是在「未來是受到保證」的前提下合作的，自然的每一處都充滿了許諾，不僅是存活的許諾，卻是美麗與成就的許諾。也就是說，除了可以安全地存活，我們更有信心可以免除恐懼，可以創造喜悅，可以欣賞自然之美、人情之美、藝術之美、文化之美、真理之美……

賽斯書的深奧、浩瀚和難懂，是他的書迷都深深知道的。最後的《健康之道》卻是最淺顯易懂的一本。因為，他已不再多談宇宙的真理真相，而聚焦在人活在世上應抱持的心態：信（心）、（希）望和愛，有點與《神奇之道》呼應，卻更「個人」、更親密、更充滿了感情。

他將戕賊世人心理的、被許多人視為「真理」的錯誤負面信念，明明白白地講出來，而那些謬誤信念，正是造成這世界為「苦海」的信念！

他這樣苦口婆心地向珍保證生命的安全，自發性的自然。許多根深柢固、被我們死抓著不放的負面信念，好像已成了我們的精神性基因，為害之烈，令人髮指！但，我們世人還正以為那才是人世間的真相！「悲天憫人」被奉為美德。但，悲的不該是天或自然的無情，而應是深深了悟，我們個別和集體地，由「信念」創造出那樣的實相。「一切萬有」將自己化身為無數的人靈，哪兒出了錯，導致人自以為活在「五濁惡世」中而無法翻身？「悲天」是錯誤的，是「天」悲憐祂兒女的迷失！而藉賽斯／珍之口，令我們覺悟：受苦是不必要的！我們是生命的兒女，理應活在「信望愛」中，喜悅地遊戲。

賽斯在三月十九日的課中說：每個個人，只是活著，就以任何別人都不能的方式與宇宙及宇宙的目的切合……以人類的說法，每個人都是被摯愛的個人，以無限的關懷和愛所形成，被贈與了與任何人都不同的天賦……內在自我從宇宙性的意識汲取即刻而持續的支持，而外在自我越將這事實謹記在心，它自己的穩定、安全與自尊感越強……對好的健康不利的一個態度就是：自我譴責，或不喜歡自己。

除非我們不看報、不看電視，否則，我們每天都被連綿不絕的悲劇弄得焦慮不已，難怪社會上憂鬱症如此的普遍。但賽斯卻說：世界所有的問題也都代表偉大的挑戰……世界需要每隻手和每隻眼，並為愛和關懷的表達大聲疾呼……貢獻自己給這樣一個理想，遠比以悲哀的眼睛和悲悼的聲音不斷地哀悼全球問題值得讚許。

在第十一章裡，賽斯並很實際地教給我們幾個簡單的練習來改變這一切。

我讀此書時，不停地劃線，不停地讚歎，希望將這些至理名言銘刻於心。但，不能再摘錄了，否則要錄下整本書！

我們何其幸運，有這麼多的愛與智慧藉賽斯／珍而傳達下來，使我們有機會，可能在有生之年了悟到這一切！

不過，連珍都痛苦地死去，賽斯所能做的、一切療癒者所能做的，都只是給予提醒、愛和支持。你要如何創造你的人生，還是由你的自由意志抉擇的！

但，別忘了，賽斯說，只要你一息尚存，都為時不晚。當下就是威力之點，只要你能以正面信念取代負面信念，重新相信生命，重新燃起希望，信賴你天生即有的蓬勃生氣、源源不絕的能量，便可以按照此書中教你的，重新來過，喚起你生命的喜悅！

珍最後這本美麗而深情的遺作，真像是所謂的「刺鳥」。據說，當刺鳥的心被荊棘刺透，臨死時唱的那首歌，才是最美的歌！

以此書，獻給我嘗試溫柔疼惜的自己，及溫柔疼惜的你——每個人。

不！期待有一天，我能說「I do.」，而非「I'll try.」。

前言

《健康之道》不只是有關我太太，珍．羅勃茲，十三年前在紐約州艾爾默拉醫院裡住院——及死亡——的記事。我長久以來一直想看到它的出版，心中感覺且知道它還可提供多得多的別的東西。不僅是關於珍在出神狀態或離體狀態，為賽斯——一位稱他自己為「能量人格元素」的「人」——發言的優秀能力，並且也關於在一個人生過程中能夠且的確會升起的所有龐大的複雜挑戰。

我學到，我們的生命並不只簡單地由「生」到「死」，直接而順遂的進行。反之，我看到每個人都旅行在一條最古怪的岔出或迂曲的道路上，那是以我們既有知——及我現在很確定——又不知的方式深具創意的一條路。

啊，那麼，挑戰就在——瞭解我們與生俱來的創造力。我們可以試著去鍛鍊生命，使它隨俗或聽話，但每個生命都有其自己的生命。多幸運哪！我太太的生命與作品顯示，我們甚至在出生前便能創造挑戰和目標，然後在物質生命中，當我們穿上肉體、衣衫及信念時，一頭鑽進去實踐完成那些特質。然而，在我們創造出來的那些挑戰裡，我們能遭逢到什麼了不起的、意料之外的盤旋哪！即便如此，我想我們最終，不管是在有意識或是無意識的層次——或兩者皆有——都會瞭解到，一路上一邊在學的同時，我們仍全然是我們自己。

在那醫院裡，珍某些方面是相當無助的。待了一年九個月之後，珍於一九八四年九月五日星期三凌晨兩點八分逝世。自從一九八二年二月以來，她已經是第三次住院了。自她死後，許多人都寫信來，既表示悼念，並且也問：「為什麼？」她有賽斯，不是嗎——她為賽斯說法二十一年之久；她同時也與他一起寫了六本書（加上她「自己的」幾本）。為什麼賽斯沒打開適當的神通之鎖的神奇鑰匙，而救珍脫離難局？當她去世時，只得年五十有五。她很可能再活上，比如說，二十年，而甚至貢獻更多給我們對賽斯及她自己的知識。如果要選擇成名的話，她很可以變得名聞全球的。

珍、賽斯和我對這類問題所得到的答案就在這本書裡。珍首先是一個人，其次才是個非常有稟賦的通靈者。多年來賽斯的確幫助過她許多許多次。除此之外，珍和我學到，宇宙裡還存在著大半未透露的知識及感受之龐大領域。若更能深入接上和汲取自那些神奇的迷宮，甚至會更好些，但我們已盡所能。我很確定，賽斯仍在幫助我太太。他們現在已合而為一了，並且廣義地說，也遇到了他們在「過去」、「現在」與「未來」認識的許多人。由於某些夢，我相信甚至我自己存有（賽斯稱之約瑟）的一部分也參與了進去。嗯，為什麼不呢，既然賽斯描寫實相說，每樣事物都同「時」存在？我知道，那是得很費力才能理解，有時甚至自相矛盾的複雜觀念和問題——即使在這世俗實相裡也夠我們忙一輩子了。

那麼，我想，這本書顯示出，健康之道可能並且真的有很大的變數。以某種頑固且深植於心靈的方式，我們每個人都得做出自己的選擇，就如人類一向所為。珍的人生顯然展示了此點，並且是以當我們四十二年前結婚之時，我倆在意識上都鮮少知覺的方式展示出來。

在珍住院二十一個月的期間，珍、賽斯和我對於她的身心狀態都說過不少話，而我往往是在壓力非常大的狀況下盡我所能、以自創的速記法記錄下來的。在所有那段時間裡，只有一回，由於一場厲害的大風雪，我沒有像每天例行的陪我太太六到八小時。她於四月裡入院之後，有好幾個禮拜我不知道珍會不會再做任何的「通靈」工作了，但三個月後，她令我驚訝地開始了一連串對話，類似她曾為心理學家暨哲學家威廉・詹姆士及畫家保羅・塞尚製作過的「世界觀」資料。她再一次的被我有關藝術及相關知識的問題激發了靈感。當她開始新方案時，她說：「至少我覺得我在做一些自己天生該做的事。」她在一九八三年九月講完了它，然後，在接下來的四個月裡，口授了一連串大半是短短的、個人性的賽斯課，共有七十一節。她在一九八四年一月二日結束了那個系列——第二天便開始《健康之道》。

在這整個期間，我們並未明確地告訴醫院裡任何人我們在做什麼——醫院職員接受我們一般性的解釋，我們是作家，「只是在寫作」。全都進行得很順——縱使記錄上顯示著，我們常常被打斷。不過，無可避免的，展示在此的《健康之道》，其中必有許多的節略——並非賽斯資料，而是節略了珍和我寫的東西。我欠了安柏—亞倫出版社的老闆珍妮・米爾很多情，她給我相當多的幫助。我們看得出來，如果每一節課的所有周邊資料都包括進去的話，這本書會非常長。（舉例來說，我有不少我認為會增益賽斯資料之觀念的個人經驗和洞見。）但該省略什麼？何時該停？這對我而言造成了一個難局。

當珍在一九六三年開始口授賽斯資料時，我對我們將會流傳下來的記錄非常的自覺──不是與賽斯，卻是與我們私生活有關的部分。其一不可避免地會增益另一，增加了兩者的奇妙複雜性。很久以前我便開始相信，沒有一樣事物是存在於孤立中的；節略掉某些記錄顯然會留下空隙。難說是個原創性的概念，不過我卻看到，那是在我們日常生活的表面活動裡常常被忽略的一個概念。如果我們對自身物質及非物質生活的其他層面賦予更多注意，不論它們是「何時」發生，都可能對我們大有助益。

但我們如何能夠──任何人如何能夠──帶更多與生俱有的知識到意識上而加以利用？舉例來說，怎麼才能變得更深刻覺知我們的夢的事實及涵義，以及它們加諸我們生活的極重大影響？我們的夢往往是進入其他實相的門。然而我知道，我們正越來越深入心靈；珍與賽斯的共同作品，還有她的詩及其他作品，都提示出這一點。我們心靈的偉大稟賦全都在那兒，等著……

羅勃・柏茲　於紐約州，艾爾默拉

一九九七年九月

第1部・進退兩難

1

本書的目的，以及關於蓬勃生氣和健康的一些重要評論

一九八四年一月三日　星期二　下午四點五十分

（今晨十時，我由郵差那兒收到一個快遞包裹——《個人與群體事件的本質》法文譯稿。我們其他的書也正在翻譯中。

（我離家去郵局，並且將珍的打字機拿去清潔。所以今天下午我晚了二十分鐘才到達珍的三三〇號病房。今天比較暖和——華氏三十二度。

（我太太由水療部❶回來晚了些——醫療人員非常忙碌。餐盤也送晚了，但珍午餐吃得很好。

（三點十五分。珍開始閱讀昨天的課——她讀得非常好，甚至比昨天還好。她在三點三十五分看完。「如果你的眼睛繼續進步，」我說，「也許你總有一天會配戴度數較低的眼鏡。」她顯然對那想法感到驚訝，可是，有何不可呢？我的視力在幾年前便曾改進過。

（三點四十分。我替珍剪了手指甲和腳指甲。這件工作比以前容易些——並且真的，當我在剪她右手指甲時，她疊起來的手指鬆開了不少。我告訴她這是另一個改進。

（四點一分。一位名叫蓓蒂的新護士來測珍所有的血壓、體溫等。當珍正享用一塊糖和一支香菸時，我在處理讀者來信。我以為她會放棄上課，時間已這麼晚了，但最後當到了替她轉成側臥時，她決定口授短短的一節。）

現在：我再一次向你們道午安。

（「賽斯，午安。」）

我將講短短的一段。

我要你們明白（停頓），關於（醫藥）保險的情況的新發展是為你們的好處而發生的。

（「哦，好吧。」）

補充一點：當你能夠的時候，輕柔的按摩魯柏❷腳趾頂端、指甲邊的地方，或許稍稍往下到第一關節處，會有助於增進身體的整個循環。之前，他還無法反應。這只需要花一點點時間。

一如以往，課的形式設定它自己加速的療癒架構。

按照我講述時的那些節奏，我也許會也許不會回來，但要知道我就在此，並且你可以接近我。

（「嗯，如果你想再多說一點的話，我們有時間。」）

（停頓。）我只略做幾個評論。如你所知，或曾懷疑過的，我的確在加入書的口授——按照現況以我們自己的步調。應該相當容易認出那些部分——

（「是的。」）

——而魯柏將很容易做到那點，如果任何時候你對知道一個部分何時開始、另一部分何時結束有困難的話。

（「沒有問題。對於書名你有任何想法嗎？或者你想要再考慮一下？」）

我稍晚會給你那資料，連帶其他的導言。

「好吧。」

「哦，是我。」珍說。

（四點五十六分。珍說當她說出由賽斯來的最後一句時，她馬上想到本書的書名會是《健康之道》。她並不真的是由賽斯那兒揀到書名，它就這樣來到她腦海中了。我告訴她，她的聲明令我想起，先前，在我相當確定賽斯是在做書的口授之後，我也起過好幾次同樣的念頭。

（在查對之後，我證實了我原先的猜測，她在《未知的實相》卷一，第一次替《健康之道》寫了一篇大綱。那本書是在一九七七年出版的。見附錄七。

（「本節的第一行是很有娛樂性的，」我說，並且唸賽斯有關保險事宜的聲明給她聽。由於並沒預期他今天會作評論，我為此曾覺得驚訝。

（「我一說我將上一節課，那想法馬上進入了我的腦海，」珍說。「我知道它是來自賽斯。」在課開始之前，她沒有時間跟我提及。

（一個註：在我收集的《時代》雜誌裡，我會有現成的細節——但今天發生了一件大事：透過傑西‧傑克遜牧師拜訪敘利亞總統阿薩德，美國飛行員被釋放了。這是傑克遜這方的一個偉大的道德和政治成就，尤其是在雷根總統不要他赴敘利亞之後。

（更重要的是，至少在表面上，阿薩德那方想與西方世界達成一次對話的努力——我想是個相當未被預期的發展。當我與珍討論今天的事件，並在電視上看到它們時，我想到，它們可能至少是，賽斯在一九八三年十二月二十八日的那節裡，所談到的來年那些非常有益的世界大事開始的一個訊號。珍不知道，而我也不立刻跳到任何結論去。不過，賽斯曾提到：「許多國家改變了他們的盟國。」敘利亞現在是與蘇俄結盟。我告訴珍，跟隨其發展會很有趣哦。）

一九八四年一月四日　星期三　下午三點五十四分

（在昨天的課裡，賽斯說：「關於保險的情況的新發展是為你們的好處而發生的。」就今晨我們的律師告訴我，他與醫院、醫生和藍十字〔Blue Cross，譯註：美國非常大的健保公司〕談判的結果而言，看來賽斯到現在為止都是對的。

（我們在談天時，珍吃了一頓好午餐。當我在回信時，她開始讀昨天的課，並且再次的表現良好，一如平常地以她的左手握住紙。她說，昨夜她有一段短短的憂鬱，心中暗忖她是否還會走出醫院、走上街，不過，她藉由對自己說「撤掉」、並且記起賽斯的資料而將自己拉了出來。

（她也想到賽斯新書裡的一章，名為「食物與你」——然後發現她自己憂慮會在書中說錯什麼而誤導了人們——老習慣的更多信號。「但是，」她說，「我告訴自己要信任自己和賽斯，而我說，去它的。」

（「你一定要如此，」我說。「我們再也無法做別的了。將「信任」兩字銘刻在心。」

（護士量了珍的體溫：華氏九十八．八度。「我的天，」我開玩笑說，「那幾乎是完美的嘛。」

（珍等人幫她測血壓和體溫等煩了，所以便開始上課。）

現在：我祝你們再有一個美好的下午。

活下去的意志可能被懷疑、恐懼與合理化所損及。

舉例來說，有些人明明想要活下去，雖然同時他們又試圖躲開生命。顯而易見地，這導致他們的衝突。這種人會阻礙他們自己的動作和進步，他們變得過份關心自己的安全。如果我的任一讀者有這種感覺，他們甚至可能對自己隱藏這些感受。他們將集中注意力在他們自己的國家或世界的其他部分、社會裡的所有危險上，直到他們自己被嚇到的、對安全的整體憂慮，彷彿成了對他們無法控制之狀況的一個十分自然、合理的反應。

（停頓。）這實際上涉及了一種偏執狂，它可能變成一種如此強而有力的反應，以至於接掌了一個人的生活，並且渲染了所有的計畫。如果這發生在我任何的讀者身上，你可以在種種不同的局面中認出自己來。你可能是個「生存主義者」（survivalist），設立好倉庫和給養以備核子災難之用；你可能覺得，保護自己和家人免於災難是十分正當的。不過，在許多這種例子裡，人們對來自外界的危險事件如此擔心，其實是對他們自己能量的本質擔心，害怕它可能會毀掉他們。

（四點三分。）換言之，他們不信任自己生命的能量。他們不信任自己身體的自然機能，也不接受這機能為一項生命的禮物。他們反倒在每一點質疑——甚至有時屏住呼吸，等待著某件事會出差錯。

其他人也許真的阻礙了身體本該會動的那些部位，因此他們跛行，或收緊他們的肌肉，或以別的方式妨礙他們的身體，以致結果是，對動作需要有個謹慎、遲疑的接近方式。有些人可能甚至會給自己招來嚴重的意外，在其中他們犧牲了他們部分的身體以維持住一種——

（四點七分。護士進來量珍的血壓。珍要一些冰的薑汁汽水。她說她做得很好——顯而易見的——然後又說，當她為賽斯說一個句子時，她也感覺到其他要來的句子，或圍繞著說出的句子的那些句子。「就像是，縱使我說的是最底下的句子，像一幢房子最底下的一塊磚，我也知道在房子頂端的那些。」

（我唸這小註給她聽，她同意那是她剛才說的話的一個正確版本。「幾乎像是即刻感受到一座新的高大結構物，只不過是由字組成。」

（在拿到了薑汁汽水後，我唸她到此為止口授的課給她聽，然後確定三三〇病房的門已盡可能關好。在四點十七分繼續。）

——假的安全感。

這些相當自欺的感覺並非深深隱藏在潛意識裡，像你們可能假設的那樣。在大多數例子裡，它們反倒包含了於某一個時間點、在相當表面的層次上做的、十分有意識的決定。

（在四點十九分停頓良久。）

它們並沒被忘掉，但所涉及的人們只不過對那些決定，可以說，閉上了眼睛而假裝它們並不存在，只不過是要使他們的生活顯得平順，來保全自己的面子——當他們非常明白那些決定其實的確是依據非常不穩的基礎時。

我並不希望簡化事情，但這種決定在兒童裡是非常容易被發現的。一個小孩可能摔一跤而嚴重的擦破了膝蓋——如此地嚴重以致結果他至少暫時的變跛了。這樣一個小孩往往對此事的理由相當清楚明白：他可能公開承認，那個受傷的部分是他有意選擇的，以便他可以錯過學校裡他害怕的一個測驗，而那個孩子很可能這樣想：為了產生他想要的結果，受傷只是個小小的代價而已。

同樣狀況下，一位成人可能變得受了傷，以避免在辦公室裡一件他害怕的事——但那成人很可能對這樣一個反應感到羞恥，因此騙過自己，以便保全他的自尊心。不過，在這種例子裡，成人們會覺得自己是那些他們少有或沒有掌控力的事件的受害者。

（四點二十七分。）如果同類的事件頻仍發生，他們對世界及日常事件的恐懼會增長，一直到它變得頗不合理為止。不過，在大多數這種例子裡，那些內在決定仍能很容易的被搆到——但當人們下決心要「保全面子」時，他們將根本拒絕接受那些是他們自己的決定。人們決意（will）要活、要行動或不行動。到一個很大的程度，他們決定自己的人生事件——不論他們是否願意對自己承認這個——而且他們決定要死。

（四點三十二分。）評論。

當然，所有這些都適用於魯柏的情況——的確，至少有一次他決意要自己無法動彈，願意犧牲某種動作以便安全地利用別種的心理動作，因為他害怕他自動自發的天性，或他自發性的自己。魯柏怕它會按照它自己的理由去行動，那可能不是魯柏自己的——或他以為如此。現在他開始瞭解，他的能量是他生命的禮物——要被表達，而非抑制——並且再次的瞭解，自發性知道它自己的秩序。

他剛剛告訴你，當他開始為我說話時，他感受到字句的一整個高大結構，而他毫不猶豫的讓那結構成形（熱切地）。就他行動和走路的能力而言也是一樣的；他越信任他的能量，他的自發性便越形成其本身的美好秩序，結果就是行走的自發性身體藝術——而他的確相當有進展。那變化已在他頭腦裡開始了，而它們將在身體上表現出來。

在你們的語言裡，決定（will）這個字指涉未來——如在「它將發生」這樣一句話裡，並且也指涉心智做決定的特質，這並非巧合。

我也許會也許不會回來，再次的，按照我說的那些節奏——但我在此，並且是可以接近的。

（「賽斯，謝謝你。」）

（四點三十九分。「嗯，那是你近來最長的一節哦，」我說。珍同意。她啜飲薑汁汽水，並且在我唸本節的其餘部分給她聽時，她抽了一根香菸。這節非常好。

(「當你在唸的時候，我不想打斷你，」珍說，「但我開始得到他對一大堆事情將要說的話——他將談到癲癇，說它是你害怕自己的力量，而將之短路的一個結果。次人格也是一樣，因此你可以將你的行為怪在別的東西上。」

(「我還得到，他將說，以一般的說法，我們無法進入我們在任一時刻得到的所有資訊，因為在意識上太難去加以整理、分類——但我們真的是對它有意識的，而為了實際的目的，只好假裝我們並不知覺。他以前說過的——我們自己所謂無意識的部分，在其本身是十分有意識的。」

(七點十分。在與珍一起做了我們一向做的祈禱之後，我離開了珍，去艾爾默拉南區的ACME超市買東西。在九點四十五分吃完晚餐。

(我想加註的是：今天的賽斯資料有一些令我回想起珍「有罪的自己」的資料。恐怕在本書是不可避免的，至少有些時候……)

一九八四年一月五日　星期四　下午四點二十五分

(今晨我打好昨天的課的字，直到十點三十分之後，才有空去寫《夢、進化與價值完成》。我也做了些安排，以便申報我們一九八三年的稅。它進行得很順，但我忘了時間——而當我下午到達三三〇號病房時，我的腿在抽筋。我告訴珍。

（天氣暖和——超過了華氏三十六度。車道上的冰正在融化。昨晚和今晨我已放了岩鹽在冰上〔譯註：有助於化冰〕。

（珍說今天下午她等做水療等了很久。她抽筋了多次。她怕她的導尿管昨天已夠鬆了，那她今晚必須要更換。她在水療室短短地見到她的醫師。

（有位護士助手〔nurse's aides〕趁空來訪。她曾受過傷，當她跌倒而扭到或拉到腿裡的鋼釘時，她又復發了。現在醫生預告她將有很長的一段復原期。當她跟我們聊天時，珍和我很快便注意到她醫師給過她的負面暗示。她也告訴我們，另一位護士將因背部扭痛而至少請假一個禮拜，顯然是她在試圖抬起一位病人時受的傷。這使我們對於在醫院裡工作有所好奇——彷彿每個人遲早都會得病。

（珍午餐吃得很好，然後在三點五分開始閱讀昨天的課。她做得相當不錯，雖然沒有昨天那麼好，最後在三點三十四分看完那六頁稿子。不過，她左手拿稿紙拿得沒問題。她說她的看視能力變化相當大，而她必須用力才能閱讀。當我給她點眼藥時，看到她兩眼通紅。

（三點四十五分。我讀了一批近來的課給珍聽。她告訴我她昨晚的一個夢，栩栩如生，涉及她在走路，她在一條街的中央時，穿上新的衣服，離開醫院，走過街進入一家「五分一角商店」，還有在她的頭髮裡放進美麗的髮飾。我說那是個非常好的夢，再次的為走路的動作建好舞台。她同意了，我回了一些信。

（四點至四點十一分。一位護士來測珍的生命跡象——體溫九十八・五。當所有一切都弄好而安靜下來——除了鄰房病人卡莉娜在大聲叫喊——珍說她想要上一節短課。）

現在：我祝你們另一個美好的下午。

（「賽斯，午安。」）

患癲癇的人往往害怕他們自己的能量。

他們不信任它，也不信任自己之自發部分。他們害怕不去理它的話，自己的能量可能向外攻擊他人，所以他們利用能量的短路，產生暫時令自己無助的癲癇發作。

具有所謂次人格的那些人，也害怕自己的能量。他們將之分割，以至於它看來彷彿屬於（停頓良久）不同的人格，所以被有效地分割了。基本來說，在這種例子裡並不存在真的「失憶」，雖然看起來像是。所涉及的人一直都十分覺知他們的活動，但他們以一種不連續的方式行事——即是說，主人格似乎並不以連續的方式行事，卻是破碎的，或再次的，彷彿是分割開的。這個心理上的手法，靈巧地阻止了所謂的主人格在任何一刻去利用它所有的能量。

（停頓良久）有關的這個人假裝自己對另一人格的存在或活動沒有記憶。不過，這些人格積蓄起他們的能量，因此一個人格往往展現出爆炸性的行為，或做出彷彿與主人格的願望相反的某些決定。以這方式（停頓）可能展示不同種類的行為，而雖則看來彷彿是：許多決定是自己的一部分在自己的另一部分毫不知情的情況下做的，實情往往並非如此。事實上，主人格有能力表現許多種不同的可能行為，但整個人格卻被阻止而不能以其完整的能量或力量來行事。反之，能量被轉入其他的管道。

自己的所有部分的確都是有意識的，而基本上他們也覺知到彼此——雖然為了實用的目的，他們可能看起來是分開或孤立的。

（在四點三十七分停頓。）評論。

唸昨天課裡專談他的狀況的那些部分給魯柏聽，唸好幾天——或至少當可能的時候。我也許會也許不會回來，再次的，按照我說的那些節奏，但要知我在此，並且是可以接近的。

（「好的。謝謝你。」

（四點四十分。我告訴珍我以為她會講長一些，但她說她常覺得，如果她真的講長些，我就再也不會打好字了。「我注意到，在七點左右你會開始緊張，」她說。沒錯，到那時我會焦躁不安且開始疲倦，但我永遠可以網開一面啊。「如果你必須打長一些的課，你便不會對《夢》進行任何事。」她補充道。也許是真的。

（我也想到要常常再唸昨天的絕佳課文給她聽，作為一種提醒。）

一九八四年一月六日　星期五　下午四點二十二分

（再次的，今天很暖和——當我離家赴三三〇房時，大約三十八度。

（珍沒有問題，雖然她說她在水療之前後又等了很久。事情有些紊亂，或許是太忙碌了。珍因水療的狀況而心情不佳，等了半天、新的人員抬她起來而不知如何做，等等。我自己也見到兩位新護士或護士助手。有一位在她自己的治療後，也來探視珍一會兒——珍說，她看來不太好。我自己的理論是，在那兒工作的人，不久之後也會對工作生厭，然後為了得到有薪給的休息或休假而生病。

（不過，珍午餐吃得很好——雖然她有些痙攣。我告訴她，我的抓癢自昨天起已減輕相當多了。我在回答她有關醫院的新聞時說：「只有一個答案。」她說：「我知道，那也是我試著想做到的。」我補充說，那是甩掉那地方所有基本負面性的唯一方法。有時我好奇，珍對那一點為什麼沒有更深刻的認識，而令她的身體自癒得更快些，以便我們可以出去。

（三點十六分。珍開始讀昨天的課，做得相當的好——比昨天好。她在三點二十五分讀完，當我在回信的時候。三點三十六分時，一位新護士進來量她的體溫——華氏九十八度二。三點五十時，另一位護士量了她的血壓。

（珍在一九八二年十一月十日上了一節課之後，到一九八三年十月九日，十一個月之後，才上了下一節。同時，她在一九八三年四月二十日入了院。現在，從四點開始，我唸給她聽——自從她在十月裡恢復上課以來一些課的部分內容。在其中有許多有意思的觀點，而我不想斷掉那條線。珍的確說了她想要上一節課。我們對她身體近來的缺乏任何大的動作感到奇怪。）

現在：我再次祝你們午安。

（「賽斯，午安。」）

在我們自己的書裡，「有罪的自己」的概念將不會佔主要地位，但我們一定會深談被形形色色宗教所抱持的許多對人不利的觀念——一定會使許多人感覺自己的確有罪，而非被祝福的一些觀點。

自己的確是被祝福的，而光是提醒人們那個事實，便常能去除負面的信念，尤其是，如果它們不是太根深柢固的話。

至於講到魯柏的動作，身體是跟隨著它自己的節奏的，它有時一方面涉及明顯；被人注意到的運動和活動，同時另一方面，它可以說是在「內在運動」，為其他稍後的運動和動作預做所有的準備。舉例來說，當魯柏餵他自己時，縱使為時甚短，也像是很突然似的，但那外在的進步跟隨著許多內在的操縱，是直到那時為止，並未以那特殊方式連結起來的。

（在四點二十七分停頓。）讀讀這一序列先前的某些課，也會提醒你倆，自從那些課開始（一九八三年十月九日）以來發生的進步，因而邀請來甚至更新的進步。

我也許會也許不會回來，再次的，按照我說的那些節奏，但要知我的確在此，並且是可以接近的。

（「好的。」）

（四點二十九分。我讀此節給珍聽。我們認為，賽斯對有罪的自己的評論，是來自我今天早些時唸我去年十月對賽斯的問題給珍聽，關於在珍的挑戰裡，有罪的自己可能扮演的角色。

（四點四十五分。我想要運動珍的右腿，當她仍仰躺著的時候，如賽斯建議我每天該做的，但她決定等我替她翻了身再說。我也用「歐蕾」油按摩她的足趾，如賽斯提到過的。右腿動得很好。珍說，摸足趾令她的腿有感覺，一直上到大腿，如賽斯說的那樣。

（我在結束了給珍的「去催眠」按摩之後，在五點十五分漸漸地飄入午睡時，記起昨晚的夢。睡醒之後，我形容給珍聽，並且說我之前就想這樣做了，以便如果賽斯想評論的話，即可評論。我做了彩色的夢，夢見珍重新弄斷了她右腿同一處好幾次。也涉及了保險的爭吵。我悶悶的醒過來，最後必須從椅子上起來，服些小蘇打，以安撫我的胃。在那之後我睡得很好。

（幾分鐘之後，珍說，那夢可能與護士助手自己受損的腿上的傷有關——我在近來的一節裡，描寫過在內部打了鐵釘的那條腿。也可能涉及醫生對她的負面暗示。

（然後，珍告訴我她昨晚也有一個負面的夢。她見過的一位婦人臉上生癌，在服用「干擾素」〔interferon〕來治療。那女人告訴珍，珍有與她同類的臉部皮膚——附帶著所有其負面的暗示。

（聽起來幾乎像是，珍和我有著前後並列的憂慮性的夢。我們同意它們代表我們這邊的恐懼——並非真實或預知性的。）

一九八四年一月七日　星期六　下午四點十一分

（今天較冷，當我離家去三三〇病房時是二十八度。今晨我整理稅和《夢》一個小時。沒人打電話來。我曾想像珍在十一點左右，水療之後回到病房，但當我到了那兒時，她說她直到近午才回來。在我抵達之前她剛被換上新的繃帶，並且翻了身。不過她午餐吃得很好，並且像是沒什麼問題似的。

（兩點四十五分。我開始處理信件，而珍開始讀昨天的課。她迅速看過——這一陣以來最好的一次——而在兩點五十五分結束。真的很棒。

（三點。丹娜進來倒空珍的尿袋，或如每個人稱作的弗雷〔Foley〕。尚恩在三點二十分量了她的體溫——九十八點五；三點四十五分，琳給珍點眼藥。

（在所有這活動之間，當我們有安靜的獨處片刻時，我跟珍提及昨晚想到的一個問題；我說，希望賽斯可能談談它。問題是由昨天的課的筆記裡，我的一句話撩起的，意思是說，有時我奇怪珍的身體——尤其是她的身體意識，為什麼不乾脆「接管到一個更深刻的程度，而明令她的身體甚至更迅速地治癒它自己，以便我們能夠出院」。我注意到，當她昨天大聲唸出那句話時，珍有一個情緒化的反應，而令我深思起來。

（那問題包含了許多暗示。「或許這樣一件事甚至會發生在像這樣的地方，」我說。「如果它從未發生過，那就表示身體意識永遠屈從於人格之其他更宰制性的部分，身體意識甚至可能看見它自己的死亡在接近中，卻對之束手無策……」

（我也提醒珍，我們想要賽斯談談前晚我們負面性的夢，我在昨天的課裡描寫過的。）

現在：我再次祝你們午安。

（「賽斯，也祝你午安。」）

身體意識，在其本身，是充滿了活力、生氣及創造性的。身體之每一個最微細的部分都有意識，努力向自己的發展目標奮進，並且與身體所有其他部分溝通。

身體意識的確是獨立的。到一個很大的程度，其本身的防衛機制保護它不受心智之負面信念侵害——至少到一個很大的範圍——如我先前提到過的，幾乎所有的人都通過一個所謂的生病狀態回到健康狀態，而對於這改變毫不知覺。在那些例子裡，身體意識運作得不被負面的預期或觀念所阻礙。

不過，當那些負面的思量增孳時，可以說，當它們變硬時，那麼它們的確開始減低身體的天生能力：治癒自己，以及維護那該將它保持在一個絕佳力量和活力的狀況之整體而無價的組織。

也有些時候，不管一個人的恐懼和疑惑，身體意識本身卻升了起來，在一種突然的勝利裡，丟開了一種病況。不過，縱使在那時，所涉及的個人也已開始質疑這種負面的信念。此人也許不知道如何將它們扔開——即使他想要那樣做。就在那些例子裡，身體意識升起而擺脫掉它的桎梏。

然而，在具有自由意志之下，人不可能給身體意識完全而清楚的主權，因為那會否定很大部分的抉擇，並且切斷學習的一些面向。不過，身體意識本身的主要方向與徵兆永遠是朝向健康、表達及完成的。

細胞們，甚至身體更小的面向都在相互作用、溝通及合作，並且分享彼此的知識，因此身體的一個粒子知道在所有其他部分發生的事。故此，那令人驚異的組織通常是以一種平順、自然的方式在運作。在你們社會裡被認作負面的許多身體事件——好比說，某些病毒——反之本該作為自我改正的設計，正如發燒實際上是增進健康而非阻礙健康的。

（四點二十六分。）身體意識之主要特徵就是其自發性。（停頓良久。）這允許它以一種不可置信的速度運作，那是心智最頂級的有意識部分所無法處理的。它的運作乃由於一種幾乎是瞬間的意識，在其間，知道的東西被知道了，而在知者與所知者之間，可說是沒有距離的。

「看見」這動作，以及所有身體的感官，都依賴這內在的自發性。

（四點二十九分。）評論。

你倆「負面性的」夢，都表現了剩餘下來的懷疑和恐懼，以及，會發生任何事件之最糟的而非最好的結果的舊觀念。魯柏眼睛的運作，以及他視力的持續改變，指示了另外一種的進步，發生在循環系統及身體的其他部分。眼睛，知道他現在想閱讀的意圖，就閱讀。理性並不需要告訴他如何去做。

以同樣的方式，簡單而溫和地，讓他跟他的腿說話，告訴它們他想再走路的意向。正常行走所涉及的行動會開始回來。它們現在就開始在回來（正當我想問賽斯的時候）。有些日子，他的眼睛不如在別的日子裡那麼容易看書，而在這些日子，它們只不過反映了一種不平順——當它們在準備自己更進一步的時候。這同樣也發生於身體的其他部分。

（在四點三十五分停頓。）在這特定的時候，以一種幾乎是抽離的方式去想像他自己在走路，的確是個好法子。顯然不要太過認真——卻是輕鬆地做。

現在我也許會、也許不會回來，再次的，按照我說的那些節奏——但我在此，並且是可以接近的。

（「是的，好的。」）

（四點三十六分。「是我，」珍說。在我幫她側轉身之前，她吸了根煙。我像賽斯近來建議的，按摩她的足趾，結果很好，接著，替她轉身之後，我溫和地前後動她的右腿，如賽斯建議的。斷腿的膝蓋事實上動得相當自由，我說——比左膝要好太多了。珍同意了。事實上，當她躺著時，她的左腳阻礙了她的右腳和腿。但這會過去的。

（珍吃了頓好晚餐，我在與她一起讀了禱文後，於七點十分離開。好睡，甜心。）

一九八四年一月九日　星期一　下午四點十七分

（昨天，一月八日星期日，沒有上課。不過有好幾件事，我想要摘錄於下。

（首先，是我前一晚的夢，我跟珍描述了它——萬一珍要上課而賽斯想要評論的話。我做了個彩色的夢，珍和我搬回賓州塞爾市——我的故鄉——到波特太太在南艾爾默路三一七號的老公寓。不過，那地方比較寬敞，並且也帶著紐約州艾爾默拉、西華特街四五八號的成分。我在大房間裡走來走去，跟珍說，「看吧，這個地方根本不差呀。地段不錯，在這兒我們可以有發展。」我們是在城裡、被保護著，而看出窗子，我看見比實際存在那兒的更寬敞的院子。我喜歡靠近市中心的地段，珍也一樣。艾爾默拉離塞爾市只有十八哩。

（其次：在五點三十分，我去三三〇房外的廁所。當我在那兒時，我懶散、短暫地想到我們的友人茉德・卡德威爾〔Maude Cardwell〕，而兩萬美金這個數目忽然跳入我腦海。事實上，我已幾乎忘記上週我寫了一封信給她。我並沒再嘗試收到任何東西。我告訴珍，「我不知道兩萬美金是否代表我們將得到的所有捐款——基金——不論是否來自一個人，都是個更大事情的開始。」❸但我要她知道我的印象，萬一將來發生什麼的話。她即將吃晚餐。

（其三：在六點十分，當我開始餵珍時，我明確地想到史蒂夫和崔西・布魯門索；那念頭並非特別強烈。此地我也沒在想他們——事實上，我還忘了那天是星期日，他們通常來訪的日子。

我突然知道他們將打電話到醫院來。幾秒鐘之後，我聽見走廊裡高跟鞋的腳步聲，走過轉角，向三三〇房走來。一位我們不認識的婦人敲著門，然後進來告訴我們說，史蒂夫在線上，並且當晚想來看珍。珍說好的——八點之後。我告訴珍，我甚至沒時間在那婦人來到之前告訴她我的印象——她可能是位接電話的志工。換句話說，當那婦人向我們走來，我聽到她時，我收到了關於那通電話的事。我猜測，很可能她腳步的聲音和節奏觸發了我對史蒂夫來電的有意識覺察。

（我問珍，卡德威爾經驗是否可謂證明了布魯門索事件，或其反面，她說是的，既然它們發生的時間如此接近。請注意，錢的事完全繞過了保險金的問題。我根本沒想到保險金的問題。

（珍今天過得不錯，雖然在試圖閱讀昨天的課時，遭到一些困難。她也在左肘上包了塊紗布，她不知怎地撞到了它——或許在水療室——因而現在很酸痛。

（一月九日，星期一，今天早上沒有干擾。我理稅理了一小時。其他時間則在搞《夢》。我拿了一位家住紐約州北部的讀者送給我們、在瑞士製作的聖誕鈴到三三〇房裡，結果它奏出非常動聽的「平安夜」。送這鈴的婦人，想要珍寫信給西拉庫斯賽斯團體的創辦人；那位女士因癌症而病危。昨晚我給她倆都寫了信。

（珍吃了頓好午餐。我告訴她，今早我很生氣，因為我覺得賽斯資料沒有——且不會——在我們社會裡得到它應得的發言機會。我問道，如果這資料是人類內在與生俱有的，為什麼它如此被忽視。「我不只是指近來，」我說，「卻是指上千年。」我感覺人類彷彿故意或病態地選擇去忽視它，或許為了歷史上無可數計的理由。然而，如果它能有助於解決我們族類一些最大的問題，為什麼不去利用它？珍沒顯出多少反應，只說了：「他們將會利用它。」

（如果今天我不在最佳狀況，珍也不在。她承認她憂鬱。她試著讀先前的課，而在中途稍微休息一下之後，真的讀完了，但並不輕鬆。一如平常，當她結束時比她開始時要來得好。

（四點五分。在護士測量過她的生命跡象之後——體溫九十七點四度——珍說要上一節課。男護士羅勃量了她的血壓，而在他能進行之前，必須停下來，重新調整她到一個更舒服的位置。

（今天珍的賽斯聲音要有力得多。）

現在：我再次祝你們一個好……

（「賽斯午安。」）

蓬勃生氣（exuberance）（停頓）及一種活力感到某程度是永遠在場的。

有些人——

（四點十八分。一位註冊過的護士黛安娜來看看珍的頭髮，她以為珍的頭髮已經剪過了。珍忘了告訴我，但樓下的某人今晨想剪珍的頭髮，但因珍要去水療，時間表有衝突而沒法剪。珍取消了約定。我唸她剛才說的給她聽。）

——不管環境怎麼樣，永遠都覺察他們自己的喜悅。縱使當他們人生中的事件似乎不順利時，他們也覺得安全且受到保護。不論他們自己的懷疑和憂慮，這種人覺得自己被支持，並且覺得每件事終歸會對他們有利。可是，許多其他的人都失去了這種安全感——

（四點二十四分。我們很喜歡的一位註冊護士，潘妮，臨時進來說再見。「我快瘋了」，她說了兩次，說的是她今天在外科三房緊張的一天。她是珍和我多年前的舊識——住塞爾市的路克和洛伊絲・赫特——的朋友。經由潘妮安排的一通電話，我在新年假期前後與路克談了話，隨後洛伊絲寫了封信，給了我們有關他們家庭、波特太太等的最近消息。我曾閒閒地和珍臆測，我們與波特一家的重新認識——洛伊絲是波特太太的繼女——是否與我夢到我們搬回到塞爾市波特家的公寓有關。）

——與富足，而看來彷彿像是，生活在喜悅中只是年輕人的一種屬性。

蓬勃生氣和喜悅，基本上與時間及年齡都毫不相關。它們在八十歲可以表達得與在八歲時一樣的活潑與美麗。可是，就整個一大截的人口來說，彷彿喜悅和健康是兒時短暫表達過的、稍縱即逝的屬性，然後就永遠失去了。

（在走廊裡十分吵鬧。潘妮離開了三三〇房，忘了關門。）

不過，有無可數計的方式可以重獲生活的喜悅，而在如此做時（停頓良久），身體的健康可以被那些發現他們經驗中缺乏健康的人重新尋獲。

（在四點二十九分停頓良久。）生活品質是極為重要的，而到一個很大程度是依賴一種健康感和自信感。雖然這些屬性是在身體上表達，它們也存在於心智裡，而有一些笨重的精神信念可能會嚴重阻礙精神和身體的健康。

我們不會集中精神在這上面，不過的確會討論它們，以便每一個人都能瞭解不好的信念與不好的健康之間的關係，因為，經由瞭解這些關聯，個人能重新體驗可能具有了不起的、形形色色的精神變數。舉例來說，面對負面信念，沒有一個人是無助的。他可以學會再一次的做選擇，因而選擇正面的觀念，以致它們變得和負面信念一度產生的同樣自然。

對於精神和身體健康的一個最大損害就是，相信任何不利的情況都必然會變得更糟而非更好的不幸信念。（停頓。）那個觀念主張，任何疾病都會更糟、任何戰事都會導致毀滅，任何與所有已知的危險都會被碰上，以及，基本上人類存在的最終結果是滅種。所有那些信念都阻礙了精神和身體的健康，腐蝕了個人的喜悅和自然的安全感，而強迫那人感覺像個外在事件的不幸受害者，那些事件是不顧他自己的意志或意圖，就這麼發生的。

（四點三十九分。）評論。

我剛才提到的想法，在你們的社會裡全都很顯著，它們不時的會回來晦暗你們的喜悅和期望。今天魯柏體驗到一個夠小卻仍夠有力的那些概念的重演。當它們發生時，將其辨認出來是非常重要的。就目前來說，光是那辨認便往往能澄清你的思路和頭腦。

（停頓良久。）你昨晚也有你自己的經驗：你對朋友來電的預知，以及對於那錢的非正統

（停頓）知識——而那兩件事發生，是由於你的確想要有對心智能力的另一小小保證，不管常常包圍著你們的、對心智的公認觀念是怎麼樣的。

這種經驗再次的讓你嚐到，對你自己更大能力和自由的感覺。告訴魯柏要再次提醒他自己，他有自由去正常的移動和走路。

（「我可以問一個問題嗎？」）

你可以。

（「你是說，至少到某個程度他仍覺得他沒有自由去動和走路。最近我自己也好幾次這樣想。」）

我說的是，到種種不同的程度，那些觀念有時仍會回來，應該很明顯的是，這發生得越來越少了。也提醒他要記得，他並沒有任何特定的疾病。如果人標示出眾多身體健康的層次，而非藉由給予負面觀念名字和標示而顯其尊榮，社會會好得多。

現在，我也許會也許不會回來，再次的，按照我說的那些節奏，但要知我在此，並且是可以接近的。

我們很快即將結束第一章了。將個人資料由書的口授分開，應該是一件很簡單的事。

（「是，沒問題。」）

（四點四十八分。「嗯，」珍嘆了一口氣說，「我很高興我上了一節課。」）

（「哦，」我開玩笑說，「至少今天你做了些有用的事。」她吸了一根香菸。晚餐盤來了。當我們之前在聊天時，我將她翻轉到左側，我說，我感覺她仍不覺得有全然的自由去走路，有些東西——一些信念，或一套信念——仍拉住了她，不讓她前進。我已覺察到自己這份感受好一陣子了，而有時曾想到要提出來，我也不想要太過誇張。

（「嗯，不管它是什麼，」珍帶著一些絕望說，「我必須克服它……」）

（當珍吃晚餐時，我告訴她在我心頭已有一陣子的另一個問題，並且請賽斯來評論：我們的情況——我倆對它都有責任——是相當極端的一個。也就是說，似乎我們能以較不誇張的方式、較少具損害性的極端行為，達到同樣的結果。我們為什麼必須做得這麼過火？我一直對此感到好奇。我承認，一個人總是可以說，藉著不做得那麼過火，無法達到同樣的結果，但是，我告訴珍，如果一個人順著那條線去推理，到其邏輯性的結論，結果是會死人的——那個狀態會是任何形式的行為的最終極端。

（一直到我準備離開三三〇房的時候，我才發現沒請賽斯評論我昨晚的夢——涉及我們回到賽爾的波特公寓房子。看來我們將有不少問題等著問「你知道是誰」。

（當我走出去開車時，天下著雪，不過，不像昨晚那麼大，我開車回家時，相當的小心。

（當我在十點後寫完此節時，珍在護士卡拉的幫助下打電話來。）

一九八四年一月十日　星期二　四點三十分

（我在一九八五年五月二十三日打這節課的字。我的朋友黛比．哈利斯在替耶魯大學圖書館做副本時，在第三十九號筆記本裡發現了原稿。顯然因為我那麼忙，我將筆記放在一邊等第二天再打字，然後就忘了。我對它彷彿有個朦朧的記憶。我想那是我第一回那樣漏打一節課。

（多奇怪呀——我在這兒，從我的筆記打另一節課的字，當我以為我那部分的人生已過去了的時候——以為我再也沒有另一節課好打字了。我希望還有更多的課可打字。珍已去世兩百五十九天了。

（這資料是珍和我在昨天和今天看一個里歐那．寧莫主演名叫「追尋——」〔In Search of〕的老節目重演之後來到的。我記不得那節目了。在我原始的筆記裡，我加註道，今天「課的資料是十分出乎意料的」。

（這資料顯然是珍從她三三〇房的病床上給的。）

現在：我再次祝你們午安。

（「賽斯午安。」）

幾個評論。

在所有生命的類別裡——由昆蟲往上——有許多許多人還未發現的物種。有各式各樣人類還沒遭遇或認出的病毒種類，還有仍不為人知的病毒與其他活的物種之間的聯繫。的確有很像你們人類的兩種不同的直立行走的哺乳動物，但卻大得多，並且有無限地更敏銳的感官。他們真是令人驚異的敏捷生物，只要任何你們人類出現在鄰近地區——站在，比如說，至少幾哩之遠處——光是藉由氣味他們便會覺知。蔬菜類是主要食物，雖然往往佐以昆蟲，那是被視為一種珍饈的。

就彼而言，他們發明出許多精巧的昆蟲陷阱，因而可以捕獲上百的昆蟲，既然昆蟲是如此之小，所以需要許多昆蟲。這些陷阱通常是築在樹上、在樹幹裡，因著這樣一種方式，以至於樹膠本身被用來捕捉昆蟲。陷阱看起來像是樹本身的一部分，以便保護它們。

這些生物的確有記憶，但他們的記憶極迅速地運作——一種幾乎瞬間的推論，當感官資料被詮釋時便一同到來；也就是說，幾乎立刻或同時地收到和詮釋。

（在四點四十分停頓。）一直到你們所認為早已過了生育的年齡之後，他們才會生育後代。不然的話，過程是一樣的。除了一些區域性的變化之外，這些生物住在你們星球上的許多區域裡，儘管他們總共的人口很小——也許一起算來有幾千個。他們很少大批的聚居，卻真的有家庭及部落似的組織，而在任何一區最多只有十二個成年人。當兒女增加時，團體便再次分裂，因為他們很明白，數目大的話，他們就容易被發現。

他們全都會用這種或那種的工具，並且的確與動物密切的和睦相處。舉例來說，他們和動物之間並沒有競爭，且基本上是沒有攻擊性的——雖然，如果他們被逼入死角，或他們的孩子受到攻擊，他們可能具有極端危險性。

在冬季非常冷的氣候裡，他們變得十分遲鈍，體溫下降，正如冬眠動物的特性一樣，只不過他們的體溫對每日的變化比較敏感，因此，在某些冬日他們很能搜尋食物，同時另一方面也可能甚至一次冬眠幾週之久。

（四點四十六分。）他們對大自然及自然現象有深刻的瞭解。語言並沒有多大發展，因為他們感官的平常配備是如此純粹和敏捷，以至於其本身幾乎變成一種語言，而並不需要任何的鋪陳細節。那些感官擁有自己的變化，因此，沒有任何像「現在」或「那時」的字眼，那些生物能十分正確地知道附近有多少活的生物，牠們在那兒有多久了（停頓）——而他們對時間的體驗是以這樣一種方式追隨著季節，以致他們對世界形成了一個無語的、相當正確的畫面，包括航行的方向。

我提到這資料是由於你們今天看到的節目，也因為我知道你們的興趣。

與Prentice-Hall出版公司的新關係應該運作得很好。現在你被認為相當值得尊敬（停頓），因為在那出版機構之內，你已歷經了這麼多的改變還存活著。

你有關回到塞爾的夢，以及較寬敞的環境，也表示，正如你現在改變過去以及未來，因此你已改變了過去：你以一種更擴展的方式去看它，以致它變得較不狹窄侷促。然後，以某種說法，從那新的過去、新的現在和未來浮現出——一個令人著迷的現象。應該是非凡的現象。現在，我也許會也許不會回來，按照你已開始熟悉的那些理由。但要知我在此，並且是可接近的。

（「賽斯，非常謝謝你。」）

（四點五十五分。「我該告訴你，」當我替她點了根煙，珍說，「當那節目一演完，我立刻知道他將提到『雪人』。但我以為可能只有幾句話——我沒預期他講那麼多。」我則沒有任何預期。那電視節目在三點結束。珍也說她「看見」，或記得，那昆蟲陷阱看來像什麼樣子，但她無法畫出來。她說她並不想誤導我，但昆蟲被陷在那陷阱裡的樣子令她想起蜘蛛網。

（五點。「別擔心——我並不會繼續上課，但如賽斯說過的，你總是回去，由現在——你明白，你的焦點——改變過去。我知道他接下去要說什麼……」我說歡迎她繼續上課。

（我必須請珍重複她所說的話，因為隔壁房間的俄國病人，卡琳娜，在走廊裡大聲喊叫，一個下午都沒停，相當令人分神。她還沒停。在課結束後，拿餐盤來的女孩沒有關門，而卡琳娜聽來更大聲了。

（在一九八四年一月十一日補充：我們想更多地由現在改變過去。今天珍和我對賽斯說的是什麼有點意見不同〔我認為〕。她似乎認為，當她十來歲與達倫神父在那旅館房間裡時，他繞著床追她的實際插曲已被改變，而我卻認為賽斯意指，原始事件仍維持不變，但她對發生了什麼的心理理解已改變了很多。此處有個差別。就我所知，珍並沒在她記憶裡創造一個那事件不存在、甚至從未發生的實相。

（在一月十一日星期三的短課裡，賽斯並未提到這點，而我也忘了去問他。）

一九八四年一月十一日　星期三　下午四點二十三分

（我還沒打昨天講薩斯科奇人〔Sasquatch〕的課的字。我必須鏟車道上的積雪——差不多四吋——因為雪下了快一整天，而我不想今天外頭一團糟。昨晚珍託卡拉打電話給我，她說黛比．哈利斯也去看她了。黛比的確是個真朋友。

（昨天的課主要講的是薩斯科奇人現象，我猜是被「追尋——」那節目挑起的，而我很可能哪天早上抽些寫《夢》的時間去做完它。現在那有點複雜，因為每天早晨我已由寫《夢》的時間裡抽時間去搞一九八三年的稅了。但我們會做到的。

（今天早上〔以及昨晚當我回家的時候〕暖氣爐發出如此大的噪音，以致我打了電話給修暖氣管的工人來檢查一下。我替他留下車房門不上鎖，因而他能在下午我不在家的時候進房子來。奇蹟啊奇蹟——今晚當暖氣開啟時，爐子是如此的安靜，令我不敢相信。它一向是有些噪音的，但近來變得糟得多。

（昨晚，我在郵件中發現卡洛・史戴那〔Carol Steiner〕論賽斯資料的博士論文，那是她在十一月答應給我的。我們知道，一年前她為她的哲學博士學位寫這論文。這相當有趣，但如我告訴珍的，它令我憶起，從頭開始來提出對賽斯資料的解釋是多麼重大的一件任務。以我們的觀點，我想我們覺得沒說出來的彷彿比說出來的還要多呢——但在這種例子裡可能永遠是這樣的吧。卡洛想出版她的作品，跟我們要一份柏兹—羅伯兹〔譯註：即羅與珍的姓〕的傳記——我想我們也許會放棄的事。我將寫信給我們的出版社——Prentice-Hall。

（珍吃了份好午餐。她試著重讀一月九日的課，但有點困難。她的視力不斷改變；有時可以看得很好。賽斯曾提及這眼肌的適應。珍大半的時候有問題，試圖在別人測她生命跡象的空隙閱讀，而最後她放棄了。我們忘了問卡拉，我太太的體溫是多少。我努力試想回信，但做得並不好。在我們能做完任何事之前，時間彷彿就沒有了。

（我的確提醒了珍，賽斯在昨天的課裡沒有回答我在她午餐時提到的問題——就症候的嚴重性等等而言，我們的行為為何如此的走極端？珍今天下午想上一節課。）

現在：我再次祝你們午安。

（賽斯午安。）

我有以下的評論。

你們的情況可被稱為極端——但真正的極端要不幸得多了。舉例來說，在世界許多其他部分，人們忍受極端的貧窮，阻礙所有各種成長——精神和身體上——並導致早死的那種貧窮，或是極端的疾病；在其中，兒童出生在沒有生活所需的所有功能之下——所以也會早死。或是另一種極端，當整個家族遭逢那種模式的悲劇，因而全部的成員同時死亡。

當然，這種例子是有原因的。我只不過想要你們知道，許多非常嚴重的極端都存在著，相形之下，會使你們的生活看似非常好似的。既然你倆都有如此的心智活力，並在此生有個健康有活力的歷史，那個歷史便能為魯柏利用，如果他，舉例來說，憶起自己在畫廊的台階跑上跑下的時候，他的心和身兩者必須認識那些動作的有效性，以便不會有相反的資料去阻擋住它。

在腦海裡練習，看到他自己精力充沛地清掃四五八公寓（我們曾住的西華特街公寓），或在坡居（我們現在住的）的房間，也能被極為有力的利用。

現在，我也許會也許不會回來，再次的，按照那些我所說的節奏——但要知我在此，並且是可被接近的。

（好的。）

（四點三十分。珍覺得好一些。我告訴她，賽斯並沒有談及我們關於他昨天上課資料的問題，有關從現在改變過去，他也沒評論卡洛談賽斯資料的博士論文。當然，我把它拿給珍看了，但她還沒能讀它。

（在一月九日的小註裡，我說我仍然覺得有些東西將珍拉住，使她不覺得有自由去行走，雖然我們已有了這麼大的進步。賽斯在昨天（十號）的課裡沒有提及此點，而現在我問珍她對那問題有沒有任何洞見。我連自己對不對都沒把握。

（當珍說她將問題想了一遍，而有些東西要告訴我時，我正在收拾我的東西準備離開。結果她說，由於她右腿斷了而覺得無法自由走路。

（然後她透露，她越來越擔心，為什麼她的右腿看起來比左腿短這麼多。縱使她真的伸直右腿，也彷彿不可能用它來走路似的。我們聊了一會兒。我恐怕這對話並沒令她覺得舒服些。我已知道了一陣子，關於右腿為什麼看來要短些，是存在著一個問題的。「但是，」我說，「我們不該那樣想。我們應該有信心，身體知道它在做什麼，並會以不論所需要的何種方式弄好那條腿。」當然，珍同意了，但我能看出她是相當難過的。

（我說她也許必須獲得一個醫學上的意見，但我覺得，如果他們明天要給那腿照X光，她會說不的。我非常想看到那腿開始放鬆，至少伸直到一個程度。我極為擔心她將右腿如此縮進而抵住她的小腹所涉及的壓力。如我說過的，我仍不真的明白身體為何必須如此做。縱使骨頭由於長期的壓力而變弱了，以她改進了的胃口和態度，到現在那個危險期至少該有所減輕了。沒有更多骨頭在裂了。

（珍，簡言之，在你的復原裡，右腿顯然扮演了一個中心角色——不只是身體上的角色，也在關於整件事的信念之改變上事關重要。當我開車回家時，我想，真的很諷刺，如果斷腿成為最後、最終的推動力，清掉我們的心靈其最後老舊、損害性的信念，以使新的合成終於能發生：身體能治癒它自己……

（今晚珍十點十分在卡拉的幫助下打了電話來，剛好在我快打好這節時。她說她仍然不覺得好了很多。我試著給她——和我自己打氣。）

一九八四年一月十二日　星期四　下午四點二分

（今天非常冷——中午只有十二度。我在銀行停了一下，來為「藍十字」及我們醫院的老帳單買一張支票和一張匯票。當我到三三〇房時，珍告訴我她的夢，那是昨晚我走後不久她夢到的。

（在夢中她在一個沒有水的浴缸裡，跟她看不見的媽媽說話。接下去有一個她完全無法憶起的「非常性感的」插曲。然後她站在一個房間裡，將頭髮放下來。她認為這意味著，當她繼續學習時，象徵性地「放下她的頭髮來」。

（今天早上珍「憂鬱又緊張」，但自己化解開來。她午餐吃得不錯。我打好了昨天的課，而她試了幾次去讀它卻沒成功——甚至在我給她點了眼藥之後，她今天就是做不到。最後我讀那節給她聽，在三點三十三分結束。

（後來，當我們在談話時，珍同意照照鏡子，我在三三〇房裡準備了鏡子已好幾個月了。最初她很害怕，但結果不錯——她好好地面對了自己，只喉頭屏息了一會兒。我倆同意的重點是在，照鏡子意味少了一項得處理的重要麻煩；她隱蔽自己的部分少了許多。

（我們抹上了口紅，以她細緻的皮膚和缺乏大多數同齡的人會有的皺紋，她看來非常好。她五十四歲。我告訴她，她看來出奇的好。她的頭髮看來也不錯——捲曲而活潑。我說如果它染過，如她一向做的，看來會很好，跟她的老樣子一樣。我也建議她每天至少短短地照照鏡子，很快地便完全沒什麼難了。她也許甚至會期待看見自己繼續的進步呢。

（珍又試著讀那節，但很快便放棄了。我說道，如果她今天上課，我希望會談談我昨晚離開之前我們談到的事——她的右腿，及相關的挑戰。我也想要賽斯評論我為昨天的課所寫的最後一段。我認為我在那兒有個好點子，而珍也同意。她也要我帶來一支眉筆，以便她可以和口紅一齊用。

（最後，珍等人來測她的生命跡象等累了，而決定開始上課。

（卡琳娜在轉角那邊走廊裡大聲叫喚，而且自從我到了那兒就一直沒停過。）

現在，我再次祝你們有個美好的下午。

（「賽斯，午安。」

（停頓良久。）一直保持好心情可能要舒服得多——但在魯柏的情況，相當不常有的憂鬱期的確是在療癒性地運作，以便她能藉由眼淚表達那些感受，因而免得身體藉額外的症狀去表達同樣的感受。

（有人從門口問：「莎倫在這兒嗎？」）

（「沒有。」我說。珍停留在出神狀態。）

換言之，有相當的孤絕感受之一些殘漬——這些藉這種表達發洩了出來，故而解放了身體去做進一步的改進。他（如賽斯有時稱呼珍的，因著她的男性存有的名字魯柏），舉例來說，以一定的速度進步，而由於懷疑及恐懼，遭遇到一些阻礙。隨後這些被釋放而藉由眼淚或一個被承認的憂鬱期表達出來。那麼，系統便再淨化了，而清出更多進步的路來。

在過去，身體本身受到壓抑（非常重要的一點），以「低檔」運作，而現在顯然不是如此了。當然，每一次憂鬱的期間要更短些，系統更快地淨化，而新的進步也以一種更快的速度顯示出來。

（在四點十分停頓良久。）現在，這至少是舊懷疑和恐懼的一種自然拋除，卻是以這樣的方式，以至於它們被認出來，然後放下了。

（停頓良久。）眼睛狀況的變化顯出在發生的那種循環：可以說，進步的上緣繼續著，因此很明顯，每一個新的進步都比前一個要更好。但同時，視力有許多的變化、不平衡，而有時相當的模糊。那些改變的確彷彿很神秘。魯柏並未一直在看他自己的眼睛——因而那神秘不知怎地被視為理所當然。首先，他對眼睛的運作非常不瞭解，也沒花功夫或試想去弄明白這種進步該有的先後次序，或它們該如何發生。

不過，右腿卻是明擺在他眼前的——非常容易看見，因此他常常將其位置與另一條腿比較，而不看好它。這必會導致他去考量那些彷彿擋著路的阻礙。身體能療癒那條腿，就與它能療癒眼睛一樣容易，也與它能療癒褥瘡一樣容易。

目前，最好別集中注意力在那腿上，以及，為了要使「行走」發生，它終究必得做些什麼，對他會大有幫助；如果他偶爾想像，他的行走會發生得像他的念頭來來去去那麼輕易而自然，並且以他視力運作的同樣神秘方式，當它突然較清晰了，而他閱讀得快得多時——快速閱讀很快的就會是他的正常狀態了。

今天他照了鏡子，的確是很大的進步——一個非常重要的議題，還有你建議他每天短短的這樣做——且微笑（覺得有趣的），也是一樣重要。

它顯示出，魯柏已準備好面對他自己，至少願意仁慈的看自己。當然，口紅是個絕佳的點子，還有眉筆，因此他開始像以前一樣在乎他的臉。聽來或許顯得很怪，但臉上的表情正確地反映出內在的自我形象。即使當他並不想微笑時，一個笑容也會建立他的自我形象，並影響整個的身體狀況。

魯柏已經被治癒過與斷腿一樣複雜的狀況。

我也許會也許不會回來，再次的，按照我說的那些節奏，但要知我就在此，並且是可以接近的。

(「賽斯，謝謝你。」

(「我能問個問題嗎？」)

可以。

(「你對我們昨天的討論，關於由現在改變過去，有什麼要說的嗎？」我覺得賽斯一定會同意珍對他說的話的版本，而非我的版本。

(四點二十五分。)那非常難解釋，因為，實際上發生的事，有時與彷彿發生了的事是如此的直接相反。你不只就改變，或擴大你關於過去的想法或信念——你還替自己，有時也替別人改變了過去事件的本身。如果你記住，不管表面看來如何，所有的事件基本上都是主觀的，或許對你有幫助。它們的「客觀性」在某種焦點上發生，而當——

(四點二十七分。一位新護士進來給珍量體溫——九十八度三。卡琳娜在整節課間都在大叫——叫得那麼厲害，以致有時我幾乎聽不到賽斯在說些什麼了。

(一會兒後，尚恩•彼得遜進來打招呼。我做錯了一件事：我問她，她先生好不好，因為昨天我便想到要問，卻沒問。尚恩開始沒完沒了的講她丈夫近來的問題。昨天他倆在塞爾的醫院待了一天。雖然她毫無惡意，但她說的話反映出珍和我已預期在醫院這背景會有的、關於疾病的所有負面信念。在尚恩離開後，我唸給珍聽從四點二十五分起的資料。)

——焦點改變，事件也隨之改變。

（四點四十四分。雖然珍說她還可得到更多資料，本節到此為止。到了替她翻身的時間。由於我很期待一些由現在改變過去的好資料，這情況多少會令我有挫折感，我不想那個問題被忘記。

（最後珍說，也許明天再多談一下那個問題。卡琳娜今天下午真的很煩人，而她仍在叫喚，她的聲音粗啞而減弱了很多。我告訴珍，我認為她聽來像是正在重新活回她的兒時。職員們多次試圖令她鎮靜下來，卻沒用。珍說他們的行為使她難過，因為提醒了她，住院的初期，當她自己有恐慌的感覺時，人們試著令她鎮定的情形。現在，當珍告訴我她的感受之後，她對自己說「撤掉」。）

一九八四年一月十三日　星期五　下午三點三十七分

（珍今天午餐後照了鏡子——她一連兩天這樣做了。她估計，這是一年多以來這類事件的第一樁。它們也有其幽默的一面，因為今天她只略略看了一下自己的影像，後來告訴我說她的頭髮是白的。她頭髮並不白。在我到三三〇房不久，遞給她鏡子之後，她明顯地鬆了一口氣說：「嗯，我放下那個了。」我也給了她口紅，她沒困難地塗上口紅。

（今天二十二度，比較暖了些，上午我準備了保險和醫院的費用。今天卡琳娜安靜多了——到現在為止。我說，如果賽斯對她有些評論也不錯。

（珍午餐吃得很好。一位護士助手帶給我們一張正常菜單的副本，而非珍一直在用的軟食物菜單，我們發現兩者之間的差異其實也沒那麼大。

（兩點三十五分。珍開始讀昨天的課，顯然比她昨天做得好。我在某些地方帶了她一下。兩點五十分，她讀到第三頁時，停下來吸煙。然後她告訴我她的夢。在第一部分裡，她在一面鏡子裡看見自己試戴粉紅色的珠子，看看它配不配她穿的襯衫——其顏色不清楚。在第二部分裡，她仰躺在床上，此時她的右臂不知怎麼動了，然後在她的視線裡，兩條腿變得一樣長了。她不知道她做了什麼。我說，聽起來像是，夢境在給她有關療癒和動作的資訊。腿的資料尤其重要。

（三點二十分。珍大聲的唸完了那一節，並且做得很好，尤其是快到結尾的地方。我回信，同時她在課開始前再吸了一支煙。她決定了不等人們來測她的生命跡象。當她問我能否分開她個人的東西和賽斯寫書的資料，我說那很容易——我根本不擔心。

（「你知道為什麼嗎？」我問她。「因為當你回家時，你將做所有關於書的工作，所以開始準備吧。我一直知道你將會寫那本書。如果你想要的話，我可以寫篇序，你也可以，或那個誰也可以——但你卻是那個寫書的人。」

（我小小的演說令她談起了書及相關的事，而她很快便感覺賽斯在身邊了。事實上，她先弄熄了她的香菸。）

現在我再次祝你們午安。

(「賽斯午安。」)

關於我們對時間的討論。

宇宙的創造本質是如此的了不起，以致其真正的廣袤超越了大多數人的理解。其意涵是驚人的——因此那事是幾乎不可能去解釋的。

過去，以及過去的每個片刻，從現在的運作點是經常被改變的。以你們的說法，現在變成過去，而那又從「最近的－現在」——你可以在那兩個詞之間加一短線，使其意義更清楚——的每個可思考到的點再被改變。然而在所有這龐大無朋、持續的創造過程中，永遠有一種個人的持續感：你永不會真正的失落在一個片刻和下一個之間的距離裡——

(三點四十三分。一位護士在她回家的路上突然出現來告訴我們，喬治亞・塞西剛剛入了院——「在走廊那端，三〇七室。」自從我太太在一九八三年四月住進醫院以來，我們就認識了喬治亞，珍偏愛的護士。

(「每次我們談到這個題目，就有某事發生，」我說。我讀給珍聽她至今所講的，「清楚嗎？」

(「是的，」她說。在三點四十六分繼續。)

以多少相同的方式，在你周圍的物體也持續不斷的動。原子和分子們永遠在動，而以一種說法，電子是那動作的指揮。

你自己的焦點是如此精確而細緻地調準了，以至於，縱使物體一直在活動，它們看起來卻是堅實的。

就是如此。且說，物體也是事件，而或許那是瞭解它們最容易的方式，它們非常仰賴你自己主觀的焦點。讓那焦點搖晃那麼一瞬，整個紙牌屋便會塌了下來——可以這樣說。

記住你們既是物體，也是事件，而作為肉身，你們的器官同時是由原子及分子組合成的，再次的，其動態是被電子所指揮的。

（在三點五十二分停頓良久。）電子們本身有它們自己的主觀性生命。所以，它們也是主觀的事件，所以，在你的身體及你周圍的物體裡的電子之間，永遠有個相互關係。再次的，無論如何，主觀的持續性本身永不搖擺，在於它永遠是它感知的世界之一部分，因此，以那種說法，你和世界彼此創造。

當你由最近的──現在的每一點改變過去時，你也在最微觀的層面上改變事件。所以，你的意圖也有一個電子實相。幾乎像是你的思想敲擊某個巨大電腦的鍵盤，因為你的思想的確有個力量。新的一句：正如句子是由字組合的，可以說出來的句子數量卻是無窮盡的——所以「時間」是由一個無盡種類的電子語言組合成的，它說出的不是字句，反倒能「說出」一百萬個世界。

現在我也許會也許不會回來，按照我說話的那些節奏。但要知我在此，並且是可接近的。

（「我可以問一個問題嗎？」）

你可以。

（「可不可以談談卡琳娜？」今天下午在上課期間，我聽到那位俄國淑女發出幾次聲音。）

休息一下。

（四點。珍抽了一支煙。「他的意思是他會回來，」她說。「我認為講時間的那段棒極了。當你在做的時候，有些什麼東西存在著，那是當你事後讀它、當你在它外面時你所沒有的。而當你在做它時，你是在它內的。」

「你的意思是你感覺到它，」我說，而她同意了。我常常想，我們目前的理論要解釋在我們周遭的東西，或夜空裡我們所看見的，是多麼的不足啊。

（四點五分至四點十分。琳進來測珍所有的生命跡象。體溫九十八度。我們談到卡琳娜，在房間之間的浴室另一邊的房間裡。琳認為卡琳娜是迷惑不清的，雖然有些醫生不這麼想。我們猜測為什麼卡琳娜除了俄語外從未學會任何其他的語言。琳說醫院甚至有一張俄文的單子，但卡琳娜對它們的回應並不夠——可能它們的發音太不正確了。

（在琳離開後，我告訴珍，如果她喜歡的話，可以繼續講談時間的資料。在四點二十一分繼續。）

日期只不過是應用在日子上的命名而已。

人類沒用這種命名而過活的時期，比用它們的時期長得多了。動物們沒有這種命名，仍然知道牠們在星球本身上的位置，並且牠們還覺察到地球和行星的潮汐和動態。

（停頓良久。）卡琳娜有那同類的取向。在她生命的這一點，她實際上已拒絕集中注意力在語言上，語言是會將她與世界的細節綁得更緊的東西。（停頓良久，許多停頓之一。）她的確「回到過去」，重新將它改造成她更喜歡的樣子。她最近的－現在開始顯現出惡化的徵兆。她想要一個關閉點，從那兒再建造其他的實相，所以，並不是最近的－現在在惡化，不如說她正故意讓她的注意力遊盪，而容許最近的－現在的力量和活力削減。當然她將建造一個新的形象，從那兒運作。現在我也許會也許不會回來，但再次的，要知我在此，並且是可接近的。（帶著幽默。）

（「非常謝謝你。」）

（四點三十二分。珍吸了一支煙。昨天是卡琳娜很不好的一天——事實上，就我們所知，最糟的一天。整個下午，她都穩定地大聲喊出無法聽懂的字句，直到最後，到晚餐時分她的聲音開始低落嘶裂。這令人不止有輕微的不安。有時候我暗忖她是否在走下坡，因為在過去幾週我不記得她曾如此穩定的大叫。我認為，她之將自己驅策到聲音粗啞為止，是個與她可能很快便將離開世界之最近——或最後的對抗……）

一九八四年一月十四日　星期六　下午四點三十一分

（今天天氣暖和——三十三度——而冰和雪都在融化。今天早上我在準備我們一九八三年所得稅的最後版本，並將於星期一早上將它們寄給我們的會計師。我將珍的眉筆帶到三三〇房給她。

（三點十五分。珍在塗上口紅後，照了鏡子。她甚至露出微笑——「既然我該微笑」——而做得很好。我用眉筆替她眉毛描深一些，她看來很好。

（三點二十五分。我走到走廊另一端三〇七房去看喬治亞，但她睡著了。今午經過時我瞄了她病房一下：她的床是空的，雖然有兩個人坐在房裡聊天。

（三點三十二分。珍抽完煙，而我整理信件。

（三點四十五分。珍開始讀昨天的課而一開始做得非常好。她讀得非常快。她被來測她生命跡象的人打斷——體溫九十七點三度。到三點五十七分。她回到課文上——但現在她的步調沒有那麼快而穩了。她說她的眼睛在變化。

（四點二分。珍停止閱讀。她幾乎看不清課文。過了一會兒，她繼續時斷時續地閱讀。所有這些變化都是個絕佳的展示——關於賽斯所說她的眼睛在改變的方式——她的眼睛正上移到一個視力改進的新水平。

（四點七分。珍休息一下，吸了一根煙。她在四點十幾分繼續，而讀完了該節，在結尾時讀得比較好些。

（四點二十五分。現在她告訴我，今天稍早時她如何想像自己去安非・格蘭〔Enfield Glen〕❹玩。她說她想像自己在公園及池塘周邊散步和爬坡，做得很好——但隨後，她變得憂鬱起來，想著在她能做這些事之前，還必須經歷的所有一切。「所以，要做所有那些玩意兒而不讓自己滑落過邊緣，真是難極了呢！」她說。我說滑落過邊緣也沒關係，如果你覺知正在發生什麼，而採取步驟，不讓自己被它帶得失落在憂鬱的情緒裡。沒有人是完美的，我們甚至也不需要完美。

（卡琳娜今天大半時間很安靜，雖然有時候會出聲。我認為，珍的「賽斯之聲」比平常要更強大且正面，有時相當的加強語氣。）

現在，我再次祝你們午安。

（「賽斯午安。」）

——我只現身短短一會兒，為的是加速那些對於療癒能量的進行如此有益的「座標」。

魯柏的精神性練習做得非常好——不比尋常的好，除了幾項例外，當他的確讓自憐緊抓不放時。集中注意力在他真心喜歡的那些人生樂趣上，是極端重要的。吃好的食物，以及再度的體驗閱讀之樂、創意思維的喜悅、朋友之樂等等，因為那些利益隨之將增加不止一百倍。

所有必要的進步，的確都是發生在他的精神和身體經驗內形形色色的活動層次上。像他一直那樣遵循下去，將真的能自己站起來，帶著一些信心走路。不過，他必須對這一點有信心——而，再次的，不去擔心它如何會發生。

意識心能指揮身體的活動（停頓良久），但單單身體意識就能做出那些帶來生命和動力的活動。

我也許會也許不會回來，按照我說話的那些節奏，但再次的，要知我在此，並且是可以接近的。

（「謝謝你。」

（四點三十七分。我告訴珍這小小一課非常的棒，它的確是的。我認為它包含了非常正面和充滿希望的資料──不知為什麼，它真的恰中目標。珍也很歡喜，而我在晚餐後又重讀給她聽。

（當我們在用餐時，電話響了。是約翰・本巴羅，我們坡居對面的鄰居。他邀我與他的女兒莉莎共進一個晚晚餐。現在我在八點十五分打完這一節，準備過皮那可〔丘頂〕路去赴約了。

珍，好好睡。我愛你。）

一九八四年一月十五日　星期日　下午四點四十一分

（昨晚非常的寒冷，而當我今午離家去三三〇房時，仍然只有十八度。今早我完成了我們一九八三年所得稅的最後申報。其餘時間我用在做《夢》上。不過，當我剛回去做一個方案時，中斷令我感覺自己離所想做的好遙遠。

（珍說喬治亞・塞西今晨來看她，並且借走了另一包香煙。今晨一位名叫蓋伊的護士洗了珍的頭髮，我告訴我太太她頭髮很好看。不過，珍照了鏡子而並不同意，不過她倒是承認她的頭髮並不白，卻是灰白色的。在塗上口紅後，珍做了對著鏡子微笑的動作。今早更早時，蓋伊以眉筆加深了她的眉毛。

（午餐後，珍告訴我今天凌晨約三點半時，她被安裝了一個新的靜脈注射留置管，沒有困難。但在本樓層的新護士在照顧她時好幾次將它拉鬆後，她需要一個新的。今天上午沒有水療。

（昨晚，靠卡拉的幫助，珍兩次試圖打電話給我，但我直到大約午夜時才從約翰的家裡回來。我們有頓美味的晚餐。我在三點左右心懷憂慮的醒來，而在回去床上之前起來了約一小時。「擺錘」〔pendulum〕告訴我，我在為耽擱了寫《夢》而心煩。

（兩點五十分。珍開始讀昨天的課，做得相當好。她在一個良好的閱讀後，三點五分讀完。當我試圖專注在郵件上時，她吸了一支煙，但我做得不好。我有點睏。

（從四點到四點七分。人們來測她的生命跡象——體溫九十九度，有點高，但珍覺得沒問題。我正開始想她不會上課了，她卻告訴我拿紙筆來。）

現在：我再次祝你們午安。

（「賽斯，也祝你午安。」）

我再一次的短暫顯示自己，為的是啟動那些在療癒過程裡如此重要的「座標」。叫魯柏告訴他的手臂和腿，它們是完全可以伸直、伸展和彎曲，並用它們正常移動能力的，是個極佳的主意。那暗示是非常有價值的，而他用得很好。他的雙手的確開始加速進步了——尤其是右手，因此手指開始伸直了。

眼睛動作的快速改變顯示出，同樣在身體所有其他部分發生的肌肉動作和反應的快速性。

他若能一次或兩次回憶起叢林健身房（Jungle gym，在紐約州的韋斯特，我弟弟比爾和他的家人住在那兒），以及記起他第一次身體站不穩的時候，會是個好主意。如果他能，隨之叫他想像自己不蹣跚，卻繼續運動。那樣的話，他也在修復過去。不過，如果他難以做到這練習就算了，卻繼續給他「安全」的暗示。

我也許會也許不會回來，再次的，按照我說話的那些節奏——但要知我在此，並且是可以接近的。

（「好的。謝謝你。」）

（四點四十七分。今天下午稍早，珍給我看她右手蜷曲的手指如何真的鬆弛了一些。我曾替她的兩隻手指關節抹上Remedy Rescue Cream。我也注意到有一陣子了，她左手的手腕和手背發生了改變。今晚當我在晚餐前替她翻身時，她的右臂手肘移動得相當自由而放鬆，右膝也變得越來越好了。所以這無價的改變繼續在發生。）

（與她一同唸祈禱文之後，我於七點七分離開珍。在我出去的路上，我對三〇七房裡的喬治亞揮手。她有訪客，所以我沒停留。）

（我倆都立刻記起在韋伯斯特湖邊公園裡的叢林健身房，那麼多年以前我們在那兒第一次注意到珍身體動作中的蹣跚。不過，今天，當賽斯提起它時，珍彷彿並不難過，所以也許現在我們能將那記憶好好地加以積極利用了。）

一九八四年一月十六日　星期一　下午四點二十三分

（昨夜非常冷，今晨六點半時，仍然是零下五度。我今天中午離家去三三〇房時，氣溫才不過十度。我打好一封給律師的信，與我們的稅有關，在中午寄出了。我後來告訴珍，我需要有關由茱德．卡德威爾接受贈款的資料。我猜想這種款項是要上稅的，所以為合法避免因重稅而損失太多款項，珍和我需要律師告訴我們該如何做。我說，可能我們永遠看不到那筆錢，茱德．卡德威爾也許必須為我們付帳之類。無論如何，我想捐款者可以申報減免額。

（珍吃了個好午餐。之後她描述了一連串昨晚我離開她後她有的「經驗」。它們大約發生在八點十五分，職員進來替她翻身側臥之前。很難描寫她所告訴我的，並且會用掉很多字句和許多時間。她說：「我希望我自己能寫出來。」我想，她在有些經驗中是形形色色不同的意識轉變狀態，而在其他的經驗中，則是處於作夢狀態。

（一開始，珍發現自己是個小女孩，在她長大的撒拉托加溫泉市聖克萊門天主教堂及學校對街遊戲場的鞦韆上。「我向下看而看到我穿著黑鞋白襪，像小孩穿的那樣，像我在有些老照片裡的樣子。」在這兒有一刻她認為自己只有四歲大。她說，她知道自己在遊戲場時正在做那些事。

（然後她發現自己在一浴缸溫水裡，而她充滿了性感的肉慾感受，尤其是在陰部。「我突然悟到我正在幻想那水等等，我事實上是在醫院病床上。然後我想，無論如何，我在這兒可以有隻小貓。我們有兩個房間，而羅可以將小貓藏起來，並且也將貓的砂盆藏起來——我不知道他怎麼做到的。」

（接著，珍說她正試著在我們艾爾默拉的坡居裡找到一個收音機和錄音機，因此，可以借給住在北邊離我們車程一小時的蘇•華京斯。當她在搜尋時，突然發現許多小洞，塞滿了小小的珠寶和裝飾品，她知道全是她的，且很高興知道這一點。「然後，其餘的時間我都在搞錄音機。」她發現自己在某個像貨車車廂的東西裡，而它也是在一個播放錄音帶的機器的底盤內。在這底盤裡，珍和蘇上上下下並繞著美麗的、珠寶般的綠山丘走。「真迷人極了。」然後珍看到她自己巨大的面孔像東升旭日般地朝下看這一切——珠寶的顏色、蘇和她自己，以及載具。

（在那經驗當中，珍並沒真的看到賽斯——她只知道蘇在那兒跟她說話。然後那段旅程「變得遠較不清晰」，而她正在試著想出要借給蘇什麼。她記不起來。

（三點十分。我清潔了珍的眼鏡。她塗上口紅，然後看入我替她拿著的鏡子。她甚至自己自動要這樣做。她笑了——短短地。我笑出來，告訴她，她的行為令我想起今晨我們的貓，當天這麼冷時：比利和咪子倆才剛由廚房的窗子走出到野餐桌上，便馬上轉身跳回屋子裡來。我懷疑我太太是否認為這個比較很幽默。

（三點三十八分。珍試圖讀昨天的課，卻有很多的困難。她在一陣陣視力清晰的瞬間閱讀了一點點。「天啊，真可怕，」她說。「當我那樣做時，我嚇壞了。任何人都會嚇壞的。」她將課擱在一邊來吸一下煙。卡拉測了她的體溫——九十八度一。黛安娜量了她的血壓。

（四點。珍再度嘗試讀課文。沒辦法。「氣死我了。哦——而且我忘了告訴你。今天早上他們驗了血。不過，他們抽血只為了甲狀腺，在早餐之後。而其他的測試，他們必須在你吃東西之前抽血，所以他們也許明天早上會回來。」至少這是幾週來第一次驗血。

（四點五分。最後，我讀課文給珍聽。她在開始講今天的課之前吸了一支煙。）

現在：我又祝你們午安。

（「賽斯午安。」）

（一直都有許多停頓。）在昨夜的經驗裡，魯柏展示了意識之機動性的一個絕佳例子。療癒也發生在意識不同的層面上。（停頓良久。）總的來說，魯柏的經驗觸及了許多那些層面，在每個既定層面便利了療癒的過程。「卡車車廂」的插曲代表他在肉身經驗的一個層面上的生活，縱使當他也同時存在為由山頂窺視、觀察其進程的那個巨大尺寸的自己時，那是對於在觀察且導引肉身自己之存在的「無限的內我」之一個絕佳的描寫——或畫像。

（可以畫成一幅偉大的畫。

（四點二十八分。）先前的插曲的性感面，的確代表提高了性能力及其愉悅的面向。在最早的插曲裡，魯柏體驗到小孩身體的健康和喜悅，帶著它天真的自發性。這容許他與童年的早期活力接觸——並且是以感官的方式，而不只是，比如說，一個記憶而已。

生動至極的色彩也有助於提醒他眼睛感知亮彩的能力，因而啟動了眼睛的神經及肌肉，提醒它們其自然的能力。

「卡車車廂」的元素，除了已給的解釋之外，也代表了身體作為一個載具，輕易而敏捷地移動。整個插曲顯示心智在任何既定時間，藉由利用不只一個層面的意識，而導出新經驗的方式。而魯柏快樂地發現的小小珠寶裝飾物，代表日常生活中微小卻非常有價值的愉悅，那是他現在正重新找回的。

現在我也許會也許不會回來，再次的，按照我說話的那些節奏——但要知我在此，並且是可以接近的。

（「我可以問一個問題嗎？」）

你可以。

（「珍發現自己在一個錄音機裡，並且與蘇在一起，有什麼關連？」蘇寫過兩集的《與賽斯對話》。）

蘇代表魯柏的某個部分——寫作的自己，表示魯柏人格的「通靈」部分在幫忙寫作的部分，並讓他們分享通靈的知識及經驗。

「到此為止了嗎?」我在一個很長的停頓之後問。

「是的。」珍說。

(四點三十八分。我跟珍說,在那一點結束了此節令我頗為驚訝,因為我仍一直在等賽斯回答我有關珍在錄音機裡的問題。珍也很驚訝——因為她並沒聽到那部分的問題。我沒有大聲說話。也許賽斯下次可以談到它。我告訴珍,錄音機顯然是一種通訊器材,所以關連可能就在那兒。

(若賽斯能評論珍經驗裡的小貓及其象徵的話,也會很有意思。

(我在五點走出去,到停車場發動一下車子,天氣那麼冷。我回來;替珍翻身,並以歐蕾替她按摩之後,珍給我看,她的右手是如何仍在放鬆蜷曲的手指,像昨天已開始的那樣,她的右手肘動得不錯,到她能打開的程度都相當自由,並且還在增加中。我告訴她,她左手腕上的結節現在已縮小了不少,如現在它們已有一段時間逐漸在變小的樣子。珍,好睡。)

一九八四年一月十七日 星期二 下午四點二十五分

(今天暖了許多,正午時是三十度。今晨在寫《夢》時沒被干擾——好像滿奇怪似的。當我抵達三三〇房時,珍已經翻身仰臥,沒問題。她的水療還不錯。今早沒人再來抽血。她蜷曲的右手指在持續的放鬆。

（今天我沒看見喬治亞。當我到了三三〇房時，珍告訴我說，卡琳娜已被移到在韋爾斯堡的一家安養院，在離艾爾默拉幾哩的一個小社區。我有些驚訝，並且為她難過，心想不知她的進展會如何，以及她會給那個新地方帶來什麼新問題。那麼，數週以來，我們第一次沒聽見卡琳娜以俄語大叫，或以英語呼叫喬治亞。

（三點。珍開始讀昨天的課。對她而言很難，但她堅持下去，終於在三點三十分讀完。我在看郵件，讀了幾封很棒的信，並且回了兩封。其中之一很有潛力——關於在紐約市內的一群年輕女演員，她們想在一系列的廣播節目中讀賽斯書。我計劃將她們的建議和信寄給我們在Prentice Hall出版社的編輯，琳・倫斯登。

（四點。一個新女孩——也許是個流動人員——量了珍的體溫——九十八點四度。

（珍說，雖然時間不早，但她想上一節課。她也說想要再讀讀近來的一些課：「因為我需要它們。」整個下午她重複說了好幾次。）

現在：我再次祝你們午安。

（「賽斯，午安。」）

在魯柏近來的經驗裡，他發現自己在一個錄音機的底盤裡——意味著他不是以幾種不同速度放一卷錄音帶，反之，可以說是以不同的速度播放他自己的意識。

那麼，他不只是在聽錄音下來的資料，他自己本身即錄下來的資訊，並且也是「經驗」在上面播放的一個錄音機。

（四點二十八分。一位護士進來量珍的血壓。她走的時候沒關門，因此走廊上的噪音侵入進來。

（四點三十一分。）意識之許多速度的比喻，事實上與意識遊戲其上的實際神經順序很切合。如你們所知，每樣活的東西都有意識——甚至所謂的死東西也擁有其本身的那類自覺。

（停頓）以你們的說法，某種意識的節奏可能看來極其緩慢，因此在一個感知與下一個之間，或許一個世紀過去了。其他的類別可能看來令人驚異地快速——感知一個接一個，如此之快，以致它們真的會全然逃過你的感知；然而在內在天性之神妙奇蹟裡，所有這些節奏是彼此相連結的，而以一種說法——原諒我的雙關語（覺好玩地）——它們每一個都彼此平衡。

在感知中造成不同的，並不是顯現出來的實際節奏，卻是某些其他節奏的缺席（熱切地），感知是凌駕其上的。

現在我也許會也許不會回來，再次的，按照我剛才說的那些節奏。

（「你想不想回答我昨天課上的問題，關於在珍的經驗中有小貓咪的理由？」）

小貓只不過代表了希望的實現，在於魯柏的確計劃當他回家時便立刻去弄一隻小貓來。在那經驗裡，小貓是在醫院的病房裡，而彷彿有相鄰的房間，好像在四五八號（我們住在西華特街公寓的地址)。這意味著魯柏現在與過去的經驗中正在建立相似性,因此,出現於夢的現在與過去的小貓,的確會出現在未來。

我也正加速那些涉及魯柏療癒的座標,因此加速那些重要的療癒過程。

(「謝謝你。」

(四點四十四分。珍做得很好,在晚餐後我重讀這節課給她聽。同時,看來賽斯已回答了所有與珍前天下午的經驗相連的問題。那是說,在我沒有進入更多細節之下——不然問題會是沒完沒了的。)

一九八四年一月十八日 星期二 下午四點二十九分

(天氣不壞——當我往三三〇房去時是二十五度——但預告下午會下雪。珍已仰臥著;她的左肩一直令她不舒服。很顯然她很憂鬱。我叫護士來幫我將她在床上更拉高一些,使她比較舒服,而那彷彿有幫助。我自己的心情並不很好。

(然後珍告訴我,昨晚尚恩・彼得森失手打破了「歐蕾」瓶子,而將擠壓管跟碎玻璃一齊丟了。擠壓管很難找到。我問珍她為什麼沒馬上叫尚恩留下擠壓管,但當珍在大約十分鐘後想起來時,已太遲了。尚恩已收拾殘渣,將它全丟了。為了某種理由,這新聞變成一個令我陷入自己的沮喪心情的一個觸機，而那心情延續了大半個下午。也許我累了。

（我整理信件，但真的並不很想做那事。在三點十五分珍開始讀昨天的課。她做得相當好——比昨天要好。卡拉和尚恩來測她的生命跡象而打斷了她——體溫九十九度——而在十分鐘後結束了那節。

（三點五十分。「我需要讀一讀某些較早的課，」當我抵達時，珍說。所以，在三點五十分她開始讀一月十三日的課，很棒的一課，同時我在看信。在四點二十分她放棄了閱讀，選擇抽煙和一節可能的課，雖然時間已晚。）

現在：我再次祝你們午安——

（「賽斯午安。」）

——我再度現身，再次的，為的是加快那些加速療癒過程的座標。

你倆在處理不太好的心情上都做得相當好。現在別管它，但當你們一時「低落」時，那麼，對魯柏而言特別重要的是，照著鏡子，塗上口紅，而以不論什麼方式微笑。有時，真的會看出一個幽默面，而自動地提昇他的心情。

再次的，眼睛顯示肌肉反應和神經活動的敏捷。記起神經的敏捷發生在身體的所有部分是很好的。就彼而言，做出更多健康的連接。魯柏的身體的確常常覺得格外的暖，那熱是身體活動被加速的結果。它真的產生熱，那是許多——如果不是大半——療癒經驗的特徵。

再次的，魯柏緊記他的目的是極重要的，並且記住，不管心情如何，療癒過程是持續的。他的右手也在持續的進步，而他在提醒自己「所有的肢體都可以安全地以正常方式伸直」——四肢伸展和彎曲，表達它們活動和行動的真正能力——這件事上做得很好。

現在，我也許會也許不會回來，再次的，按照那些我說話的節奏——但要知我在此，並且是可接近的。

（「謝謝你。」）

我還有一點要說：佩姬‧加拉格心電感應地收到你的心情，而感覺到要來探訪的動力。

（四點三十八分。如我提過的，我自己曾對佩姬來訪的時機感到好奇。直到賽斯提及它，我今天完全忘了叫珍照鏡子。在約七點五分我離開前，我讀本節給她聽。雪仍下著。我開上坡沒問題，但有一點滑溜溜的。在打好字後，我可能至少去剷掉車道上部分的積雪。）

一九八四年一月十九日　星期四　下午四點十三分

（當我去到三三〇房時，氣溫只有十八度。在昨天下午和晚上一場小暴風雪之後，昨夜很晚和今天一早我剷了車道上的雪。今早沒電話，我忘了早些打電話給我們的律師，而當我真的想起來時，我說管它的，而繼續《夢》的工作。在去醫院的路上，我在郵局停了一下，寄給琳‧倫斯登我們收到的一位讀友來信的影本，他要送我們在一個字謎雜誌裡一年免費的廣告。

（我從來都不真的知道拿這種提議怎麼辦，而近來回過幾封這種信。然後今天我打開一個包裹，裡面有一本與賽斯相似的通靈資料。我猜我該對出版社及靈媒說謝謝，它很棒。實際上，我認為這兩個人將他們的資料——談的是「一切萬有」——弄得離開與其人類來源及其與人類人格之日常接觸太遠了，故此只製作出另一本靈異書而已。我想，你可以拿六本那種書，將其靈媒的名字換來換去，而從不知誰寫了哪一本。我只能想，所涉及的靈媒必然是害怕情感以及所涉及的意涵。

（珍吃了一頓好午餐，然後她叫我拿鏡子、口紅及眉筆。當她照鏡子時，短短地微笑了一下，露出了牙齒——比昨天好多了，昨天我們根本就沒做。

（三點。珍開始讀昨天的課，讀得很不錯。她在十分鐘左右讀完——相當好。我回信。

（三點三十三分。她開始讀今天的第二課，一月十七日那天的，並且又做得很好。

（我想起，今天我打開的那種書令我不舒服的地方，是在其狹隘的觀點。就像一本談地質學或服裝或任何不可數計的其他書那樣。其背後沒有一個質疑的心智在運作，沒有新主意或理論——只有關於「一切萬有」、愛、輪迴等等熟悉觀點的重炒。或許是夠中肯的，卻缺乏原創性的洞見和獨特性，像賽斯資料那樣。

（我告訴珍我前晚的夢，在其中她、我和李奧納多・耀德——他是我們四五八號樓下的鄰居

——一同搬入四五八號的一間公寓裡。在夢中房子比真實情形要來得大些，狀況也較好。我告訴珍，我猜那個夢是由於我有一晚在新的杜泊超級市場遇見了李奧納多，那時他開著玩笑並重複了好幾次說，在他心臟手術之後，他感覺身體多好。珍說她認為那個夢意謂著，我們三個全都開始一個更佳健康及對生命有個更好觀感的旅程。

（三點四十二分。在尚恩量了珍的體溫——九十七點二度——之後，她開始讀她今天的第三課——一月十四日那天的——這一次甚至做得更好，又快又容易，我覺得。她被職員們來給她點眼藥以及量血壓打斷，而在四點二分看完那節。她說那眼藥「與我見過的任何一種一樣好——有時候令人驚異的清晰起來」。這是在我已發現她真的讀得非常好之後。

（四點五分。她吸了一支煙，告訴我她兩隻手都仍在進步與改變。「我希望它更快一點，但我知道它們是在變。」）

現在：我再次祝你們午安。

（「賽斯午安。」）

（帶著幽默：）口授。（停頓。）我的讀者，如果你們任何人健康不佳，或一般而言，不快樂的話，沒人叫你假裝那些情況不存在。我希望讓你們看到，甚至那些不幸的情況都是一個被誤導的善良意向所創造出來的。不過，在這本書裡，我們得一直提醒你們，勃勃生氣與高昂的精神是你們傳承之一個自然部分。

如果你們已失去了它們，我們也希望讓你們重新捕獲那些感受，並且賦予你們保持那些情緒新鮮而完整的其他方法。讀者按照其自身的狀況和意圖；會以種種不同方式受益，但每位讀者多少都會受惠——會變得熟悉那些活力與健全的內在泉源，那在人類經驗裡是如此的重要。

（尾音輕快的提高：）第一章完。

（四點十九分。）評論。

由於魯柏現在有了較多的生命力，以致他有時候對他的進步顯得不耐煩。

他覺得精神比較好，而當然想變得活躍得多。他的食物對他越來越有幫助。他消化食物比以前好太多了，而這的確容許療癒過程加快。同時，當身體的所有部分，可以說，再開動的時候，常常有那不平衡。今天眼睛顯示了我是什麼意思，因為偶爾他短暫地比他至今所能的讀得更加好，然後彷彿又回到先前的層次，然後在種種不同的階段間前後擺盪。

我最近給的忠告尤其必須遵從——因而他集中在他擁有的喜悅上，心裡記著他的目的，而信任他內在無限的智慧帶來想要的結果。這釋放了他的頭腦而讓他的進步不斷地繼續。

我也許會也許不會回來，再次的，按照那些我所說的節奏——但要知道我在此，並且是可接近的。我恭喜你們「超靈七號的教育系列」出了新版。

（賽斯意指《穿梭幻相實相》（*The Further Education of Oversoul Seven*）的「口袋書」版本，它昨晚由出版社寄到了——九本。

（「我可以問一個問題嗎？」）

你可以。

（「關於我夢到李奧納多、珍和我搬回到四五八西華特街的夢，你有什麼想法？」）

你們討論過的是個不錯的詮釋，李奧納多表達了他的良好健康，而你們以良好健康做為一位鄰居。

（說得真好，賽斯，我心裡想。「我還有一個問題。」）

說吧。

（賽斯一邊說我一邊試著跟上去。

（「我並沒準備今天下午問這個問題——但近來我注意到，我不戴眼鏡看近物時，眼力不如從前。我不認為是身體上的原因。我想近來是有些事情令我心煩，而以那種方式表現出來。並不嚴重，但有時夠令我心煩。我沒花很多時間試圖去解讀它——」）

請等我們一會兒……它是你擔心所希望的效果可能不會被帶到眼前——那是，不會進入你的近距離視線——的版本。當你有那種感覺時，閉上眼睛，即使只一會兒，向自己再保證你能信任你的視象——心和身的——而的確你的目的會被帶入清晰的焦點。

（「好的。」）

（「是我。」當我記錄時，珍說。

(「謝謝你，賽斯，」我在四點三十二分說。他的忠告與以往一樣，總是那麼棒。我覺得鬆了一口氣，而將試試那個技巧。我計劃將它分開的打好字，放在我寫作室裡看得見的地方。也許就在桌上。我告訴珍，我認為那問題是由今天上課的資料觸發的，尤其是關於李奧納多的。)

一九八四年一月二十日　星期五　下午四點三十三分

(昨晚珍在卡拉幫助之下打電話給我。晚上很冷——當我早上六點半起床時，仍然在零下六度，而當我離家去三三〇房時，也只在冰點之上十二度。預告週末的天氣還是酷寒。)

(今晨，珍一如往常的去水療，但對那個系統不大滿意。當她在吃一頓好午餐時，我想到要告訴她修理打字機的人今晨打電話來，說修理費加一盒一打油墨帶，一共九十元，但當我們談別的事時，就忘了說。我也打了電話給我們的驗光師，要他的秘書請他回電，以便我可問他一兩個有關我替《夢》第九〇一節寫的註的技術性問題。既然我得等他的回音——根本沒有——我無法離開家去取珍的打字機。在我將自己也需要修理的打字機送修之前，我想試試珍的，以確知它沒問題。)

(三點。珍開始讀昨天的課，比她昨天讀得慢多了。她最後在三點二十五分讀完了它。)

(三點四十三分時，她開始讀一九八三年十二月二十七日的那一節，比她先前做得好些。她被來測她的生命跡象的人們打斷了——體溫九十八點三度——中途休息了好幾次之後，終於在四點二十分讀完。

（珍再一次說到「觀看我不耐煩的心情」。她真的希望進步發生得比它們所發生的快得多——真正的快速。我說我認為她的不耐也許是作為她療癒速度的一個推動力。「至少它顯示給你的身體你想要做一些事。」我說，「萬一你既沒不耐也沒推動力呢？」

（當然，她同意了，而說她想要上一節短短的課。）

現在：我再次祝你們午安——

（「賽斯午安。」）

——而我正再次現身以加快那些加速療癒過程的狀況。

你對於魯柏不耐的想法是正確的：不過，他要利用它為一個工具，而不是讓它利用他。即是說，那不耐意思的確是要作為一個推動力，作為更進一步的活動和移動的一個刺激——因而他必須將那不耐想作是個朋友，而非敵人。

剩下的褥瘡甚至會以更快的速度自己痊癒——既然他現在比之前消化蛋白質消化得好多了。他的精神練習涉及內心以新細胞「縫補」那瘡（今天下午早一些，珍告訴了我那件事），運作得很好。不過，要他以一種遊戲的態度去做。

我也許會也許不會回來，再次的，按照我所說的那些節奏，但要知道我在此，並且是可接近的。

（「謝謝你。」

（四點三十八分。珍說她的雙手都仍在進步，當我將她翻轉到左側，而用歐蕾按摩它們時，我也覺得彷彿是如此。在我小睡一會之後，她一如平常吃得很好，而在七點五分與我一同讀了禱文。珍，好睡。我愛你。）

一九八四年一月二十一日　星期六　下午四點十一分

（昨夜酷寒——當我在六點三十分起床時，仍是零下五度。在早餐後我開車去辦了幾件事，準備好分期付款的支票去寄，等等。星期一我取回了珍的打字機。

（珍告訴我，今天早晨十點半，護士換了她的「靜脈注射留置管」，在我到之前剛剛換完了她的繃帶。她吃了個好午餐。當她在吃時，我描寫我對「尋求火」（Quest for Fire）的反應和想法，那是兩年前的一部名片，我昨晚吃晚餐時在「Showtime」電視台看到一部分。

（我說我極好奇賽斯會作何評論，因為那電影所演的與賽斯在《夢》裡講到早期人類的資料是如此的扞格不入。我預期會有很大的不同，但看著電影裡演的我們早期歷史，令人覺得好像八萬年前生命是不可思議的猙獰。如果那電影是正確的話，我不明白我們的祖先是如何倖存下來的。它必然是錯的——因為它描寫的只有野蠻，動物、猿猴、狗、人、食人族等等皆然。「在那種境況下，如果任何人活得超過了二十歲的話，」我告訴珍，「就會是個奇蹟了。」沒有慈悲，沒有直覺；在電影裡的角色很少顯露出瞭解，除了嗜血的情緒、適者生存及自私之外。它顯然對於人類幼兒如何被給予長時間的照顧，當他們只是在生長時，沒提供任何洞見。

（在我去三三〇房的途中，喬治亞叫我進她房間，說她下週一或週二會有某種的背部手術。她也被搬到一樓——外科一號病房。我有個玩具獨角獸，明天要送她，還有珍寫的一篇詩。兩者都是伶俐又有創意的。以下是珍的詩。

獨角獸說，
「哦，求你帶我
去看我的好友，
喬治亞・塞西。
哦，我將開心的蹦蹦跳跳
換取我朋友喬治亞・塞西的
一笑。

我神奇的力量將放她自由

我的好友

喬治亞·塞西。」

（三點十八分。珍開始讀昨天的課，但一開始很吃力。當我處理信件時她做得好一些了，然後當她讀最後一頁時便相當好了。「我的眼睛開始好些了，」她在三點三十二分說。

（三點二十九分。她開始讀一九八三年十二月二十八日的課，再次的進行緩慢。她於三點四十分放棄，吸了一根煙。幾分鐘後卡拉進來量她的體溫——九十八·五。「幾乎完美，」我開玩笑說。

（三點五十五分。尚恩量了珍的血壓和脈搏，然後我太太又回去讀那課，做得比較好。珍在四點十分宣布她準備好上課。她已告訴過我，她想賽斯會評論那電影。）

現在我再次祝你們午安。

（「賽斯午安。」）

你所說的，在電影裡描寫的人、動物和自然的畫面，只是在邏輯上可能顯示實相的唯一可能的描畫——當我們考量那前提所本的信念的時候。

那環境、人和動物會都被描寫為兇猛的、彼此敵視的，每個都決定要犧牲別人而令自己存活。人類無法在那電影助長的狀況下存在——就彼而言，也沒有任何動物能夠。不管任何相反的理論，世界、所有其物質面向及所有其生物，都依賴一個與生俱有的合作性。物種並不因搶奪一塊既定的地域而彼此競爭，不論那多常顯得是實情。（停頓良久。）就是如此。

科學提倡這個想法：敵意是大自然及其所有各部分的一個不變的屬性，同時它視自然的合作特性為頗不尋常或少有——卻顯然是在常規之外的（諷刺地好笑）。

即使生物性在最微觀的層面上，都有一個廣大天生的合作活動之網路，而這統合了動物、礦物王國與地球存在的所有其他面向。每個有機體都有個目的，而它是要以這樣一種方式實現其能力，以至於它有益於所有其他的有機體。

（四點二十三分。）所以，每個有機體在其發展上都受到其他有機體的幫助，而其一的平順運作對全體的健全性都有所貢獻。人並沒開始狩獵動物，直到某個動物群需要一個控制其自己數量的方法。如我先前說過的，人和動物彼此學習。他們是密切的盟友，而非敵人。

人類也幾乎從一開始便畜養動物，因此人和動物兩者都幫助了彼此——他們一同工作。行星生命的穩定性首先便依賴這基本的合作，在其中所有的物種都協力合作。

人的腦子一直是它現在這個大小——

（四點二十八分。一位護士進來給珍點眼藥。之後我唸珍在此節所講的給她聽。我提到，人和動物，即使大半仍在夢境時，必然已在合作了。在四點三十七分繼續。）

——而動物以你們今日認識牠們的樣子存在。沒有動物——或病毒——真的絕種了。所有都存在（停頓良久）於一個內在的網絡裡，並且被保持在一個整體地球知識的記憶裡——一個生物性記憶，因而，每個最小的微生物，在其內都有形成每個其他微生物的銘刻其上的生物性訊息。其一的存在便以全體的存在為先決條件，而全體的存在是天生固有於其一的存在內的。

我也許會也許不會回來，再次的，按照我所說的那些節奏。

（「你對魯柏的情況，想不想說什麼？」）

魯柏繼續在進步，整體而言，他的力量與日俱增。某些情況正在身體內發生，很快的便會帶來非常明顯可見的、身體在活動和整體合作上實際的進步。

（四點四十三分。「是我，」珍在停了一下後說。她做得很好。我尤其高興得到賽斯對珍自己狀況的鼓勵話語，因為她仍不耐煩地等著更多進步的發生。

（在卡拉的幫助下，珍在九點四十七分打電話給我——正當我快打好此節時。我告訴她氣溫已經降到零度以下了。珍，睡得暖和舒服。）

一九八四年一月二十二日　星期日　下午四點七分

（我在六點三十分起床之前，氣溫是華氏零下五度，但當我十二點三十分離家去三三〇房時，已升到十五度了。去珍病房的途中，我在外科一號病房停了一下，給喬治亞我們昨天買給她的獨角獸，以及珍寫的詩，我已將它轉寫在我們買的卡片上了。喬治亞下週二要動手術。

（在喬治亞的房間裡，我遇見一位以前照顧珍的護士。她做過同樣的手術，一次脊髓X光像，就是喬治亞為了椎間盤凸出所要做的。當我在那兒時，她給了喬治亞許多負面暗示：「那種事你不會很快忘記的。」諸如此類。後來這位護士不約而至，來跟珍問好。「我真希望不在她照顧之列，」珍在她離開後說，「我想要離開這兒。」

（珍吃了份好午餐。我告訴她我昨晚非常生動且彩色繽紛的夢。她和我沿著色斯漢那河岸向塞爾走——徒步旅行。我們穿著色彩非常明亮的衣服。那天是美麗溫和的一天。有朋友同行，而他們邀我們坐車去我們的目的地。我們拒絕了。珍尤其堅持要一同沿著河岸走，她的跨步完全正常而有力，顯得健康極佳。

（我也告訴珍，除了那個夢之外，我也希望賽斯評論一下另一件事：今晨我醒來時，心裡想著茉德・卡德威爾，包括我兩週前寫給她的信。我幾乎已經忘了它。我想要賽斯評論茉德對那信的反應。我告訴珍，我要她知道我的問題，萬一這週我們收到茉德的信。我心想，我今早如此明確的想到她，必然是有理由的。珍同意我們很快會收到訊息。

（兩點三十八分。珍塗上口紅，然後在鏡子裡照了照自己——短短的。

（三點。她開始讀昨天的課，不太容易地——然後在三點二十分停止，抽了根煙。我處理信件。我也給自己暗示，照賽斯在一月十九日的課裡大略給的建議——關於當我的眼睛看得不如我知道它們能看的那麼清楚時，是有幫助的。今天上午我也用過兩次這個暗示，結果不錯。是擔憂的問題。我需要用這個暗示好幾天，以便給我有創意的自己時間去令它生效；對我而言，那是暗示通常會生效的方式。

（三點三十九分。當珍現在回頭去讀那節課時，她做得好多了。卡拉在三點四十五分量她的體溫——九十八度一。

（珍說她今天想早點上課，以便我可以看「超級杯」〔Super Bowl，譯註：美式足球年度冠軍大賽〕，那將在四點三十開始，但我說那並沒那麼重要。無論如何，在球賽部分時間內，我會坐在我的椅子裡打個瞌睡的。）

現在：我再次祝你們午安——

（「賽斯午安。」）

我再次現身以加快那些加速療癒過程的狀況。

再次的，極重要的是：魯柏專注於他的目標上，而不去再努力用意識心試圖解決環境和情況，那是在他自己潛意識心智內的無限智慧最擅長處理的。不必操心方式和方法。它們的確會幾乎不費力地發生——但他必須放下擔憂的重擔。

（停頓良久。）請等我們一會兒……茉德對你們的信覺得又驚又喜。她沒想到你們的境況—

——醫藥支出或其範圍之大。她是個了不起的組織者，並且是在進行好幾個計畫。

再次的，重新看我們課裡專談魯柏狀況的那些部分，是個好主意。

我也許會也許不會回來，再次的，按照那些我所說的節奏——但要知道我在此，並且是可接近的。

(「你對我昨晚的夢有什麼想法？」)

那夢強調了魯柏達成正常動作的決定，以及他在夢中依靠他自己活動力的堅持。而非，比如說，靠一輛車或交通工具。它也代表了你們想一同旅行的共同決心，因此，甚至朋友也無法令你們斷念，或改變你們的方式。

(「是我。就這樣了。」

(「謝謝你。」

(四點十四分。我讀這節給珍聽。「那該讓你覺得好過些了吧，尤其是有關夢的那部分。」我說。珍同意最近她一直在擔心病好一點、出院，比我以為的還要憂慮得多。她甚至猜想：「他們是否有任何一種輪椅，我可坐著活動一下……」我說，直到她折起來的右腿開始放開更多，否則我懷疑她能夠坐得進任何一種椅子。但重要的事是，那種欲望現在在場了，而一定會產生結果——好的結果。她現在表達出有關活動力的認真想望，那是多年來我不記得她說出過的。改變正在發生，而賽斯已給過許多點點滴滴的鼓勵資訊，說它們正在發生、並將有效果出現。

（為了正面加強偉大的改變日子正在來臨的心態，我大聲讀從一月十三日直到今天、個人部分的課給珍聽。它們給了她不少幫助，提醒她暫時遺忘了的一些重點。當課一節節地越積越多時，很容易讓一個好概念溜走——但藉由重讀，永遠能找回那點滴的資訊。我們對那事比以前都做得更好。）

一九八四年一月二十三日　星期一　下午四點二十四分

（我們親愛的朋友，法蘭克・朗威爾，多年來給我們很大幫助，他今天當我在午餐時來訪；他賣出了他第一副助聽器。我們祝他順利。今天當我離家去三三〇房時，暖和多了——二十五度。我立刻替珍翻身仰臥。她說，昨夜我離開之後，兩位護士來照料她，而當她們在這樣做時，卸下了好些對許多事的負面暗示。珍什麼也沒說。史帝夫和崔西不久後來訪，他們也對許多事有諸多負面的話好說——直到最後珍告訴史帝夫，別再倒垃圾在她身上。史帝夫也談到，月亮的相位對他的行為舉止有影響，珍說她不相信那些。史帝夫道了歉。

（我描述了昨晚我作的一個極佳的夢。再次的五色繽紛——你一直會回想的那種夢。珍和我搬回了四五八號西華特街，只不過現在那房子比它真正的樣子大多了，裡面有更多間的公寓——它們的狀況都很好，有一個樓層交錯的規劃，有許多樓梯連接樓層。它們不像通常公寓那樣彼此分隔開，因而如果為數不少的租戶選擇如此做的話，他們可以彼此自由地交談。但當我想一個人畫畫時，我有個角落畫室，可以躲在裡面一個人作畫——一間非常好的房間。珍非常活躍且健康，正常地四處走動。在夢中我投入繪畫，卻沒寫作。

（三點十六分。珍開始讀昨天的課，做得還不錯，比昨天好，我想。我處理信件。她開始難以閱讀，但在三點三十分讀完了，即將結束時讀得好些了。

（三點五十五分。我開始問珍有關她在天主教小學的宗教訓練的事。今天上午我開始寫了個粗略的註，與《夢》第五章的一節裡賽斯說的話有關。在其中他提到早期人類活了幾個世紀——唯一一次他這樣說。我計劃查一查聖經裡一些族長的年紀，而想要知道對於這種人和他們的年紀，珍被教了些什麼。

（卡拉打斷了我們的談話，來查珍的生命跡象——體溫九十八度四。在我們談話期間，我注意到，我太太很快便開始對我的問題起了情緒上的反應，我以為我的問題是夠無辜的——但很顯然，我們對話的主題對珍而言，有一種情緒上的電荷。其中之一，我想，可能與她的症狀有關，如果回溯過去的話。事實上，我很確定。不過，在她發現自己在做什麼之後，似乎能坦然接受我的問題，甚至自願給了許多我並沒要問的資訊。

（四點二十分。珍叫我揉揉她左太陽穴的某一個點。最後，當我縮回手時，她突然大叫出來，而她的頭迅速地向右下垂。十分突然地，發生了某種肌肉的鬆弛。她叫了好幾聲，而顯得暫時呆住了。她叫我揉她右太陽穴的同一點，但在我們得到任何結果之前，一位護士進來說：「我四點鐘的查房遲了一點。你需要任何東西嗎？」

（「在那之後，我還發熱了起來，」珍說，指的是她前額的反應，這令我想到她所感覺的暖意是身體療癒的一個訊號，就像賽斯最近說過是與溫度有關的。

（在我們談過宗教性問題之後，我寫了一個短註，摘錄了珍的話——我可以用在《夢》的註上——並得到她的同意。）

現在：我再次祝你們午安。

（「賽斯午安。」）

在那些古早的日子裡，男人和女人們真的活到會令你們驚異的年紀——許多活到好幾百歲。這的確是由於他們的知識及經驗都是極端被需要的。他們備受尊敬，而他們將知識注入歌與故事裡傳誦下來。

不過，除此之外，他們的精力是以不同於你們的方式被利用的。他們在清醒與睡眠狀態之間交替（停頓良久），而當他們在睡眠時，不會變老得那麼快。他們的身體過程慢了下來。雖然這是真的，他們作夢的精神過程卻並沒減緩。在夢境有個大得多的溝通，因此，有些功課是在夢裡教授的，同時其他的則在醒時狀態進行。

當肉體的存在繼續時，要傳遞的知識越來越多，因為他們不只傳遞私人知識，也傳遞屬於團體或部落的整體知識。

（在四點三十三分停頓。）現在：你的夢代表你正浮出到裡面較大的「信念房間」。那許多的人，和相連的房間，代表更廣大信念的結構，那是全都相連通的，不過同時，你仍集中注意力在私密的創造性自己身上，而由那觀點看世界——故此而有你在裡面畫畫的私人角落，因為從那私人的創意角落，你看著那新信念的互動大結構。

現在我也許會也許不會回來，但要知我在此，並且是可接近的，而我已再次加快那些將導致魯柏完全康復的療癒過程。

（「當我揉他的左太陽穴時，他的反應是怎麼回事？」）

那是個極佳的反應。他本能地知道自己要去觸摸那個壓力點。這些是身體裡會加強能量的重要的點，但也能吸收壓力。像你那樣觸摸它們的確會釋放壓力——而魯柏的反應是覺得頭暈。這種事件也釋放身體的其他部分——可以說，當效果反射過來時。

（四點四十分，我謝謝賽斯他的現身。在我替珍翻到側邊之前，她喝了些薑汁汽水。之前我沒在我的夢記錄中提到，但我曾跟珍描述過，我如何問過四五八號西華特街的不論哪位房東，我們的租金會是多少。我問了好幾次，但沒得到回答。我預期會是個好價錢，而有點怕它會很高。賽斯沒評論，而我也沒問他。）

一九八四年一月二十四日　星期二　下午四點二十七分

（當我將自己的打字機送到服務分站後，開往三三〇房時，天氣出乎意料的暖——超過四十三度。當珍吃午餐時，我告訴珍我昨晚非常生動而彩色繽紛的夢。我覺得它是具有重要意義的。

（首先，我與她的父親戴爾沿著在非常深的雪中登山路徑走。周遭有許多其他人；它並非一種孤立形式的背景。我們走上走下又繞行。然後戴爾為了什麼理由離開了我，而我獨自試著繼續——結果卻動彈不得地依附在一個非常陡峭的山壁邊，不然我便會向下溜進一個非常難爬出來的深谷。然後戴爾回來了；他穿著乾淨、摩登、裁縫手製的登山裝，一件呢夾克和一頂呢帽，上面插著一支羽毛——比他在真實人生中穿得時髦多了。他年輕得多，而也比我向來看過的要更沈著冷靜多了。

（然後，我是在一間山邊的小屋裡。有一些牆是全面玻璃牆。四周有許多人，坐在鋪了白桌布的小圓桌旁用餐。布置得非常舒適，我和我們朋友法蘭克的女兒琴•朗威爾一起。我們起身開始跳舞，彼此抱得很緊。我對琴感情很深，一種奇怪而令我驚奇的渴望，與對她的性吸引力的一種強烈覺察混在一起。我知道她對我亦有同感。我們聊著。當我們談話時，我的眼睛距她的臉如此之近，以至於我能看到她眼下皮膚——非常細緻平滑——的細小毛孔。那夢到此結束，或褪入其他層次去了。

（我整天記著這個夢，它對我的衝擊是如此之大。我一直感覺到對琴的奇怪情愛，混雜著某種遺憾，在我們之間沒有事能真正發生——由於年齡及其他因素。我告訴珍我也感覺琴不知怎地對人生不滿意，或許是困惑，或許是受困於她的藝術傾向和她被教養去過較傳統的生活之間——在醫院工作，等等。我想我感受到，她對於搬去北卡洛林那州的城市——拉雷〔Raleigh〕？——不太確定，那是她與男友做的計劃。昨天，法蘭克告訴過我，現在要看到琴沒那麼容易了，以前只要跑到華府去，現在則要開上十五小時的車。

（三點。珍開始讀昨天的課，卻做不到。她在幾分鐘之後放棄了，同時我則在處理信件。她於三點二十分再試，做得好多了。我告訴她我試了賽斯在近來的一節裡，關於加強我的近距離視力的建議，很有用。珍在三點三十五分讀完該節。三點四十分，她開始讀一九八三年十月九日的課，卻讀得沒那麼順——見我為一九八四年一月六日的課開頭註釋裡寫的，醫院與課按時間次序的記事。她又將課擱在一邊，抽一根煙，然後在三點五十八分回去讀。她終於放棄了，最後決定上一節短課——既然時間已晚。）

現在：我再次祝你們午安。

（「賽斯午安。」）

你的夢完全是由法蘭克的來訪（昨天中午）及談到他女兒，琴，所觸發的。

那導致你剛剛在正常意識之下，思考父親與女兒的關係，然後想到珍的父親，戴爾。他比你所曾認識的他顯得更年輕且更有活力——的確，可以說完全改觀。在你心裡，他得到了救贖，而出現為他理想的自己。就那方面而言，他有助於引領你沿著安全的路徑走出危險。

這也表示你在其他層次上的知識：魯柏已經不再受到由於與他父親的關係而來的任何負面信念的限制。

於是琴．朗威爾代表了法蘭克對他女兒的感情，而以一種方式你感受它們像是你自己的一樣——父愛、性和同情的一個混合。那些感情也代表了戴爾對他的女兒——珍——的愛。

那夢表示你知道魯柏在與他父親的關係裡的負面意涵已被澄清了。在另一方面，年輕的戴爾也是你自己內我的一個象徵，扮作一位指導者和伴侶。

再次的，這一課啟動了加快身體療癒的那些座標。要魯柏再提醒自己，放下是安全的，並且要信任他自己自發的節奏、他自己的動作。

我也許會也許不會回來，再次的，按照那些我所說的節奏——但要知道我在此，並且是可接近的。

（四點三十八分。我讀這節給珍聽。「我不知道為什麼，」她說，「但當你在讀它時，我感覺到我的父親在看顧著我……」我說那顯然暗示在課文裡，而當賽斯在講話時，我心裡也那樣猜想。我提醒她，在十月的課裡，我在我的註中寫到過關於救贖的事。我也在《夢》裡處理過其意涵。

（我們在課裡沒被打斷。事實上，我們終於發現，整個下午都沒人來查珍的生命跡象，或倒空她的尿袋。一位護士在四點四十七分出現，而測了生命跡象——體溫九十八度三，血壓非常好。

（當我們在談話時，某事觸動了珍少女時期的一個記憶，那時她徒步走到祖父在撒拉托加溫泉市做事的修車廠去——「遠在市區的另一頭。」她想可能是在她讀八年級時。珍記得俯視進一個水塘，而寫了一首詩。她甚至還記得至少一點點：

我看入水塘
看到了什麼
惟天上的星星
正回看著我……

〔譯註：令我聯想起：「我見青山多嫵媚，料青山見我亦如是。」〕

（奇怪：下午稍晚，我終於對夢之未預期的價值做了一個重要的連接。我告訴珍，我突然瞭解，夢中我體驗到，在有意識生活裡，我從不知道、也沒有通達管道的父親感受——真正的感受。那麼，隨之在夢裡實際上擴大了我在此生的經驗，並且是以一種最有意義而強烈的方式。縱使我在九點半寫這段東西時，我仍感受到那些感覺的衝擊。

（我也順便加一句，《夢》的第五章裡，我談到一九八〇年我有過的兩次強烈「宇宙之光」

的經驗，法蘭克曾牽涉到其中之一，在夢境中，賽斯曾解釋說我如何接收到法蘭克對年紀、性及價值等等的思慮。因此昨夜的夢也涉及了建立在我由法蘭克那兒收到的資訊元素。顯然我們的心電溝通運作得非常好……）

一九八四年一月二十五日 星期三 下午四點九分

（再次的，天氣相當暖——到我離家去三三〇房時是四十度。珍仰臥著。在我到那兒之前，她剛換過繃帶。職員們一直很忙，水療室也很擠。

（當她吃飯時，我告訴她，今天上午我打了電話給我們的律師。「藍十字」沒有回音——但他說過，如果任何人捐錢給茉德·卡德威爾假設在為我們組織的基金，我們不必擔心禮物稅的事。在得繳稅之前，必先達到美金一萬元的起跑點。

（我也告訴珍，今天早上，我在為《夢》第五章的註作準備，而檢查聖經的族譜時，我所度過的娛樂時光。賽斯的「長老們」會比聖經裡的那些早很多——或是不是呢？因為按照聖經，亞當是第一個男人。就得看一個人是選擇哪個方式去看事情了。

（珍吃了頓好午餐。電視開著，演著電影預告，而我問她，為什麼我們的文學是由人生中的壞事組成的——謀殺、瘋狂、偷竊、賄賂、強盜等等。我說，我們之渴求這種「娛樂」，必然反映出在體面的虛飾之下，我們基本的社會信念——對未知之有意識的、負面的恐懼，意謂著，藉由關閉對我們「真實自己」的有意識覺知，我們已在自己內創造了這樣的一個分隔。現在我們已到達這樣一點，在那兒主觀生命大半是隱蔽的，卻繼續不斷地努力顯露出來，對抗所有的壓力……

（三點。珍開始讀昨天的課——比昨天做得好多了。她在三點三分結束——快速地——而說有部分時間她的視力非常的清晰。她抽了根煙，而我處理信件，同時等著看她想不想讀更多東西。

（三點十八分。她開始讀一月十三日的課，做得比較好——非常快。

（在某一點我將她的口紅給了她，而在塗上之後，她照了鏡子——再次的很短暫。但她做了。

（四點。卡拉和珊儂查了她的生命跡象——體溫九十八度三。珍說她想上一課。我跟她提到我的想法：賽斯的長老們必然比聖經的長老們早多了，她同意。）

現在：我再次祝你們午安。

（「賽斯午安。」）

再次的，我加速那些在療癒過程裡如此重要的座標。

魯柏的眼睛和視力有進一步的長足進展，而那些進步明確地與頭和手臂——包括手——部分更自由的動作相連。

為了不久的未來將會需要的動作，他做了許多準備，以有助於平衡和一般的運動力。

（停頓良久。）聖經是預言和故事的一個聚集，穿插著一些早得多的時代之不清晰的記憶。

不過你們認識的——或被人認可的——聖經，並非第一部，卻是，可以說，當人試著回顧而敘述他的過去及預言他的未來時，由好幾部更早的聖經編纂而來。

這種聖經存在著，並沒寫下來，卻是如不久前提及的，經由「說法者」（the Speaker）口傳下來。在很久之後，這資訊才被寫下，當然，到那時，許多事都被遺忘了。這還不包括竄改過或根本是錯誤的資訊（停頓良久）——當各式各類的派系為他們各自的目的利用那資料時。

（在四點十六分停頓良久。）你提到你的夢之父愛感受。它們容許你在夢境擴大你的經驗。這也展示給你，關於早期人類在夢境裡擴展他自己的知識及經驗的一個例子。以同樣方式，如在《夢》裡提到的，人也有他從未旅行過的實際地理位置的夢中影像。

現在，我也許會也許不會回來，再次的，按照那些我所說的節奏——但要知道我在此，並且是可接近的。

（「是的，謝謝你。」）

（四點十九分。我倆都沒特別想到，我夢中的父愛感受，代表早期人類在夢境裡時，擴展了他自己知識的比喻——但賽斯一旦提及，我們馬上看到了其關連。我讀此節給珍聽。

（當賽斯提及它時，我馬上想到，有關「說法者」和口傳傳統的資料可回溯到珍在一九七〇至七一年寫《靈魂永生》時。〔見《靈魂永生》附錄，一九七〇年十一月五日的第五五八節。〕

（珍說，當我讀給她聽時，她由賽斯處收到資訊：在那些古老的日子裡，人們經常堅持要回到他們被毀或受損的城市、鄉鎮和農村去，縱使這種事件不止一次地掃光了那些地方。就像是人們為了理智上講不通的理由，在心靈或情感上被拉回到這種地方。舉例來說，我們讀到眾所周知的，在以色列的「tells」。

（一個註：我仍感受到兩夜之前，涉及了戴爾和琴．朗威爾的夢的效應。）

註❶：Hydro 是醫療人員給醫院水療部門（hydrotherapy department）的簡稱。每天早上，珍都被放在一個擔架上，然後放低到一個緩緩渦漩的溫水大浴缸裡，那水按摩她的整個身體。那治療非常的令人鬆弛，非常有益，尤其是對褥瘡。

註❷：遠在賽斯於一九七〇年一月開始口授《靈魂永生》時，他告訴我們：「我寫這本書是經由一位女性的贊助，我已變得十分喜歡她了。對別人來說，我之稱她為『魯柏』及『他』似乎很怪，但事實是，我在別的時間與地點就已認識有別的名字的她。她曾經做過男人也做過女人，而那個曾經活過這些分別的人生的整個本體（entire identity）可以用『魯柏』這個名字來稱呼。」

註❸：茉德從她在德州奧斯汀的家出版賽斯取向的簡訊《改變實相》（*Reality Change*）。我們只藉電話碰過頭。茉德想請《改變實相》的讀者幫助珍和我付保險未給付的非常巨額的醫藥費用。這對我太太和我是個非常令我們謙卑的建議——我們一向很自傲的自給自足。

註❹：Enfield Glen是羅勃崔曼州立公園之本地名稱。它的位置鄰近紐約州的伊色佳（Ithaca），離艾爾默拉和塞爾兩地都約三十五哩。柏茲家族曾在那兒渡過許多快樂的夏令營，珍是由紐約州北邊撒拉托加溫泉市來的。美麗的格蘭是我們在一九五五年訂婚後，我帶她去的第一個地方。

2

生物上有效的念頭、心態，和信念

一九八四年一月二十六日　星期四　下午四點八分

（當我離家往三三〇房時，氣溫約三十三度。珍讓她房間的窗完全敞開，那個地方仍很熱。我開始一件又一件的脫衣服。我告訴她我昨晚的夢：我在我的寫作室，而聽見我們的驗光師吉姆・貝克在我的畫室裡。他在講話，偶爾以一種相當幽默的方式用一個咒詛字眼。我清晰的聽見他的聲音。我知道珍是在房中某處，她走路完全沒問題，而吉姆是來看她而非我。我並不在意或嫉妒。

（當午餐送來之前我們在聊天時，珍掉了幾滴淚。她想要起來，下床，開始走路——不必等待。我告訴她，當她說話時我得到的洞見。就是，身體以一種由其狀況決定的速度療癒自己——如果不被障礙的話，實際上它可以非常快速地療癒它自己。故此，在一個充滿負面暗示的醫院裡，那些暗示可以心電感應地同時明顯地減緩了療癒。當我在回應珍說的一些話，而問她為什麼療癒耗時如此長久時，那很難說是原創性的洞見突然跳進我腦海。我希望賽斯會評論。

（在吃過一頓好午餐後，珍告訴我昨晚她自己的長而複雜的夢。她和隆納・雷根及他的一個女兒在一起。珍說服雷根放棄他的核武政策，並放棄那魔鬼的——和邪惡的——念頭。她在夢裡對她的成功非常高興。她也說，還有更多她無法憶起的。

（然後我們有個討論，關於我在《自由詢問》〔*Free Inquiry*〕最近一期裡剛讀到的一些文章，那個雜誌的作者們對任何與靈異有關的事都表示深深的懷疑。

（三點三十分。丹娜量了珍的體溫——九十八度六，完美。珍剛開始讀昨天的課。她在三點四十分繼續，做得相當好。我處理信件。

（三點五十八分。我在珍的要求之下揉了她的右太陽穴，當我終於移開我的手指時，得到了一個好反應：「我感覺如此輕快——太棒了。我甚至能在我手肘的彎曲處感覺到它——那兒一定有條神經。」她說她要上一課。）

現在：我再次祝你們午安。

（「賽斯午安。」）

——而我們將開始第二章，標題是：「生物上有效的念頭、心態，和信念。」

（停頓良久。）當你出生時，你對自己和生命擁有一堆態度。這些容許你以可能的最大推動力長大到童年。它們在你人生的每個時期也是重要的。你可以在你周遭看見（停頓良久）它在生命中的後果，雖然在動物或植物裡，這些被體驗為一種「感受」，而非，好比說，念頭或態度。

若告訴你們說，為了要健康，你有了實質的太陽還不夠，你還必須也有陽光的念頭，這可能聽起來非常的簡化——但陽光念頭對你的健康幸福，就如照耀在天空的太陽光線一樣，在生物上是必要的。那麼，即使做為嬰兒，你都自然地有偏愛某些感受、念頭和態度的傾向，它們意思是要保證你健康的存活到成年。實際上，這些是由與生俱有的心理資訊組成的，它們就像藉你的基因和染色體傳遞的資訊。對你的生命一樣的必要和重要。沒錯，如果要忠實地追隨你的基因和染色體所攜帶的資訊，這些天生的、內在的心理傾向（psychological predisposition）是極為重要的。（四點十七分。）很難將這種（停頓）生物與心理的資料轉譯成任何語言的字眼，縱使這些天生心理上的必要條件（prerequisite）形成它們自己的一種語言。這是種促進生長、蓬勃生氣及成就，並刺激整個身體有機體的語言——發出健康和生長所需之適當反應的信號。

後來我們將討論相反的感受、念頭和情緒。我要以信念取代情緒——

（「好的。」）

——它們大大地減縮健康和活力之自然進程。不過，此處，我們主要將談到那些鼓舞生命和活力的內在傾向。

（四點二十四分。）現在：評論。

魯柏一直感受到慾望之新而強烈的洶湧——對正常的健康、行動、能量和力量的慾望。那些感受本該做為推動力，引領他到一個適當的方向，因此那些慾望的確實現了。他必須如此瞭解它們。就它們自己而言，便能打開額外的能量、活力，並加速他的目的感。

再次的，叫他盡可能幾乎滿不在乎地想像自己在未來舉止正常。且說，這會是一個新的未來，由更健康、聰明的信念和態度帶來的結果。他必須瞭解，他害怕的「未來」不再存在——因為它是由魯柏不再持有的信念組成的。

（在四點二十九分停頓良久，眼半閉著。我要說，以上這一段是極端重要的。）

本書的第一章可以被簡單的稱為：「本書的目的，以及關於蓬勃生氣和健康的一些重要評論。」現在，我也許會也許不會回來，再次的，按照那些我所說的節奏——但要知道我在此，並且是可接近的。

我想要給你書的資料，而那是我為什麼沒評論你們的夢的原因——

（「嗯，如果你想的話，可以說些有關那些夢的事……珍的夢又如何呢？」）

請等我們一會兒——在魯柏的夢裡，他正在完全重新教育他一度當作權威的自己那部分。他說服了那部分，關於善與惡、自我毀滅及天主教魔鬼之存在的老信念是無效的。在夢中，他戰勝了那些信念。

你的夢代表魯柏對他的眼睛及其視力較健康的態度。它代表他對自己的「靈視」日漸增長的信心，因而他回到自己自然的節奏和動作。

（「謝謝你。」）

（四點三十七分。「嗯，我很高興我問了有關那些夢的事，」我說。它們兩者都非常好，而應該會加強珍的進步和心態。

（「我知道他要對這書做點什麼，」珍說。「我有個感覺，這本書將叫做《健康之道》。」珍說。

（我告訴珍，賽斯給了第二章的開頭，關於在出生時擁有對於自己及生命的一組心態，直接對沖已建立的學說，說新生兒像是一張白紙，將藉教導和經驗而印上東西，行為學者尤其會認為如此。她笑了。）

一九八四年一月二十七日　星期五　下午四點八分

（今天甚至比之前還暖——當我將車倒出車庫時，氣溫是不可置信的四十五度。信不信由你——當我放低車庫門時，管控車門上下的彈簧機制壞了，以致我無法將它完全關上。所以，當我到了三三〇房，我做的第一件事就是，打電話給「高架門」，請他們——如果可能的話——今天下午叫個人檢查一下車庫門。我給了指示，並叫他們寄帳單給我。我希望今天就來修，因為是星期五。

（珍吃了一頓非常好的午餐。當她吃飯時，我告訴她好幾次，我有一種預期的感覺，彷彿有一些事想告訴她，但卻想不起來。只不過我沒忘記任何事。有時這感覺相當強。

（我們從兩點半到三點看「追尋」，而那節目令我想起幾個我在種種不同時候思考的問題。那節目講的是廣島的原子彈轟炸，以及其後效，比如癌症。我的問題是與必然住在或組成幅射線的意識有關，為什麼那種意識是如此的毒，以至於我們人類無法忍受它。然而，以普通的說法，我們曾創造了它。我告訴珍，像癌症這種病也一樣。當我們無法忍受它的許多種形式時，我們為什麼要創造它們？

（我繼續告訴她我的想法，風濕症，舉例來說，跨越過所有歷史的空隙及文化，而其源頭——我想——就在對個人為了種種的理由「怕動〔fear of motion〕」之反應。珍彷彿對這想法有點驚訝。我說我有好一陣子，意思是好幾年來，都覺得這是真的。

（我又說，我希望賽斯在他的書裡終有一天會談到這種問題。

（三點。珍開始讀昨天的課——無論如何，她都不是處於最好的狀態，但在我些許的幫助下，她設法讀完了。她在三點二十分二十分結束，最後做得較好。我整理信件。

（珍告訴我說她有點驚訝，到現在茉德・卡德威爾還沒回我兩週前的信——但我說，我想事情其實是如我們所有人想要的那樣進行。無論如何，我並沒給茉德我們的電話號碼——雖然我計畫要給——而我們與她及其他提供幫助的人都保持了一個距離。如果我們那樣做，也很難期待別人不那樣對我們。

（到三點五十五分，卡拉已量過珍的體溫——九十八度——而尚恩量了她的血壓和脈搏。在這相當早的時候，琳進來給珍點眼藥，之後，我太太說她準備好講一課了。）

現在，我再次祝你們有個美好的下午。

（「賽斯，午安。」）

口授。這些與生俱來的傾向或心態能大略的轉譯如下：

一、我是個極好的生物，是我存在的宇宙裡的一個有價值的部分。

二、我的存在蓬勃生氣了生命的所有部分，正如我自己的存在也被其餘的造物所蓬勃生氣。

三、對我而言，生長、發展及利用我的能力，是好的、自然的且安全的，而在如此做時，我也蓬勃生氣了生命所有其他的部分。

其次：我永遠被我是其一部分的宇宙所護持，而我如此存在——不論那存在是否以肉身表達出來。

其次，我天生就是個善良有價值的生物，而所有生命的元素和部分也都具有善的意圖。

再其次，所有我的不完美，及所有其他生物的不完美，在我存在其中的宇宙之更大計劃裡，都得到了救贖。

那些態度都與生俱來地在身體最小的精微部分裡——每個原子、細胞和器官的一部份，而它們用來激發所有會促進成長與完成的身體反應。嬰兒並非生下來就害怕它們的環境，或其他生物的。反之，它們沈浸在幸福、生命力和生氣蓬勃的感覺裡。它們視為理所當然，需求將被滿足，而宇宙是對它們很有好感的。它們覺得是其環境的一部份。

（在四點二十分停頓良久。）它們並沒帶著狂暴或憤怒的感覺出生，而基本上它們並不會體驗懷疑或恐懼。誕生是以自我發現的說法來體驗的，並包括「自性」（selfhood），由宇宙之秘密心臟溫和地升起與綻放。

（在最後一段時，珍房間外電梯門邊的火警警鈴開始響起。那奇怪的鈴聲非常令人分心，而我以為它再也不會停了，然而珍留在出神狀態，在幾次停頓間繼續口授。）

相反的，許多人相信，出生是一個創傷或甚至激怒的時刻——當嬰兒離開母親的子宮時。出生是生命最可貴的自然過程。即使在被認為不「正常」的誕生裡，嬰兒那方面仍有一種發現與喜悅的感受。

在本書裡，稍後我們對於誕生過程還有更多要說的。目前，我只想指明，以最基本的說法，人類的誕生就與任何自然生物一樣的井然有序與自發——而一個小孩打開其自性，就像一朵花打開其花瓣一樣。

我們一直在討論的與生俱來的傾向與態度，理想地說，應該一輩子與你同在，引導你去表現你的能力，而當你的知識經由經驗而擴張時，找到其成就。理想地說，這同樣的感受與信念也該幫助你，帶著一種安全、支持與保證的感受死亡。雖然這些天生心理上的支持永遠不會全然離開你，它們往往被人生後來遭遇的信念所減低，那些信念顛覆了個人的安全與幸福感。

（在四點三十三分停頓。）評論。

再次的，我加速那些有益療癒過程的座標。叫珍再讀讀昨天的課裡與他相關的資料。我也許會也許不會回來，再次的，按照我說的那些節奏。但要知我就在此，並且是可以接近的。

（「賽斯，謝謝你。」）

（「我可以問個問題嗎？」）

可以。

（「只是有關我們今天早些談到的——在輻射裡的意識，那對我們是如此的強而有力——或在癌症裡——」）

所有那資料，及類似的，在本書中都將談到。不過，記下這種問題，當它們自然發生時。

〔「好的。謝謝你。」〕

（四點三十五分。珍喝了點兒薑汁汽水，吸了一根煙。「嗯，他將在這本書裡談到那些問題，」我告訴珍——「關於輻射、它涉及的意識，及像癌症這種事。它該是迷人、獨特的東西。」並且，我想，我必須開始寫一頁問題，且最近的每節課都帶著它，以便我不致讓它們溜走。

（晚餐後，我讀賽斯提到的、昨天上課的那些段落給珍聽。它們是非常的好。

（我也想，相當顯然的，由於我對於目前心理學的教條，說嬰兒生來是沒有任何原動力的評論，賽斯開始談論那些屬性。

（而今晚當我到家時，我的預期實現了：有一封茉德・卡德威爾的信。車庫的門也修好了。）

一九八四年一月二十八日　星期六　下午三點五十四分

（當我離家去三三〇房時，天氣涼多了——只有二十九度。我帶了茉德的信給珍看。她由水療室回來得相當晚。「你不會想聽所有那些的，」當我問她怎麼回事時，她說。「談到它令我聽來像是一直在抱怨似的。結果沒問題了。」

（珍午餐吃得不多──起士堡烤得過頭了，相當硬。我倆都沒有夢要談。我唸給她聽茉德的信，以及她在〈改變實相〉刊物裡的文章，我說我們必須做出一個反應。我們也必須想出，如何處理我們收到的任何金錢，直到醫院和保險的問題得到解決。我計畫星期一上午打電話給我們的律師，問他的意見。我想我將為基金的支票在銀行開個分開的戶頭。我也告訴珍，希望賽斯講幾句話，以便茉德能寄給捐款者。

（到三點四十分時，卡拉和迪妮絲測完了珍的生命跡象──體溫九十七度六。珍說她比平常早得多準備好上課了。）

現在，我再次祝你們有個美好的下午。

（「賽斯，午安。」）

口授。（停頓。）對你們許多人而言，所有有關蓬勃生氣、健康和生命力的這些談話，可能彷彿相當的不相干。（停頓良久。）反之，世界可能看來充滿了不快樂與疾病。

我承認，事情顯然彷彿是如此。我的讀者，當我告訴你們，基本上，並沒有像疾病這回事時，可能也令你們大吃一驚。反之，只有過程。你們所以為的疾病──

（三點五十六分。有人敲門。某人急衝進房，在桌上留下一疊白色床褥底墊，又急衝出去了。）

——反倒是完全正常的身體過程的一個誇張或過度延伸的結果。舉例來說，你們並不被病毒攻擊，因為各種各類的病毒正常地存在於身體內。那麼，並沒有殺人的病毒，只有越過了它們平常界線的病毒。稍後在這本書裡，我們對這種議題還有更多要說的。——因為我希望顯示給你們看，某些感受與信念的確會促進健康，同時，其他的則會促進完全正常的身體過程或病毒活動的一種不幸的延伸或誇張。

當然，這意味著，你並不會變成一種疾病的受害者，或傳染上一種病毒，但為了一種或另一種理由，你自己的感受、思想和信念導致你去尋求生幾回合的病。就是如此。

無疑的，這種概念對許多讀者而言，聽起來會像是醫學上的邪說，但，你越快開始以這種新說法來看健康與「疾病」，你將變得越健康與快樂。（停頓良久。）

並非你是一樣東西，而疾病是另一樣東西，因為你的思想與情緒是導致一回合又一回合疾病的觸機。一旦你明白了此點，你便能開始採取會促進蓬勃生氣與生命力，而非恐懼、懷疑和「疾病」的步驟。

（四點七分。）你將發現，所謂的疾病執行了某些服務。它們為你達成了你可能相信自己無法以其他方式達成的目的。此種疾病的理由，並沒深深地埋藏在潛意識裡，如你可能會以為的。它們與意識心近得多，而往往包括了你經年來做過的一連串彷彿無害的決定。當然，其他的疾病可能是被突然的決定所引起，那是對你生活中的一個特殊事件的反應。

（停頓良久。）人們被教以自己的身體是一種戰場，而他們必須經常在戰備狀態，不然會被陌生的細菌、病毒或疾病攻擊入侵，它可能毫無預警地出擊。

很快的，我們將開始討論其他引起健康不良的負面信念。不過，目前我們將貫注在那些經常不斷改善我們的幸福、力量和成就感，且與生俱有的正面態度、感受與信念上。

休息一下，我們將繼續。

（四點十五分。珍說她想賽斯馬上就會開始回答我對昨天的問題——並非有關輻射及那現象為何太強而令我們無法忍受的那個部分，卻是，比如說，有關在癌症裡的意識，它在大部分時間裡也是我們不能忍受的。我看出她的意思了。

（在四點二十六分繼續，帶著一點玩笑的：）

現在：一封信。

我希望向你們致謝，因為你們對魯柏和約瑟的幫助，而我回報以我能給你們的那些祝福。我們目前正在寫一本名為《健康之道》的書，我希望那本書裡的資料會以最個人的方式於你們有益，而容許你們體驗到本是你們資產的蓬勃生氣、喜悅、力量和良好健康。雖然，我們並沒以肉身的方式相見，我卻的確是覺知你們的存在環境與善良意圖的。

代表我們三人，我再次給你們誠摯的感謝，及我們最衷心的敬禮。只簡單地簽，「賽斯。」

我也許會也許不會回來，再次的，按照我說的那些節奏，但要知我就在此，並且是可以接近的。

（「賽斯，謝謝你。」）

我希望你們贊同我的信。

（「是的。謝謝你，」我說，雖然我暗忖它是否太短了一點。）

它可以寫上給「親愛的朋友」。

（「好的。」

（四點三十一分。「哦，」珍叫道，「我們真的得到了書的名字！他今天沒說有關我的任何事，但我們的確得到有關書的一些東西。」我立刻唸賽斯的信給她聽。

（然後我也記下珍自己給捐款者的信，顯然是被賽斯的信所觸發的。她口授這信，就與賽斯口授他的一樣容易。幾分鐘以後：

親愛的朋友：

謝謝你們在我們需要的時候伸出援手。

我必須承認，我是既感動又不安，因為羅和我一直是自給自足的，直到今日。對我而言，付出總是比接受容易一些。現在我正在學習優雅而感恩地接受──一個我必須學習的教訓。生病與否，我真的仍覺得充滿了生命，而且我仍在踢呢──至少象徵性地！

感謝非常。

愛，珍。）

一九八四年一月二十九日　星期日　下午四點十八分

（昨晚我離開珍後，去艾克米〔Acme〕購物，約八點半到家，而在一小時後吃完晚餐。當珍十點在卡拉的幫助下打電話來時，我正在打字。

（今天早上，我給茉德寫了一封短箋，答應她稍後我們自己及通過我們的律師會再多寫些。明天上午我會跟他查詢，關於稅務及捐款的事，以及該為醫院的錢開哪一種銀行戶頭。

（珍告訴我，她必須在三點半插入一個新的導尿管。那個部分進行得還好，雖然當我抵達三三〇房時，她相當的不舒服——那是說，全身都不舒服。她吃了一頓好午餐，而我帶回殘渣給我們的貓，比利與咪子。珍悲歎她無法見到那些小動物。

（兩點三十五分。她塗上口紅，短短地照了一下鏡子。自從賽斯建議她之後，我想她沒錯過一天。

（兩點四十分。珍開始讀昨天的課，但發現很難進行。她的膀胱有些痙攣，最後她將那節放在一邊，抽了一根煙，同時我處理信件。她在兩點五十六分回去看那節，讀得好了一點，而在三點九分讀完。

（三點二十到三點五十五分。茱蒂倒空了珍的尿袋，桃樂絲量了她的血壓和脈搏，而卡拉量了她的體溫——九十八度二。我又寫了些信，直到珍說她準備好上課了。今天醫院很安靜，而大多數時間我們都沒受干擾。珍的賽斯之聲比平時要有力一點。）

口授。（停頓良久。）生命的所有元素都是樂觀的。

舉例來說，胎兒是令人可驚的樂觀，在它自己內帶著一整個人類成人的縮小版本。它視為理所當然，條件會夠有利，足以讓正常生命的整個模式得以完成，不管有任何的阻礙或不利的條件。

這生長和繁榮的期望是住在每個原子、細胞和器官內的，而所有生命的部份都包含這樂觀的期待，並且被賜予它們的能力將長到成熟的允諾。

（停頓良久。）兒童們自發的視為理所當然，他們的行動會導致最有利的環境，任何既定的情況都會有一個良好的最終結果。這種態度也瀰漫在動物王國裡。它們被銘記在昆蟲、魚和鳥的生命中，是提供生命其目的、方向及原動力的指揮。沒有有機物自動地期待會找到飢餓、失望或有害的環境——然而，縱使遭遇到這種環境，它們也全然不會影響在生命中心壯麗的樂觀。

（四點二十八分。）即使當生物性的「失敗」形成了，比如生出死嬰，或畸形的嬰兒，所涉及的內在意識並不會放棄，而縱使以死亡終結，意識也會在不同的條件下再試。這種例子裡，死亡並不被那有機體經驗為一次失敗，或為一個生物上的錯誤。它只感覺這是一個經驗、一個發現，它只達到這麼遠，再過不去了——但這事件完全不會阻礙所涉及內在意識的活力和力量。

（在四點三十二分停頓。）評論。

再次的，你們一定要重讀有關魯柏狀況的那部分的課。提醒他接受不耐為一個朋友，意思是在引導他去實現他的慾望。

我也許會也許不會回來，再次的，按照我說的那些節奏。但要知我就在此，並且是可以接近的。

（「好的。」）

（四點三十五分。珍的傳述很好，我告訴她這節非常棒。她啜飲了薑汁汽水並抽了一根煙。「我在傳述這資料時，的確是有感受的，」她說，「我在猜想我是否以最好的方式說出它——比如，關於胎兒不以他的死亡為一次失敗，卻是一個經驗的資料。那對大多數人來說都會難以瞭解……」

（「一旦他們懂了就不會了，」我說。「他們必須學會以新的方式來想，但他們可以做到。那時，對他們而言，這新方式就比用老方式來想合理多了。」

（我們讀了禱詞之後，在我預備七點離開的幾分鐘前，珍說她想談談。原來她覺得更不耐煩，而真的想能坐起來——比如說，在一張躺椅裡，像療養所的人們所提及的。只不過，她蜷曲的腿會阻止她採取任何姿勢，除了她在床上的姿勢以外。她說她甚至想到向她的醫師求助——「只不過我盡可能的遠離醫師們。」她半笑著說。

（我說我一直在等她的腿開始動，以致她能動得更多，而離開床坐進一個椅子之類的東西裡，但，既然那還沒發生，我們也沒什麼可做的。在這之前我曾期待腿的動作，但我們必須等待。（直到我回到家，才想起我忘了讀那一節給珍聽。不過，她記得賽斯曾說，她要與不耐作朋友。但毫無疑問的，她的不耐煩在增長，而如果它繼續下去的話，我確定它會在她的行為與態度裡帶來——甚至強制造成——改變。我知道它正在來臨。我希望——我預期——當它們終於來到時，她身體已為在日常作息與動作裡的改變做好了準備。）

一九八四年一月三十日　星期一　下午四點三十五分

（今天上午，我打電話給我們的律師，而對幾件事獲得了必要的確認——對捐款的一萬元免稅限額，等等。他同意我為基金支票另開一個分開的戶頭的想法。他也向我要我們〈改變實相〉的副本，以複製成檔案，而我也加了莫德的信的副本。今天上午我進行《夢》這本書，並且也對我自己要寄出給我們錢的人的信，很快地打了一個初稿。

（當我離家去三三〇房時，氣溫約三十二度，雖然珍的房間變得很冷。沒有暖氣，而她說，有個職員已通知保養處了。她吃了一頓好午餐。預報會有的雪，在兩點半開始下了；在我們南邊，有一個比較大的暴風雪。我希望到晚餐時它沒變得太大。

（三點。珍塗上口紅，然後短短的照了照鏡子。我處理信件。一位保養人員來了，但找不出暖氣出了什麼毛病。他去取工具了。當他在房中時，珍必須被遮蓋起來，但今天有好一會兒我沒聽她對此抱怨。

（尚恩量了她的體溫——九十八度三，和脈搏。

（三點五十五分。珍開始讀昨天的課，做得差強人意。她在四點五分時被黛安娜打斷，黛安娜量了她的血壓——一〇二／六十四——「很不錯。」她在五分鐘後看完了，結尾時做得較好。

（四點十五分。琳給珍點了眼藥。十分鐘後珍開始上課。就在她開始之前，我們被饗以肝和洋蔥相當強烈而美味的氣味，從地下室裡的廚房，經電梯通道，橫過走廊，穿過我們的門而來。食物的氣味常常以那方式飄到我們這兒來。）

現在，我再次祝你們有個美好的下午。

（「賽斯，午安。」）

一節課，不論多短，的確有助於加強治癒過程。

內在的進步在發生，那是尚未實際在身體動作上出現的，卻的確很快的開始以較輕鬆的動作顯示它們自己。再次的，魯柏瞭解到，他的不耐現在是療癒過程的一個精神和肉體上自然的面向，是很重要的。

他整個的改善情形使得他預期甚至更大的改變。當然，這混雜了強大的洶湧慾望，而那慾望的釋放是極重要的——因為現在他真的想要正常的走路，並且願意——不止願意——放棄在過去擋住他道路的任何恐懼或懷疑。

那就是為什麼我強調一個新的開始的原因，因為，他從此將從那觀點結構他的生活。

我也許會也許不會回來，再次的，按照我說的那些節奏。但要知我就在此，並且是可以接近的。

（「賽斯，謝謝你。」）

（四點四十一分。雖然這節很短，我卻認為它是很重要的一節。它是一個新生活方式起始的信號——非常有趣。它也提醒了我賽斯多年前講的一些話——當珍熱烈的想擺脫症狀時，她會做到。我從未忘記那個概念。我想今天的課顯示，珍是達到了那個熱烈慾望的點，或是非常接近它了。）

（我該補充，我們親愛的朋友，比爾和佩姬•加拉格，昨晚相當晚時來看珍，並帶了一瓶葡萄酒，他們三人接著喝完了它。珍是既驚訝又感動。

（我也該補充，蘇，我們變熟起來的護士助手之一，給我們看她的兩個年幼兒子的照片。為了許多理由，那些令人喜愛的孩子打動了我——部分因為賽斯的資料，而部分由於我認為在自己的年紀〔六十五〕，我開始越來越欣賞為人父母的真正創造性行動。我發自衷心的告訴蘇，她的孩子很棒。珍也有同感。改天，如果賽斯評論我自己對「為人父母」之進化中的看法，我會很樂意。

（這個下午，大約下了兩三吋的雪；現在我可能得在車道上剷一會兒雪了。開回家沒問題。）

一九八四年一月三十一日　星期二　下午四點三十分

（昨晚珍沒打電話來。她說黛比‧哈利斯去看了她。昨晚在我打好昨天那節的字之後，我剷了很久車道上的雪，而很久以來第一次，我感覺老的恐慌又回來了。到我上床時它已消失，卻教給我，有時候老的想法與信念之不易根絕。今天早上我剷了車道的其餘部分，而感覺好多了——雖然一絲絲在喉嚨裡的同樣感覺又回來了一下子。

（昨晚，我有一個相當栩栩如生的夢，在今天的課開始前，我描述給珍聽。我夢見我在一個汽車經銷商那兒，買了一部新的看來像跑車的紅轎車。他為人並不親切或討人喜歡，比我年輕，他常常咒罵。我相信我責備他了一兩次。在挑出我要的車之後，我離開去取錢。當我回來時，我看見一家五口——父母與三個孩子——坐在車裡，正準備開走。那討人厭的經銷商告訴我，他將車賣給那一家，而留了一部一模一樣的綠車給我。

（我真的對他很生氣，並以明白的話語指責他，我相信，我威脅他要告他——如果我得不到他答應給我的車的話。我得到了。我看見那有孩子的家庭站在一邊，安靜地等著，戴著帽子，穿著外套，等等。他們看來是和氣的普通人。我進了我的紅車。夢結束了。

（我沒吃午餐，因為琳給一位護士安排了一個驚喜生日宴，而邀我分享食物。我在十二點四十分抵達三三〇房，卻仍得等到一點半餐盤才來。那食物非常可口。珍和我分享。不過，草莓蛋糕卻是不可置信的甜又膩。

（當我走進三三〇房時，珍正低低地對她自己唱歌。她要我馬上替她翻身，因為自她早些做完水療回來後，從十點半就側臥著了。她說她有一整批的老歌可唱給自己聽——並非蘇馬利❶，卻是老的備用歌。我知道其中許多的曲調，卻很少知道詞和名字。她吃了一頓好午餐，我也一樣。珍給我一袋沒去殼的花生，讓我帶回家給松鼠。

（兩點三十分。珍吸了一根煙。到三點時，她開始讀昨天的課，停頓了幾次，做得還好。我處理信件，同時她在三點十四分結束。我告訴她，昨天我從我們的出版社 Prentice-Hall 得到有六十四封信的一個盒子。

（三點五十五分。在吸了另一根煙之後，珍再讀了一遍一月二十九日的課——這次比她今天早些做得好得多。她在四點十三分順利結束。

（當我們談天時，以及當我回家寫這些註時，我突然開始瞭解昨晚的夢。那車代表我旅行過心靈，而那家庭代表一般的美國及其日常信念，那是我所排斥的。藉由要求我想要的紅車，我堅持走我自己的路，並以我自己的方式。那經銷商可能是我，說出我自己對社會的懷疑和衝突。珍想我是對的。附帶的說，在近來幾個月裡，我對詮釋我的夢有好得多的結果。現在，我做直覺性的連接，那在以前的年歲裡，對我彷彿是看不透的。

（珍的賽斯之聲很好，就如昨天一樣。不知是什麼神秘的理由，三三〇房裡的暖氣又好了，因為珍說今天並沒人來檢查它，而昨天那人沒能令它運作。窗子打開了足足一尺，但房裡仍熱。）

現在，我再次祝你們有個美好的下午。

（「賽斯，午安。」）

短的口授。（停頓良久。）這樂觀也反映在生命許多其他的領域裡。

許多鳥類在牠們奇妙的遷移裡展示出一種令人驚訝的樂觀，旅行千萬里到遙遠的海岸，事實上，幾乎真的是靠信心飛翔，忽略所有的危險，不為懷疑所困。毫不遲疑，只是穩穩的飛翔。鳥族不問氣候是否有利、風順或逆。牠們只飛向自己的目的地。即使有些鳥的確掉落或死亡，這完全不會阻礙或顛覆其他的鳥的信心。

君王蝶（Monarch butterflies）在牠們了不起的遷徙裡，常常飛向牠們自己從未見過的地方——然而卻會到達牠們的目的地。

在所有這種例子裡，都有一種天生的生物上的信心，那種勇氣與活力，那種生物上的樂觀。它在人類裡也一樣的作用，激發必要的身體上的反應。只有當那樂觀被嚴重地干預時，肉體的機制才會出問題。不過，即使那時，所有的生物都是被那與生俱有的禮物所護持的，那內在的安全感，不僅推動生物朝向生命，也還安全地指揮牠們歷經肉體生命並通過死亡的門戶。

（在四點四十分停頓。）評論。

你自己對你的夢的詮釋做得非常好，談到了它所有的重點和意義。它指出你不被你們社會裡瀰漫的那些傳統信念縮減的決心。

我也許會也許不會回來，再次的，按照我說的那些節奏。但要知我就在此，並且是可以接近的。

(「賽斯，謝謝你。」)

(四點四十三分。我讀此節給珍聽。我說我忘了請賽斯評論這些日子我對親職的感受，尤其是昨天，當我在看助手蘇的小孩的照片時所感覺到的。

(然後，我告訴她有關昨晚我由《科學新聞》上剪下的文章，關於動物、鳥類及蜜蜂在牠們的腦袋裡帶著牠們地域地圖的能力，非常有意思。

(我也記得不久前看過談君王蝶遷徙的文章，但我懷疑我能否很容易的找出它。

(在祈禱時間，當我準備離開時，珍和我談到有關她的腿、動作，等等。她於是說，她由賽斯收到一些東西——意思是，我們每天都應該盡可能的活得無憂無慮，而讓未來順其自然。在此，我可能沒能完全或正確地引用她的話，因為我沒寫下她告訴我的話。她讀過此節後，如果必要，可以加進資料，而我將它併入明天的課。我很好奇。)

一九八四年二月一日　星期三　下午四點十分

（昨晚珍沒打電話來。當我起身時，氣溫才四十二度。我做個淋浴，吃了早餐，餵了貓，將垃圾桶放到外面，以便我們的垃圾公司來收走，並給兩隻狗克拉西和「黑狗」——瑪格莉特‧本巴羅告訴我，牠的名字叫咪西——乾的貓食。兩隻狗都屬於我們的鄰居。

（當我抵達三三〇房時，珍要我立刻幫她翻身，因為，她十一點由水療回來就側躺著了。我遲到了，因為我在郵局停了一會兒。

（她愁眉不展且害怕。她躺在那兒時，側邊疼痛，她怕是什麼嚴重的事——但當我讓她仰躺時，她開始覺得好些了，而認為那痛可能只是脹氣。然而她的情緒延續到午餐後——順帶一句，她午餐吃得很少。當我問她是否在搞她的老把戲時，她說，「我知道我在做什麼——但那並不表示我不能偶爾亂搞一下。」

（兩點四十五分。她塗上口紅，並很快地照了照鏡子。之後，當她吸一根煙而我理信時，她仍舊很安靜。三點半時，她開始讀昨天的課，以她的情緒而言算是做得不錯了。她被卡拉量她的體溫打斷了——九十八度三。

（四點。在看完那節後，珍告訴我，她昨晚也很憂鬱，而今天早上被她側邊的疼痛「真的嚇著了，想像各式各樣的事」。想到我昨天劇雪時，我自己的恐慌反應，我也無法多說什麼，但我的確說，我們已倒溜回處理事情的老法子去了。

（現在，珍改正昨晚當我離去時，她由賽斯收到的話，我曾試圖記起的：「健康之道是極為容易的。你可以為未來作計畫，但不要為未來擔憂。活在每一天。」我在這兒引用它，除了它是很好的忠告之外，也因為它觸發了今天的課的開場白。

現在，我再次祝你們有個美好的下午。

（「賽斯，午安。」）

口授。（停頓良久。）健康之道是極為容易的。

它是自然的、最容易的做事方式，然而，這自然的精神行為，理性往往相當難以瞭解，因為理性傾向於喜歡與複雜玩耍及解決問題。所以，對理性而言，去想像「問題的答案就在問題本身內」，彷彿是很可笑的。

（停頓良久。）所有的自然都展示這幾乎奇蹟似的簡單。植物、動物和所有生命的面向都視為理所當然，太陽會照耀而雨會下，以對所有生物最有助益的方式。動物顯然不擔心明天的天氣狀況，（停頓良久。）既然牠們不種種子或收集收成，也許真的不必知道明天的天氣。為未來作計畫是完全沒問題的，然而每個個人應該一天一天的生活，不去擔心那些計畫的結果。

肉體只能在現在這一刻反應。擔心未來的事件，或老是想著過去不利的情況，只會令身體的機制混淆，而顛覆它們在當下的精確活動。

（四點二十分。）我並不是說，任何人該假裝不利的情況有時不會存在，或不會在過去、現在或未來遭遇它們。不過，有利的事件比負面的事件以遠為大的頻率發生也是真的——不然的話，你們所知的世界根本不會存在。它早就消失在毀滅或災難的苦痛掙扎中了。

以一種基本的方式，去沈思可悲的未來是與自然的目的相反的，因為，所有的自然都是在「未來是受到保證」的前提下合作的。自然的每一處都充滿了許諾——不僅是存活的許諾，卻是美麗與成就的許諾。再次的，那深刻的許諾感是天生就在身體的每一部份裡的。它激發基因和染色體進行它們適當的活動，並且促進樂觀、蓬勃生氣和力量的感覺。

再次的，不久之後，我們將討論會顛覆這種美好創造性的那些狀況。不過，在同時，盡可能充分而喜悅地過每一天。想像任何計畫或提案可能最好的結果。最重要的是，不要貫注在過去或未來不利的事件上。

（四點二十九分。）評論。

你自己的一絲恐慌，以及魯柏的憂鬱和恐懼，兩者都是老習性的殘餘物，如你倆都明白的。你們能，並且必須信任身體的活動。它自然地尋求滿足、活力和可能的最完全的表達。

（一個極重要的觀察。）

（停頓良久。）魯柏有個含意極佳的夢，在其中，他看了一棟有可愛木刻和寬敞房間的美麗老房子，而決定搬進那房子裡，雖然它是在一個先前幾乎被廢棄的區域裡——指出他的確由他棄絕的信念升上到一個更大而寬敞的表達區域裡了。

「昨晚？」珍還沒告訴我這個夢。

（註：正當珍做這夢時，我在《星報》上讀到一篇文章，意思是，靠近艾爾墨拉市中心，包括我們曾住過的西華特街四五八號的公寓房子，已被紐約州指定為一個歷史保護區了。我本想留下那文章，卻搞忘了。我想那個區域是被華納街、西華特街和教堂街包圍，再回向市中心。）

的確，我也許會也許不會回來，再次的，按照我說的那些節奏。但要知我就在此，並且是可以接近的。

「賽斯，謝謝你。」

（四點三十五分。「你願意說一點有關我近來關於親職的感覺嗎？」）

讓我們休息一下。

「好的。」

（珍喝了薑汁汽水，吸了幾口煙。「如果你沒問，他也將對你的親職問題說些什麼的，」她說。我們談到，好奇怪，還沒人來量過她的血壓和脈搏——如果沒量，也沒什麼大不了的。在四點四十分繼續。）

現在：如果你檢查你對親職的一般感受，你將明白，它們與你對你的繪畫和我們的工作所懷抱的感受，有驚人的相似處。只不過焦點是不同的。你倆的確是一個驚人的工作主體的父母，且是所有不同年代無數人的心靈父母。不過，你們已擱置了一個傳統家庭的想法，如那晚你的（車子）夢所象徵的。你們實際上以一種家庭交換了另一種，不過，那也涉及了親職——卻是心靈而非物質的親職。你們收到的信，往往像是孩子寫給他們父母的信。

（「嗯，我猜就這樣了。」珍在停了一下後說。

（「好的，謝謝你。」

（四點四十五分。我讀此節給珍聽。我告訴她，它是如此的精彩，我將做個副本，放在我的寫作室裡。我於六點五十五分再讀一次給她聽。自它結束後，我一直想著它。

（我告訴珍，我們必須遵行它——我們一定得丟掉一切而信任身體，別的都不再有意義了，這才是我們未來的鑰匙。當然，她贊同了。她說，她明天就要開始第一天，而由那開始，信任身體，不留駐在過去，而讓未來開放。我告訴她，它是容易的，而我們必須始終如一，永遠不再忘記它。那麼，偶爾失足一次沒什麼關係。但，我們的成功部分得靠永遠將這簡單的目標記在腦子裡，放在眼前。

（今晚，在卡拉的幫助下，珍在九點四十五分打電話來，當我正在結束此節時。外面冷極了。）

一九八四年二月二日　星期四　下午四點二分

（註：珍提醒我說，這是「第一天」。）

（珍很好，再次的，從十一點就由水療回來了。今晨我起身時，氣溫只有三十七度。但當我離家去三三〇房時，升到五十七度了。）

（昨天收到我們的《心靈的本質》之雄雞平裝本。我帶了一本來給珍看。她和我一樣，都覺得它很可怕──廉價又羶色腥。我告訴她，我甚至沒生氣。就昨天有關活在當下的課而言，我想要賽斯談談，我們該有或可能有的反應為何。）

（當我餵她吃一頓普通的午餐時，我說我還有兩個問題要問她的男友。其一是我們每天見到的職員怎麼看我們？另一是，賽斯對我昨晚的一個非常生動的長夢的評論。）

（整個夢都是色彩燦爛的，在夢中我組合了許多的元素，我描寫給珍的要比在這兒的詳細多了。首先，我們搬回了西華特街四五八號──我好像每個禮拜都會那樣做好幾次──而看出我舊畫室的窗子時，望見我父親在車庫前的車道上，像個理髮師似的剪髮。我邀他進來，接手我的畫室，當作理髮廳。他看來比他的年紀輕，他笑著那樣做了。然後，我在為傑克・魯本索做事，他是我在藝術卡片公司的老上司、那兒的藝術指導。我在一九七二年離開了那公司，專心幫珍做賽斯資料。在夢中，我以黑墨水畫一尺大楕圓形的字，但因為我的手在抖，我擔心是否做得好，然後，我發現可以從紙板或之類的切下字來，而以墨水染它。然後，傑克和我走在一個鎮裡的街上，要去看珍的母親。途中，傑克離開了我，說我可以從那兒自己走。

（當我走近那房間，我知道瑪麗躺在裡面床上，被風濕弄殘廢了，我聽到珍和她的媽媽在裡面。她們同時又談又笑又哭。我走進去，看見她倆衣衫整齊的在一個雙人床上，手臂環抱著彼此，原諒了彼此。兩人都比他們的實際年齡年輕，兩人都有發亮的黑髮。瑪麗臥病在床，但珍卻是完全健康的，而是來原諒她母親，或與她和好的。場面相當感人。我告訴珍，整個夢令我印象深刻。

（我告訴珍，我不認為我解了多少那個夢，除了我似乎在重建過去，而在裡面所有的人，除了她外，似乎都是在過去的權威人物。我也覺得，權威的概念也多少與我顫抖的右手有關，而既然今天沒有討論此夢的面向，我希望明天賽斯會評論它——如果他明天上課的話。我由老的擺錘課彷彿記得，我母親與顫抖的手有關，雖然她不在今天的課裡。史黛拉・柏茲死於一九七三年十一月，享年八十一歲。

（三點。珍開始讀昨天的課，我覺得它是極佳的一節，但她根本讀不下去。她在三點十二分放棄，吸了一支煙，同時我處理郵件。她於三點二十再試一次，只比較好一點。當我在看信時，聽見珍試著讀它，我一直想著那節。最後，我在三點二十九分讀餘下的部分給她聽。

（三點三十六分。珍妮佛倒了珍的尿袋。職員們非常忙碌。

（我提了三個問題給賽斯：一，醫院的職員們如何看我們？二，我們該如何對雄雞的封面反應？三，我的夢。

（「哦，他再也不會回答所有的三個問題。」珍說。她的賽斯之聲再度變得很好。）

現在：我祝你有個美好的下午。

（「賽斯，午安。」

（賽斯一開口，琳就進來給珍點眼藥。我跟她說，我自己一小時前就做好了。）

口授。在他自己的腦海裡，魯柏統稱這些想法為「新方式（The New Way）」。

當然，這想法本身是相當古老的。它們被過去的許多文化和宗教、秘密團體及教派所表達，並繼續到現在。不過，它們的力量、活力和價值，都已大大地被曲解、負面想法及一些全然的廢話顛覆了。

換言之，這些對所有創造都如此自然的觀念，並沒被人類以任何類似它們的純粹形式去實行。到那個程度，它們的確代表一個新方式。就世界文化的主流而言，它們直接與你們公認的知識及當代思想相反。至於在這些概念被實行的地方，它們又經常被狂熱主義，迷信，和權宜之計所污染。

我想說的重點是，這「新方式」（停頓良久）是對自然本身與生俱來的健全性之理想的及最容易的補足。

（四點十二分。尚恩進來給珍測所有的生命跡象。體溫九十八度六。珍在四點十七分吸了一支煙。當尚恩去取薑汁汽水時，我讀她到此所說的給她聽。她在四點二十一分回來。我猜這干擾縮短了口授。）

現在：評論。

目前，昨天的課每天該讀二或三次。

你的夢的確是有關改變過去及過去信念的，所以，是有關插入一個新現在和一個新未來。頭髮往往是力量的一個象徵，但在這例子裡，它代表舊信念的力量，而你的父親是剪掉那些的理髮師——反之他在過去遵守許多相當負面的信念和觀念。傑克也代表你自己一般有關工作的任何信念，它能帶你這麼遠而已，不能再遠了。你正確地詮釋魯柏和他母親之間的事——附帶一句，一個極佳的預兆。

（現在，賽斯傳來一句我認為不正確的話：）

儘管你們對它的自然的反對，雄獅的封面以其自己的方式，做了最正面的表現……當然，它暗示了最不幸的羶色腥，然而，為了那個理由被它吸引的人，正是它應該吸引的人。在書的正文裡的概念，將會相當地改變他們對靈異活動的一般負面、激烈的想法。

這並不表示，你不該寫一封清楚的信，聲明你自己對封面的反感——如果你如此選擇的話。要討論職員們對你倆的意見，需要些時間，所以我建議，將它留給你們選擇的另一個時間。

我也許會也許不會回來，再次的，按照我說的那些節奏。但要知我就在此，並且是可以接近的。

（「賽斯，謝謝你。」

「我想再察看一下關於雄雞資料的第一句——我弄錯了，或有些地方出了錯。」

（在賽斯的要求下，我重讀了那句兩遍。）

不，某處有個錯誤……儘管你顯然的不滿，雄獅封面以正面的方式有助我們的工作。

（再次的，在賽斯的要求下，我讀回給賽斯他剛給的句子。）

你是清楚的。

（四點三十二分。我告訴珍，我不知要不要涉入對雄獅封面的爭議裡。我甚至不想花時間去想它，尤其就昨天的課來看。

（我逐字逐句轉述涉及賽斯改正他給的句子的話，因為，就我所能記憶，那是第一次發生這樣的事。珍，歷年來一個相當不錯的紀錄。好睡，我愛你。）

一九八四年二月三日　星期五　下午四點三分

（珍昨晚沒打電話。當我離家去三三〇房時，氣溫已到四十四度了。珍已經仰躺著了——當她們到十二點半還沒來時，她就拒絕去水療了。我告訴她，我帶了《夢》的第九〇三節來，以便問她幾個問題。她說好的。

（珍吃了一般量的午餐。之後，她讀九〇三節有問題，而我試著讀部分的課給她聽。不過，我不認為我們有關哺乳動物、動物和六道輪迴的談話進行得很好。珍說她對那些問題感到煩躁，而結果我也有同感。不過，我想出了處理那節的幾個註的方法，而決定忘掉其他我開始與之奮鬥的問題。我已經後悔我花在替《夢》寫註的時間。

（珍說，我說的其實是退而求其次。我同意了，補充說如果我有朝一日要完成那書的話，這樣做是沒有幫助的。重要的是，我要把這工作做完，以便我可以去做別的事。我補充說，我在試著避免投射與《夢》的任何麻煩到未來，和前天的課一致，雖然我覺察到，我說的有些事，是與那節的元素矛盾的。不過，我將解決它們。我真的要儘快把那書弄好，而在可預見的未來，也不會再陷入同樣的麻煩。

（三點十五分。珍開始讀昨天的課。她做得不好，但當我寫註時，她時停時續地進行。當她繼續時她做得好些，而在三點四十二分結束。兩分鐘之後，卡拉量了她的體溫，一百度二。她說，「你真的在發燒。」珍看來很困惑，因為她覺得沒事。黛安娜量了珍的血壓和脈搏，「你真的有點燒，」她說。當她們離開後，珍說，「我才沒發什麼鬼燒。」

（珍要我註明，這是她建立在二月一日的課上，對生命的新態度之第二天。我的確認為那一節非常的好，而也做了副本在家裡用。）

現在，我再次祝你們有個美好的下午。

（「賽斯，午安。」）

評論。

關於你的夢：那顫抖（shakiness）代表從你母親來的價值和想法，主要是關於工作——你一向感覺是不穩定（shaky）的信念。在夢中，你設法繞行過它們的效果。在日常的醒時狀態，那顫抖仍代表餘留的不確定，而當任何強大的干擾發生時，它便更明顯。

至於就所涉及的書的段落而言，真的非常難以簡單語言來寫複雜的事情。當然，這是我們嘗試去做的事。我們試著用對一般讀者都有一個整體意義的字眼，然後做任何必要的——

（四點八分。琳進來給珍點眼藥，然後離開去取一些冰的薑汁汽水。我讀給珍聽，她到此所說的。）

——區別，以確定那段是正確的。

你對六道輪迴的問題（在《夢》的第九〇三節裡）是個極佳的問題，而的確使得事情清楚了。有時候，有想用比較明確的科學性名詞的誘惑，但這會與你在字典裡讀到的種種定義和分類一樣的令人混淆，所以，整體而言，我們試圖達致一個「快樂的媒介（happy medium）」（帶著更多的幽默）。（譯註：medium 也是靈媒之意，此地是雙關語的幽默。）

再次的，常常重讀星期三的課——而指定「第一天」等等，是個好主意，當你們每個人試著將這作為一個新的開始，而一次過一天，老實過活。現在，我也許會也許不會回來，再次的，按照我說的那些節奏。但要知我就在此，並且是可以接近的。

（「賽斯，謝謝你。」

（四點十四分。那麼，賽斯證明了我自己的擺錘資料、關於我母親的信念，以及我對它們的反應，是與我顫抖的右手有關的。）

一九八四年二月四日　星期六　下午四點二十六分

（珍昨晚在卡拉的幫助下打電話來。在那之前，我們的朋友黛比‧哈利斯去看她，依莉莎白同時也在那兒。依莉莎白留下一些黃色報春花，很美，還有一張一位德國女士做的餐桌上的墊布，那是身為德國人的依莉莎白寫信替我們要的。

（今天又暖了——我離家去三三〇房時，四十二度。當我到那兒時，珍剛換過紗布。她在十點半時下去水療，而花了所有那些時間辦完例行公事。我告訴她，如果她認為將等很久，可以拒絕去，但我猜我不會看到她那麼做。

（今天是珍遵行二月一日上課新慣例的第三天。她說她不斷抓到自己偏離軌道，然後試著提醒自己較健康的新目標——活在當下、正面思考，等等。

（她吃了一個普通的午餐。我描寫我昨晚非常生動的夢。它是個極令人振奮的夢。我夢到，我正沿著通向塞爾、雀門河邊的一條鄉村路慢跑。那條路與我們習於行駛的老河路相似。我穿著短褲和一件運動衫，並有著白髮。當我在跑時，我對自己身體表現的平順、不費力，感到又驚又喜，尤其對我這樣年紀的人而言。在陽光普照的夏日空氣裡跑步，我真的喜歡那動作的自由和力量。

（我知道我曾被囚禁，而現在我自由了。在我後面不遠，開著一輛警車，裡面坐著幾個警察，查看著我。他們不時的更靠近些，但沒有干擾我。而在河對岸的一處，我看見一大群男人在河岸上嬉戲或工作——我想他們仍是被監禁的。當我跑過他們，朝相反的方向離去時，我跟他們揮手。

（我告訴珍，我想，在夢裡的警察意指我已將我的老信念留在身後，而我現在擺脫了那些信念、自由地跑。同時，河對岸的那群人代表我已丟棄的老信念。我補充說，如果有時間，我現在想開始慢跑——既然我有跑步的能力和愛好。

（珍的情況不是很好。他們今早量了她的體溫，而它是一〇一度。我問她，為什麼它又起來了，但她並不知道。當她體溫高時，她們每一班都要量。我按鈴要些薑汁汽水和冰，因為一小時前答應拿來的小姐並未出現。

（兩點四十分，當我讀信時，珍讀昨天的課，讀得相當好。比她昨天好多了。

（兩點五十五分。她開始讀二月一日的重要課。再次的讀得很好。在那之後，我們似乎讓時間逃離了我們，看看電視等。我處理了一點信。我們看了蘇•華京斯一封長信的一部份，但珍無法讀它。我看得出來，她有點喪氣，而我也不是在最好的狀態。珍花了許多時間等人量她的生命跡象，然後，終於決定上一節課。）

現在：我再次祝你們有個美好的下午。

（「賽斯，午安。」）

評論。

你的夢的確是個極佳的「徵兆」。

你正由負面信念的監獄逃了出來，而一旦你被釋放了，你很喜歡自己身體新的輕鬆動作。當然，浮力感是所有的兒童都體驗過的愉快覺受。那個夢意思是要提醒你們那內在與外在的浮力和自由。

我也許會也許不會回來，再次的，按照我說的那些節奏。但要知我就在此，並且是可以接近的。

（「賽斯，謝謝你。」）

（四點半。我沒預期此節的迅速結束，因為我想珍還有一些頗為重要的主題可討論，比如，體溫增高的理由。不過，她沒顯出想要的跡象，所以我沒強迫她去作。我在七點十分回家的路上，希望自己曾勉強她，而我發現在一個相當明顯的苦惱時刻，我對她沒多大的幫助。一度，當我在給她按摩時，她開始談到她的高溫，但我被她身體保持的緊張狀態分心，而打斷了她。也許明天我們能做得好一點。

（四點三十三分。一個女孩量了珍的體溫，又是一百度。「喔，老天啊，」珍咕噥著說，但她沒說別的，只說她不要抗生素。我很篤定，這溫度一定和二月一日的課有關，雖然我說不出為什麼。

（在回家的路上，我的確想到幾個問題。珍的病徵的轉世背景是什麼；以及，為什麼在她的膝蓋破裂之後這麼久，她仍將右腿如此緊緊地蜷曲，抵著她的腹部？）

一九八四年二月五日　星期日　下午四點六分

（這是珍的新活動的「第四天」。

（昨晚珍沒打電話。今早，我花時間在打珍、賽斯和我要給茉德轉給捐款者的信。我自己也寫了封信給她。我沒做有關《夢》的工作。

（今天大約三十四度。當我到了三三○房時，珍告訴我，昨晚，尚恩・彼得遜因胸痛被送入加護病房，但，所有的檢驗都是陰性的。「護士們比病人還病得厲害些。」珍說今晨她聽到一位護士說。

（珍沒有去水療——只讓人給她洗了臉。昨天根本沒人量她的血壓。她有很多要告訴我的，而表現得比昨天好多了。我也覺得好多了。昨晚我離開後，她們量了她的體溫，今天很早也量了，九十九度與九十七度八——兩次都下來了。在我離開後，她「好好地說了自己一頓」，關於信任她的身體之類，而這有很大的幫助。

（珍的醫生，傑夫・卡德，今早來看她。他對珍的進步非常高興。「要他說非常好是不容易的，」珍說。「我一直得到有關你的好報告。」他告訴珍。他也問珍有關我們保險的麻煩事兒。她盡她可能的解釋，以及關於醫院的事。珍問他，為什麼她的右腿比左腿短，而傑夫解釋說，那傷已逾合，但骨頭沒對齊，所以會短。他說，要恢復那腿，需要動大手術，且不一定會好。當珍說她想坐起來之後，他說，一個小手術可以修好那腿，到她可以坐起來的程度。

（那麼，我補充到昨天的課上，說今天要問賽斯的問題之一，是關於她的右腿及為什麼她沒伸直它，就很難說是個巧合了。傑夫的消息之負面部分是，至少要等到她的腿修好到某個程度，珍才能坐起來。我已預期這種診斷有一會兒了。「呸！」珍說，「如果我的身體能像以前那樣恢復，那它也能修好這腿。」我相信。今晨，珍的確很能接受那醫師的探訪，而我為此祝賀她。無論如何，我想問賽斯關於這整件事，既然他說過好幾次，珍將能正常並且帶著一些信心的走路。

（珍說，傑夫對她的進步顯然很驚訝，但同時他卻判她得留在床上。我說，從他的位置他很難做別的什麼。

（珍今天午餐吃得比較好。她顯然因體溫下降而鬆了一口氣。在三點十五分她開始讀昨天的課，讀得很好，近日來最好的一次。她說她試著跟傑夫解釋，她在水療室裡是如何的不舒服和不耐煩。但卻毫無效果。她看得出傑夫對她在說什麼毫無所知，所以最後她就放棄了。

（我給珍看，在賽斯自己的建議之下，我準備的問題單子，並告訴她，其中之一是關於保險的事。──比如說，我不想要求我們的律師採取行動而弄砸了它。六週前，賽斯說過，那議題會解決得令我滿意，而我們的律師說不要煩惱，那是我們最後聽到的話。我補充說，我不能想像醫院沒在這之前要求行動──然而他們並沒有。賽斯曾說，這問題不必等很久就能澄清。

（三點四十分。在我的建議下，珍開始以我的筆寫字。她將拍紙簿放在右膝上──它被觸到會疼──設法寫些東西。她甚至將筆握在她的右手裡。明天我將帶寫字夾板來。我很確定她在此會有進步。它可能令她夠自由到可以寫些詩，比如說，在晚上當她一個人的時候。

（我解釋給珍聽，我在心裡跟我母親說，「抱歉，媽，但我再沒有時間去管你的不穩信念和想法了，」因為在最近的一節裡，它自然地出自賽斯對我的右手發抖理由的評論。那暗示相當有效，我認為它相當幽默，並富原創性，珍也這麼想。它可能有一個累積性的效果，而我想要賽斯評論。

（琳在四點給珍點眼藥。傑夫也告訴珍，她的眼睛看起來好些。珍想開始上課，她覺得這課可能比平常長一些，所以我告訴她，不要等人家來給她量生命跡象了。）

現在：我再次祝你們有個美好的下午。

（「賽斯，午安。」）

評論。你們每個人都被一些極為不幸的信念所圍繞著，它們至少部分是偏執狂的，但無論如何都是不幸的。它們是與才能、能力和天才有關的信念——

（四點十二分，）這些是和與一個民主政府相連的平等概念之誤解相連的扭曲的分枝。這些同樣的想法，也與心理學相關，與「基準」、普通人等等打交道。

人們試著盡可能地像他們的鄰居，隱藏怪癖、失敗，甚至那可能將他們與同伴分開的才能和能力。其結果是一連串如下的信念：

如果你在任何方面有很高的才能，則壓低那才能，或在其表現或表達上，要極謙虛，因為，別人會嫉妒你，或害怕你，或試圖將你拉下「到他們自己的層次」。

（在四點十六分停頓良久。）你的天賦越不尋常及有原創性，你就必須越保護自己，免於別人的不信任。這個方向的信念繼續如下：如果你的才能是極端地獨特或原創，可能完全地否認它還更安全些，採取某些殘障或障礙，以減低別人的嫉妒或羨慕，不然他們可能捕獲你。

且說你倆都被這種信念所充滿——魯柏是因為他的詩與寫作，而你是因為你的畫。你早先進入商業工作，在那兒，你對畫畫的喜愛可以托庇在一般人對錢的愛好之下。即是說，你顯然是個畫家以便賺錢度日。這只是美國男人傳統角色的另一個版本。

魯柏，作為一個年輕女人，覺得作家是在社會的——

（四點二十三分。卡拉量了珍的血壓和脈搏。當我讀給她聽到此的課時，珍吸了一支煙。

（四點二十九分。）——外圍。就是如此。他對於詩人的信念，被說詩人對生命的經驗太敏感、太脆弱的概念所污染——說這敏感帶來脆弱而非力量，而真正的藝術家或詩人為了那個理由都有個悲慘的結局。

到某個程度，你倆都持有的其他個人信念，帶著平常的文化內涵，強調一種假的謙遜，而非對能力的正確、自然的驕傲。這種信念常常給了兒童，顯現為這種形式，比如，「別做個自大的人，」「別愛現，」再次的，隨之以可怕的警告說，你們的同胞懷疑任何不一樣的鄰居，或展現任何優越能力的人。

這整個信念系統，當你是熱衷於寫作和繪畫時，就夠有害的了，因為這些是一般人瞭解的。可是，當魯柏的通靈能力開始顯示它們自己時，那些同樣的信念使你倆甚至比以前更小心，且更擔心別人的報復——就魯柏而言，她更擔心批評和責備。所有那些信念與許多性取向的不幸信念並存——好比說，那些規定男人和妻子，或男人和女人的傳統角色的信念。魯柏對以這樣一種顯著的方式表達靈異能力，有一些罪惡感，當彷彿關係中的男人該是最具才能，且顯然在財務上是最成功的（熱切的）。所以，有時候，你們的角色以那方式令你倆都不開心。

（四點四十分。）有一陣子，魯柏甚至害怕在歐思維格的心理學家說得對——他的靈異能力只是想要證明他自己比你行的企圖[2]。這些都是你倆多年來與之搏鬥的信念。你們也有許多極佳的信念伴隨著，因此你們的確利用你們的能力，並表現你們的天性。你們享受彼此的關係、與朋友的關係，而你們也的確享受一些財務上的成功。

（停頓良久。）可是，那些老的負面信念，對魯柏的影響比對你的影響要大些，因為他一度顯然以為，如果他削減身體的活動，人們就不會為他驚人的靈異和精神活動而攻擊他了。身體活動的抑制顯然是漸漸發生的，直到他開始學到真相——人類本來就是要表現他們所有的能力，精神和肉體兩者，而生命是個表現的大舞台。事實上，生命即表現。

在某一點，有那麼一會兒，魯柏既不寫作，也不上課，此外身體上也幾乎不能動彈。然後他開始學到他需要的教訓——生命即表現，而且，精神上和身體上的活動——盡情利用他的靈異、創造、精神和肉體的能力——對他是安全的。

（四點四十八分。護士助手拿來晚餐盤而沒關門。在走廊裡有噪音，但珍繼續：）

不過，這節將作為你倆的一個提醒，而將有助於掃掉任何老的、流連不去信念的剩餘物。先前，魯柏害怕信任他的身體，害怕讓他的身體療癒他，為的是怕被人攻擊。你倆也相信，你們必須以全力去保護你們的特殊能力——但你們可以看見，以這樣一種方式建構的矛盾之路。

我是覺知卡德的來訪的，以及你們自己關於魯柏走路的談話，等等——而我是想回答你們的問題的，但，我想給你們前面的資料，作為一個必要的預備，我也覺知時間的限制。

（「嗯，那沒有問題。」）

我可以說，我大體同意你們的決定，及魯柏對卡德之探訪的詮釋。我剛給的一些資料將幫助魯柏找到更大的釋放。身體能療癒它自己。你們只要容許它去這樣做。我希望這節有助於吸乾任何流連不去的懷疑或矛盾。

（「它非常好。」）

明天提醒我額外的問題，而我們將繼續。我也許會也許不會回來，再次的，按照我說的那些節奏。但要知我就在此，並且是可以接近的。

（「賽斯，非常謝謝你。」）

（四點五十七分。當珍吸一支煙時，我讀此節給她聽。「有很多可思考的——那是很有力量的一節，」她說。沒錯。當我讀時，她交替地歎息、咕嚕和呻吟。我想它會大有幫助。

（大約十點時，我正在打這節，珍在卡拉的幫助下打電話來。）

一九八四年二月六日　星期一　下午四點三十三分

喬治亞——椎間盤突出，胃潰瘍，外科手術

雪莉——椎間盤突出，外科手術
蘇西——膝蓋，外科手術
尚恩——胸痛
羅伯——冠狀動脈小組
茱蒂——背部
容達——外科手術，未知

水療部：

史帝夫——胃潰瘍
黛比——腳後跟，外科手術
湯姆——腿
麥克——肩膀

（以上是自從珍去年四月二十日進入此醫院以來，我們知道有嚴重醫藥問題的醫院職員的一個部分名單。這些是我們在自己的小圈子裡，多少經常接觸的人。將他們的數目按比例乘以醫院當中一千人左右的雇員，而你們會有哪種百分比的生病雇員？我想，很高的百分比。

（今天，當我抵達三三〇房時，珍在唱歌給她自己聽。昨晚，當我在結束打字時，她打過電話。今天早上，我做《夢》的工作，並在我中午去醫院的路上，寄了我們給茱德的信。今天氣溫剛在冰點以上。今早珍去了水療部。她說，當她在那兒等待的時候，她也唱歌給自己聽，而有個護理人員進來問她有什麼問題。

（午餐後，在兩點四十五分，珍塗上口紅，照了照鏡子。她說，她的右手拇指有了一些額外的活動自由。她今天的體溫是九十八度三——又下來了。我忘了問她今晨的溫度。

（三點三十六分。珍開始讀昨天的課，而做得很好。我處理郵件。

（三點四十五分。黛安娜進來了。她指著珍說，「你是個名人。」黛安娜在一本談雀門郡和艾爾莫拉歷史的書中，發現有關珍的一篇文章，附帶一張照片。我們已忘了這回事，但幾年前，一位較年長的退休人士曾與珍接觸有關這樣的一個方案。我倆都記不起他的名字。我相信是個與《星報》有關的人。

（三點五十六分。珍再繼續讀，讀得很好，而在四點十分結束。我在處理信時，她吸了一支煙。當時間開始晚了，她建議上一節短課。）

現在，我再次祝你們有個美好的下午。

（「賽斯，午安。」）

評論。

還有一點我特別想提的，雖然，當然以前我們曾常常討論它。就是自我認可（self-approval）。在昨天課裡討論過的許多矛盾和負面的信念，都導致強烈自我否定（self-disapproval）

的感覺。那些信念是如此矛盾，以至於，要實踐其中任何一個，你事實上彷彿否定了其他你也相信的東西。因此，不論你怎麼做，你都會有強烈自我否定的感覺。

你已大半越過了那種反應──然而，偶爾它仍會回來，當你擔心做得沒比自己該做的好，或當你短暫地抓到自己以老的方式行事時。要有任何真正的幸福感，一種自我認可感是絕對必要的；無論何時，由於你不覺得自己做到最好的行為，而貶低或懲罰你自己，這絕不是一種美德。不過，真的要留心那種反應，以便你能阻止它於萌芽時。

告訴魯柏，療癒或修好他右膝的能量，也能令它伸直。就彼而言，他一直在做的精神運動是極佳的。不要擔心保險的事。它正在解決，並且是於你們有利的。

盡量遊戲性的想像你的憂慮漂走了，或爆開了，或不論什麼。再次的，這該遊戲性地做。你可能令自己驚訝，發現自己像有個新玩具的孩子一樣開心。

我也許會也許不會回來，再次的，按照我說的那些節奏。但要知我就在此，並且是可以接近的。

（「是我。」在停了一下後，珍說。

（「謝謝你。」

（四點四十五分。我忘了告訴珍我昨晚的一個夢。不怎麼詳細：我夢到我在探訪一些朋友，我相信是一對夫婦，而他們家裡有自己的幾隻貓。我們的比利也在那兒。到了我離開的時候，我開始到處找比利。每次我抱起一隻貓，便發現牠不是比利。每隻貓的花色多少相似，但在顏色和花紋上有足夠的不同，以致，當我或如果我找到比利時，我會知道。）

一九八四年二月七日　星期二　下午四點四分

（昨晚，珍打電話來了。今天很冷——當我離家去三三〇房時，是二十二度。我在銀行停了一下，買匯票去付帳單。今天早晨沒人來量珍的體溫，因為它已退到正常的範圍。午餐後，珍告訴我，史帝夫和崔西星期天晚上發了個電報給她，說為了種種理由，他們沒法過來。珍忘了告訴我。

（一個註：這是珍改變她想法的新活動的「第六天」。

（三點二分。午餐後，珍開始讀昨天的課，讀得相當好。我回信。珍記起了在她的雀門郡歷史裡寫了我們的事之退休記者的名字——「伯爾斯」。而這觸動了我自己的記憶：湯姆．伯恩。

（三點十五分。珍讀完了那課，做得相當好。在三點五十五分，一個學生量了她的血壓，很好。珍早了一些就準備好上課。她決定不等人來量體溫。

（房間裡很暖和，而我關了暖氣，並開了窗。有時交通的噪音會擾人——而那效果令我想起，當我們在西華特街四五八號上課時，這種喧嚷多常造成問題。）

現在，我再次祝你們有個美好的下午。

（「賽斯，午安。」）

書的口授。（停頓良久，然後十分緩慢地：）那麼，所有的生物也都天生具有一種深刻的自我認可感。

每種生物生來都為自己驕傲，並且愛牠自己。那同樣的自我認可也以種種不同的方式，不但被如你們以為的生物，也被原子、分子及所有階層的物質所經驗。

魯柏曾寫過一首詩，關於在窗檯上的一個釘子。他賦予那釘子意識與自我覺察。且說，每個釘子的確以它自己的方式對刺激反應。它行動和反應。一根釘子不能選擇跳下窗檯，在房裡四處跳舞，但一根釘子的確對房間、對窗檯覺知，且覺知窗子兩邊的溫度。組成釘子的原子和分子擁有它們自己活潑的意識。它們的動作是被電子所指揮的，因此，在它自己內，釘子事實上經驗到不斷的活動。的確是以了不起的對稱與韻律在執行的一場舞蹈。那麼，那釘子的確是充滿了它自己的自我認可感的。

我提到這個，只是要強調，自我取樂和自我認可是自然特性的事實——實際上使得你們整個物質世界和經驗世界成為可能的特性。

所以，當成人不慎顛覆了一個兒童的自我認可感時，是非常不幸的。舉例來說，一個小男孩可能被逮到在說謊，因此，被一個大人以最憤怒的用語貼上騙子的標籤。反之，可以做一個區分：那孩子犯了一個錯——他說了謊——但他自己並非那錯誤或謊言。他能隨之改變他的行為，同時仍保留他的自尊。

（在四點十六分停頓良久。）所有的生物基本上都有善的意圖：即使當他們做出最可疑的行為時，這些往往是被一個誤導的善良意圖所引起的。事實上，許多罪犯都是被「正直」的扭曲版本所促使的。關於這點，我們後來在本書中還有可說的，但目前我想要強調與蓬勃生氣、健康和幸福相關的自我認可之重要。

口授結束。我也許會也許不會回來，再次的，按照我說的那些節奏。但要知我就在此，並且是可以接近的。

但我的確加速了魯柏療癒過程的那些座標。我也提醒你們，只要可能的時候，就讀讀前天的課。

（「是我。」珍停了一下說。

（「謝謝你。」

（四點二十一分。珍告訴我，昨天給她換繃帶的瑪莉珍曾談到，其餘的褥瘡療癒得多好。

（四點四十五分。桃樂絲量了珍的體溫——九十九度三。在她離開後，珍說，「看吧，我不信任我的身體，反而由於我的溫度又像那樣高了起來而很生氣。」

（她沒再讀前天的課。今晨，我在家讀了。）

一九八四年二月八日　星期三　下午四點二十四分

（今天早晨，我在做《夢》。天氣很冷——當我於十二點半離家去三三〇房時，大約二十二度。電話鈴響時，我剛替珍翻了身。是個叫丹尼・歐森的人，從密蘇里州的一個小鎮打來的。他在聖誕節曾寄來一些自製的水果及蔬菜罐頭；去年，他也曾寫過一串長信，署名「我」，意思是，我無法為所有那些東西回信謝他。他在前年聖誕也做過同樣的事。

（在一封早先的信裡，他曾寄來他自己的一些照片，而要求退回它們。我這樣做了。在那之後，他不再將他的地址寫在信上。同時，我將他的地址放在樓下的儲藏室裡，在許多其他的地址當中，而還沒花時間去找，以便我能回信——又一個常常發生的信件麻煩事兒。

（今天，他告訴我，他從他通信的某個卡洛來納人那兒，得知珍住院的事，所以，他打給我們區域的醫院，直到他得知珍住的是哪一家。一個簡單的程序，而我希望別人不要跟他學到。我不認為他會打回來，雖然有可能。結果我們有個相當辛辣的對話，在其中，我希望能疏離他到一個地步，以致他不再來打擾我太太或我。

（我可以感覺到，他的精力充沛，但就我看來，彷彿在許多方面自相矛盾，而我在好幾點上反駁他。他似乎如此贊同賽斯資料，以致他說，他停止閱讀其他的任何東西，然而，當我說他不該如此時，他說他廣泛閱讀其他的資料——之類的事。我可判定，他不瞭解，作為一個有創意的領導者，一個人不跟隨別人，卻是獨立自主的。當我們在談話時，至少我知道他對我的高估是破滅了。

（我結果又有那熟悉的感覺——即是，珍和我永遠不可能及得上別人可能對我們建立的幻想畫面。當半小時的對話結束後，我告訴珍，我也很覺知我們自己行為裡的矛盾：我們將我們的作品拿出去放在每個人都可以看到的舞台上，而希望他們會對它付出注意。然後，當他們那樣做時，有時又令我們掃興。

（我學到，人們的反應是太變化多端了，以致我們無法期待他們照我們要的樣子行事。我們必然是害怕那一點。但，當丹尼大聲說，「他媽的，羅，我要你對我像我對你一樣敞開。」我不很高興。他完全忘了，他不該投射他自己的感覺在某個可能十分不同的人身上。當我開車回家時，我不禁好奇，在人們遇到賽斯資料或我自己的想法之前，他們做過什麼。他們那時在仿效誰——他們如何填滿他們的生命，以哪個英雄和英雌？有一件事是確定的：他們沒有寫書，或發展出他們自己的一個原創性哲學。他們相當滿足於跳躍在別人的作品上，而對他們生氣，因為他們——包括珍和我——不以我們該反應的方式反應。他們也忘了，或不瞭解，因為我們是這樣的人，導致我們創作出這樣的作品。如果我們是不一樣的人，作品也會不同——或根本不會存在。

（我也想到，那電話可能強迫我改變我告訴通信者的話——但另一面，以我提供給茉德刊在〈改變實相〉裡關於我們的消息，我對信件的反應又有什麼意義？我們已沒剩下多少秘密了。很顯然，人們給我們錢的主意可能有一個消極面。但我無法說我不知道那點。

（當我在電話上時，一位護理人員帶給我們一封蘇・華京斯的信。當我打開它時，我發現一張海倫・格藍傑・派克簽署的千元支票。我問珍，「波曼小姐給我們錢做什麼？」我一時糊塗——因為我在塞爾高中的美術老師是海倫・波曼，直到她後來結婚，變成了海倫・波曼・派克。我一直稱她為波曼小姐。結果，寫支票的海倫・派克讀了茉德在〈改變實相〉裡的文章，而寄支票給蘇，轉寄給我們，以確保我們安全地收到它。那位海倫住在德克薩斯州的奧斯丁。今晚我也許會打電話給她，及蘇。我告訴珍，我不知是否要重視這兩位海倫・派克的意義。兩個人都涉及了錢，因為，我的海倫小姐借錢給我去讀完紐約市的藝術學校。二次大戰期間，在我服三年的兵役時，我還了她錢。

（昨晚，在約八點半時，珍說她有個非常生動的「相當真實的經驗」，在其中，有幾秒她發現自己在非常清澈而淺的水裡跳躍，覺得真正的自由，並極為享受。她可以看見水底的小圓石子，等等。之後，她睡得很好。昨晚或今晨都沒量體溫。她在十點左右去水療，而變成在十一點就回來了。

（我該補充說，當我覺悟到，千元支票的意義是什麼時，一開始，我有奇怪的罪惡感和叛逆感，覺得現在以一種奇怪的方式，我處於一個相當脆弱的地位，縱使那錢有助於醫院的費用。我也想，雖然海倫在她的信裡說，那筆捐獻沒有附帶條件，但，仍必然有某個形式的條件——有條件是很自然的。目前我想到的唯一解決之道是，送禮及它所意味的個人接觸，構成了那條件。我現在認為會有以某種形式的形形色色條件，而我在做這觀察時，並無憤世嫉俗之意。

（四點。一位新女士量了珍的血壓，正常。

（四點五分。一個學生量了珍的體溫——上升到一〇一度。

（珍在四點六分開始讀昨天的課，做得馬馬虎虎。有時我幫她。我開始整理信。當珍終於讀完時，她說想上一節短課。）

現在：我再次祝你們有個美好的下午。

（「賽斯，午安。」）

我說話是要保證魯柏，他的體溫是個療癒的信號——當身體拋出它不需要的東西。請鍾愛地提醒他（珍打了噴嚏）信任他的身體及其過程。你倆可以對彼此大有幫助，當一個人或另一個人擔心或不安的時候。信任身體自動地加速所有的療癒過程，而這節課能讓魯柏安心。他只需要專心關注我的話。

我的確真的加快那些有助於療癒過程的座標。我也許會也許不會回來，再次的，按照我說的那些節奏。但要知我就在此，並且是可以接近的。

（「好的，謝謝你。」

（四點二十七分。上課後珍似乎覺得好些。

（當尚恩・彼德遜來訪時，我剛準備要離開。她好多了，明天就回家。她似乎沒有心臟的毛病，在家卻必須二十四小時穿戴著一個馬甲，以探測任何心臟的不正常——監測的工具，我相信，不知怎地記錄心臟的電性活動。

（我去超級市場買菜，吃了一頓比平常晚的晚餐，而打了電話給奧斯丁的海倫・派克。她在鈴響第二聲就接了，而我們談得很愉快。她接到我的電話很驚訝，而我謝謝她的捐款。連線相當微弱，但夠清晰。

（然後，我打給在登第的蘇，謝謝她轉來支票，我們至少談了半個小時。所有這些活動的結果是，我去打字的時間晚了，現在當我打完此節時，已十一點二十分了。珍，好睡。）

一九八四年二月九日　星期四　下午四點十六分

（昨晚，黛比・哈利斯探訪珍。當黛比在那兒時，珍不大舒服。在她探訪期間，一個護士助手量了珍的體溫，在八點半時是正常的。我太太的體溫在十一點又量了一遍，而它是一百度一。下一次，三點後是一百度二。但今早早餐後，珍的體溫降到九十五度五。這是給了她一顆藥去人工地降低她的溫度。我不知道那藥的名字。

（在夜裡，珍至少吐了三次痰。她側臥時這樣做的，而當她按呼叫鈴時，沒人來幫忙。職員們必須在半夜換掉她所有的被褥。珍必須大聲呼救。她說，她下面的假牙沒裝回來，因為它們都弄髒了。

（「但賽斯是對的，」她告訴我，「身體是試著擺脫它不要的東西——痰。」

（她聽起來比平常要弱。同時在半夜，她的腳開始變成斑駁的紅色，和她以前腳很腫時的樣子相似，只不過現在並沒腫。紅色的凝塊看來像循環的改變。當我到三三○房時，我馬上注意到它們。珍說它們不痛，除了她右足跟後面，及右腳踝的內面，有些不舒服。

（今天早晨在水療室，她的右腳心又以同樣的方式刺痛。她整個晚上都在喝冰的薑汁汽水，而決定今天不再那樣做，改喝冷開水。沒人知道為什麼那腳變得有斑點，雖然我想我們知道。珍說，若非別人告訴她，她不會知道它發生了。

（昨晚，她曾兩次試圖打電話給我，但，很顯然，都是正當我在與海倫・派克及蘇・華京斯談話的時候。當她在吃一頓清淡的午餐時，我告訴她，今天早上，我們律師的助手打了電話來，而我在來的路上暫停，去拿我們的課稅表。不可置信的，儘管我們有醫藥支出，但今年要繳兩萬六千元的稅。我告訴珍，我無法相信。現在我們是欠錢而非得到一份退稅，我不急於付帳。我曾希望至少是扯平的。

（三點。珍塗上我兩天前買給她的口紅，然後照了鏡子。

（三點二十五分。她解釋說，她的右腳令她不適。這時她記起今早在水療室也有同樣的感覺。我處理了一些信。信件再度威脅著要擊敗我了。

（三點半。珍開始讀昨天的課——讀得很好。她在三點四十五分一口氣讀完。她說，「巴布，我想我的眼睛比它們所有這些時候都好呢。」——那真的令我驚訝。因為，雖然她很不錯，我卻不知她進步的程度呢。太棒了！

（三點五十分。職員們開始進來查珍的生命跡象。我在一小時前給她點了眼藥。珍的血壓正常，體溫是九十七度，脈搏很好。她讓我知道她何時準備上課。這是她的新養生法的第八天。當她替賽斯說話時，聲音沒那麼大，而在一開始，她一次說幾個字，然後停頓相當一些時間。當課進行時，這效果大半消失了。）

現在，我再次祝你們有個美好的下午。

（「賽斯，午安。」）

那高溫的確沖乾淨了整個循環系統。

它也幫助排出了多餘的水分——黏液，等等。（停頓良久。）發燒在半夜發生，魯柏的態度很好——尤其是，既然醫院的助手本身是如此易於給予負面的暗示。

那高溫也是，可以說，撥旺身體的爐火之結果——並，再次的，擺脫掉任何剩餘的「毒素」。就是如此。

腳部的改變顯示循環系統的變化——當那系統清除它自己時，一個不平穩的循環之流。今天眼睛的進步，部分是那些過程的結果，當鼻竇等等被沖乾淨時，鬆開了眼睛的肌肉，而也排除了那地帶的一些多餘液體。

當魯柏開始了他的「第一天」時，便開始了出清身體的過程，但，隨著極大頻率的負面醫院暗示，以及與發燒相連的一般錯誤信念，那有益的面向的確必須大半靠信心，如它們是的樣子（較大聲）。

所以，眼睛顯示的進步，將被身體的其他部分展示。我也許會也許不會回來，再次的，按照我說的那些節奏。但要知我就在此，並且是可以接近的。

（「謝謝你。」）

（四點二十六分。我替珍倒了一些涼水。「哇，真好喝——剛夠冷……」她整天都在啜吸液體。難怪她的身體需要它們，在發燒之後等等。在剛過去的幾天裡，她的鼻竇塞滿了，害得她常常吸鼻子和擤鼻涕。

（四點三十二分。珍早些就準備好翻身了——非常不尋常。她要她的右腳用歐蕾油按摩。到五點，我開始小睡——但十分鐘後，傑夫•卡德進來了。傑夫要她明天驗個血——「我不確定發燒的原因。我們將注意那腳。」我告訴他，今天自從我在那兒時，腫已經減輕了。傑夫不要珍變得脫水了。他似乎大致滿意，雖然他說珍的尿液「太濃了」。我請他看看，我太太最近吃的新牌子液體維他命，是否可換回到她的老牌子，因為她極不喜歡那種新的。他說他會試試。

（珍沒吃多少晚餐。她叫我帶一點回家，因此沒人知道她沒吃多少，但我告訴她，沒人檢查餐盤；其一是，在上面沒有名字。我的確帶了些好東西回家給比利和咪子。這些天，咪子正經歷她的一個親暱的階段。）

一九八四年二月十日　星期五　下午四點十二分

（今天是珍新的養生法的第九天。

（昨晚，當我開上蔻門街到坡居時，我察覺到在汽車的底部有一種奇怪的震動、顫抖的噪音。到現在為止，在倒車檔時較明顯。我想可能是雪，而看不出有什麼問題。

（在郵件中，我發現一封茉德的信——及總數大約一千一百元的支票，令我相當的驚訝。我打電話給名字在支票上的兩個人——其中之一捐了一千元。他們接到我的電話都頗為驚訝，跟他們談話並道謝，我覺得很好。

（今天早晨，早餐後，我將車子開到隆・闕佛的修車廠——但，到那時，當我發動車子所聽到的噪音已消失了。隆和我找不出毛病。事實上，那車似乎比它一向跑得還更好。他告訴我，如果出了任何毛病，跟他聯絡。我希望這減少了一個麻煩。

（昨晚，珍的溫度又高了起來：在十點半左右是一〇一度，而在三點時也差不多。早餐前抽了她的血——我們還沒有結果。也收集了些尿液樣本。當珍在吃一頓清淡的午餐時，琳進來又取了另一個尿液樣本。它將被培養——為了什麼，我們不知道。

（然後，當她仍在吃飯時，兩位實驗室的技師進來，取了珍更多的血——他們說，這將培養一週。他們說，是醫生囑咐要測試的——我們想他們是指傑夫・卡德。

（實際上，珍有時有點兒冷，而叫我轉高暖氣，它運作得很好。她的斑駁的腳看來好多了，我一到那兒就看見了。她說傑夫那天早上曾來過，看到她的腳好些了，「你的體溫升高了，」他告訴她，「我們必須小心它。」

（珍說她「昨晚睡得好極了」。她並不擔心她的溫度，尤其是在昨天的課後。她對創造自己的實相有她自己的作法。她今早在一個還不錯的時間去水療，到十一點便回來了。今早，喬治亞・塞西短暫地來訪，她看來不錯。至少兩個月沒事做。一位護士進來告訴我，下週二中午，職員們將有情人節派對，叫我別在家吃午餐。

（三點九分。珍開始讀昨天的課。她的困難重重——也許是溫度的增加所引起的，它影響了鼻竇，又轉而影響了眼睛？當我在整理信時，她讀得這麼糟，以致她在三點十三分就放棄了。當茱蒂拿薑汁汽水來時，珍決定放棄喝有氣泡的飲料。昨天和今天，她喝進了多得多的水，職員說，因此她的尿看來好得多了。

（然後，打擊來了。在三點二十分一位護士進來，在珍的右前臂上放進一個肝素鎖。那鎖是為了給藥的，在血管裡的一個牢固的開口：珍將被注射抗生素。我們才發現那事，兩位護士助手的其中一位便回來抽了更多的血——珍咒罵道，「她們要她們能得到的一切。」那護士助手道了歉。「我會拒絕用抗生素，」珍說，「如果不會引起這麼大的爭論的話。」我不知如何回應。照賽斯來說，好像身體自然的防禦系統再次地受到干擾——然而，我們起初又為什麼來這兒呢？我不想去想它。「我信任我的身體，遠勝於我信任那抗生素。」珍說。茱蒂進來告訴我們，傑夫並沒開抗生素——是他的太太奧莉維亞——也是位醫生——開的。

（三點三十六分。在護士插入肝素鎖之後，珍又回去讀課。當我們在等抗生素時，她讀得好得多了。我覺得沮喪。她的頭又悶塞住了。

現在——

（三點五十分。茱蒂進來取尿液的樣本。珍在三點五十五分看完那節。她吸了一支煙。「那麼，如果沒人進來，我無論如何要開始上課了。我猜她們又要重頭開始量我的體溫和血壓了。」）

（四點十二分。珍才說了賽斯的問候語，一個學生護士就進來量她的體溫，一〇一．二度。珍說，「狗屎。」陶樂絲進來量她的血壓和脈搏。在她們於四點十八分離開後，珍說，「我們不如重新開始。」）

現在：我祝你們有個美好的下午。

（「賽斯，午安。」）

——而我說話只為使你倆安心。

你身體的確在清除它自己，燒旺它的爐子——一個對醫療機構而言相當陌生的概念。

當然，他們的答案是抗生素。只要魯柏的心態很好，抗生素不會有害，而當情況清除掉時，會提供一個解釋。當然，很不幸的，魯柏是在那環境裡，但這些肯定是身體自己的療癒過程的徵兆。重讀第一天與第二天的段落會對你倆有幫助，以便你倆能提醒你們自己那些極重要的議題。

我已在調整了加快療癒過程的那些座標。記住，身體是個自然的自我療癒者。

我也許會也許不會回來，再次的，按照我說的那些節奏。但要知我就在此，並且是可以接近的。

（「賽斯，謝謝你。」）

（四點三十八分。到那時，珍已準備要我替她翻到側面了。四點五十三分，我剛替她用歐蕾按摩完，正式護士琳達拿抗生素來了。她說，它是「一種廣效的藥」，可以殺死許多細菌。Gentamicin 60 mg. in 50 ml NS。她說，要花珍約半小時才能完全注入，而之後珍會被給以一個小劑量的肝素，它會保持鎖開著，以便接受將來的藥。珍每小時要注射一次。珍又咒罵了。琳達溫和的說，「但你發燒了。」她同意說，有些人對那藥敏感——「總是有副作用的。」

（五點五分。當我開始小睡時，晚餐的餐盤來了。我五點四十起來時，珍已吸收了所有的抗生素。在我還站著時，琳進來了，她在我將珍轉到仰臥之後，幫我將珍拉向床頭。珍對藥沒有反應。

（珍在卡拉的幫助之下，大約於九點二十分打電話來。我離開後，她的體溫又量了一次——一百度一，或之類的——她說比先前低了「一點點」。她聽來不錯。）

一九八四年二月十一日　星期六　下午四點二十三分

（今天非常暖——四十五度——當我離家去三三〇房時。車子運作得很好。我到那兒時，珍心情不好——雖然她斑駁的腳看來好多了。暗紅色的斑塊範圍小得多。今早她沒去水療——因她有燒，傑夫不要她去。昨晚她睡得不好，而職員們為了夠常替她翻身而忙壞了。但她不知道，當她可能睡著的時候，她們是否給她注射了抗生素。

（昨晚，她估計，她的體溫在八點時是一〇一度，十一點時，是一〇一度，半夜三點時，也是一〇一度。在早餐時，是九九．三度。午餐後是一〇二．一度。「不壞。」量體溫的男護士助手說。

（午餐後，我好不容易才由珍得到以上的資料，因為她似乎好幾次都在打瞌睡的邊緣。她說，今早她對傑夫和茱蒂生氣了，因為他們的負面信念。傑夫說，她腳上的污點可能是感染，而茱蒂說，臀部上每個潰瘍排的污水增加了。珍終於叫他們閉嘴。傑夫說他很想知道珍的燒是從哪兒來的。

（兩點四十五分。珍記起來告訴我說，昨晚兩個學生曾看著護士助手檢查她的導尿管和尿袋。這隨之又令她想起，今晨傑夫也說過，她可能是從導尿管感染的，「因為人們總是如此。」她聽過護士說同樣的事情。

（三點十分。茱蒂說，珍在喝的蔓越莓混合果汁有助於保持她的尿液呈酸性而非鹼性——為什麼，我們不知道。

（三點三十七分。口紅和鏡子。

（三點四十五分。卡拉量了珍的體溫，一〇二．四度——至今最高的。珍又咒罵了。她擔心傑夫的反應比溫度還多。她喝了很多的果汁。

（三點五十分。當我在理信件時，珍開始讀昨天的課。她做得非常糟。五分鐘後，林妮進來，給她一些Ascripton或阿司匹靈在冰淇淋裡，為了那個燒。然後，她又給珍接了一袋新的抗生素Gentamicin 40mg。它平常該在半小時內吸收。珍回去讀課——仍然不行。

（四點十五分。我讀完昨天的課給珍聽。）

現在，我再次祝你們有個美好的下午。

（「賽斯，午安。」）

——而我真的只能重講昨天的課。

（停頓良久。）魯柏沒有危險。（停頓。）不過，我們可以用那情況作為一個教育工具，以便她真的超脫這些不幸的醫學信念。

再說一次，對身體裡的每個細胞、每個器官、每個部分而言，療癒自己是完全自然的。以同樣的說法，不信任身體，以懷疑的眼光看它，真的是「不自然的」。

無論如何——

（四點二十七分。林妮很快的跑進來。珍已吸入了所有的抗生素；幾分鐘前我還看見它在滴呢。林妮離開去拿肝素，以注入珍手腕上的肝素鎖裡。）

——無論如何，讓珍的頭腦儘量放鬆當然是很重要的。單那樣就放鬆了身體所有的其他部分，而讓療癒過程運作得更容易和有效率。

我也許會也許不會回來，再次的，按照我說的那些節奏。但要知我就在此，並且是可以接近的。

（「賽斯，謝謝你。」

（四點三十三分。我讀此節給珍聽。她吸了一支煙。一直到我今晚在家時，我才發現，我給她按摩後，忘了運動她的右腿——當她側臥時。我已做到來回動它到兩百五十次，而它動得越來越好了。

（在我能讀禱文給她聽前，卡拉和一個學生及桃樂絲便進來替珍翻身，所以我在七點離開。

（在我出來，走過走廊時，我不得不注意到，所有的病房是何等的熱鬧，不和諧的聲音，眾多的訪客，病人、護士和護士助手。我想，我就像是在城中心一條熱鬧的大街上。那走廊本身就是被所有的人接受的一個社區。）

一九八四年二月十二日　星期日　下午四點二十八分

（昨晚，珍打電話來，她說她的體溫掉到了九九．七度——打破了一〇〇度的障礙。今天又很暖，當我離家去三三〇房時，是四十二度。珍的腳看來好多了，她沒去水療。她說，昨晚我離開後，她下決心去做賽斯所說的，不管怎麼樣。然後，黛比‧哈利斯來訪。之後，林妮說我太太的尿看來比它所曾是的好很多。珍喝水喝得相當的多。

（珍睡得非常好，而在五點半時，她的溫度是九八度。

（她在早餐前又被抽了血——從她的左腳。在早餐後，抽了更多。她在十一點的溫度是九七．八度。我發現珍明天的菜單上，註明了每餐「計算卡洛里」。這表示我不能保留它，因為我必須估計她每樣食物吃了多少，以便飲食部能算出涉及了多少卡洛里。珍午餐吃得不多。

（兩點十五分。她試著讀昨天的課，卻根本不能。她將它放下，當茱蒂進來給她接上另一袋藥時，有一些混淆，因為茱蒂告訴我們說，它是同樣的藥——Gentamicin——只不過是在一〇〇CC而非五〇CC的液體裡。然而，當她離開後，我發現塑膠袋上的名字不同：〔Septra〕Bactrim.。

（兩點四十五分。珍再試讀那節，卻不能。在三點十分時，我開始讀給她聽，當瑪莉珍進來查抗生素的流量時。結果發現，珍被給予第二種藥，而沒被告知。這是一種治膀胱炎的抗生素。瑪莉珍說，今晨傑夫一定是在珍的尿液報告上看到一些什麼，而開了Bactrim，那是相當強的藥。珍很氣。她跟瑪莉珍說，「為了要記錄在案，我要做個正式的抗議，說我沒被告知。」瑪莉珍說，她會轉達給護士長——我猜它會死在那裡。相較於Gentamicin用的半個小時，這第二種藥花了兩個鐘頭才流進珍的身體。

（三點二十分。我讀昨天的課給珍聽，而開始理郵件。

（三點三十分。卡拉量了珍的體溫——它又升到一〇一．二度。茱蒂來查流速，而說珍每六小時，或每天四次，要注入Bactrim，連同每八小時的Gentamicin，這使得珍每二十四個小時要注入七次藥。珍讓每個人都知道她失望透了。發生了什麼？「知道就好了。」當她表示關心時，我說。而她說她已經做了所能做的一切了。我感覺到被困在一個醫藥專業造成的漩渦裡，而正在越捲越深，無法脫身。我奇怪，除了經由發燒和發炎之外，身體為何無法療癒它自己。「那麼，就是這樣子了。」我說，而回去理信，直到珍說她準備好上課了。）

（「賽斯，午安。」）

現在，我再次祝你們有個美好的下午。

在每個膀胱裡，自然都有細菌——但當你收集它或孤立它時，醫生們於是就稱它發炎了。

我再重複，珍並沒身在險境，但我也希望你們複習一些最近的課以為強化。我再次調節那些加速珍的療癒力量的座標，而你倆都休息在我的注意中。

再次的，信任身體是極重要的，尤其是當醫藥專業對身體的自然過程懷疑時。

我也許會也許不會回來，再次的，按照我說的那些節奏。但要知我就在此，並且是可以接近的。

（「賽斯，謝謝你。」）

（四點三十二分。我讀這節給珍聽。之後，我在四點四十分替她翻身到側邊，琳進來替珍扣上她下一劑Gentamicin。

（替珍翻身及餵她等等之後，我在六點五十分正準備離去時，發現找不到我的眼鏡。我已不太常戴它，但以為我下午至少戴了它們一次。不然，我就是將它留在家了——我以前從未做過的事。我終於在浴室找到它們。和珍讀了禱文後，我於七點二十五分離開。天氣仍是暖而舒服。在往坡居的上山路上，寇門街有霧。

（離開之前，我揉了珍的右腳心，它癢了好一陣子。當我這樣做時，她的左腳以同樣的節拍在動——而她說她最近注意到在它內有較多的動感。但她現在已很久沒有做任何顯著的動作了。）

一九八四年二月十三日 星期一

（珍的新養生術的第十二天。

（珍昨晚打電話來。

（今天我白跑了兩次。我猜，因為是假日，銀行關門了，所以我無法付錢給國稅局。

（雖然三或四個月前，牙醫便訂了今天的約，他卻不在那兒。留了個條子在他的辦公桌上後，我於一點二十分離開。

（我到三三〇房到晚了。珍側臥著。蘇珊幫我拉她躺高些。她吃得比昨天好一點。我在菜單上做記號，以便計算卡洛里。

（傑夫來了，說所有檢驗的結果都顯示一種血液感染。並說，他們有把握能夠清除它。他們正在試兩種藥——Gentamicin及Bactrim——看看哪個最有用。〔雖然我看不出他們如何能得知。〕

（佩姬・加拉格在午餐時來訪。午餐後，珍無法讀昨天的課，我讀給她聽。

（口紅和鏡子。信件。丹尼・歐森的信。當作侮辱丢掉。

（四點——丹娜。血壓和脈搏。

（四點二十五分——卡拉。體溫九十八度七。藥仍在滴。

（四點三十五分——我按鈴叫護士助手。藥滴完了。
（四點五十到五點十五分——翻身，按摩，餐盤。
（五點十五到五點四十五——小睡。
（六點——晚餐。
（六點二十分——香菸。甜點。牙齒。
（七點五分——香菸。電視。
（七點十三分——祈禱。
（七點二十分——離開。）

一九八四年二月十四日　星期二　下午四點三十二分

（這是珍的新活動的第十三天。
（珍昨晚打電話來。當我離家去三三〇房時，又很暖和——超過五十度。雪和冰都沒了。我在銀行停留，買一張支票繳國稅局，一張匯票付帳。我告訴珍，今晨，我給兩位捐款者寫了信。我計畫這週稍晚在銀行開個帳戶，來存那些支票。
（我也告訴珍，在一堆曾暫時遺失的書迷的信中，我發現我牙醫的秘書暨護士芭比的一個字條，將我的預約由二月十三改到二十三。昨天，我原先預約的日子，我獨自坐在診所裡，根本沒人出現。我寫給牙醫一個字條，留在他桌上。

（我和牙醫真的有點奇怪。我告訴珍，如果她昨天在三三〇房上了定期的課，以致我昨晚忙著打字的話，我不會發現芭比的字條，因為我不會在晚飯後有多餘的時間去翻書迷們的信，清掉我每天帶到醫院的紙袋，等等。所以，為什麼她昨天——我與牙醫有約的日子——沒上課？說真的，那是她數週來第一次錯過賽斯課。

（今天我由醫院打電話給芭比，查證新約定的日期。當然，這經驗依循著我上次預約的經驗——那是記錄有案的——當我的一顆牙弄缺了個角，而在同一天到牙醫診所去看他能否修好它，卻發現，就在同一天同一個時間，我有一個我忘記了的預約。當我走進去時，芭比還以為我是按時赴約呢。

（珍今早去了水療。她的體溫在正常範圍內，而她的菜單不再有計算卡洛里的標示。今早她沒看見傑夫。她仍在打兩種抗生素，Gentamicin及Bactrim。她斑駁的腳甚至更進步了——我告訴她，進步得驚人。〔她看不見它們。〕

（珍午餐吃得不多。之後，我給她一張情人節卡，及一盒心形的糖果。今天我沒吃午餐，因為一位護士曾說，職員們有個派對，叫我在三三〇房吃。不過，沒人出現，所以我吃了餐盤上珍不吃的東西——加了芥末的半個烤牛肉三明治。很棒。

（既然她沒有昨天的課可讀，珍試著讀二月一日的課——導致她第一、二、三天節目的那一節。不過，她做不到，所以我讀給她聽：「健康是極為容易的。」絕佳的一節。然後，我讀給她聽二月五日的課——同樣的好。它們對她有幫助。珍鮮少要求讀過去的課——我想仍是自我保護的行為，而多年來都是如此。縱使賽斯最近再度建議她重讀某些資料，她還是這樣。對我而言，這情況一直是個清楚的展示：她自己的一個部分仍在對抗她的另一部分，而她害怕的自己仍在主宰，雖然在這些日子也許到一個較少的程度，因為我們有進步。

（珍的體溫正常——九八．三度。法蘭克．朗威爾在三點四十五分來訪。我試著寫些信，但沒多大進展。由於天氣溫暖，三三〇房的窗子開了一尺，暖氣關了。再次的，當珍上課時，我變得覺知到市場街的噪音。）

現在：我再次祝你們有個美好的下午。

（「賽斯，午安。」）

魯柏需要聽見你讀給他聽的精確資料。

（停頓良久。）那概念是如此的有益，以至於，如果你們無法有個時間表去更常常地讀那資料，真是太不幸了。

（「他很少叫我讀給他聽。」）

那只是因為，以你們現有的時間，每件事現在都以一種方式排定時間了。可是，那資料是

「良藥」，而的確可以救命（熱切地）。真的很不幸，那些如此簡單而有效地顯現在自然裡的信念，對通常公認的意識方向而言，卻彷彿是如此的神秘。

當然，公認的方向的確有其角色——但再次的，就其本身，它必須保持孤立於身體意識之深刻的、創造性的療癒作用之外。公認的意識方向真的是「擔憂者」，因為它認識到，它只能走這麼遠，而通常沒受足夠的教育，以認知到它本身是被供養和被支持的——而現在我祝你們有個很好的下午，並且我的確會調整加快魯柏療癒過程的那些座標。

（對我：）當然，你也在我的注意之內，而這些近來的課該也有助你調整你自己的身體，而復甦蓬勃生氣和瞭解的感覺。

（「我可以問你一個問題嗎？」）

可以。

（「當你說：『調整那些會加快魯柏療癒過程的座標』，是什麼意思？」）

（在四點四十四分緩慢地。）請等我們一會兒……當我「在場」，這也將魯柏放在與他自己的關係的一種不同架構內，在其中，大多的負面性根本起不了作用。就像是，你設好一個小的療癒站，或平台，而從那有利位置，身體於是能比平常遠較有效地用其療癒能力。

現在我也許會也許不會回來，再次的，按照我說的那些節奏，但要知我就在此，並且是可以接近的。

(「是我，」珍說。

(四點四十七分。珍只模糊的記得賽斯對我的問題的答案。我之前就想過要問它，並且該去問的。「我還想問另一個問題，但你太快地出來了，」我說。我讀這課給她聽。然後解釋說，我下一個問題只是，當賽斯在場，縱使我不在，而賽斯沒說話，她是否能將自己放在那個狀態。「如果你一天能做一次，為什麼不做兩次——或更多？」我問。「假裝我在浴室裡，只是你看不到我，或我在走廊裡。」我希望這可以幫助加速她的療癒甚至更多。珍同意去試。

(「我無法相信我們不能每天抽十分鐘去讀一遍二月一日的課。」我說，「即使如果我們必須放棄看一些電視。尤其是當我們之前已看過那節目時。」我們幾乎不能讓一個「時間表」干擾這樣重要的活動。而我再次感覺，在這種事裡，要靠我來帶頭。

(珍說明天我可以問我的第二個問題。)

一九八四年二月十五日　星期三　下午四點三十二分

(由於昨天傾盆大雨下個不停，昨晚地下室有點積水。我用拖把抹掉一些，那老拖把就四分五散了，所以我必須買一把新的。雨下了半夜，今晨又下了一些。當我離家去三三〇房時，又是很暖和——四十二度。

（珍在吃早餐時，又被抽了更多的血。她睡得很好，去過水療了。她的體溫正常，而只用一種抗生素Bactrim了。她吃了一頓還不錯的午餐。莉塔帶來一些傑夫要我太太服用的鉀和維他命C，顯然是一個檢驗的結果。莉塔將它弄碎，而珍試用夏威夷混合果汁吞服，她不喜歡。

（在她午餐後，我讀我昨天讀的同樣兩節給她聽——二月一日和五日的。我告訴她，我要問賽斯的問題是，為什麼她發燒這件事發生在她開始實施新方案的第一天後？一定有很多的關連。

（珍試讀昨天的課，但無法讀得很好，因此她將它放在一邊，吸了一支煙。她給我看，她的整個左臂和左手，尤其是手肘，如何動得好多了。最近，她提到好幾次她的手的改變。然後，她給我看右手與前臂是如何動得更多。她說，她的兩隻腳也都會動，並且感覺自由多了。在她腳上的斑也進步了很多。看起來像是，她的身體普遍顯示許多改變的跡象，彷彿身體在為改變做好準備似的。賽斯曾預告此事。珍已有好長一段時間根本沒動多少了。我讀昨天的課給她聽。

（在我倆都沒察覺之前，已四點二十分了。我試著理信件，卻毫無進展。在四點半，我按鈴叫一個護士助手，因為在珍床頭邊桿子上的藥袋已空了。當我們在等時，珍決定先行上課。她說，「我會試著小聲些。」窗子剛關上：當我試著讀給她聽時，我曾被交通聲打擾。她的賽斯之聲的確較安靜。）

現在我祝你們有個美好的下午。

（「賽斯，午安。」

思想有其風格，正如衣服有形形色色的風格。

公認的意識方向是某一種精神姿態，一種習俗。（停頓良久。）當你是個小孩時，你以較自由的方式思考，但，逐漸逐漸地，你被教育成以某種方式用字。你發現，當你以那特殊的方式思想和說話時，你的需要更快地被滿足，而你更常獲得認可。最後它彷彿是唯一——

（四點三十五分。莉塔進來做某事——我不記得是什麼了，因為我沒記下來。我唸給珍聽她剛說的。在四點三十九分繼續。）

——自然的運作模式。你們整個文明是圍繞著那種內在架構建立的。思考方式變得如此地自動，以致在精神上變得隱形了。不過，就有創意的人而言，總是有從顯然看起來是陌生的思考方式來的侵入、暗示或線索，而有創意的人們用那些暗示和線索來建構一種藝術、一個樂曲，或不論什麼。他們感覺到底下的一個洶湧的力量。

你和魯柏有過很多次那種感覺——但我們所想做的是，從一種運作模式完全改變到另一種，而，好比說，去建構新的大塊大塊的內在意義，那將導致下一個紀元。

（在四點四十四分停頓良久。）那麼，當然，你們所涉入的其實是一個全新的教育過程，因此你們至少能分辨一個風格的思考和另一個風格的思考，因而能較自由地做選擇。

我的確想要給你這資料，而以一種說法——

（四點四十八分。卡拉帶來晚餐盤，而我們告訴她有關藥袋空了的事。在課的開始不久，我關掉了護士的呼叫燈，希望我們不會被打擾。）

——這將幫助你們瞭解，關於魯柏想像的平台，以及為了一節沒上課的課所需的內在程序。現在我也許會也許不會回來，再次的，按照我說的那些節奏，但要知我就在此，並且是可以接近的。

（「賽斯，謝謝你。」

（四點五十分。珍說賽斯「可以一直說下去」。我遺憾失去了的機會。她說曾試著搆到賽斯在上一節描寫的平台，如我建議她去做的，但只有有限的成功。然而她達成了一些東西，所以是值得繼續一陣子的，我說。

（我也提醒珍，關於我問，為什麼所有的發燒等等事情，都是在珍實行她的第一天、第二天、第三天的方案之後，立刻開始的，賽斯沒有回答。她說我們明天再試。我又再按呼叫鈴——而林妮馬上進來解開珍的鉤子，在她的肝素鎖裡注入一劑肝素，使它保持開放，以便注射下一次皮下注射。

（當我準備離開時，珍的兩臂及兩手，以及她的腳，都有另一個活動增加的絕佳插曲。我鼓勵她說，即使一個人時，她也要繼續下去，而如果今晚她打電話來，便要給我一個進度報告。珍，我愛你。）

一九八四年二月十六日　星期四　下午四點二十分

（珍昨晚沒來電話，給我一個當我昨天離開時、她正在享受的新動作的進度報告。如她今天展示的，那些動作大半仍在。她昨晚睡得非常好。

（珍有一些其他極好的消息。上週檢查她的水療室治療師，今天早上檢查珍兩條大腿上的潰瘍時，真的是倒抽了一口氣：「我不相信這事。」她告訴珍，潰瘍至少縮小了一半——而她去拿了一支測量工具，像是千分尺，來查核那縮小度。然而另一位護士有一天還說排水更糟了呢——一個很令珍反感的說法，我也一樣。

（珍的體溫在正常範圍。今晨沒抽血。珍午餐吃得還好。

（三點半。在珍無法讀昨天的資料後，我讀給她聽。我的喉嚨沙啞。在我吃了半顆我在情人節買給珍的糖後，我開始咳嗽，不大能讀。

（三點四十五分。傑夫進來了。他要珍繼續注射Bactrim幾天。珍曾有血液感染，現已清除了。傑夫要她注射鉀和維他命C，以保持血液呈酸性，因為這會抑制細菌的生長。

（三點五十五分。珍的體溫是九八．九度。我讀二月一日、六日和七日的課給她聽。她說她的眼睛真的令她心煩。它們非常的紅。我建議，如果她要上課的話，就趕快上，別管她的血壓還要不要量。再次的，窗子是開的，而窗簾拉上了，因為陽光非常亮。這是她的新活動的第十五天，而我已提醒了她我們要賽斯回答的問題：為什麼這恐懼與感染的事在第一天後爆發？

（再次的，珍的賽斯之聲較小聲，她的傳述有時相當慢。）

現在——我再次祝你們有個美好的下午。

（「賽斯，午安。」）

魯柏以一種決心和信心開始這新計畫。

那決心和信心也讓他看到（停頓良久）他已離健康、正常的行為有多遠了。先前，他曾害怕去覺知那距離。這的確仍激起更多的決心和信心，但，他那時面對了他先前沒遭遇到的了悟，而他看見他有多久沒享受到，任何像是正常活動度的東西了。

那些感受的確嚇著了他，而導致好幾回合的憂鬱。不過，那些回合幫助他擺脫了深埋的感覺，而他的決心的確給身體的免疫系統一個更大的推動力。昨天和今天的進步，顯示身體的能力，而展示它自己朝向更大的動作及彈性之意圖。

（在四點二十七分停頓。）以同樣方式，魯柏從另一個角度去遭遇醫院的環境，看見那環境是如何地與一個正常情況不同。那也嚇壞了他。

不過，經由所有這些，身體在反應，而它的確在加快療癒的過程。再次的，重讀那些課，是個極佳的想法。

現在我也許會也許不會回來，再次的，按照我說的那些節奏。但要知我就在此，並且是可以接近的。

(「我能問你一個問題嗎?」

(有個長久的停頓。珍在猶豫，而我覺得我令她卡在半出神半回來的狀態了。她後來確認了此點——但她回到出神狀態而回答了。)

你可以。

(我描寫了我有一天的夢，那是我已告訴過珍的：我與珍及我們的鄰居，喬•本巴羅，坐在我們的沙發上。喬與我們同住；我們三人一邊吃晚餐一邊看電視。喬的太太，瑪格莉特，不在夢中。在做夢的時候，我奇怪了一下子，是否它暗示什麼事發生在他們身上了——那是說，喬或瑪格莉特。)

當然，喬已自一個嚴重的心臟狀況恢復了——而如果你不見怪的話，那是事情的重點。(譯註：此地賽斯用雙關語，無法譯：心臟狀況〔heart condition〕，和事情的重點〔heart of the matter〕，都與心有關。)在此，你看到珍，或魯柏，像喬一樣復原得很好。就像是，你將你們的鄰居，喬，用作一個範例。喬也自醫院的環境存活過來。

(「謝謝你。」

(四點三十三分。「那麼，那使得它成為一個相當好的小夢了。」我告訴珍，因為在那夢裡，她也完全復原了。珍的確記得我本週早一些告訴過她這個夢。然後，她哽咽的說，「在這麼久的時間之後，直到有一天我才真的發覺——感覺——我已偏離正常的動態，或生活多遠了。現在我如此渴望回去。我非得用它——生命——不可，而非讓它用我……」

（於是，我提醒她說，按照我今天讀給她聽的二月一日的課而言，她什麼都不需要用。她只需不去阻擋她身體療癒自己的自然能力即可。我對她身體在這麼多年之後，仍在試著扶正自己，感到驚訝。我想，我們能對自己多殘忍啊！而這提醒了我的老問題，關於為什麼身體意識本身有時不就乾脆反叛，拒絕讓錯誤的信念如此地打擊。在對我的一個問題回應時，賽斯曾對此說過一點兒，但我們需要的多得多。他也從未談到我的問題，關於不論什麼轉世影響在珍身上運作的可能性。

（我告訴珍，既然發燒這碼子事已漸過去，我期待看到她的身體繼續其進步，如它顯然試著在做的。她新的動作是身體表達它自己不可置信的努力的一個好兆頭。

（在我替她翻到側邊，然後小睡一會兒之前，我試著在先前的一節裡，找到我與珍和喬的那個夢的描寫，卻找不到。運氣不好。我終於必得相信，不管我的好意圖，我真的忘了將它打字進去了。我也沒將它寫進筆記裡，當近來珍沒上課的那一天——十三日，我到家後才發現。

（晚餐後，我讀此節給珍聽。她於是承認，今天她變得害怕了，因為她有時會咳出痰來。而在課後，她甚至更害怕了。我被她的反應嚇著了——在所有我們試著做的一切之後，她仍會對某個有益的東西——咳嗽——反應，當它是可怕的東西，這令我驚駭。其含意令我震驚，而我變得憂鬱起來，我想，我看不出她會有康復的一天，看不出她有朝一日會打破對世界及她在其中的位置的恐懼反應之循環，她對被攻擊和對生命本身的恐懼。我奇怪我們所有這些時間在試著做什麼。

（「我可以說些什麼嗎？」我問。「我不瞭解你怎麼能對像咳嗽這樣一件有益的事如此害怕，卻忍受這麼多年的無法走路。這矛盾令我不解。我不在乎賽斯說的關於貧窮的極致，好比說，我認為你的行為是極致的。在我們社會的脈絡內，它是極致的……」

（現在，說說我在小睡時的夢。當珍吃晚餐時，我告訴了她。我夢到我接到一位銀行辦事員的電話。那女孩告訴我，我為珍的醫院基金所存的支票，並非如我倆都以為的是一千元——卻反之是一百萬元。

（這消息完全出乎我意料之外。「你確定嗎？」我問。那辦事員說是的，之前算錯了那些0。「保留那支票，」我對她說，「二十分鐘內我就到。」

（我告訴珍，我並不期待任何人會給我們一百萬，但我的確認為它是一個對我們未來的好兆頭的夢……）

一九八四年二月十七日　星期五　下午四點五分

（這是珍新活動的第十六天。

（她昨晚沒電話。不過，今晨一位護士替她打來——似乎珍的打火機用完了，而要我帶一些去三三〇房。我們短短地交談。

（早餐後，我花了半小時回聖誕節的卡，而將必需採取某種像那樣的系統，以便追上書迷的信。雖然我們非常高興收到那些珍貴的信——如果人們不在意我們試想做的事，我們又會在哪裡呢？——但回信仍然花掉做《夢》的時間。

（今晨珍去了水療，做得不錯。她的手臂和手仍在動彈。她也說，在她左腳的腳踝處，有一種新的動態，「像一個滾珠軸承，」雖然也許它看來不像一種不同的動。她仍在用Bactrim，眼睛仍然相當紅。她試圖讀昨天的課，卻做不到。在兩點四十五分我讀給她聽，當她吃完一頓好午餐之後。

（三點。在我讀完了那節，尤其是最後的部分，及我關於我自己反應的筆記後，珍對那很不安，她告訴我，昨天我在那兒的最後一小時，她實際上非常憂鬱。她也非常害怕，咳痰表示她要得肺炎了——她沒告訴我這事。她由一個護士那天早上說的一些話收到了那個暗示。我說，別人說什麼並不重要，而是她對它的反應才重要。我希望我們已過了那個階段。我說在昨天的課裡，我明白地表達我自己，以便她知道我的感覺。

（對我提到與她的症狀相關的任何可能的轉世關連，今天珍沒有評論。而我說，肺炎的想法是另一個極端的例子。然而珍說，昨晚在我離開之後，她的憂鬱幾乎神奇地消散了，而她覺得很好，也睡得很好。我說，也許她已學會如何削短憂鬱的時間了——我們終究學到了一些事的徵兆。

〔「我剛有個醜陋的想法，」我說。「這全神貫注於避免負面暗示，令你甚至對它們更敏感。」珍說她有時也有同樣的想法。

（今天，自從我到了三三〇房之後，珍咳得厲害，並拼命擤鼻涕。房裡沒暖氣，不知何故它沒由調節設備傳過來。

（三點八分。在珍塗上口紅並照了鏡子之後，我讀二月一日的課給珍聽，她吸了一支煙。然後我讀其他近來的好課給她聽。其次，我描寫我昨晚生動的夢：珍和我仍然開著我們老的黃色凱迪拉克敞篷車。她走路正常。當我們在一間當地的酒吧中時，兩個青年偷了停在不遠的那車，開去兜風。我走到外邊去取車，要開車回家，而發現它不見了。我叫了警察。我也發現在酒吧裡的一個青年，他知道偷了車的那兩人，卻不敢告訴我他們是誰。最後，警察找到了車，被丟在離此一段距離的地方，卻沒受損。我對整件事非常生氣，發誓非找出是誰偷的不可。我告訴珍，那夢幾乎像是在練習探索一個可能的實相似的。

（三點四十七分。體溫九九度。珍說，自從它在近來開始下降以來，這是最高的一次。她變得有點兒冷。我建議，如果她要上課的話，就上課，然後我可以要職員叫一個維護人員來修暖氣。珍有時仍咳嗽和擤鼻涕。我看了看信，卻沒完成任何事。）

現在：我再次祝你們有個美好的下午。

（「賽斯，午安。」）

我想要提醒珍在過去給過好幾次的資料。

當一個寫書或詩的點子出現時，他立刻「對它調整頻率」。他從來沒想到要去猜測，會涉及多少的母音或音節、字和句、段落或頁數。他視為理所當然，他的意圖將被執行——

（林妮拿來一袋新的Bactrim。我們請她叫暖氣的維修人員。我讀給珍聽她到此為止所說的。

（四點十一分。）那是自然的、創造性的運作方式，而它曾提供他許多很棒的書和詩。當他寫作時，他不會以阻礙物的方式去想。萬一有什麼阻礙物時，他將之推開。

且說，他的健康可以同樣的方式處理，而不必好奇必須啟動多少神經或肌肉或階段，不必擔心將涉及多少時間。以一種說法，身體是一本活生生的書，在每個當下被製作出來。

再次的，它可能看來過於簡單——但用血和血球、關節和韌帶等等，而非音節、子音、字和句，藉由應用同樣的方法在身體上，將以健康和活力寫成身體的健康。

我也許會也許不會回來，再次的，按照我說的那些節奏，但要知我就在此，並且是可以接近的。

（「我能問一個問題嗎？」）

你可以。

（「你對我昨天下午的夢怎麼想，關於我們收到一百萬元的事？」）

你倆都詮釋得正確。它只不過意味著，比你們想像的遠較多的利益正加在你們的戶頭上——意味著豐饒，並且不只以金錢的說法而已。

（「是的。我昨晚的夢又如何——關於老凱迪拉克被偷的事？」）

休息一會兒，我們再繼續。

（四點十八分。當珍吸一支煙時，我讀我在每日筆記裡寫下的我的夢給她聽，因為她記不清。

（四點二十四分。）現在：車子的夢代表當你們有那部車時，你們的信念。以一種說法，那些信念「帶你們去兜風」——所以那爽快代表你們自己的一部份。在夢中，你相當的生氣，只因為，以一種說法，那些信念的確將你生命的載具，自你的手中拿走，既然在過去你沒認出那些信念是你自己的。在最後，那車或那載具被交還給你，而那夢顯示，你現在瞭解那夢概述的過程了。

（「是我。」珍說。

（「謝謝你。」我對已離去的賽斯說。

（四點二十八分。我告訴珍，賽斯對車子的夢的分析非常棒。位於珍床頭邊桿上的Bactrim袋，仍滴落到塑膠管裡，再進入珍的右臂。我覺得冷，但她還不要蓋任何東西。當我小睡時，她說有個維修人員來調整了自動調溫器，說它會給我們一些熱度，但它一點用也沒有。在晚餐後，我讀此節給珍聽時，問題仍未解決，我於七點十分離開時，也是一樣。

（珍還不知道，但在今晚的郵件裡，又有一封茉德的信，內含約六百元的支票，給珍的醫院基金。我並沒將這數目與我的夢等同。我認為，而賽斯也同意，那夢意味著遠超過收到的錢的總數而已。它是個非常令人鼓舞的夢，而我很高興我作了它。並不是說我們不歡迎那筆錢！好睡，珍，我愛你。）

一九八四年二月十八日　星期六

（第十七天。

（昨晚珍打電話來——忘記告訴我黛比·哈利斯來訪。

（天暖——五十度。

（今晨打完了《夢》的第五章。

（仍在注射Bactrim。暖氣好了，但關了。窗子大開。珍午餐吃得還好。腳仍更好些。口紅和鏡子。

（兩點四十九分——珍要求看昨天的課，但沒讀它——我讀了。她咳得厲害。

（三點十四分——讀茉德的信給珍聽。

（四點——Bactrim仍在滴。

（四點十分——琳，體溫九十八度。

（四點四十五分——翻身。按摩。

（五點十分至五點五十分——小睡。珍不用Bactrim了。

（六點——晚餐。

（六點二十分——香菸，甜點。更多咳嗽與擤鼻涕。我問她是否著涼了——一個糟糕的暗示

——但她沒否認，反倒說不知道。

（六點四十五分——香菸，電視。

（七點——祈禱。

（七點五分——離開。到超市買菜。）

一九八四年二月十九日　星期日　下午四點二十三分。

（珍昨晚打電話來。她說，她打瞌睡打過大半的電視節目——她幾乎從來不會做的事。當我去三三〇房時，天氣又是很暖——四十四度。她關掉了房裡的暖氣。今天她的咳嗽較好了，她說她的「眼睛很難受」，雖然發紅已消了大半。再次的，她的腳看來好多了。她仍在注射Bactrim，而

體溫一直正常。

（我的懷疑是，她的受涼和其他的症狀意指，自從她在二月二日發動了第一天的方案時，我們曾在她的心靈裡設下了一些抗拒。今天是那方案的第十八天。我的感覺是，我們應該有一陣子將課的健康面向減到最小。

（珍吃了一個比昨天好的午餐。之後，她吸了一支煙，而我拿出信來回。珍塗上口紅，照了照鏡子。

（當時間過去時，她咳嗽和擤鼻涕更多了。卡拉量了她的體溫——九十八度八。五分鐘後，潘妮給她鉤上另一袋抗生素。我寫信，直到珍上課。到那時，大半的藥都吸收了，但我沒叫任何人。珍咳得那麼厲害，以致她說她希望能撐得過去。現在窗子已經關起來，而暖氣開了。風變得很大，而我想可能意味著另一次的寒流。）

現在：我再次祝你們有個美好的下午。

（「賽斯，午安。」）

今天一定該複習第一天給的資料。

身體有許多方法加速它自己的抵抗（咳嗽）。所謂的普通感冒就是個好例子。在另一個時候我將對那種機制說得更多些。那麼可以說，身體現在是全力往前衝。正在頭、頸和肩膀上努力，以進一步強化手臂和指頭——所以眼睛有暫時的症狀。

事實上，我通報自己的到達，只是讓你們知道，我的確是在場並且是可接近的，而我也在做那些加速療癒過程的調整。魯柏並沒有瞎眼的危險，或任何其他的危險狀況。祝你們一個早的晚安。

（四點二十八分。「我假定那意味著我要再讀二月一日的課給你聽。」我說。她同意。「我以為那一課正是從那時起所有不舒服的起因。」我補充說。我注意到，現在珍和賽斯兩者都承認她的確傷了風，如我昨天問她的。

（「記得我幾年前常說的嗎？」我突然問道。「那時它出自私人的資料——當事情變得更壞時，意指他們在變得更好。」珍說她今天早上還想到它。我已好些時候都完全忘了那句話，意思是好幾年了。

（當我讀這課給她聽時，我再度被賽斯用瞎眼這個字嚇到了，而珍承認，由於她眼睛的麻煩，她一直在擔心自己會失明。我笑出來，是出於不相信，而非幽默，因為有一天珍還害怕她得了肺炎呢。我再一次懷疑，恐懼的循環何時才會結束。「饒了我吧！」我說，只是半開玩笑。今天當賽斯說，事情正全速進行時，我很驚訝。

（剛在晚餐前，我告訴珍我昨晚的夢，涉及了比爾•加拉格：他是個白髮蒼蒼的舞台表演者，而我自一個舒適、照明很戲劇化的戲院包廂裡的座位，居高臨下地看著他。比爾在表演途中掉了一隻鞋，出於挫敗而停了下來，他的節奏打斷了。他無助地站在舞台的燈光下，穿著色彩鮮豔的舞台裝，像一個喜劇演員的樣子。有人可能攙他離開了舞台。我相信，在這一幕以前，他曾有過相似的插曲，當一個意外止住了他的表演，而他結果變得挫敗又困擾，但我記得不夠清楚，無法描述。）

一九八四年二月二十日　星期一　下午四點二十七分

（這是珍新活動的第十九天。

（她昨晚打電話來。我告訴她，我給兩個捐款者打了電話。早餐後，我打電話給銀行，看它今天開不開門，因為我想替珍的醫院基金開一個戶頭，但銀行因華盛頓誕辰紀念而關了。我回了半小時的聖誕卡，然後做《夢》。

（今天比較涼，當我離家去三三〇房時，是三十九度。珍由水療回來之後，傑夫來檢查珍的褥瘡。他停止給她抗生素，而要她吃更多的維他命C，以使她的尿更酸一些。他建議珍也開始右側躺。珍的腳又看來進步了。她的咳嗽和擤鼻涕多少消減了些，她的體溫正常。

（她吃了一頓清淡的午餐。雖然她的眼睛看來較好，但偶爾無法看清電視上的面孔，而稍後根本無法讀昨天的課。「那真的令我不安，」她說。「我以為當你好些時，它會顯出來，」我說。「我也一樣。」她回答。我倆對於自從第一天以來發生了什麼事，都仍覺困惑。我告訴她，我昨晚又有一個夢，有關我們搬回西華特街四五八號，但我想不起來了。這隨之觸動了她自己的記憶，昨晚，她也有好幾個她回想不起來的夢。

（三點二十六分。我讀昨天的課給珍聽。她驚訝地告訴我說，我在其中的想法，說我們該忘掉一會兒對健康問題的貫注，正是她今晨有的念頭。她對眼睛的事仍頗感不安，我也一樣，雖然我不認為她的眼睛有任何問題。

（三點四十五分，卡拉量了珍的體溫——九八．四度。我讀二月十七日的課給珍聽，關於健康上的阻礙，相對於她寫作上的極端自由。我開始理信。

（四點九分。珊儂拿了一些在冰淇淋裡的維他命C給珍。傑夫要她一天吃這四次。

（當珍上這課時，三三〇房的暖氣是關著的，而窗子打開了。）

現在，我再次祝你們有個美好的下午。

（「賽斯，午安。」）

魯柏太過於努力了（停頓），一段新決定被一段憂心的懷疑伴隨，並非不尋常。在這種情形，放鬆是適當的。情況是如我所說的。要他想像他自己讀一課，或聽你大聲讚嘆他讀得多好。不然，要他盡可能忘掉他的視力，而它的確將糾正它自己。

在這個方向還有更多的資料，而我一定會讓你得到它——雖然現在不是時候。在這同時，我的確加快那些有助於療癒過程的座標。我也許會也許不會回來，再次的，按照我說的那些節奏。

但要知我就在此，並且是可以接近的。

（「謝謝你。」）

（四點三十二分。當珍吸一支煙時，我讀這節給她聽。賽斯至少證明了我的一些想法。我告訴珍，他答應給更多資料的允諾通常不會做到——在這一系列的課裡，我是覺察到這種說法的。那補充資料從未傳來。我說，要不是我必須保留一個單子，而不斷煩她要那資料，不然她就得記著那些例子。而我無法想她會那樣做，尤其是，她往往甚至根本沒讀我打好的課，只聽我讀給她聽。所以，我已停止逼她要繼續給答應過的資料。我知道它在那兒，而至少在某些例子裡，如果我們能得到它，會非常有幫助。）

一九八四年二月二十一日　星期二　下午四點四十分

（今天是珍的新活動的第二十天。）

（她昨晚相當早打電話給我。我告訴她，我給她買了一種不同品牌的液體多種維他命。今晨，我再回聖誕信件，並為印刷廠做完了《夢》第五章的記號。）

（我結束得早，以便我有額外的時間為珍的醫院支出開戶頭——但你知道嗎，電話鈴在十一點五十五分響起。是醫院裡管社會服務的某人。她要知道最近的消息是什麼，而我告訴她，我們在盡所能的做。我不全懂她說的，但是有關醫院、床，及她一直在告訴人們的事。她說，她對她必須告訴人們的事「嚇到了」。我告訴她，珍和我已被嚇很久了，她瞭解。我解釋我如何必須放棄擔憂，以救我的神智，並完成一些工作。她真的有一些消息——保險公司在要求珍的照顧的更多記錄。

（我的確在銀行停留而為珍開了戶頭。

（珍今晨去了水療。她的眼睛看來沒那麼紅了，但她說它們令她非常不舒服。她試著忽略它。在一頓好午餐後，她無法讀那課，所以我在三點十八分讀給她聽。我忘了在我的信封裡插入新的來信，以便這個下午回信，不過我的確找到其他兩封我忘掉的信。「如果我住得離醫院沒那麼遠（三哩），我就回去拿一些信，」我煩惱的說。「我就知道你在那樣想，」珍說。她的腳再次看來好多了，而她不再那麼常咳嗽和擤鼻涕。

（我讀課給她聽，第一次在我讀到賽斯資料時，她睡著了，因此，當她驚跳一下醒來，我再讀給她聽。我猜，在一陣子的感染之後，她需要那休息。

（三點四十八分。琳量了珍的血壓。珊儂量了她的體溫——九八．六度——完美。然後黛安娜將珍每天要吃四次的額外維他命C拿進來。

（窗子關上了，但再次的，三三〇房裡沒有暖氣，縱使藉由換了調節溫度器，它已被「固定了」。賽斯的開場白無疑是反應我自己在昨天課結束時說的話——當我說，他往往在資料上沒如他答應的那樣進行到底。）

現在我再次祝你們有個美好的下午。

（「賽斯，午安。」）

就我昨天提到的資料而言（關於珍的症狀，尤其是她的眼睛）。大多數這些資料的確在晚些的日子會給，雖然不一定總是在同樣的標題或類別下，而常常織入了另一堆資料。

我特別要點明的是，很不幸的，身體的行動常被誤讀或誤解。身體常清除或嘗試其自己的過程──也許藉由發個幾天燒，然後，一旦不要的東西被燒光了，可以這樣說，就藉此降低溫度。某個時候，它可能儲積尿液以保留礦物質，而在另一個時候，彷彿排尿過量。不過，當身體基本上不被信任時，所有這些行為都被認為是危險而可疑的。魯柏的「感冒」，討厭的眼睛，全都與下巴、頭、肩膀、手臂和手的不尋常肌肉活動有關連。以你們的說法，那狀況會改正它們自己，而眼睛的肌肉如所需要的更有彈性與更可伸縮。

他的體溫已恢復正常。他的腳回到正常的顏色，而他的尿清淨了。

現在我也許會也許不會回來，再次的，按照我說的那些節奏，但要知我就在此，並且是可以接近的。

（「賽斯，謝謝你。」

（四點四十七分。當然，賽斯的資料是令人心安的，而我相信它。儘管那一切，我想，珍也相信它。「所以，如果你遵行他的東西，」晚餐後，當我在準備離去時說，「你就不會接受抗生素，而身體會照顧好它自己。」當然，那也表示，在中途珍也不會「太過努力了」。

（「但，當你在一個地方，如果你不同意你面對的那種治療，無法走出去，你又怎麼辦呢？」我問。「那就是你卡住的時候……我們離任何醫學專業對身體像賽斯一樣想，甚至像我們一樣想的日子還遠著呢！」

（而不管賽斯所說的，我仍想有一些談珍的極端行為的資料——她的害怕被嘲笑、罪惡感、被攻擊等等全部。我猜我在想，即使有恐懼，縱使是強烈的，也是可以的，只要不跟著它到底，以致結果它們使人無助。以較廣義的說法，我甚至瞭解，一個人為什麼選擇將某種行為做到極致。不過，短期來說，還是不容易理解。）

一九八四年二月二十二日　星期三　下午四點十四分

（當我離家去三三〇房時，天氣是四十五度，明亮又陽光普照。今晨珍去了水療。她的腳繼續進步。珍吃了一個不錯的午餐。之後，她試了昨晚我回家路上替她買的那種品牌的液態維他命；她說，它們比醫院的品牌味道好些——但我沒在標籤上看到維他命C或E。我將請職員查核一下新的品牌。

（午餐後，珍表演給我看，她目前在她右臂裡特別長的動作——肘部伸得比較直了。她說，在水療部裡，當她躺平，而有空間讓手臂搆到更低時，那情形就甚至更明顯。我告訴她，我希望它是新的療癒和自由的早期徵兆，即賽斯一直在說的，珍藉由她最近的發燒、感冒等等，而正在開始達成的。

（三點二十分。她根本無法辨認昨天的課，所以我讀給她聽。她說：「我想要做寫書的工作，但我卻花了所有的時間，試圖發現有關我健康的事。」我說我願意暫時——如果必要的話，一長段時間——忘掉健康的事。就我所能看到的，它其實幫助並不那麼大。如果我們根本不管那整件事，而不再集中焦點在其上，也許，任何她能達成的進步比較容易發生。

（三點四十三分。我讀給珍聽她十五天前給的、最後的書的口授，事實上，在二月七日。難以相信。在四點九分給了珍下一劑的維他命C——傑夫為了某種理由改了時間。

（當接近上課的時間時，我們讓窗子開著，窗簾拉起來，以擋住明亮的陽光。不過，我已重新打開了暖氣——它現在又好了，多少有些神秘，我想，因為並沒有人來看過它。珍已拿開了她的眼鏡，說不戴它反而看得清楚些。她說，東西並不清晰，只是比較不模糊。我說，那可能也是一個進步的徵兆。我不像以往戴眼鏡戴得那麼多。珍的賽斯之聲比平常要安靜些，而有一種輕微的嘶啞或刺耳的聲音。）

現在我再次祝你們有個美好的下午。

（「賽斯，午安。」）

口授。（停頓良久。）在此書裡，我們真的要我們的讀者以一種不同的方式看身與心。不要將心（mind）想做是個純粹的精神性存有（mental entity），而將身想做是個純粹的物質性存有。反之，將心與身兩者都想做是持續的、相互交織的過程，那同時是精神性與物質性的。事實上，你的思想就與你的身體一樣，是相當物質性的，而你的身體，就如你的思想對你彷彿是的那樣，相當的非物質性。你實際上是個活力充沛的力量，存在為你環境的一部份，然而同時又與你的環境分開。

很明顯的，當你裝修一個房間時，你以你的特色銘記它，但你也以同樣的方式，印記（停頓良久）看來彷彿是空的空間——那是說，你將空的空間變成你身體活生生的物質，而根本從未認識到你在這樣做。你的健康與日常的天氣彼此互動。這發生在一個個人的和集體的基礎上。我承認，這些資料某部分相當與你們平常的概念相左，但你身體的健康不只是密切地與世界的健康相關，卻也與物質的氣候相關。

（在四點二十五分停頓良久。）你不會「傷」一個旱災。你也不會傷風。以一種說法，一個旱災是部分地被經驗它的那些人引起的——然而，一個旱災並非一個疾病。它是一個過程的一部分。它是世界物質上的穩定性之更大過程的一個必要部分。雖然一個旱災可能看來很不幸，以其自己的方式，它是為整個行星表面、濕度平衡的比例負責的。同樣的，疾病以它們的方式也往往是更大過程的一部份，其更大目的是身體的整體平衡與（停頓良久）力量。

（在四點半停頓良久。）你無法直接看見風——你只能看見其效應。這同樣適用於你的思想。它們和風一樣擁有力量，但你只看到它們行動的效應。

現在我也許會也許不會回來，再次的，按照我說的那些節奏，但要知我就在此，並且是可以接近的。

（「賽斯，謝謝你。」）

（四點三十二分。珍要一支香煙，縱然煙令她咳嗽。今天還沒人來量她的生命跡象，雖然她的溫度一直是正常的。珍說，「沒想到他會談到天氣什麼的。」我讀此節給她聽。

（正當我在九點三十一分打完此節時，珍打電話來。）

一九八四年二月二十八日　星期二　下午四點十六分

口授：（時間，少於五分鐘）

我的思想匆匆走過

時間的走廊，
飛翔過
陽光充足的時光，
下沈到蔭蔽的角落，
啜吸慾望之甜蜜的
蜂巢，溜過
金色鎖眼
而自由飛過
永恆之草原。
我祝它們旅途平安
當它們旅行在
我之前，因為有朝一日
我將必相隨。

（註：三月一日，下午三點五分。珍沒戴她的眼鏡，相當容易地讀她的詩，及二月二十九的那首。又驚又喜。）

一九八四年二月二十九日　星期三　下午四點

口授：（時間，大約五分鐘）

我的思想飛
回到昨日，
肥蜜蜂
尋找新鮮甘露
在隱密的貯藏處，
突襲慾望的小隔間
及從過去甜蜜的片刻
儲存的美味蜜糖，
每次比以前
得到更好的滋養。
我多聰明

儲藏了一部分過去

沒享用直到

現在。

一九八四年三月一日　星期四　下午三點二十八分

口授：（時間，三點二十八分至三點三十五分）

我的歷史充滿了

失落的與尋回的王國，

有神奇的鏡子，開向

嶄新的宇宙地圖，

而在我腦海裡（停頓）

閃閃發光的世界在展開

足以填滿

一千本書。（停頓良久）

多重的異象引領我向前
到形成（停頓良久）事實
之新世界。

口授：（時間，四點四十五分至五點）

過去的片刻
突然在我眼前閃現
而我就在那兒，四腳著地
觀察一隻金甲蟲
頭朝著草，
其身體閃亮，橢圓而堅硬。
我將臉盡量
放低
而瞪著牠移動（干擾）
像一個黑色閃亮活生生的石頭。
其影子皺皺落

在草上，同時其
身體在明亮的陽光裡閃爍。（干擾）
牠發出一種沙沙聲
彷彿牠的身體需要油……

（到此為止，珍兩次被職員們干擾，而為了不管什麼原因，無法完成此詩。「我不喜歡這樣丟下它們。」她說了好幾次，然後終於加了她不太滿意的兩句：）

……而牠以細長如乾草的腿
跳。

（註：三月二日──珍沒戴眼鏡，再讀了她的兩首詩──正如我昨天的筆記裡講的那樣好。並不完美，但她真的做了……）

一九八四年三月五日　星期一

我心之翼

飛入明日的天空，
令大叫
「來看可愛的蜻蜓」
的兒童著魔。

（三點四十八分至三點四十九分）

有時我的思緒
滾下山
像小石子。
下面的村人喊，
「小心雪崩！」

（三點五十二分至三點五十三分）

有時我的思緒結積了力量
滾下我心智的
海灘。

游泳者大喊，
「第九個浪來了。」
（三點五十四分至三點五十五分）

我的思緒需要
好而直的腿。
我打賭我的思緒能
叫我的腿跑上
跑下樓梯
或任何地方
以快得令我無法
破解的速度，
因為我的思緒要求
動。
（三點五十八分至四點）

我的夢一個接著一個
跌落，
融入彼此，
而下面其他的作夢者
逃往乾地。

（四點二分至四點四分）

一九八四年三月十日　星期六　下午三點三十八分

（在今天的課後——自二月二十二日後的第一次——我告訴珍，我在她恢復上課之後的計畫是，只打課的資料，而非有關她的身體狀況、體溫之類的日常記錄，除非有什麼不尋常的事情要記。她同意了。我在我每日手寫的筆記上，有那附帶事件的紀錄。為了一些目前尚未知的目的，有一天那份資料也許會被謄寫利用。

（不過，我的確要記下，當我今天由急診處經過走廊，到爬樓梯去三三〇房的途中，遇見傑夫•卡德醫師。他問珍好不好，問有關她的工作、她的書，並對她從近來的感染及發燒的恢復，有正面的評論。「她非常有彈力，不是嗎？」他說，而我可以看出，他對珍的表現非常的驚喜又高興。「我太太是個意志極端堅強的人。」我說，而傑夫同意。他說他將去探望珍，但正藉由她的紀錄監看她。

（珍很高興聽到我對這會面的描述。「我打賭我可以利用那個，關於彈力的事。」她說，意思是，她會將之併入暗示、心態等等裡。我倆都很高興這事的發生。

（珍的賽斯之聲比平常要大，而像是帶著額外的能量似的。）

現在——我再次祝你們有個美好的下午。

（「賽斯，午安。」）

口授。無論如何，在你身體的運作裡，和在世界的運作裡，魔法（magic）是無所不在的。

我對魔法的定義是這個：魔法是未受阻的自然，或，魔法是未受阻的生命。是真的，你的思想、情緒和信念形成你經驗的實相——但也是真的，這有創意的建構，以一種說法，是魔術似地形成的。那是說，你身體的建構和一個世界的建構，是以秩序和自發性最偉大的結合製作的——一個彷彿隱藏而非明顯的秩序和自發性（全都熱切地）。

舉例來說，你思考，而並不有意識地覺察你如何做，而你說長的句子，在句子的開頭卻並不有意識地覺察結論是什麼。

這並不意味著，你必須永遠停留在無知裡，但它的確意味著，有一種不同類的知識，而你們所有的消息並不全來自推理。舉例來說，你由一個胚胎長成一個成人，因此，很顯然，你有個部分真的知道如何表演，像肉體的生長和照顧這樣一個令人驚異的活動。可是，單單推理的心智無法靠自己生長甚至最小的細胞，或啟動甚至一個分子的生命，然而，身體的生長和維護卻是經常不停的。

促進你身體健康和活力的隱藏能力，同樣也成就和維護通常的世界。所有這些都是遊戲地完成的，卻又以最偉大的秩序和設計之展示顯露出來。

當你變得太嚴肅時，你過度勞累你的智力，並勞累你的身體，因為那時，你的整個生命彷彿都單單靠你心智的推理而已。當然，你的心智能力反而是被那自發性和秩序之內在混合物所支持和促進的，那混合物如此神奇地組合，以形成你的實相及世界的實相兩者。

我祝你們有個美好的下午——

（「謝謝你。」）

——而我的確激勵所有令你們生活所有面向再生的那些座標。

（「謝謝你，」我再說。

（四點二分。珍說她很高興上了這課。

（我想在開場白中補充說，珍的彈力對傑夫及對珍和我一樣，都證明是個學習的經驗。）

一九八四年三月十二日　星期一　下午三點八分至三點十二分

（口授。）

冬天的鳥唱
牠們冬天的歌
當寒風吹拂
在冰凍的草坪上。
鳥將何去何從
當黃昏來臨？
誰會餵
坐在樹枝
柱子或籬笆上的
冬天的鳥？
我餵牠們玉米和麵包屑

而聆聽牠們冬天的歌
當雪花飛過
冰凍的草坪，
因為冬天的鳥問候
冬天的黃昏和晨曦。

（註：當珍在三月十三日讀這首詩時，她唱出它來——相當好。說她原先想到它是一首歌，但之前沒跟我提及。）

註❶：珍和我倆都屬於賽斯稱為蘇馬利的意識家族。珍能以蘇馬利語——快速，彷彿無意義的字，她毫不遲疑的轉譯成美麗的英文散文和詩——寫、說和唱。（我能寫蘇馬利，但珍必須為我翻譯——而我永遠對結果感到驚訝。）我太太有一強而有力的歌聲。見她在《意識的探險》裡談蘇馬利的資料。

註❷：在一九六五年，回應我的信，一位較年長而非常受敬重的超心理學家——珍稱他為般博士——邀請珍和我參加他在紐約州立大學指導的催眠討論會，醫師、牙醫及心理學家都去參加。珍和我就在那兒與年輕的心理學家有了我們最不幸的接觸。見《靈魂永生》第六、七、八章。

3

鋌而走險的人、挑戰死亡的人，及健康

一九八四年三月十三日　星期二　下午四點十分

（珍的賽斯之聲仍舊比平常要強大一些，更有力，並有著平常的停頓。）

現在——我再次祝你們有個美好的下午。

（「賽斯，午安。」）

口授。第三章——你已有標題了。

（珍昨天下午將它給了我：「鋌而走險的人，挑戰死亡的人，及健康。」）

你第一個想法，顯然人們彷彿愛生命而怕死亡——他們追求樂事而避免痛苦。然而，並非總是如此的。有一些人，他們必須感覺自己在死亡的邊緣，才能完全地欣賞生命的品質。有一些人，他們不能欣賞或享受生命的滿足或快樂，除非同時面對死亡的威脅或劇烈的疼痛。

還有一些人，他們堅定地相信，追求樂趣必然會導致痛苦，而也有其他的人，對他們而言，痛本身就是快樂。（停頓良久。）也還有一些人，當他們是在一種健康的狀態時，其信念令他們覺得非常的不舒服——對這些個人而言，很糟的健康帶來一種安全感。

有不可勝數的健康階段，從高亢、純粹、精力充沛的蓬勃生氣（停頓良久）到越來越少的活力的減少及不適。在那句話裡，刪掉「越來越少的」。事實上，幾乎有數不清的、與健康相關的階段。你可以藉由將這每個階段加以編號及定義，而發明一個完全不同的看健康的方法。當然，反之，你們的社會已選擇、識別及界定，所有那些對健康不利的階段——可被認出的階段，因為到某個程度健康缺席了。

所以，在本書中，我們將專心於促進健康的方法，而我們將有意地避免給不——適（dis-eases）命名。就是如此。

（四點二十二分。）在我們開始以前，應該註明，死亡本身是你們人類及所有其他物類的解脫——一個解脫者。它本身並不負面，反之卻是一種不同的正面存在的開始。它修剪這星球，可以這樣說，以便為所有的一切，都有一個時間和空間，也都有能量和食物。由於死亡，生命才是可能的，所以，這兩個看似截然相反的特質，其實是同一個現象的不同版本。

如果死亡自你們的星球消失，即使只一小時，所有的生命很快就會受到威脅。而，如果所有可能的生命突然同時出現，那麼，毫無疑問的，一切都會被全然消滅。那麼，我們必須承認，死亡的確是生命的一部分——而更勝者，我們必須說，死亡是健康的。

你可以休息。

（四點二十八分至四點三十六分。）

現在：口授結束。

對你的夢的一個評論。如你所假設的，它是屬於心電感應一類。在所有地球活生生的細胞之間，有一個細胞的溝通，就好像地球本身是一個巨大的身體一樣。

你自己的知識、慾望、目的及意圖，將你調準到一些這種溝通，所以，你對喬・本巴羅（我們在頂峰路的鄰居）的關心，將你調準到他當時的身體及情緒狀態。

現在我祝你們有個最好的下午——而再次的，這些課本身的確會為健康和療癒的促進，設定絕佳的座標。

（「非常謝謝你。」）

（四點四十分。「這讓我想起了舊時光。」珍說，對課傳過來的方式感到欣慰。

（三月六日那天，我在我每天在醫院裡做的筆記裡寫道：「今天下午，我描寫給珍聽我昨晚有關喬・本巴羅的夢。我夢到他心臟病病得很重——他只想仰躺在床上——我想是在一個拖車的環境。他的太太瑪格莉特在那兒，還有我。我告訴珍，我不確定這是否意味著喬死了或沒有。」

（然後，我或多或少地忘了這個夢。在十一點五十五分，當我在等律師的電話時，喬的兒子，約翰・本巴羅來電話。他要向我借車。由於沒預料到的過熱，他的車就凍結起來了；他必須在兩點半到雀門郡機場，去接由中西部飛來的妹妹茱蒂，然後，在五點半再接瑪格莉特和喬。我當然感到驚訝，因為他雙親該到五月才回來。

（約翰說，喬病得很重——全身都痛，在骨頭裡，但也在心臟一帶。檢查由心臟區域抽出來的液體，顯示自由流動的癌細胞。一次電子掃瞄沒透露它們由何處而來。喬曾躺在拖車的床上，而瑪格莉特曾抗拒不肯送他去醫院。他的糖尿病失了控。當我載約翰去醫院時，他說，我作夢的時間，與瑪格莉特曾描述的相符。我也許曾調準到心臟周圍液體的檢測，但我懷疑這是否可能被確認。沒什麼關係。在將我留在醫院後，約翰拿了我的車，而在六點四十五分打電話來說，「任務完成，」現在所有的人都到家了。他在七點五分來接我。天氣不好，而在他載我回家時，有一兩次相當危險的狀況。我告訴他，當我可以去探望他們時，叫瑪格莉特打電話來。

（珍記得我的夢，而我們憶起，當時我說我們希望它不會實現。顯然它實現了。在回家的路上，約翰說，一個稍後的報告顯示，喬的確全身都有癌症。）

一九八四年三月十五日　星期四　下午四點六分

（珍的賽斯之聲比平常有力——的確，有時幾乎很大聲，帶著平常的停頓。）

現在：我再次祝你們有個美好的下午。

（「賽斯，午安。」）

——而我們將繼續口授。

一而再地挑戰死亡的個人，事實上比大多數其他人還要怕死。高空鞦韆表演者、特技演員、賽車者，及許多其他團體，有一種生活形態，它包括了在一個經常的基礎上，表演挑戰死亡的特技。

舉例來說，高空鞦韆表演者每天可能演出好幾次。看來似乎這種個人以了不起的勇氣表演，甚至帶著一種大多數人不熟悉的魯莽。不過，大多數這種表演者都是極度地規律化的。他們以謹慎算計的眼神工作，在每個細節——不論多微小——都極為重要的情況下工作。舉例而言，不論某些高空鞦韆的表演可能多常被重複，永遠有即刻的災難的威脅——一次失足，一次最後的栽落。藉由測試「命運」，挑戰死亡者每次表演時都試著向自己證明，他們的確是安全的，能克服生命最可怕的情況。就是如此。

於是，在與永遠在場的死亡威脅對照之下，生命有最甜蜜的浮力、最偉大的滿足。許多這種人生活在平常生活的狀況之下，根本不覺得安全。他們藉由設定這樣一個遭遇的條件，而再次的，控制那些條件到最小的細節，來保護他們自己。

（在四點十六分停頓良久。）只有當他們追逐一些挑戰死亡的事業時，這種人才感到足夠安全而得以在其他方面放鬆，而在他們挑戰死亡的事業之外，過一個相當正常的生活。

我並無意於對這種活動做任何的道德判斷。它們往往允許一種極深的蓬勃生氣和活力感。不過，卻也是真的，這種人可能多年來都享受極佳的健康，不去算也許各種各類的骨折及擦傷——只不過，如果他們試圖放棄他們的活動時，就突然易於患上某些疾病。

當然，事情並不需要如此。自我瞭解和自知可能可以改善個人的生活，不論他們生活的活動或情況。是真的，這些個人的確替自己選擇了一個小心計畫與規律化的生活風格，在其中，他個人地及經常地遭遇死亡的威脅；每天都變成一個漫長的探索過程，在其中他有意地衡量死亡和生命。就是如此。

兒童可能患上許多童年的疾病，而的確仍是非常健康的孩子。成人可能滑雪摔斷了骨頭，或沈迷於一些其他的運動，卻仍是非常的健康。（停頓良久。）人們因傷風感冒或其他社交疾病而「病倒」，那假設是由一個人傳給另一個人的——然而，整體而言，這些可能是非常健康的個人。身體有其自己的自我調節系統。這常常被稱為免疫系統。

如果人們生病了，說免疫系統暫時失效，是頗為時髦的——然而，身體本身知道，某些「不—適（dis-eases）」是相當健康的反應。身體不將疾病視為疾病，以通常瞭解的說法。它視所有的活動為經驗，為生命的一個暫時情況（停頓），為一個平衡作法。但它擁有一種完整感和整體的健全性，因為它知道它繼續存在，雖然在不同的情況下，而它瞭解這改變就如季節的改變一樣自然與必要——如果每個個人要繼續存在的話。同時，地球本身擁有物質生命存活的必要養分。

口授結束。

再次的，我的確加快那些有助於療癒過程的座標，而我祝你們有個美好的下午。

（「賽斯，午安。」）

（四點四十二分。在我給珍翻身前，她吸了支煙，啜飲了一口水。）

（當我回到家時，我打電話給瑪格莉特‧本巴羅。喬在醫院裡，五六〇房，在他的心臟裡或周圍區域有一個肉瘤。明天他要化療，所以我看不到他，直到下一天。他在治療之間可以回家。他的糖尿病還沒控制住。

（在我的夢裡，我寫過他有一次心臟病發作，但這看來是沒擊中目標，雖然準確標示他出問題的區域。有時我甚至奇怪自己是否正確地記錄那夢，因為在其中我沒看見他心臟病發作，只看見他在揉胸口，瑪格莉特在幫他，而我自己只是個目擊者。瑪格莉特認為這夢很了不起，而將查核時間上的細節。）

一九八四年三月十六日　星期五　下午三點五十八分

我祝你們有個美好的下午。

（「賽斯，午安。」）

我們將繼續口授。

在我們能真正地研究健康或疾病的本質前，我們首先必須瞭解人類意識及其與身體的關係。

當然，你知道你有一個意識心（conscious mind）。你也擁有往往被稱為潛意識（subconscious）的東西，而這只是包括與你的意識心相連的感情、思緒或經驗，但如果你必須一直覺察它們，就會被認為是多餘的行李。不然的話，它們會爭取你的注意力，干擾如此重要的現在決定。就是如此。

如果你試著將所有這些潛意識記憶一直保持在腦海中最重要的地方，那麼，你真的會根本無法在當下片刻思考或行動。不過，你對你自己的潛意識心智，的確多少有某個通路。也許，想像一個意識的連續體要容易得多，因為，你也有一個身體意識，而那身體意識本身是由形成身體所有部分的每個分子之個別意識所組成的。

（在四點六分停頓良久。）有時候，說人們有意識心、潛意識心，及無意識心，是很時髦的——但，根本沒有無意識心這種東西。身體意識是高度有意識的。只不過通常你沒意識到它。（停頓良久。）推理需要時間。它處理問題的解決——它形成一個假說，然後想法藉嘗試和錯誤來證明它。

（四點十分。卡拉，體溫，九十八度五。我讀給珍聽到此為止的課。在四點十五分繼續。）

當然，如果在動一塊肌肉前，你必須用那種過程的話，你哪裡也去不了。那麼，你意識的其他部分處理一種自動的思索，而以就你們而言不花時間的一種知識來運作。

你可以說，你自己意識的種種不同部分以幾種不同的速度運作。在意識的一個部分與另一個部分之間的轉譯，不斷地進行，所以資訊從一個「速度」轉譯到另一個。那麼，也許你能開始瞭解，健康或疾病的整體畫面，必須由比你先前假設的多得多的角度來考量。你們許多人已充滿一般關乎健康與疾病的成腐、扭曲的概念。舉例來說，你們可能以為，身體被病毒入侵，或被一種特定的疾病攻擊，於是，這些概念可能會令你質疑。你很可能奇怪，身體意識為什麼不起而趕走任何威脅性的疾病：為什麼身體會允許某些細胞發了瘋，或生長得比自己還要大？至少，免疫系統的觀念本身，就暗示了必須或肯定應該保衛自己去對抗的「疾病入侵者」之存在。

那是口授的結束。

（「賽斯，午安。」）

我祝你們有個美好的下午——而再次的，我啟動那些加速療癒過程的座標。

（四點二十七分。）

一九八四年三月十八日　星期日　下午四點十九分

現在——我再次祝你們有個美好的下午。

（「賽斯，午安。」）

我們暫且繼續口授——但我的確永遠會記著你們個人關心的事。

口授：你通常將你的意識心想作是你的自我（ego）。在物質生命，它是朝向行動的。許多思想學派（停頓良久）都彷彿有個奇怪想法，認為自我是較自己（self）之其他部分低級的，或，它是自私的，而想像它一定是比內我（inner self），或靈魂的品質要低些。

首先，真的是不可能分開自己各部分的，而我們做這種區分，只是想解釋人格（personality）之許多面向（facets）的一個努力而已。（停頓良久。）那麼，一般瞭解的是，你的確有個自我，導向外在的活動，而以那種說法，你也有個內我。它也是有意識的，並且是所有自動的內在活動的指揮（加強語氣地）。

大多數人不瞭解，他們的確有通路可以達到這內在的覺知。這內在自我或內在自己不該被認為比你的凡心（ordinary mind）優越。其實，它不該被認為是某個與你的凡心分開的東西。你的自我與你的平常意識將你所有的物質經驗帶入焦點，而使物質經驗之出色的精確性成為可能。

物質生命真的只代表一——

（四點半。體溫：正常。在四點三十二分繼續。）

——種存在的狀態。那麼，你有其他種形式的存在。意識心是你更大的意識之光輝的一部份，但它是由組成所有意識的同樣普遍能量與活力所組成的。不過，有與內在自我或內在自己溝通的方法，而我們很快即將討論其中的一些。再次的，記住這內在自我或內在自己（停頓良久）用一個遠比推理來得快速的過程，是很重要的。

所以，當做這種溝通時，它們常常包含了靈感、直覺、衝動，並且是與感覺打交道，遠勝於與平常的邏輯思考打交道。

口授結束。

（四點三十八分。）約瑟，你的夢，如你假設的，代表了一種心智狀態及混亂狀態。舉例來說，它並非預知性的，但它的確告知你——用影像及感覺——有時被你的有意識思想以不同的方式畫出的畫面。舉例而言，魯柏也可能有同一類的夢。

他的眼睛沒再變壞。關於你們的基金，本週稍晚我會有更多可說的，我祝你們有個美好的下午——而再次的，我啟動那些加速療癒過程的座標。

（「好吧。謝謝你。」

（四點四十三分。珍吸了一支煙。我準備午睡前，幫她翻身到側面後，讀此節給她聽。

（今晨，傑夫·卡德曾來看過珍，在檢查她的褥瘡等等時，似乎頗為滿意。他也同意，珍可以在晚上睡前，不再吃安眠藥，只繼續吃阿司匹靈——一個明確的進步。不過，由於珍右腿骨折，他沒給予珍將可坐起來的任何希望，而這使她沮喪。她說她已決定繼續寫書，而盡她所能的做好。我也多少覺得失望，而同意說，我們現在也沒什麼別的可做，既然似乎沒有任何別的方法有用。今天，沒戴眼鏡，她的確讀得好一點點，但結果我仍讀上一節給她聽。

（賽斯評論到基金的事，也許因為我拿瑪麗·紐曼的信去讀給珍聽。這位最體貼和慷慨的女士提供相當豐盛的金錢援助，如果我們需要的話。至今我已試著打了兩次電話給她。珍建議我送她一本《超靈七號》。如果我無法很快找到她的話，我將再寫信給她。透過彼此都認識的朋友，珍和我幾年前見到了瑪麗：在去紐約的一次業務旅行時，我們曾在她的公寓裡住了幾天。

（賽斯談到的我的夢，發生在昨天早上，而它是如此栩栩如生，以致我醒來後還眼睜睜躺了一個小時。它留在我腦海裡一整天。由於它是如此栩栩如生，可畫成一系列了不起的畫作。它顯然表達了我對我們狀況的恐懼，而在夢中我結果在舊的工廠廠房間迷了路，車子也不見了。我赤裸裸的，對一個女孩說，「我迷路了。」她可能是位護士，坐在一間洞穴狀的、空洞洞的、鏽紅色的舊房間裡。我甚至發現自己在探索艾爾默拉的垃圾場——只不過那景致看來像火山似的，有它自己的美，堆滿了灰色的細灰，幾乎像月球的表面。）

一九八四年三月十九日　星期一　下午四點二十一分

（昨天，珍很沮喪，今天當我到三三〇房時，她又是那個樣子。在午餐前她流了淚。昨晚她打過電話。我告訴她，今晨我會跟瑪麗•紐曼談談，提高我們的保險範圍，並打給我們的驗光師，吉姆•貝克。珍希望他能給她新的眼鏡，改善她的視力，而這會對她的心情有助。

（到上課時，她仍不開心，但她的賽斯之聲卻比平常要有力。）

現在我再次祝你們有個美好的下午。

（「賽斯，午安。」）

我們將繼續口授，而以下的課魯柏尤其該謹記在心（熱切地）。

每一個人都是宇宙之一個重要（停頓良久）、有意識的部分。每個個人，只是活著，就以任何別人都不能的方式與宇宙及宇宙的目的切合。每個人的存在都將其自己的漣漪擴散過時間。宇宙在其自己的每一個可想像的點，都是有意識的。每個存在都是宇宙之一個個別化的片段；那麼，以人類的說法，每個人都是被摯愛的個人，以無限的關懷和愛所形成，被贈與了與任何人都不同的天賦。

很顯然，沒有一個動物認為自己是個失敗者。可是，人們卻往往與他們自己彷彿的錯誤認同，忘記（停頓）他們在別的方向的能力，因此，他們看來似乎是宇宙裡，或世界裡的不適合的人。意識心的確可以有這種想法，因為它常試想靠它自己來解決所有的問題，直到它開始感覺害怕、負擔過重，並且在它自己眼裡成了一個失敗者。

不過，內在自己卻永遠與其源頭身份認同，自視為宇宙的一個被摯愛的、個別化的部分。它對是其傳承的宇宙大愛是覺察的。

（在四點三十三分停頓。）它也覺察組成它存在的布料本身之無限力量與力氣。藉由使得外在自我覺察到這些事實，它也能開始感覺一種加快的支持與滋潤感。那知識能讓它放鬆、放下，因此它感覺其生命被支撐與安全，而知道自己的確是宇宙之一個被摯愛的孩子，同時既古老又年輕，有著一個遠超過時間歷史的身份。

那麼，每一個人都記住這宇宙性的聯盟，是極其重要的。這樣的一個提醒，往往容許內在自我經由種種不同的層面，送出力量和愛的必要信息，顯示為靈感、夢，或單純的情感爆發。內在自我（停頓良久）從宇宙性的意識汲取即刻而持續的支持，而外在自我越將這事實謹記在心，它自己的穩定、安全與自尊感越強。

（四點四十一分。）對好的健康不利的一個態度就是：自我譴責，或不喜歡自己。很不幸地，這種態度有時會被父母、學校和宗教所促進。自我價值、自尊及滿意自己能力的感覺，促進幸福、健康和蓬勃生氣的感覺。

口授結束。

（四點四十五分。）每天一次讀這給魯柏聽，連著幾天，而它也會對你有幫助。

（「是的。」）

這一節本身該清除掉魯柏的一些困難而增加他的快樂。

（四點四十六分。到了替珍翻身的時間。晚餐後，我讀此節給她聽。九點二十分，當我正結束打此節時，珍在卡拉的幫助下打電話來。）

一九八四年三月二十日　星期二　下午四點二十五分

（珍今天似乎覺得多少好些，而她描寫她現在試圖看世界的大體方式，尤其是她自己的情況。我告訴她，她的態度大有進步。她的眼睛看起來也較好。她試著讀昨天的課，但只讀到第一頁的一半，所以我讀全部給她聽。它是非常棒的一節，而，就如賽斯建議的，我至少要讀好幾天給她聽。

（再次的，今天她的賽斯之聲比平常要大，帶著停頓。）

我祝你們有個美好的下午。

（「賽斯，午安。」）

我們將繼續口授。

宇宙積極地愛它自己及它所有的部分。世界愛它自己及它所有的部分。說能量是中立或冷淡的，是不對的。能量是積極的、正面的，並是被幾乎可稱為對自己及其特性的一個即刻的歡喜所推進的。

不管所有相反的觀念，能量在其基礎上，的確是愛（停頓）。它也是由高度充電的意識組成的，那是幾乎以一種跳蛙的方式運作的，帶著活力與生氣之了不起的爆發。那偉大——那最偉大的創造力——那為所有物質生命之源的力量——並不是有一次在某個遙遠的過去突然出現，點燃你們實相的誕生，賦予它一個能量，而那能量隨之只能用完，或消散。反之，歷久恆新的處女能量，可以這麼說，不斷地被創造出來，而出現在你們的宇宙系統內的每個可想像的點。

每朵在春天的新玫瑰，事實上都是一朵新玫瑰，由嶄新而獨特的能量組成，徹底的是它自己、無瑕的活在世界裡。

（在四點三十六分停頓良久。）以最深的說法，雖然每個身體都有一個歷史，在身體存在裡的每個片刻也都是新的、無瑕而獨特，新鮮地出現在世界裡。雖然在世界裡的確有痛苦，推進生命本身的卻是奇蹟似的快樂原理（principle of pleasure）。

口授結束。

當你讀完這資料時你該發現，在這資料裡，實際上有幾個新的轉折。現在，我祝你們有個美好的下午。

（「賽斯午安。」

（四點四十一分。珍說她不知道已這麼晚了。

（在這資料裡，的確有「新的轉折」，其中有一些我真的無法訴諸語言——。但我註明，賽斯具創意的禮物還沒窮盡呢。

（我也該註明，今天，經過一番掙扎，我將一個插著長長蜀葵和鳶尾花的大花瓶帶進了三三○房。這美不勝收的花，是一位荷蘭讀者用電報送給我們的一大把花的一部分。昨天下午當我在醫院時，鄰居約翰‧本巴羅代我收下那包裹，而當他看到我開入車庫時，就馬上拿來給我。那包裹裡有這麼多的花，以致我最後將它們分插在我從家裡找到的三個花瓶裡。明天我要拿另一個去給珍——這次是鬱金香。）

一九八四年三月二十一日　星期三　下午四點十五分

（珍昨晚沒打電話來。今天她感覺好一些。我告訴她，在來三三〇房的路上，我已將一千二百元存入她的醫院支出帳戶。我們對讀者們的捐助非常感激。她吃了一頓好午餐。之後，她以比多日來所能做到的好得多的方式，讀了昨天以及前天的課。她戴了眼鏡，而以一種強而有力的聲音讀著。）

現在——我再次祝你們有個美好的下午。

（「賽斯，午安。」）

那些視物質生活比一些更完美的靈性存在要卑下的人，對整體的物質存在是非常不公正的。物質生活處處都充滿了為其源頭的宇宙能量，因此，它幾乎不可能比它自己的組合要低下。

再次的，肉體的實相是存在的一個燦爛片段。它不能比存在來得低下。由於你們如此常常由一個極為狹隘的信念系統去看你們的世界，以致常誤讀俗世生活的含意。就是如此。

（停頓良久。）這種信念會限制你的理解，直到物質生活往往彷彿包含了在意識每個層面的一個狂亂掙扎。這種概念顯然不會加強安全、健康，或幸福感，而它們扭曲了你們物質環境的本質。

那環境並非什麼與你們自己分開的東西，由你們來控制。反之，你們和環境以常常逃過你注意的方式，支持、加強，及鞏固彼此（停頓）。環境的所有部分都包含它們自己的那種意識。它們覺知自己在世界的身體裡的角色，可以這樣說，而它們不只覺知自己的狀況，卻也覺知它們和世界所有其他部份的關係。換言之，它們增益了世界的健康，而你們自己的活力——以及你們環境的活力——是處處都相連的。

口授結束。

（四點三十三分。）我祝你們有個美好的下午，而再次的，我加快那些對健康和活力如此重要的座標。

（四點三十四分。珍說，「我覺得那有點慢。」

（「是沒錯。」我說。賽斯曾停頓多次。既然他的步調這麼慢，我對他如此快地結束此節有點驚訝。珍也一樣。）

4

心碎的人、無心的人，及醫學技術

一九八四年三月二十三日　星期五　下午四點

（昨晚珍沒打電話。她仍有點沮喪——說自從服用傑夫開的晚間藥物之後，她睡得都沒那麼好。珍戴上眼鏡，讀了三月十九與二十一日的大部分課，讀得還不錯。

（在三點十分時，珍說她剛由賽斯處得到本書第四章的標題——很顯然，她必須達到某個程度的幸福，才能得到他的資料。

（她的賽斯之聲很好，但有多次停頓。）

現在——我再次祝你們有個美好的下午。

（「賽斯，午安。」）

我們將繼續口授。

許多精神科醫師及心理學家現在都覺悟到，他們無法充分幫助一個心理失常的病人，除非連他的家族關係一同考慮。

同樣的概念其實也適用於肉體疾病。不過，這概念可以被帶得更進一步，因此，一個健康不佳的人應該被醫生連同他與家庭的關係一併去看，也連同他與環境的關係一併去看。當然，舊時的家庭醫師瞭解病人對家庭成員與對環境的敏感，而他們常常感覺到一種活生生的同情與瞭解，那是現代醫學往往彷彿忘記了的。

不過，我講的是與環境的一個更深的關係，以及與健康和疾病有關的環境之象徵及實際的面向。你對於自己的身體、心智、宇宙及你在其中的角色，你與家庭、朋友及環境關係的想法，全都與你的健康狀態、你的幸福感，或你的不——適感相連。就是如此。

在下一章裡，讓我們更明確地看看在你的心智、你的身體，和你的環境裡的象徵的重要性。第四章：「心碎的人，無心的人，及醫學技術。」

你可以休息一下。

（四點十二分。珍飲了一小口水。她說，賽斯的章名與她今天下午稍早從他那兒收到的一樣。在四點二十分繼續，帶著許多的停頓。）

現在：現代醫學大半視人類身體為一種機械模型，像汽車似的一種東西，不時需要進修車廠檢修。

就如一輛汽車是在一條裝配線上被組合起來的，因此，身體也只被視為在自然的「工廠」裡組合起來的、非常有效率的一個機器。如果所有的零件都在其適當位置，而且運作得很順暢，那麼這機器應該像任何正常的汽車一樣給你最佳的服務——或看來彷彿如此。

可是，所有的汽車零件都獨獨為其運作負責，只要它有個負責的駕駛。然而，在身體之種種不同的部分之間，卻存在著隱密的關係——而各部分本身幾乎無法被視為機械性的。它們每時每刻都在變。

心臟常被描寫為一個幫浦。（停頓良久。）就最近的醫學技術發展而言，有各式各樣的心臟手術可做，甚至可用心臟移植。在許多案例裡，縱使當心臟經由醫學科技的修理，同樣的毛病也在後來的某天發生，或病人恢復了，卻成了一個不同的、近乎致命或致命疾病的犧牲品。無論如何，事情並非永遠如此，但當這樣一個人真的完全復原，而維持著良好的健康，那是因為信念、態度與感受都有個較好的改變，換言之，因為病人自己重新獲得活下去的意志，因為此人再度「有心了」。

口授結束。

（在四點三十六分繼續，再次的有許多停頓。）

許多有心臟問題的人，覺得他們對生命已「死了心」。他們可能因許多理由的任一個而感覺心碎。他們可能覺得自己無心，或想像自己是如此的冷酷，以致他們真的藉死心來懲罰自己。

對許多有這種困難的人，在環境裡加入愛可能比任何心臟手術還有用得多。送給喪失親人的人一隻新寵物，比一位醫生所救、免於心臟手術的人數要多些。換言之，在環境裡的一個「愛的移植」，整體而言，可能比一次心臟移植手術，或一次心臟分流術，或不論什麼要有效得多；在這種方式裡，心被允許去療癒它自己。此節結束。我祝你們有個美好的下午，而再次的，我加快那些對健康和活力如此重要的座標。

（「謝謝你。」）

（四點四十三分。「我感覺他試想說出一些要點，」珍說，「而我希望我將它清楚地傳過來了——你懂我的意思嗎？我猜我說得正確。」在她遲疑地嘗試——即使只是短暫地——自己說出賽斯所說的之後，她補充說。

（「我還收到，」她說，「他並不是說人們不會有時需要那些手術，但當他們需要的時候，他們需要那些其他的東西，以使手術有效。」

（當我們談話時，珍令我明白，她明確地接收到，一隻家庭寵物會對我們的鄰居喬・本巴羅大有幫助——她要我一定要令瑪格莉特・本巴羅銘記，事實是如此，她強烈地感受到這點，珍說，它並不只是個一般性的概念。）

一九八四年三月二十五日　星期日　下午四點十三分

（珍昨晚沒打電話。在昨天的信件裡，我發現《珍的神》（*The God of Jane*）普及版的新封面設計——一個看來很美的作品，我們喜歡它。而我在一封信裡發現另一張一千元的支票，捐給珍的醫院支出基金。我臆測，是否任何這些事件——或它們全部——都與我昨天下午在三三〇房曾相當意識到的預期感有關連。

（我或可補充，昨天我打開一封來自BBC——英國廣播公司——的信，日期是在一月。我不知道它在家裡已多久了。那製作人想知道關於做一個談珍的系列作品的事。也許那是與我的預期感有關連的……

（再次的，珍的賽斯之聲很好，帶著通常的停頓。）

現在——我祝你們有個美好的下午。

（「賽斯，午安。」）

——而我們將恢復口授。

以後，我們將更透徹地討論，有關自己，尤其是身體的扭曲概念，它阻擋了自然的蓬勃生氣和良好健康。

等到後來再更深入這種信念的理由，讓我討論它們阻礙一般幸福的幾個方式。現在，社會上很流行開始學某種鍛鍊、健身體操，或費力的運動，因此，彷彿一般大眾必然對肉體非常關心。很不幸地，大部分民眾對他們的身體都覺得不自在，而不信任身體的自發性、力量，或整體的可靠性。他們曾被教以：醫學比任何私人對他們自己的身體及其方式和運作都知道得多。

人們被教以去信任X光顯示在他們身體內發生了什麼的一個畫面，而警告他們別信任自己的感覺。就是如此。舉例來說，某些公共服務的宣告，強調個人能被——比如說，高血壓嚴重威脅的「事實」，縱使他感覺極為健康。

由於一個非常不幸的信念的混合，大眾開始這強力的鍛鍊節目。既然他們覺得與自己的身體分離了，許多人懷疑內在發生了什麼。某些宗教信仰暗示，身體是不純潔的，並且是疾病與虛弱的繼承者。往往，人們過份狂熱的鍛鍊，以懲罰他們的身體，或強迫身體做最好的反應，因為他們不信任它不這樣做。

（四點二十七分。）在許多例子裡，人們鍛鍊，因為他們害怕如果不做，會有什麼後果。舉例來說，他們可能跑步以避免心臟病，同時他們的恐懼能幫助促進其所害怕的最終結果。

身體的健康是內在幸福的表現。健康不好也是個表現，而它可以達到許多目的。（停頓。）不用說，某些人患了病，而非改變他們的活動與環境。當然，他們也可以患上病，以強迫他們自己去做這種改變。

口授結束。

一九八四年三月二十七日　星期二　下午四點十二分

（珍昨晚打電話來。正當我離開時，瑪格莉特去探視她。）

（今晨十一點時，我們的律師打電話來告訴我，藍十字已同意付我們的保險索賠。我幾乎難以相信，而僅對那消息略為反應了一下。我的確問了他，他是否知道保險公司會付百分之八十或百分之百，而他並不知道。如果是前者，我們仍欠一大筆錢。

（「賽斯說對了。」當我一告訴珍這消息時，她就帶著笑說。在下午期間，她說她從未擔憂保險的問題。我想這好消息可能尚未穿透我的心靈，甚至當我在九點打這些字時也還沒有。今晨在與我們的律師談過之後，我便回去寫《夢》，好像什麼事都沒發生一樣。不過，幾個月來，每天當我去看信箱時所感覺到的懼怕和預期，現在該開始消散了。

（我告訴珍，昨晚我又有一個長而折磨人的夢，在其中，為了不明的理由，我被不知名的男人們追逐過許多房間。我總是逃開，而躲在一個又一個的房間裡，但這是個令人不安的夢，像我在大約一週前做的一個夢，當我在艾爾默拉邊緣一連串被遺棄的工廠廠房間迷了路。我仍栩栩如生地回想起那一個。

（我認識到了第一個夢的意義——我自己對幾件事的恐懼，不過我瞭解昨晚的夢的含義，遠比我瞭解其前一個為多。

（珍的視力有進步，在手臂與其他地方的動作也一樣。我讀加州的女科學家們寫的兩封信給她聽，我想會令她大為開心，因為兩者都強調她的作品的價值。它們的確有幫助。珍自己也讀了兩節最近的課，而大部分都大步地讀過去——比她一向以來都做得好得多。

（在我告訴她保險的事之後，珍告訴我她增加的動能，她補充說，她現在覺得每件事都將很好，而她會恢復。那將是一件多麼難得的樂事啊！

（珍的賽斯之聲很好，帶著停頓。）

我祝你們有個美好的下午。

（「賽斯，午安。」）

我們將恢復口授。關於你們的保險，在等了這麼久之後，恭喜！我瞭解對你們而言，那等待比對我而言似乎要長得多，但我並不擔心。

（賽斯幾乎是同時覺得有趣又諒解。課後，我告訴珍，賽斯說了比他瞭解到的還多——在預言的例子裡，我們要是聰明的話，該提醒自己，他的時間感確實與我們的不同，在我們這方面可能比他那方面涉及了多得多的時間。這隨之又提醒了我，我幾個月前的夢，那時，我由醫院的電梯塔看出一扇窗子，看見保險公司的支票躺在車子左前輪邊的瀝青地面上。我將那夢詮釋為，一個有意義的解決仍離我們很遠，卻無論如何是在那兒的。沒經查核我不記得那夢的日期。

（停頓。）現在：口授。我並無意暗示，鍛鍊對良好的健康是有害的。不過，你運動的理由事實上比你真的做的運動重要多了，卻一點不假。那理由能夠促進你的健康或實際上阻礙它。

在本書裡，至今我們才剛開始觸及，涉及好的健康或其缺席的許多議題。在我們結束之前，我們希望給你們一個大得多的架構，在其中，去考量你們自己的幸福及對任何個人都開放的許多選擇。我們將討論與一個長久而健康、相當快樂的人生相關連的面向，以及那些涉及早夭、重病和自殺的面向——尤其是涉及相當年輕的人的自殺。

稍早，我們談到過，所有的大自然表現出的、朝向蓬勃生氣及幸福的不可置信的衝動。就像是，大自然永遠在試圖超越它自己，並顯然在增加其存在之品質。個別的人也捲入於一個永遠不停的增加生命品質的過程裡，那生命品質存在於個人經驗的所有層面。實相是這樣建構的，以便每個個人在尋求這種成就時，不會犧牲別人，卻以會增加所有人生命品質的方式去做。

（在四點二十二分停頓良久。）每個人都衝動地試圖成長到他所感覺到的潛能裡——縱使當它們一時還不明顯時。

以某種方式，藉由一個存在於許多層面的即刻溝通，每個意識之片段都覺知另一個片段。你們的想法自由地流通，世界上的人的想法也自由地流通，是很重要的。同樣重要的是，你們個別的身體有良好的流通。你們對自己健康的想法，甚至比你們採取的促進健康的步驟還重要。

你對外國、盟友及敵人的想法，也對你如何處理自己身體的防衛，扮演一個非常重要的角色。害怕他們國家會被敵人侵略的人們，也往往視病毒或疾病為敵人，永遠快要威脅到他們個人的存活。當然，這種態度將不利於幸福、健康與蓬勃生氣的感覺。雖然醫學科技有許多嚴重的缺陷，但許多人也的確相信醫學專業到這樣一個地步，以致他們沒有它也真的無法存活在良好的健康中。

在本書稍後，我們也將討論一些方法，其中，你可以用對醫學專業的信念去加強你整體的健康感，而非顛覆它。

口授結束。

（四點三十四分。）整體而言，你倆都充分啟動了架構二❶，因此它的效應足以有益地出現在你們生活的所有區域裡——包括肉體的區域。

我祝你們有個美好的下午，而再次的，我加快那些對健康和活力如此重要的座標。

（「好的，謝謝你。」

（四點三十六分。我讀此節給珍聽。那是第一次賽斯說我們對架構二做得不錯，我很確定。而在所有的區域，還沒有！珍，也許我們正學到了什麼呢。我愛你，好睡。）

一九八四年四月二日　星期一　下午三點五十八分

（這是珍在六天內的第一節——對她而言相當不尋常的事。

（我把時間利用得很好。我回了家中的每一封信。我付了帳單，而有時真的覺得我能放鬆而深深吸一口氣，當我想到我們的經濟、工作、保險問題等等的改進了的狀態。

（上星期四，三月二十九日，自從珍去年四月二十日入院後，我第一次沒去醫院看她。理由很簡單：前一晚，一個晚來的、有非常深而沈重的濕雪的暴風雪，一直持續到第二天，劈裂了後院的中國榆樹，而令最靠近車庫的一枝倒下橫過車道，因此我無法將車開出車庫。樹毀了。保險不會賠償它們。在三月三十一日，法蘭克・朗威爾帶著他的電鋸來，幫我弄乾淨車道，到我能將車弄出來的地步。前一天，約翰・本巴羅曾載我來回醫院。

（經由茉德・卡德威爾在〈改變實相〉裡的努力，珍現在有超過七千元的捐款。

（珍今天作得很好，讀了最後一節，加上三月十九日的、賽斯要她不時重溫的一節。

（她的賽斯之聲相當好，雖然她有好幾次的停頓。）

現在——我祝你們有個美好的下午。

（「賽斯，午安。」）

——而我們將恢復口授。

有許多大議題觸及到涉及個人健康的境況，而這些與我們尚未討論的問題有關。它們稍後的確會在本書中被論及，但目前我們只以一般的方式談論它們。它們與平常的醫學思想離得較遠，而在主流的醫學圈裡的確會被視為純粹的騙術。

事實是，每個個人活過許多次，而內在自己對它自己心靈和肉體上的敏捷都相當覺知了。單單身體意識就覺知，其在任一生的物質存在都得依靠其肉身的死亡——而那死亡將保證它還有另一次的存在。所以，「求生的動力」是導向死亡並超越它的一個動力，因為，所有的意識都明白，它存活過許多的形式與條件。

所以，輪迴轉世也是更大的架構的一部份，在其中，必須考慮任何個人的健康和幸福，轉世的影響在所謂自出生就有的身體缺陷上最為明顯，而在此書後面將予以討論。

轉世影響遠不如許多相信這觀念的人所想的那麼死板。那是說，在任一例子裡，轉世影響常常留給個人許多選擇的空間。舉例而言，有些人說，前生的任何特定事件，都不可避免地導致今生的一個特定的相配效應，這是相當簡化的說法。還有太多其他因素也適用於人類人格。沒有人是「命中注定」健康不好的。沒有人是在一生裡為前生的「邪惡」活動而受罰的。

一個在一世裡曾很殘酷的人，可能在下一世裡選擇去體驗一些環境，在其中，他瞭解殘酷的意義，但這並不表示，這樣一個人隨之必須在整個一生裡作一個受害者。

總是涉及了新的學習，故此，新的選擇永遠是開放的。事實上，一般而言，有這麼多扭曲的概念與轉世相連，以致我想，只單純地集中在多重存在的概念上要好得多。就是如此。因為時間的真正性質，以及意識的相互關連性，一個未來的一生影響一個過去的一生，實際上，所有這些存在都同時發生。所有的系統都是開放的，尤其是心理上的系統。廣義來說，你們是同時「在所有的層面」，以及在所有你們自己的存在上運作的，縱使有時候將存在想做是一連串的生命，一個接著一個，是有用的。

口授結束。

（四點二十二分。）你們的確在一個架構二的層面有益地銘刻實相，並且是以在你們個別和共同經驗之所有正常層面都變得明顯的方式。

我真的啟動加快療癒過程，並加強幸福與蓬勃生氣感的那些座標。

「謝謝你。」

（四點二十四分。我讀此節給珍聽。當我如此做時，她也有一些自己的想法——舉例來說，一個人可能選擇疾病，以便探索實相，而對病人身邊的其他人發揮某些效果：我有過許多次的想法——我舊有的，意識以盡可能多的方式認識自己的想法。

（她也想到，在我們的社會裡，如果我們有任何毛病，我們是這樣被教育，而習於譴責自己，以致對我們最初生病的理由盲目。另一個我曾思考過的概念。我怕我認為在意識上我們離將這種概念融入日常的社會還遠得很呢。

（當我問她，她是否相信我們是在架構二內運作，她說她相信——保險的問題、捐款，以及我們目前的工作，全都顯示，我們做得好得多——而我同意。

（在九點四十五分，我正要打好此節時，珍在卡拉的幫助下打電話來了。）

一九八四年四月三日　星期二　下午四點三分

（今天暖和——五十度。

（珍大聲讀我為《夢》的九〇七節所寫的頭兩個註，還有昨天的課，讀得非常好。事實上，她讀得比我曾聽她讀過的任何課都快。在珍努力的半途，佩姬‧加拉格來看了她一會兒。）

現在——

我們將恢復口授。

「適者生存」的觀念曾在許多人類活動的領域有一個相當不利的影響——尤其是在醫學的意識形態及工作上。

那整個概念是以最機械化的方式發展出來的，強調在生命的所有面向間的競爭，使一個生命形態與另一個對立，而用身體的力氣和敏捷、迅速和效率，作為任何個人或物種存活的主要條件。

不過，在野外，許多動物保護並撫養受傷和殘廢的成員，且隨年齡而來的智慧的確在動物王國裡也被賞識，是相當真實的。可是，適者生存的觀念已被誇大到遠勝於那些合作的觀念。（在四點十二分停頓良久。）政治上和醫學上，這種扭曲已導至不幸的情況：在二次世界大戰裡領養的「亞利安至上」之生物概念，對「完美身體」及其他扭曲的貫注。理想身體的概念常被一般大眾奉為範例，而這常常宣布了一個格式化的「完美」體型，那實際上是少有人能配得上的。任何的變奏都不被接受，而任何的天生缺陷都被以最懷疑的眼光看待。那麼，有些思想體系就說，只有基因優越者才可被容許繁殖，而有些科學家則相信，所有的缺陷都可以經由明智而審慎的基因計畫來根絕。

由於這種長期持有的理論的結果，人們變得不信任他們自己的身體。殘障者往往被給予訊息——甚至是被醫學專業，使他們感覺像不適合的人，不值得存活。當人們變得生了病，他們常常以這樣一種方式責怪自己，以致產生無謂的罪惡感。

在過去，有些宗教團體也提倡過一些信念，說疾病是上帝的懲罰記號，或犯了違抗上帝之「善良」的罪，而得到的報復。

同樣的信念往往散播到經濟的領域，在其中（停頓良久），於神的眼中討喜的人因此被賦予財富與興旺，還有健康。神被視為站在那些最努力競爭的人那邊，因此，貧窮或生病幾乎被視為神的不悅的一個記號。所有這種觀念都以某種方式出現在大多數思想與教育的官方層面。自然美的整個概念都被遺忘了——當我們繼續討論時會觸及的一個主題。祝午安。

（熱誠地：）口授結束。

（四點四十分。「賽斯，午安，謝謝你。」）

一九八四年四月四日　星期三　下午四點十四分

（今天中午，法蘭克・朗威爾短短地來訪，而同意鋸下後院受損的榆樹，翻土，並種下野花。我告訴珍這個計畫，而她大體上同意，雖然她哀悼喪失了那棵樹。「或許你可以將鋸下的樹幹留在原處，做鳥的餵食器。」她說。

（午餐後，珍讀昨天的課，讀得很好。三三〇房的暖氣壞了，而大半個下午我們都在等修理的人。）

現在——我再次祝你們有個美好的下午。

（「賽斯，午安。」）

我們將恢復口授。

這一章包括不同想法的大雜燴——只是要暗示與健康幸福相連的種類繁多的議題。

（停頓良久。）再次的，你對你自己的想法，在一個健康的一生之更大脈絡裡，是很重要的。舉例來說，你心臟的狀況是被你自己對它的感覺影響的。如果你認為自己是冷酷的，或無心的，那些感覺將對那肉體的器官有一個重要的影響。如果你覺得心碎了，那你的肉體器官本身也多少反映出那個感覺。

顯然，如我先前提及的，每個個人也有許多選擇對他開放。舉例來說，每個感覺心碎的人，並不都死於心臟病。健康的問題不能以一種孤立的方式考量，卻必須在給予健康本身一個價值和意義的更大脈絡內來看。如先前提到過的，每個人也將試圖實踐他們自己獨特的能力，並盡可能地充分「填滿」人生經驗。

如果一個人在那企圖裡，被強烈而持久地阻擾到一個地步的話，那麼，這不滿足和挫折將被轉譯為缺乏身體的蓬勃生氣及活力。不過，不論情況如何，總有無盡的能量儲藏在每個人的指揮之下，而我們也將討論，我們可以學會汲取那源頭而改善你自己健康情況的方法。

（在四點二十五分停頓。）你越快擺脫適者生存的僵化信念越好。強調身體的不純潔或墮落的所有哲學，也該被視為對身體及心靈的健全性不利。這種信念以負面的暗示塞滿了你的意識心，那些暗示只會嚇到外在的自我，而阻礙本是你傳承的偉大力量與活力，而無法給你可能的、最充分的力量與支持。

稍後我們的確將討論形形色色、傳統及非傳統的療癒方法。當然，光是醫學科技，不管多麼專業，都無法療癒一顆破碎的心。這樣的一個療癒只能經由瞭解和愛的表達才能發生。換言之，經由情感的移植而非僅僅肉體的移植。在所有不——適的發展和療癒上，情感的因素都是極端重要的。

在本書裡，我們不會強調特定的疾病，而提及症狀只是要確認與此情況相關的病例。事實上，我們強調健康的症狀以及促進它們的那些方法、信念及療癒，那才是遠較重要的。

此節結束。我祝你們有個美好的下午——而再次的，我啟動那些加速療癒過程的座標。

（四點三十七分。「謝謝你。」）

一九八四年四月六日　星期五　下午四點十三分

（珍昨晚打電話來。我今晨只做了一小時的《夢》，而再次的，告訴她我關心失去了寫書的時間。她說昨晚我離開時她非常的沮喪，但一會兒之後就過去了，而她覺得很好。最近我也有幾次憂鬱期，但無論如何我試著繼續前進。）

現在：我再次祝你們有個美好的下午。

（「賽斯，午安。」）

在你們的情況裡，偶爾有憂鬱期是很自然的。

（停頓良久。）不過，這些往往能做為跳板，導向更大的瞭解，而那感覺本身的確可助你擺脫藉由這樣一個媒介表達的恐懼與懷疑。我很確定我曾提及這點，但我要更新你們的記憶，一般而言，這適用於所有的個人。表達那些感受比壓抑它們要好得多了。

同時，你倆應該——並真的——試著將你們的心轉向其他的方向，因此那期間不致流連不去。一般而言，你們對這種情況處理得很好，而我對你們在架構二裡的活動所說的仍然適用。

這也反映在你們對書及（你們的出版商）Prentice-Hall——與你們任何事業——的關懷上。那麼，記住不管在任何既定時候的表象如何，那些議題以令你們滿意的方式解決，是很重要的。你們的信有個效果——不管看來是否任何既定的問題被回答了。

我祝你們有個美好的下午——而再次的，我啟動那些加速療癒過程的座標。

（四點二十分。「我感覺到它會是給我們的話，而非書的口授，」珍說。我讀此節給她聽。「那最後的部分該令你覺得好些，」她說，「有沒有呢？」由於最近我對與Prentice-Hall的溝通相當生氣與不舒服，我必須停下來想一想。「我很驚訝，」我說，意思是，賽斯有關我們在架構二做得很好，包括出版角度的評論。「我不認為我做得那麼好。」我猜我仍不以為然，但我們且看吧。

（我告訴珍，昨晚我又有另一個長而複雜的、被追捕的夢，這次涉及了比我小十三個月的弟弟林頓。我記不起多少。它結果沒問題，然而它反映了這些日子我常有的心態——我對很多事的恐懼。

（當賽斯說，我倆的憂鬱是表達恐懼的方式時，我的確認為他提供了一個絕佳的洞見。當我並未特別在想這些期間時，我猜我至少理所當然地視那憂鬱期反映了我這方的弱點，好比說——我該更明白或做得不好的時候。我敢說珍有同樣的想法。現在我們能領會那憂鬱期是有療癒性的。

（今晚，在回家的路上，我去超市買東西，並吃了一頓晚餐。當我在打此節時，珍九點五十分於卡拉的幫助下打電話來。珍，我愛你。）

註❶：在一九八一年出版的，珍／賽斯的《個人與群體事件的本質》裡，我寫道：「賽斯主張，架構二，或內在實相，包括了我們由之形成所有事件的創造源頭，而藉由適當地集中注意力，我們能由那廣大的主觀媒介汲取我們在架構一、物質實相裡過一個建設性的、正面的生活所需的每樣東西。」在《群體事件》裡，賽斯關於架構一與架構二有許多可說的。舉例來說：「那麼，那些為每個個人特徵的獨特意向，首先存在於架構二裡——而出生時，那些意向立刻開始銘刻架構一的物質世界。」

5

暗示與健康

一九八四年四月八日　星期日　下午四點三十分

（今天中午，當我到了三三〇房時，珍正不開心。她的醫生，傑夫•卡德來過。一開始，她不想告訴我他說了什麼，要等到午餐後，但我勸服她說出一切。很顯然，有位護士告訴傑夫，珍右膝上的傷口正在流水。他告訴珍，那兒可能有一個感染，在可能是個骨刺的地方——他不確定。傑夫補充說，一個小手術或許可以修好它，或也許什麼都不必做。

「喔，那並沒那麼糟，不是嗎？」當我太太說完後，我問她。我認為，珍似乎還能容忍，並且恢復得不錯。

（我帶來了《夢》的第六章，我今早打好的，結果最後我將整個東西讀給珍聽，除了一兩個註之外。再次回完了所欠的信，我有時間。她喜歡那整個東西。她也有我注意到過的，當我讀幾年未讀的課時的同樣感覺：它是嶄新的，彷彿另一個人製作出那作品一樣。我在一天的結束時告訴她，賽斯資料是她自己的直接認知的一個極佳例子；這個明顯的描寫是當我在寫《夢》的第六章賽斯有關直接認知的資料之後，突然想到的。不過，是個非常好的想法，並且是我想替那章加上的一個註。

（當我為珍讀完第六章時，時間已這麼晚，珍今天不計畫上課，直到我告訴她，我沒關係。）

現在，我再次祝你們有個美好的下午。

（「賽斯，午安。」）

——而我們將繼續口授，開始新的一章，標題是：「暗示與健康」。

（珍昨天就收到了這標題，並告訴了我。）

暗示（suggestion）往往是直接對一個特殊行為或假設的聲明。到一個很大的程度，暗示是跟隨理智的命令，而與有意識的思考過程結合為一體的。舉例來說：「如果事情是如此這般，那麼必然會如此如此。」並沒有魔法與暗示相連——但這種暗示，當重複得夠多，且被熱切地相信時，的確會呈現出一種深切的習慣性。它們不再被檢驗，卻被認為是刻板的真實。

（停頓良久。）它們隨之被交給人格之較自動的層面，在那兒，它們激發了被如此強烈暗示的特定行為。許多這種暗示是「陳腐的老生常談」。它們屬於過去，而再次的，它們逃過了通常給予新想法的質疑與檢驗。就是如此。

所以，這些暗示可能令人驚訝地持續了很久，並且包含了在童年就接受了的信念。就是如此。而現在被不加分辨地接受，它們仍可能影響健康與幸福。這種暗示可以是有益與支持性的，或負面與不利的。以下是對許多人而言都相當熟悉的一些例子，它們包括了給予兒童的暗示：

「如果你不穿雨衣到雨裡去，你會感冒。」

「如果你話太多或感情太外露，人們會不喜歡你。」

「如果你跑，你便會跌倒。」

當然，有許多的變奏，比如：「如果你在雨天外出，你會得肺炎，」或：「如果你說謊，你的舌頭將變成石頭。」

父母往往以最好的意圖給予兒童這些及其他類似的暗示。當他們年幼的時候，子女將不予分辨地接受一些這種暗示，由於它們是來自一位受尊敬的成人，因此那暗示幾乎被詮釋為命令。一個像：「如果你在午飯後太快去游泳，你會淹死。」這樣的暗示，是極危險的，因為它預言，在做了第一個舉動後，一個災難性的行為幾乎會自動地跟著發生。顯然，吃了東西後馬上下水的兒童並不會全都淹死。不過，這暗示本身可能導致各式各樣的神經質症狀——恐慌，或胃痙攣——那可能一直持續到成人時期。

如我們不久就將解釋的，這種暗示是能被移除的。

（四點四十七分。）還有其他涉及了認同的那種暗示。有人可能告訴一個小孩：「你就像你媽媽一樣；她總是神經質並且情緒化。」或：「你很胖，因為你爸爸很胖。」

這些全是導向某些假設的聲明。再次的，問題在於那些假設往往一直未被質疑。結果是，你有一些未被檢查的結構性信念，它們隨後被自動地執行了。

口授結束。

（四點五十分。）告訴魯柏不要擔心。腿的問題將會解決，而且不需要動手術。

我祝你們有個美好的下午——而再次的，我啟動那些加速療癒過程的座標。

（「謝謝你。」四點五十二分。）

一九八四年四月九日　星期一　下午四點一分

（今天中午，當我到達三三〇房時，我發現在珍兩膝蓋間的泡沫膠緩衝棉上有相當多的排出液。而我替她翻身仰臥。

（在兩點五十分時，珍喜歡的威爾遜醫師進來檢查珍的膝蓋。他說，在破裂地方的一部分骨頭變得發炎了，並且可能已很久了。他說，它可能會痊癒，就如有一回當那兒的潰瘍好了時，它顯然曾痊癒一樣。他同意我們說，讓那區域不被包住，且不上藥膏是可以的，既然它每天在水療部都被徹底地清洗。他並不主張任何像手術之類的事，而他的勸告與昨天的賽斯資料相符。他說，他會來察看珍的膝蓋。

（珍說，我昨天的道別語，說她不該擔心，腿自己會痊癒的話，令她開心了不少。我真的那樣想，而現在再重說一次。

（在三點十五分時，她試著讀昨天的課。不過，她讀得不太好，最後我讀給她聽。）

現在——我再次祝你們有個美好的下午。

（「賽斯，午安。」）

——而我們將繼續口授。

至今，我們給的暗示都是預言性的；它們事實上都預言，在一個既定的行為之後，隨之會有的某種不幸事件。

也有特別與年齡有關的許多這種暗示。許多人強烈地相信，當老年漸至，他們會碰到一個穩定、災難性的退化，在其中，感官與心智將會鈍化，而受疾病侵襲的身體，將失去它所有的精力與靈活。許多年輕人相信這種廢話，因此他們自己造成自己去遇見他們如此害怕的情況本身。

當你允許心智去那樣做時，它會隨年齡而越來越聰明。思考與靈感甚至會有個加速，很像在青春期時的經驗，它突然給年老的個人帶來一個新的瞭解，並且提供一個推動力，那應該幫助此人達到更大的理解——一個應該會消除所有對死亡恐懼的理解。

（四點八分。珊儂量了珍的血壓。我讀到此為止的課給珍聽。在四點十三分珍繼續她昨天告訴我賽斯今天計畫要說的資料。）

思想與信念的確會帶來肉體上的改變。它們甚至能——且往往真的——改變基因的訊息。

人們相信有一些疾病是遺傳性的，被一個有缺點的基因傳染從一個世代帶到另一個世代。舉例來說，很顯然，許多有風濕病基因傳承的人，自己並沒患上那疾病，同時其他人卻的確患上了。其區別就在信念。

未加批判就接受他們將遺傳到這樣一種病的暗示的人，隨之真的彷彿遺傳到它：他們經驗到那症狀。事實上，那信念本身可能會將一個健康的基因訊息變成一個不健康的訊息。理想地說，信念的改變會糾正這情況。

不過，人們不會不管願不願意地被一個或另一個負面暗示所動搖。每個人都有一整團的信念和暗示——而這些都相當一個蘿蔔一個坑地反映在肉體本身上。

（四點十九分。丹娜量了珍的體溫。我讀最後幾行給珍聽。）

所有實際的療癒都在與插入正面的暗示及移除負面的暗示打交道。如我們先前說過的，每個最小的原子或細胞都包含其自己朝向生長和價值完成的推動力。換言之，它們名副其實地被埋置了正面的暗示，生物性地被滋養，因此，以某種說法，若說負面暗示是不自然的，帶人偏離了生命的主要目標，到某個程度是真的。負面暗示可以被比喻為，在一個其他方面都清晰的節目裡的靜電噪音。

口授結束。

我祝你們有個美好的下午——而再次的，我啟動那些加速療癒過程的座標。

（「謝謝你。」）

當然，我對你《夢》的工作以及你昨天讀的註很滿意。我將你真的瞭解我的感謝視為理所當然。

（「是的。謝謝你。」）

（四點二十八分。我讀此節給珍聽。「當你讀時，我再次得到明天會說什麼，」她說，「關於當你開始試著改變信念時，所導致的混亂，因為它們全都攪在一起。但那也不對。」她補充說，意指還有多得多的東西可學呢。）

一九八四年四月十日　星期二　下午三點五十五分

（今天較暖──當我開車去三三〇房時，超過了五十度。珍看來很好。從她的右膝沒排出多少液體。今天喬治亞在照顧她，她今早洗了珍的頭髮。）

（本樓的護士與護士助手們今天都在惡作劇，講著直率的性笑話，並彼此戲弄。）

（珍描寫了她昨晚作的一個非常生動、甚至令人振奮的夢，在其中，她坐在地板上，玩著她自己蒐集的小玩意兒，等等。我沒記下細節。晚餐後，當黛比·哈利斯來訪而吵醒了她後，她說她真的很喜歡那個夢。

（珍讀昨天的課，卻發現很難進行。不過，在試了幾次後，最後做得不錯，然後，反倒迅速地讀過她──和我──都喜愛的，三月十九日的那節，做得非常好。）

現在，我再次祝你們有個美好的下午。

(「賽斯,午安。」)

我們將繼續口授。

當然,憂慮、恐懼及懷疑都對健康不利。而這些往往是由社會公認的信念所引起的。

那些信念繪出了一個悲慘的畫面,在其中,任何既定的情況必然會惡化。任何可想像的疾病都將變壞,而任何可能的災難都會被遭遇。

這種信念會打消好奇、喜悅或奇妙的感受。它們抑制遊戲性的活動或自發的行為。它們導致一種實質的狀況,其中,身體被放在一個消極的攻擊性狀態。在這種情況下,去尋找蘋果裡的蟲兒,比如說,並且在每個新經驗或遭遇裡,預期痛苦或危險,彷彿才是合理的。

在成長與成就的發展中,遊戲是非常重要——的確,不可或缺——的屬性。兒童自然地遊戲,動物們也是如此。就彼而言,昆蟲、鳥、魚以及所有種種的生命都遊戲。縱使螞蟻和蜜蜂也遊戲。它們的社交不僅是在一個蜂窩或一個蟻塚理不斷的工作而已。事實上,這個遊戲活動是它們組織性行為的基礎,而在擔起自己的責任之前,它們「玩」成人的行為。

生物遊戲,因為那活動是快樂的,並且自發的,並且有益的,因為它啟動了有機體的所有部分——而再次的,在遊戲裡,小孩模仿成人的運作模式,而終於導致它們自己成熟的活動。

(五點九分。)當人們變得生病、憂慮,或恐懼時,問題的第一個徵兆是缺乏愉悅,遊戲行為的逐漸停止,以及對個人問題的過份貫注。換言之,疾病的第一個信號往往是缺乏熱情或蓬勃生氣。

這個由愉悅的退隱開始減低了正常的活動、新的遇合，或探索，那些活動，在其本身，可能藉由打開新的選擇而有助於減輕問題。這樣一個人看來變得灰心沮喪——面無笑容而悶悶不樂，導致別人會評論這樣一個氣餒的表情。像這樣的評論：「你看來很累。」或：「怎麼回事，你感覺不舒服嗎？」及其他這樣的評論，往往只加強了個人先前的頹喪感，直到最後，這種同樣的交換導致一種情況，在其中這個人及其同伴開始以一種負面而非正面的方式交往。

我並無意於暗示，像「你病了嗎？」或「你累了嗎？」這樣的問候，總是不利的。這種問題的確預言了其自己的答案。當一個人感覺健康良好、蓬勃生氣且充滿活力時，這種問題將被滿不在乎地推到一邊去——它們不會有任何的影響。但不斷地問這種性質的問題，並不會對一個有困難的人有所幫助——而事實上，太常表達同情也能使一個人的心態變差，強調他的確必然病得很重，才會吸引這種同情的感覺。那麼，在這種情況下，根本不說什麼，要好得多。（停頓良久。）我在說的，不是真心關懷的問候，而是相當自動、未經思索、負面的評論。就是如此。

另一方面，評論另一個人明顯的熱情、精力或好興致，卻是個極佳的作法。以這種方式，你獎勵正面的行為，而可能真的開始了一連串的正面活動，而非繼續負面的連鎖反應。

此節結束。

魯柏的夢非常棒，顯示他現在正充分利用他的過去，重新發現遊戲性的信念——那些小玩意兒——以及愉悅和活動的來源。再次的，我加速促進健康和幸福的那些座標。

（「是我，」珍說。

（「謝謝你。」

（五點三十分。在四點十四分時，珍曾被送維他命C來的一位護士打斷；然後我讀給我太太聽到此為止她所傳述的課。現在，於今天的課之後，我讀給她聽《夢》的第一章，第一節。我想到要將整本書唸給她聽，因為當我那一天讀第五章給她聽時，她有極佳的反應。再次的，今天她對那第一節相當感動。「我想，你知道你那本書有多好是很重要的，」我說。我們難以置信，她是在大約四年半以前，一九七九年九月講那第一節的。）

一九八四年四月十二日　星期四　下午四點十三分

（珍昨晚打電話來。當我去三三〇房時，氣溫是六十度。離家時，我由信箱中拿到茉德・卡德威爾寄給我們大約三百六十元美金的捐款。今晨，我替出版公司作完了記號。

（我又開始有那種不勝其煩的感覺，尤其是今天從Prentice-Hall又來了一批信件之後。我的一些牙齒有時不大舒服，而今晚擺錘告訴我，那是因為我對珍的擔憂。

（醫院的職員們今天替一位換工作的護士助手辦派對，我在便利商店停下來為派對買洋芋片。卡拉替我留了一盤派對的食物，而我帶回家當晚餐。很好吃。在我開始打此節前，已經九點十分了。

（今天下午在三三〇房相當的暖，而珍常常不舒服。）

現在──我再次祝你們有個美好的下午。

（「賽斯，午安。」）

我們將繼續口授。

我並沒叫你們滔滔不絕穩定地說出一串正面暗示，不管它們與當前的情況有沒有任何關係。我說的是，對任何情況，去看你最希望的解答，並且說出那態度，而非預期最壞的結果，或表達最悲慘的態度，是要好得多的。（停頓良久。）有一些對健康與快樂極為重要的議題，那是頗難描述的。它們是你本質上感覺到的，是自然本身的美感之一部分。舉例來說，花朵的繽紛色彩，並非只為了人的享受，卻因為色彩是花朵自己的美學系統的一部分。它們享受自己的燦爛，並盡情享受自己無數的色調。

（四點二十分。）昆蟲也欣賞花朵的繽紛色彩，並且也是為了美感的理由。我說的是，所以，甚至昆蟲也有一種美感，而再次的，每個生物，及每個植物，或自然的存在體，都有其自己那種價值完成，尋求自己天生能力最大可能的完成及擴展。

再說一次，這個價值完成感，不只利益了個人，也利益了其物種及所有其他的物種。那麼，以一種說法，大自然的畫面是由其自己有意識的重要、美感的部分所繪出的。大自然的每一個部分，也都配備好去對變化的情況反應，從而處理自己那種預知性行為，因此它能由今天長成到明天的狀況裡。

大自然永遠在與可能性打交道。以人類的說法，這意味著每一個人都有很大庫存的導向價值完成的路徑，而那個個別的能力，理想地說，將形成它們自己表達的康莊大道。

個人在表達價值完成時，唯有當遇到太多的岔路，或遭遇太多的阻擋，才會發生健康不佳，或只是不快樂的情況。

口授結束。

（四點三十分。）再次的，我啟動那些加快療癒和幸福的座標。

（停頓良久，眼睛閉著。「嗯，我猜就這樣了，」珍說。

（四點三十一分。「好吧。」在給珍喝了水，並替她點了一根煙後，我讀此節給珍聽。「你該註一下，」她說，「由於我們在醫院裡的情況，課都短得多。我們有這麼多事要做，替我翻身，在一個恰當的時間餵我吃飯，以便你能在一個還不錯的時辰回到家吃晚餐——」

（我說幾乎每日例行的講課可能補償了其簡短——但我們也讓許多可用來上課的時間流失了。

「好比說，現在，」我說，「我們單獨在一起而沒人來打攪我們。你可以再進行久一點。」

（四點三十九分。）繼續口授。

當人類有了外在化的自我，這導致自由意志及做出有意識抉擇的問題。

人類個體是覺察到很大數目的可能活動的。每個個人真的都擁有遠比在任何既定的一生裡能適當表達的多得多的能力。這保證了一大堆的可能行為，個人能按照變化的境況而從中抽取。

每個人也能天生的感受到他最傾向的方向。靈感會推你向某些活動。每一個人會更容易且更愉快地向某個方向而非另一個方向移動和生長。

在這討論裡，我不是只以外在的成就或目標來說的，雖然這些是重要的。不過，許多人會發現他們在人際關係上有自然的技巧，在這方面，無法輕易評判已知的價值，好比說，像在一位畫家或作家的作品裡所能的那樣。

沒錯，這種人的確表演了一種人際關係的藝術，做出，好比說，交響的、情感性的曲子，那的確熟練地彈奏感情，就像鋼琴家彈奏琴鍵一樣。藉由看看你自己的生活、跟隨你自己的衝動與傾向，你可以相當容易地發現自己的能力在哪個區域。你無法藉由研究別人期待你什麼，學到關於自己的事──卻只能藉由問自己，你期待自己什麼，而替自己發現你的能力在哪個方向。

口授結束。

（「謝謝你。」）

（四點五十六分。「哇，我流了好多汗，」珍說。窗子開得很大。我該補充說，上課前，在一番艱難之後，珍終於靠自己讀完了三月十九日的課，而我自己必須讀上一節給她聽。

（在她的建議之下，我帶她的舊金屬框眼鏡給她，但它們似乎並沒造成多少區別。珍戴起來很好看。）

一九八四年四月十七日　星期二　下午三點五十八分

（這是五天以來珍的第一節課——最近她最久的中斷。）

（近來，珍相當的憂鬱，自忖她還會再回家嗎。我說，在此時，我不知她怎會——或怎能——回家。已經將近一年——四月二十日。我們有一個不太令人鼓舞或有幫助的討論，而談到許多以前我們反覆討論過的話題。我重複我的老評論，說如果當她在製作《靈魂永生》時，就看出問題的信號的話，我會心甘情願地放棄整個通靈的事。如果通靈工作是她問題的根源——我並不真的相信，而且仍不信。

（我認為，不論珍有什麼對生命的恐懼，都是生命早期的制約，而它們成功地抵禦了所有將它們挖出的嘗試。我說「這種傷害身體的過程是無意義的」的話，是與主題不相干的，當一個人考慮到，它們多年來多深地主宰了珍。我告訴她，我認為賽斯資料觸及了那些恐懼，但並沒抹掉它們的情感內容及力量。我再也不知道如何幫助她了。自去年起，在她於一九八三年十月開始了動作的一陣爆發之後，我自己已經沒多少希望了。當我看到她在兩個月之後放棄了那些動作時，我視之為，人格之根深柢固部分的另一個抵抗信號。

（然後，隨著發炎、抗生素、斷的腿又裂開，之類之類，對我而言，這些意味著她自己沒多少希望了。但更重要的是，它們也反映她那方——即是，人格的某個部分——一個頑固的對改變的抵抗。我無法想像我太太的情形是別的樣子。她的身體並沒被允許去療癒它自己，不然，它會去那樣做。它無疑有那種潛能。當賽斯開始說，珍會還算舒服地行走時，一開始我相信他，但很快地開始不信了，因為我甚至看不到這樣一個改變開始的徵兆。反之，我看到發燒和發炎，而覺悟到，那些事件意味著，治癒和走路的時間並不是現在。

（我自己的態度也許太簡單了些，但我不相信一個身體能被別人或課，或不論什麼勸誘到良好的健康。我告訴珍，如果她有朝一日有進步的話，將是因為她的某個部分給予了許可。她含淚地說，她想要好起來，但我怕這對我而言沒什麼意義，因為她的狀態斷然地與此種抗議矛盾。我也說，在一個更大的、更包括一切的尺度上，我能瞭解一個人選擇患病的一生，好比說，為了要以某種方式學習並探索意識。我認為，至今，這是她在生命中選擇要做的。以平常的說法，她的行為是一個極端——我且補充說，當我問賽斯此事時，他以談到——比如說，非洲的極端貧困來回覆，但卻對珍個人鮮少說什麼。我將之視為另一個抗拒的信號。珍也從未回到那個主題去。我結論道，我的問問題只是浪費時間，而不再那樣做了。我不計畫再繼續了，因為結果我總是覺得，沒有我的逼迫，珍——不論有沒有賽斯在——永遠也不會處理它們。而事實就是如此。在我們有的那四十冊活頁簿的私人課裡，大半有關她症狀的事，都是我逼她要答案的結果，而非其反面。

（珍今天的賽斯之聲不大，而我必須與外面及走廊裡的噪音競爭，才能聽到。）

現在，我再次祝你們有個美好的下午。

（「賽斯，午安。」）

這不是書的口授。

（停頓良久。）我將試著澄清幾個重要的議題。當然，魯柏在一個層面上想要回家，而你也要他回家。在另一個層面上，他害怕回家，心想在目前的狀況下，那幾乎是不可能的。這對你也適用。

他由於目前的狀況而怕回家——但那恐懼也拖延了目前的狀況。關於魯柏的回家，到某個程度，你倆根本害怕做任何的計畫，因為在目前，它們似乎不切實際。你倆的確都以「看來彷彿真的太過真實的阻礙」去思考：維持良好健康的責任、財物的問題——而在魯柏的部分，至少，他是以他不會恢復得夠完全，卻會再生病，而需要再度入院的恐懼來思考的。在這思想與恐懼的混亂中，魯柏的復原，甚或在一個可以預見的時期內有相當的進步目標，就失去了。你們必須盡可能地除去那種恐懼與混亂。視那目標為顯然是可能的。開始考慮計畫——因為計畫本身將幫助改進魯柏的狀況，而將開始減輕現在如此逼壓你倆心頭的阻礙。

這個下午，我也許會也許不會回來。無論如何，我在盡可能地給我能給的資訊。

（「到此刻，就是那樣了，」珍說。

（四點八分。我讀此節給珍聽。賽斯顯然沒回來。

（此節強調了上課前我在註裡所寫的大部分——說不論是否由於選擇，恐懼在主宰，且已有許多年了。但是，最終，它必須被選擇。當課在進行時，我發現自己在想，所需要的並非平息任何目前有關回家的恐懼，卻是首先要為整個情況「負責」的一些更基本的恐懼。我想，然後目前的恐懼會融化掉。我甚至想，當賽斯幾週前告訴珍，她破裂的右腿可能自己痊癒時，這當下便產生出更多的恐懼——說它做不到，等等。我也認為，當一個人亟欲得到保護或庇護不受世界之害時，他將不顧一切地去得到它。）

一九八四年四月十八日　星期三　下午四點五十分

（珍昨晚沒打電話。今晨，我將貓帶到獸醫那兒，其難度遠不及我所害怕的。然而，昨晚我睡得不好，醒過來暗忖，我能否試圖將它們放入貓籠裡，帶到賀爾斯的獸醫那兒，那是非常接近艾爾默拉的一個小社區。雖然牠們每個為了止癢都只吃了一顆藥，對我而言，今晚牠們彷彿已好些了。

（晚上十一點，當我剛要開始複印茉德·卡德威爾寄來的支票時，法蘭克·朗威爾來訪，而我們談到，當樹都沒了時，如何整修後院。明天我該拿剪草機來執行那計畫，因為草已轉綠了，而很快就要變長了。我好像已好幾天沒寫《夢》了。

（珍似乎多少有些壓抑，雖然她吃得很好。我們討論昨天的課。當我理信時，她試著讀它，但結果我讀大半的課給她聽。我曾怕它太過嚴厲，但當我大聲讀時，我看出它真的表達了我的想法。珍似乎同意，基本上，一個深深的恐懼是在她問題後面的理論，而我們又再談了一些昨天我們談過的東西。她建議嘗試用夢的暗示來得到關於她恐懼根源的線索，而我說那是一個好的進行方式。

（我們嘗試的另一個方式是，放一位朋友幾個月前寄給我們的錄音帶——他認為有通靈天賦的某人的一個解釋。珍現在準備好聽那錄音帶了，我也一樣。昨晚我找不到那帶子，但現在我找著了，正在開始打這節之前。所以，明天我會將錄音帶和錄音機帶到三三〇房去。

（今天下午時間過去了這麼多，以至於我以為珍已放棄上課了，但在我們又談了一會兒後，她終於說她要上一短節。當時間過去時，她越來越不開心，因為我們的對話越來越強調一個事實——雖然我們都沒明白的強調那一點——至少在心裡，我們的情況是相當的無望。她不知道她是否可以上課，或撈取到任何有幫助的東西。

（今天天氣暖和，有時候有雨，而窗子是大開的。再次的，她的賽斯之聲是安靜的，而我必須與其他醫院的聲音競爭，很用心才能聽見它。不過，這次，她的傳述以一種奇怪的方式變化，彷彿輪流地騎著情感和決心的節奏。她有許多很長的停頓，而在為賽斯說話時，有時嘆著氣。我好幾次以為，她可能在口授途中停止說話，但她一直繼續。在幾處，我感覺到她話中帶淚，而很接近於哭了出來。）

現在——再次祝你們有個美好的下午。

（「賽斯，午安。」）

這一節顯然是對今天下午令人煩惱的討論之反應。

你倆都了悟到，魯柏的身體是一直不斷地在療癒它自己——縱然不是以你倆都希望的徹底程度，是極為重要的。否則，就彼而言，他彷彿是個實際的失敗者。（停頓良久。）他沒像他希望的那樣成功——但，甚至當恐懼帶來併發症時，身體在許多方面都曾成功地反制住那些。

在一個層面上，魯柏的確允許他自己參與了一個非常困難的健康情況。他尤其對他母親的狀況（瑪麗是個久病臥床的風濕病人），以及有關的一般情況，問了自己許多問題，而他的確在一個層面上允許自己去合作，以提供一個特殊的推動力，那是他覺得要征服這種特殊狀況會需要的。

這整個問題是個深刻而有創意的問題，帶來他認為極端重要的洞見。他感覺自己能擔此重任。另一方面，在一般較能瞭解的人類層面，他也變得極端地害怕。

（在五點停頓良久。）我必須休息一下。我不知道今天還會不會繼續，因為這對魯柏說是很難傳述的一節，同時還得維持住必要的出神層面。

（五點一分。我可以看出這節對珍是很困難的，尤其是當她的聲音顫抖，而好幾次幾乎停止傳述時。她也這樣說。「是啊，」我說，「但與你每天躺在醫院床上的情形相比，上課又能有多困難呢？前者要糟多了。這節可能導致某些重要的東西。」

（我並不是因為時間正飛快地消逝，而我自己感覺筋疲力竭才這樣說，而是，這節似乎提供了一絲絲的希望。今天早些，珍曾說過好幾回，到四月二十日，她將已住院一年了，而她看不出自己如何有出去的一天。

（我甚至還沒機會跟她討論，我個人的意見是，她應該繼續此路線的課，不論它們可能有多困難，只為了打斷令她久病和住院的鎖鍊。那目標必定值得她繼續上課。今天下午早一些時，我重複我自己無情的認定，由於對一個別人或對整個世界的恐懼，將自己放在珍的狀況裡，是站不住腳的，而我永遠不能支持它。在課後，我問她，她自己是否做夠了那事，而她說她準備好改變了。我們且瞧瞧看吧。至少我感覺到一點點希望。

（我想要註明，也很明顯，我倆都覺察，在某些方面，珍的身體是在療癒它自己。如果它沒有，它會死去。重點是，我們要的療癒，或其一個合理的摹本，必須來自一個更深的瞭解，以及與一開始帶來那狀況的那些有力的力量相遇。

（昨天我跟珍提及，我希望賽斯在他目前的書裡，會深入於健康與疾病之間的真正關係。即是說，在我們的世界裡，疾病達到了什麼目的，既然它們是如此的普遍，並且一直是與我們在一起的？我覺得，那兒必然大有文章，它可能是相當新，或革命性的。顯然，作為一種物類，在對付疾病上，我們做得並不好。我也問珍有關在野生動物裡——甚至那些從未見過人類的——疾病的問題。如果我們藉著思想和生活方式，創造我們的疾病，動物又如何呢？同樣的結果必然出自相似的理由，那意指，我們和動物的關係甚至比我們懷疑的還要近。或動物的疾病有不同的理由——產生我們必須對付的同樣結果的理由。我告訴珍，我的有些問題來自我帶我們的貓去處理跳蚤和壁蝨，而我今天重複這些問題。

（我相當的覺知，我自己在這方面的許多問題是藉由珍的狀況獲得的洞見——正如賽斯所談到在珍那方面的這種目標。但，我告訴她，也許有其他辦法來得到同樣的資訊。意思是，珍已將她自己的情況帶得夠遠，還超過了。）

一九八四年四月十九日　星期四　下午四點三分

（珍昨晚沒打電話來。今天早晨，我將割草機拿出來，送到城外兩哩在維爾斯堡路上的一家店裡。當我回家時，我短短地造訪了我們隔壁的鄰居，本巴羅一家。他們正在幫喬起身，去醫師診所驗血。他很衰弱，自己起不來。我相信他死期不遠了。

（珍還好，雖然當我到三三〇房時，三位護士正試著插入一個新的導尿管。珍有些痙攣。護士們有點困難，而我們午餐搞晚了。之後，我們放了去年九月一位朋友寄給我們的一卷通靈人的解釋。那是一卷複製品，品質糟透了——糟到這種程度，我們無法全然瞭解。我奇怪一位科學家會寄出像這樣的一個產品。

（從那錄音帶來的資料，有一部分很好，其他部分不好——如可預期的，有些對，有些錯。他說珍可能會死，但顯然她並沒有。他提到貧血是正確的，就我們所知，關於肝和胰臟的問題則不正確。這類解釋的問題是它們的概括化。一個人永遠可以說及能量的阻塞，而且可能是正確的，但這並沒什麼意思。我們大多有某種能量的阻塞。同時，一個人不只必須穿透被解說的那人的現實，卻也得穿透解說的靈媒的現實。那解說並沒對珍問題背後的原因提供明確的洞見，雖然在這樣短的時間裡，這會是很難的。

（我認為，通靈者說得對，珍有創造一個壯觀的成功而復原的創造性潛能。我們認為，那錄音帶包括了幾項負面的暗示，雖然，一個人如何處理身體的問題而聽來不負面，其本身有時就是個問題。不過，明確細節是極重要的，所以我們又再次的得靠自己了。我仍認為，珍在其自身內帶有她自己的解答。她說，她「對那解讀傾向於較不喜歡而非喜歡」。阿門。我也一樣。但它是個珍貴的學習經驗。我告訴珍，部分的價值在於，我們等到現在才播放它的事實——當珍已決定發現她自己的原因和結果。顯然，我們之前不想用那帶子。

（珍在三點四十分開始讀昨天的課，而真的做得很好——速度上是至今最好的一次，並且是兩隻眼睛都睜開的，通常她必須閉上一隻眼。她戴著她的眼鏡。「也許你今天作得這麼好，是因為昨天的課的一個結果，」我說。她認為是可能的。她同時也很熱切渴望今天上一節，而開始得很早。）

我祝你們有個美好的下午。

（「賽斯，午安。」）

以下的資料是為了口授的，但我在此講出，以便魯柏將特別地銘記在心。當你發現自己在一個困難的狀況裡時，有某些簡單的步驟可以去做，不論那狀況是健康不良、牽扯到別人的緊張情況、財務上的困境，或不論什麼。

這些步驟彷彿非常明顯，而可能太容易——但當你內在的儲備正釋出及啟動的同時，它們將帶來一種即刻的輕鬆感及心情的平靜。我曾提及這些步驟許多次，因為它們在澄清意識心，並給害怕的自我帶來一些緩解上，是如此的重要。

一、立刻盡可能地活在當下。試著對當下的感官資料變得盡可能地覺察——所有的一切。舉例而言，往往，當你在疼痛時，你只貫注在那個感受上，忽略了身體其他部分可能感覺到的輕鬆感，並且不覺察也在切身環境裡的聲音、景象及印象的混合物。這個步驟將立刻減輕問體本身的壓力，無論它是什麼，而給你一種精力恢復的感覺。

二、拒絕擔憂。當然，這自動地符合第一步。告訴你自己，明天，或在一些其他的場合，你可以儘量擔憂——但決定現在不要擔憂。

三、當你的思想的確觸及你在當下一刻的特定問題時，想像對那困局的可能最佳解決之道。別去臆測那理想的解答如何、為何或何時將到來，卻在你的心眼裡看到它已完成了。或，如果你對視象的觀想並不特別在行，那麼，試著得到，如果那問題得以用你完全滿足的方式解決，你會感覺到的感恩與喜悅之情。

這些步驟將容你有呼吸的時間，而實際地幫助你將情況的壓力減到最低——不論它是什麼。然後，安靜下來，你將可以考量其他適當的步驟，它們可能更直接地滿足你的特定解答。

我們休息一下，然後再繼續。

（四點二十一分。「我猜他會回來，」珍說。在她傳述中間，她曾被打斷兩次：一次測她的體溫——九十八度七——而一次給她維他命C。我讀這節給她聽。「我有個感覺，這就像急救護理，」她說。在四點二十七分繼續。）

這不是書的口授。請等我們一會兒。

（停頓良久。）當你和魯柏斷然踏上對魯柏的問題打破沙鍋問到底的路時，魯柏尤其要增加他對愉悅的體驗，那是極為重要的，而且要專注其上，因此，那愉悅能抵銷過程中可能浮出的其他任何情緒上令人苦惱的感覺。

再次的，我們不要完全專注在深刻感受到的恐懼上。雖然這些必須被發現，它們應該被找出愉悅的一個新決心來平衡之——愉悅將有助於平伏恐懼。

我們不會放棄書的口授，但目前的專注將大半放在改善魯柏的狀況上，藉由釋放他自己的能量、健康，與彈性。

我建議你們以魯柏那方面的一種自由聯想開始。心裡懷著你們的決心，你們開始的幾乎任何主題都將開始導向一個適當的方向。比如說，再次的，我們要的是，痛苦的思想或情緒不知怎地被我今天給的步驟所平衡，因此，它們提供一種支持性的架構。

(「你說的是在課本身之外。」)

沒錯。

對你們有益時，我隨時會插嘴——有時我也會提供短而簡潔有力的課(帶著幽默)，那有時可被用作自由聯想的主題材料。當然，你們可以任何適當的主題開始自由聯想——他的母親，他的父親，你們的關係，你們個別或共同的性感覺，他對他通靈資料、他的寫作，或不論什麼的想法——而我也會提供指導原則。

這努力本身也會啟動他自己夢的機制，而你將發現，你倆對這任務都帶來新的有創意的瞭解。

今天魯柏(課)的閱讀也顯示了身體自己的彈性。

再次的，我啟動對療癒、蓬勃生氣及幸福如此重要的那些座標。

（「是我，」在停了很久之後，珍說。

（四點四十三分。我讀這節給她聽。不管為什麼理由，放棄書的資料顯然會是個錯誤。除了賽斯可能會給的任何更多的個人資料之外，書的資料將提供變化及一種成就感。賽斯建議的自由聯想的方法，將是我們可以嘗試的某個不同的東西。我將讓一個處理資料的方式自行發展出來。

（珍早了點來電話——九點之前，當我正在準備好要打此節的時候。晚餐後，當我開始打這節之前，關於疾病角色的問題，我獲得一個洞見，而我要記下來，以便將來可能的討論。關於我今晨的探訪喬・本巴羅：他有癌症。我發現自己將癌想做是在一具年老身體內的一個新的、爆炸性的贅生物。那贅生物命定要帶來不只是它寄主的死亡，也帶來癌本身的死亡。所以，它以這樣一個方式去做，到底在幹什麼？是否喬・本巴羅生下一個新的生命體，在他死時會被釋放在別處繼續其生長，正如我們相信喬在他死後會做的一樣？）

6

「健康與疾病的狀態」

一九八四年四月二十日　星期五　下午四點十二分

（昨晚，在伊莉莎白的幫助下，珍打電話來。伊莉莎白，我們的德國朋友，留給我一個檸檬蛋糕，並帶了一個復活節禮籃給珍。

（如昨天賽斯建議的，今天我們試做自由聯想。它很有效，而且是當珍要我給她倒杯水，我將我的筆記本掉在床上時，自動自發地發生的。我很累，而多少有點惱火，而她立刻由我這兒接到了。它開始了珍一連串的聯想。而她追著它們，同時說她有點不好意思提到它們。以下是當她在說時，我寫的短註：

（當珍請我做什麼事，我彷彿惱火，而將我的筆記本丟在床上時，她立刻感覺到一股強烈的恐懼，怕她令我惱火到超過我的忍耐度——她無法承受我對她生氣。這立刻引她到小時的感覺，那時，避免別人的不贊同是極為重要的——尤其是她的母親，瑪麗。而甚至在大學裡也是一樣。珍怕如果她令瑪麗生氣，瑪麗會生病而亡。瑪麗習於告訴珍，母親生病是珍的錯，而珍的外婆，還有管家死了，也是她的錯。「如果你不小心，」珍說，「你可能自己受傷或傷到別人。」

（珍也覺得，這些課可能要為更多的死亡，或傷害到人們負責。回溯到一開始，她一直非常怕為在路易斯安那、患多重硬化症的女人舉行賽斯課。在同時，珍感覺有幫助她的責任。基本上，珍不想與病人有任何瓜葛——怕她在課裡會傷害他們。

（珍不認為上課會傷到她，雖然她常覺得，她沒為自己傳過來足夠的資訊。我們談到其他相似的情況與事情，而她有時泫然欲泣——所以那兒必然有情緒在。我並不真的認為我們說了任何嶄新的東西，但去複習那一切也很好。我解釋了我的看法，說她沒必要跟自己討價還價，像她以前告訴我她會的——我說在同時既健康又有才幹、隨你選擇地用自己的能力，是完全沒問題的。如果她不選擇去與病人打交道，世界不會提出任何一種的批評。

（之後，她說了好幾次她想上一課。我還以為她可能會放棄。她的賽斯之聲比平常要大聲些。）

我祝你們有個美好的下午。

（「賽斯，午安。」）

你們以一種好而驚人的方式開始了你們的自由聯想，以致魯柏變得有意識地覺察一些已多少變盲目的他自己的心態。不過，告訴他，他已進步得夠多，以致不必擔心任何的退轉。我們已設立的架構將阻止它。

現在：口授。

在我們更明確地討論與健康和「不—適」有關的人類情狀前——讓我們考慮所謂的健康和疾病狀態，如它們以整個行星的說法，以及如它們在所有物類中的運作而言。這將給我們一個遠較廣大的架構，在其中去瞭解每個個人符合整個畫面的方式。

請等我們一會兒……我們將開始下一章，叫做：「健康與疾病的狀態」——整句話在引號裡。

我在這章的整個標題四周用上引號，以強調那標題是心懷你們對健康與疾病的概念而寫的。不過，事實上，不管對自然事件的表象與誤讀，你們平時對疾病的概念本身，就是沙文主義式的（chauvinistic）（較大聲），是以健康而非性的沙文主義而言的。

基本地說，只有生命形態存在。經由它們的合作，你們整個的世界維持住其實相、實體、生命，及外型。如果沒有你們所認為的疾病，根本就不會有生命形態。你們的實相要求物質與非物質經驗的一個穩定起伏。我的讀者，你們許多人都瞭解，如果你不睡覺，你會死。在活著時，有意識地抽回精神生命，使得正常的有意識經驗成為可能。不必說，沒有死亡與疾病——因為兩者攜手而行——那麼，正常的肉體存在就不會是可能的。

（四點三十分。）雖然人那麼怕疾病，人類卻從未被它毀滅，而儘管疾病之彷彿不斷的騷擾與威脅，生命卻以一種整體的穩定性繼續運作。一般而言，對所有的物種也是一樣的。植物和昆蟲符合這更大的畫面，所有的魚類和鳥類也一樣。

我在別處說過，沒有一種物種曾被滅絕——而以那種說法，沒有疾病、病毒，或細菌，曾全然由地表上消滅。首先，病毒改變它們的形式，以你們的說法，有時以無害、有時以致命的形式出現。所謂健康和疾病的狀態也不斷地在變——而以那些更大的說法，疾病本身是一種健康，因為它使得生命和健康本身可能（全都相當熱切）。

後來我們將討論這對你們——個別的人——有何意義，但就目前我想強調一個事實：雖然將疾病想做是一個威脅、一個對手或一個敵人可能似乎是非常自然的，事實並非如此。

受苦（suffering）這個主題顯然與手頭上的主題有極重要的關連，但基本上來說，疾病和受苦並不必然相連。受苦與死亡也不必然是相連的。受苦的感受，以及疼痛，的確存在。有一些是相當自然的反應，而其他的則是對某些事件學來的反應。赤足在火床上行走極可能會引起你們、我的讀者們感覺最尖銳的疼痛——同時，在一些原始社會裡，某種情況下，同樣的狀況反而會產生狂喜或喜悅的結果。

那麼，我們暫且要以「疾病」與受苦分開存在的樣子，來討論它。然後，我們將討論痛與受苦，及其含義。不過，我真的要提到，疼痛及受苦也顯然是重要而活生生的覺受——所以是身體可能的感覺和覺受經驗的全部功能之一部分。因此，它們也是生命活力的一個記號，而在其本身，當它們扮做學習性的通訊時，往往會為回到健康負責。

（停頓良久。）所以，疼痛既是不舒服的，乃刺激個人去擺脫它，因而常常促進人恢復到健康的狀態。

口授結束。

（四點四十八分。）同時，提醒魯柏，他的確是宇宙疼愛的女兒，而他的父母也是海洋與天空，就與是他的父母一樣。就是如此。口授結束。不過，我也相當頻繁地關照你們自己的情況，並將我的支持給予你們。

（四點五十分。「我很高興我上了課，」珍說，「即使時間已晚，因為它有你要的資料。我做得不錯。我能夠使頭腦夠清楚以得到它。」她似乎感覺很好，而我告訴她，她做得很好。而本節深入了昨天在課結束時我記下的，有關在我們世界裡健康和疾病的角色問題。我累了。

（在九點四分左右，我在打此節時，珍在卡拉的幫助下打電話來。她說，卡拉告訴她，一年前她在四月二十日那天入院時，卡拉在值班。我沒記得這事，珍也沒有。）

一九八四年四月二十二日　星期日　下午三點三十五分

（今天，一九八四年四月二十一日，沒上課，但我們做了一些自由聯想，所以我在此將寫一個摘要，而接著記一節課和更多的自由聯想——無論何時當它們傳過來時。

（由於昨天珍的資料，我有幾個問題。我說，這些年來，她的病可能令我們損失了至少半打書，這個評論引發她的一個回應；事實上，今天她提起了它。現在，她說，她什麼也沒做，除了每天作一點之外。我認為，就她最自發的天性而言，她曾以一個最不幸的方式由我處撿到自律的概念。我們談到，她的心靈為何曾這樣做。她同意，在醫院裡，她是被保護不必去生活的。她也認為，她個人無法實踐賽斯資料——她自己的「精神作品」，一個好的形容——的高品質。那麼，她的症狀有令她數年來離不開她書桌的用處，因為她害怕，如果不去管它的話，她會飛開到某處，而不會做任何事。

（她的症狀——以及現在，醫院——保護她不受批評，消除書的巡迴演說，那整個事情。在一開始，她被蘇馬利嚇到了，正如一九六三年課剛開始時一樣，但同時她也非常的好奇和有勁。她也對課間的考驗、犯錯的可能以及降神會感到害怕，以為她會被稱為一個歇斯底里的女人、一個愛現的人，之類之類。做對了不像做錯了的份量大。很好。時不時地，今天的資料帶來淚水。

（我講到第一節為珍的症狀的課——一九六五年十一月十五日，第二〇八節的私人部分——然而她說，對她而言，整件事真正開始於，在一九六六年六月我們去了一個關於《賽斯密件》派對的前一天。我們的朋友想要慶祝她第一本「通靈」書的出版，她的第一次提到賽斯，但她在派對上讀詩，而不肯談那有關第六感的書——太窘了。一個奇怪的、保護性的行為模式。

（在四點四十分，當我問她，很明顯地她的症狀正朝著極大的問題前進，她的心靈為何沒挺身保護時，她快哭出來了。她說，她的心靈的確挺身來保護她——當然，不然她早已死了。她提到各個不同時期的進步——她寫她未完成和未出版的自傳，《由那沃土》；她出版了的小說，《超靈七號的教育》，等等。但，每次一本新書出來，她就變得更糟。泫然欲泣地，她說，當一本新書出來時，她並不需要變得更糟——還剩下什麼呢？她同意我說，她現在有醫院的終極保護了。「我最好由此獲得些什麼，」她說。「挖出那些感受並不好玩，所以，天啊，它們最好值回票價。」

（可是，第二天，一九八四年四月二十二日，顯然上了一課。它發生在復活節，冷颼颼的、灰色的一天。珍讀過了昨天的聯想資料；她總算讀完了，但卻必須費一番力氣。之後，我們談論那資料，她宣告要上一課。）

現在——我祝你們有個美好的下午。

（「賽斯，午安。」）

以下的資料是給魯柏的，也可被用為聯想的資料。請等我們一會兒。

（停頓良久。）魯柏覺得，他的寫作，以及寫作能力，是他存在的合法理由——亦即，寫作的能力該補償了所有其他的缺陷。他的母親有助於令他覺得不討人喜歡，但他的能力彷彿是他的可取之處——因而是要不顧一切地鼓勵和保護的。

如果你寫出一個魯柏的好特質和極佳個人特性的單子，是有幫助的。

然後用這短短的一課作為自由聯想的一個起點。我也許會也許不會回來，再次的，按照我說的那些節奏。但要知我就在此，並且是可以接近的。

（「好的，」珍說。

（三點四十三分。我讀此節給她聽。）

（之後，我們試了一些自由聯想。珍開始談到，她想要人們傾聽她的詩的企圖，以及她早期怕人們因為她的才氣而認為她很古怪的恐懼。這導致她談到有關我母親對她的意見——雖然我試著讓她知道，史黛拉的意見已改變了，而她在後來的歲月裡真的喜歡珍了。珍同意。我說，批評過去是容易的，然而，一個人反而該只試著由它學習並瞭解它，而從那兒開始。今天我們彷彿來到了一個瞭解的道路盡頭。）

（珍年少時，甚至在大學裡，會怕別人——怕她得不到他們的贊同。反之，我說，既然她的能力超越了他們的，別人該害怕他們得不到她的贊同。因此，她為什麼該沈到公分母去？珍說她從沒想到那個。我說，年輕人沒有洞見去強調他們的能力，而不管別人的意見，真是太糟了——但我恐怕，這種想法通常是隨著年紀而來的。）

（即使在一九五七年夏天，賓州密爾佛作家會議的那些人，也告訴她，她該長大而不再渴望寫作——說她該生個小孩。而珍覺得，她的身體可能會藉懷孕而背叛她。她甚至以為我也那樣覺得。沒錯，我並不急於作父母，但我並沒想到背叛，或討價還價。珍是怕懷了孕會毀了我的事業，因為我將必須全天候工作。我很確定，我可以有更好的反應。）

（我想今天重要的事是，當我們談話時，我們看見，在每個題目上，珍如何描寫負面的信念和反應——一個非常好的要點。它是我們以前有過的一個想法——但看來彷彿是，我們所完成的每一件事，都是面對著或不顧負面思維、感受及信念的密集火力轟擊而完成的。

（然而，她終於承認，她知道她成功地贏得了我母親——卻非我父親。至於對她自己的母親瑪麗，我說，承認她在那兒沒成功，或選擇撤退，或承認失敗，是完全沒問題的。珍認為她母親在她是個小孩時就恨她，而甚至仍如此。珍說，母親的憎恨導致她的需要保護——我說，完全正常。珍說，當她的父親喝醉了時，告訴珍說，瑪麗是她的敵人。顯然珍相信這話。

（我讀四月十八日的課的一部份給珍聽——在其中，賽斯說珍已變得極端地害怕。那是極佳的一課。「但事情就是這樣了，」珍淒慘地說。「我怕我已沈得這樣深，再也出不來了。」一個誠實的、迫切的恐懼公然現身了。我許多次有同樣的恐懼。在我臆測她的心靈為何沒在這之前於她的症狀上踩煞車之後，珍說，「但我已決定，夠了就是夠了。」無論如何，今天表達了情緒，而這節是個成功。）

一九八四年四月二十五日　星期三　下午三點十分

（沒上課。以下是昨天，四月二十四日，我們討論的自由聯想的一個總結：

（今天早上，珍心情不好而且不舒服，「這是怎樣的一種生活啊，」她說。她曾想到死，但不想對我那樣做。她在找某些更好的事的一個信號——可以提振她的精神的一些改善。在我讀三月十九的課給她聽，以及我從前習於用來結束《夢》的隨筆的一首偉大的蘇馬利詩之後，她感覺好些。

（珍甚至想到，請黛比·哈利斯在晚上替另一本童書，或許也包括一本自傳，記下口述。今天早上，護士和護士助手們說笑話、耍把戲，搞得不亦樂乎。這通常有助於令珍開心，雖然如果他們做事時心不在焉，比如說，當他們抬起她時，她會神經緊張。

（我們談論到有關Prentice-Hall的不同意見。這些是可以預期的，但，就我們目前的情況而言，現在一切都似乎是雞毛蒜皮的小事了。

（珍認為她的作品、她的詩，都很好。在賽斯寫《靈魂永生》之前，珍很怕他不會寫書。我不曾有這種顧慮。珍覺得我對她的小說《反叛者》的出版有些失望——是沒錯。我倆都對那不好看、廉價的小說合集的設計不高興。

（我一直在試著談事件——在課開始前與開始時——與珍的症狀。「我甚至無法回家一小時，而不因之花費兩百元，」珍說，並開始哭泣。「但我並沒準備好安於我目前的處境。」但她說，她常常很小心她對我說什麼，因此她在我到醫院時，不致老是向我倒垃圾。但我說，如果不是我，她能跟誰講呢？此外，顯然我比她所認知的，更瞭解她的心情和感受。當她說「我發現我以前一向真的不喜歡女人」時，令我驚訝。還有更多的。）

我再次祝你們有個美好的下午。

（「賽斯，午安。」）

我們將繼續口授。

甚至在涉及一個所謂「寄生蟲與宿主」關係的情況裡，也有一個合作性過程。舉例來說，跳蚤事實上有助於增進循環，並且不斷在刷動物的毛。在微細的層面，牠們也消耗一些身體的廢物，以及甚至比牠們還小的生物。牠們也保持免疫系統活躍與有彈性。

許多疾病實際上是促進健康的過程。水痘、麻疹，及其他相似的童年疾病，以它們的方式「自然地接種了」身體，因此它能處理其他因素，那些是身體及身體環境的一部分。

可是，當文明化的兒童在醫學上接種以抗拒這種疾病時，他們通常並不顯示相同的症狀，而到一個重要的程度，自然的保護過程受到了阻礙。那麼，這種兒童可能不會生他們在醫藥上被保護去對抗的疾病——但他們的確可能因此在更晚的時候，變成其他本來不會發生的病的「獵物」。

我在此是就一般而言，因為要記住，你們個別的信念、思維和情緒引發你的實相，所以，沒人是在他的時辰前死去的。個人選擇死亡的時間。不過，說真的，許多癌症及像愛滋這樣情況的發生，是因為免疫系統曾被如此損害，以致身體自己的平衡過程沒被允許去貫徹到底。

不過，再次的，在個人沒設定他們自己的死期之前，沒人會死於癌症或愛滋病，或任何其他的狀況。

還有許多其他的條件要列入考慮，因為這種疾病顯然有著強烈的社會關連。它們發生在社會性的族類裡。這並不表示它們必然是會傳染的，但它們的確與個人和他們的社會及自然架構之間的相互遷就，有個整體的關係。

（三點二十七分。）舉例而言，一個城市可能老鼠橫行——但整個畫面會包括全部人口的騷動不安，對社會狀況的一個極度不滿、灰心的感覺，而所有的那些狀況在一起，會促成那問題。毒鼠藥可能真的加上它自己的危險，殺死其他的小鳥或齧齒動物，而污染了動物的食物供應。在這樣一個假想的畫面裡，昆蟲也無從避免這種狀況（停頓良久）。事實上，在那個環境裡，所有的生命形式都會尋求一個平衡的回歸，回到更有利的狀況。

你也許會奇怪，為什麼這麼多生命形式會捲入可能看似自我毀滅、往往會導致死亡的行為裡——但要記住，沒有意識認為死亡是個結束或是個災難，反之，卻將它看做繼續肉體與非肉體存在的一個方法。

今天下午，我也許會也許不會回來。但無論如何，我已啟動那些如此鼓勵自我療癒、信心及幸福的座標。

（「謝謝你。」）

（三點三十五分。珍曾因護理照顧而被打斷一次。「我不知道是什麼時候，但稍早一些——相當的早——我感覺那會是今天的主題，」她說。「也是更針對你自己的問題。」然後她補充說，「我知道他在這一章裡至少還會談到另外兩件事：在某些時代，人們大半死於三十幾歲，在一段時期，比如說，而通常在另一段時期則活到非常老。還有，我們脫離了自己關於死亡的感覺，而在怕它。而他並不會叫人們不去接種，不然的話，他們結果會完全的困惑。」

（我認為這節非常的有趣。賽斯對跳蚤的評論令我好奇，關於要不要在屋子裡用法蘭克・朗威爾幾天前給我的跳蚤炸彈。這假定會殺死房子裡的每一隻跳蚤。而獸醫給了我去蚤粉，去用在貓身上。實際上這會不會剝奪了牠們一個有價值的共生關係？我開始暗忖，既然現在屋裡的地毯全都弄乾淨了，今夏如何對跳蚤的情況妥協。

（我告訴珍，賽斯談童年接種導致後來的疾病的資料，也許對統計學很有價值。顯然有足夠的紀錄存在，以致這種關連可能找到——如果長期地、努力地去找的話。這樣一個發現可能導致醫學治療的修正——雖然我不確定是什麼或是如何。我告訴珍，這資料令我臆測關於喬・本巴羅的事：在他一生中，動過許多次手術，而常常滿身都注射了藥物。這種重複的用藥是否可能與他現在得癌症有關？而甚至現在，喬也在接受強力的化學治療。我相信他在掉頭髮。

（今天，珍說她曾與黛比・哈利斯談過，而後者每週會來三晚，同時珍嘗試一些自發的口授。他們同意了，完成的稿子每頁五角。不過，珍不知道，和另一個人嘗試一個像自傳這樣情緒化的主題，會怎麼樣。我說讓它自行解決吧。

（我和珍倆都很感動，昨天我們由茉德・卡德威爾那兒收到總共不只九百元的支票。今天中午，在我去醫院的路上，我將它們存在那特殊的帳戶裡。

（今天早晨我沒做《夢》。自我上次寫那本書，已經超過一個星期了。）

一九八四年四月二十七日　星期五　下午四點二十分

（今天明亮而溫暖——當我離家去三三〇房時，幾乎到了八十度。不過，珍的房間是舒適的涼爽。後來我開了風扇。她給我看，她右膝骨頭破裂而曾發炎的地方上的大疤，今晨在水療裡部分剝落了。它現在是其先前尺寸的一半。在不見了的部分底下，我看見粉紅色的新肉。在腿上排污水處仍有個大洞。不過，我倆對那進步都覺得很高興。

（今天中午，在往三三〇房的途中，我停下來給醫院，我前天從藍十字保險收到的一萬八千多元的支票。約兩週前，我曾收到一張大約三千七百元的支票；兩張在一起付清了醫院給保險公司的帳單。當我打開信而看到一萬八千元的支票時，我怕我根本感覺不到任何反應。在那時，我奇怪我的缺乏感覺。我將我的無動於衷歸之於所涉及的長久等待、可能的話我絕不煩惱的決心，和可能我甚至根本懶得去檢查的其他因素。必然涉及了憤怒。當三千七百元的支票來到時，我也一無所感。我承認，此時的缺乏感覺引起了我一時的擔憂。

（似乎是，那款項是付了百分之百的帳單，而非百分之八十——但此地，我在等著瞧，懸在一種像不行動或不反應的繭裡……

(當珍進入出神狀態時，窗戶大開著，而一縷新鮮的風充滿了三三〇房。風扇仍開著。)

我祝你們有個美好的下午。

(「賽斯，午安。」)

魯柏的膝蓋之明顯的進步，是身體自我療癒過程的一個好例子。

它無法被意識心完成——雖然意識心的確能決意使那過程發生。(一個該記住的要點。)膝蓋會繼續進步，而手指(左手的)也一樣。

現在請等我們一會兒……口授。

我並不勸告我的讀者們拒絕讓他們的孩子接種，既然由於接種在你們社會裡的重要性，你們現在必須考慮它。不過，科學本身到時候會發現許多這種程序的不幸副作用，而開始重新評估這整個題目。

是真的，有些土著——尤其是在過去——不會患上被西方醫學視為自然的童年疾病。當然也是真的，某些原始社會曾因疾病而損失大量的人口。可是，有些這種例子，正是由於突然引進西方醫藥所引起的。

不過，我並沒怪罪西方醫藥本身，卻只是指出其許多不利的面向。醫學也是在一種過渡狀態，而它檢查它的觀念就與檢查它的技巧是同樣重要的——如果不是更重要的話。

用動物來做實驗的概念，其缺點比好處要多得多；問題出在，一種意識明明在利用另一種，故此與自然之合作傾向對立。

在遙遠的過去，某些古代文明的確以這樣一種方式利用動物，但是在一個遠較不同的架構內。醫生或祭司謙遜地講出他們的問題，且透過儀式化的舞蹈，然後請求動物的幫助——因此，以那種說法，動物沒被犧牲，也沒被佔便宜。反之，它們在一個合作性的冒險事業裡聯合在一起，在其中，動物和人兩者都瞭解，並沒有意識真的會死，只不過改變其形式。

在各式各樣的情況及遇合裡，動物真的常常對人相當有幫助，但所有這些例子，都是合作性的冒險事業。

（四點三十六分）當然，這導至我至少在此提及，為了人類的消耗，用在動物和家禽屠宰的殘酷方法。那些生物被對待，彷彿牠們並沒擁有自己的感受和意識——而這樣的態度顯示對自然事件的一個最不幸的誤讀。一個直接的結果就是：經由這種程序所發展出的疾病，至少與會存在於有著不衛生狀況的、一個非常原始社會裡的一樣多。就是如此。

不過，在那種環境，平衡會自己建立，因為在活生物之間的基本瞭解會被維持住。你無法將哲學與行動分離，而如果不是一方面有關於適者生存的扭曲哲學，還有上帝賜給人們動物、隨他們想怎麼做的自我本位假設，便不會犯下在屠宰場裡的殘酷。

口授結束。（四點四十三分）將我對魯柏的膝蓋所說的話謹記在心，因此他了悟到，事實上療癒過程的確是一直在他之內運作的。那個了悟將足以幫助改變狀況，以致你倆能比你們以為可能的還要快地一同回家。再次的，我啟動那些提升力量和活力的座標，而我祝你們有個美好的下午。

（四點四十五分。「賽斯午安。」）

一九八四年四月三十日　星期一　下午四點十一分

（以下是我們在四月二十九日星期日下午討論的自由聯想資料的一個總結：

（當珍一年前入院時，她想到過死亡。她在打嗎啡，並且有幻覺。法蘭克．朗威爾的父親才去世，而她怕她會走上一樣的路。當她較年輕時，真的不喜歡女人。她曾經害怕她的身體，以及性。當被告以她有像男人一樣的頭腦時，她視之為一個恭維。也認為女人不喜歡她——怕她在追求她們的男人，以及各種各類的事。

（我們談到她家的環境，以及，在一九六五年般司忒林醫師〔Dr. Instream〕的催眠討論會上的年輕心理學家如何重新喚起她的恐懼，和我自己的不安。珍憶起，曾被大學裡的一位同學和我的母親稱為騙子。我們談到宗教。所有這一切引起了一些情緒上的反應，卻沒眼淚。我一直試圖回到珍得到她的症狀之前，她變得有名之前，等等，發生了什麼事。我告訴她，我記得賽斯說過一次，她的症狀「是令人訝異地頑固」。許多事都指出對自發性的一個極大的恐懼，在課已開始後一而再地被加強，還有那症狀。

（當珍重述幾年前在家、無法起床站起來時，她開始哭泣——終於到了無助的那一點。我對她生氣而大叫，說如果她不起來，我會讓她坐在那兒——故此表現了我自己深刻的恐懼：我們已在症狀的過程中到達了悲傷和絕望的一點。她記得我有時會哭。我告訴她，有時當她不知道時我會哭。

（在四月三十日的下午，我們嘗試了更多的自由聯想：

（「多年前在一九六〇年間，」珍說，「我認為我愛你比你愛我要多得多，而你可以自處得非常的好。」我說那是她那部分的一個完全的誤解，我從不曾有這種想法，也從不想做任何這樣的事。它從未曾進入我的腦袋。我知道事情令我很煩——工作，作一名藝術家，或試圖去做，等等——但卻完全與她無關。我甚至不像她怕變得懷孕那樣怕作父親。雖然我並不想作父親。

（我們談了很多我們早年在一起的日子——工作及我們的藝術、名聲、金錢，以及別人的意見。我說我們所談的大部分，都會被認為是生命中的正常麻煩，但我們曾將負面的意涵放在那些事情上，而忽略了正面的。在回顧時，我們說出的問題現在似乎是瑣碎的。我補充說，每個人是如此的異於另一個人，以至於做批判是沒用的，因此，每個人不如就做他們自己的事，而讓瑣屑之物落下吧。只要一個人不傷害另一個人，或偷盜，等等，誰能說是對是錯？

（珍說，她認為，如果我必須在繪畫和她之間選擇，我會選繪畫。非也，我說——我畢竟在一整段時間內，在商業藝術全職工作了四年，而其他幾次做過半工。她同意她需要很多的肯定——

在我們結婚時我還沒完全瞭解的一件事。我補充說，我一直很以她作我的太太為傲，而認為我有了她是很幸運的。我從未質疑她的忠誠或愛，而我曾視以為當然她也有同樣的感覺。我今天發現我有時可能會錯——奇怪。

（反之，她甚至以為我有時對她的穿著方式不贊同，如果我記得沒錯的話，我幾乎總是喜歡她穿著、做頭髮的方式，等等。我沒做過這樣的批判。她說她常常憂悶的沈思。

（在四點三分，她說她被我們的談話弄得不開心。我叫她就賽斯關於她的症狀之「令人驚訝的頑固」的評論上一節課。她決定要吸一支煙，而看看她能否進入出神狀態。我一直認為，課本身是一種自我催眠。今天我們談到自我催眠作為突破的一個方法。

（當珍替賽斯說話時，她的聲音頗為安靜，因為它仍因昨天的咽喉炎，或不論她有的什麼而有點粗啞。她認為失去音量是由於自由聯想的資料。今天下午突然起了強風——有時非常的強，而有時我很難聽見珍在其噪音之上。她的眼睛常常閉著，而她有許多個很久的停頓。今天有時明亮而陽光普照，有時則非常灰暗而烏雲密佈。）

我祝你們有個美好的下午。

（「賽斯，午安。」）

這不是書的口授。

最重要的，魯柏必不可貫注於什麼出了錯上。以最深的說法，如果你們瞭解我的意思，沒有事情是錯的。反之，你們有一大團嚴重衝突的信念，以致沒有朝向行動的清晰單純的路。

（我瞭解賽斯的宣言，說以最深的說法，沒有事情是錯的。在過去這一年，當我試想瞭解在發生的事時，它是我常常用的一個觀念。）

你想要清乾淨道路。自由聯想是有價值的，因為它有助於指出那些衝突的感受和信念，將它們帶入意識，並進入當下，在此它們真的能以至此已獲得的知識去瞭解——卻沒被許可按照老的矛盾信念去實行。

情緒的表達本身，就是行動和動作的一個表達。要動，首先需要感受的表達，而任何感受的表達給更多的移動留了空間。就加速身體的動和療癒而言，自我催眠的確可以是無價的。表達，而非壓抑，是重要的。

魯柏往往沒與他自己的感受聯繫上，卻會試圖理性化掉許多感受。他需要了悟，表達自己是安全的——而那表達不會帶來遺棄。

（四點二十四分。今天珍也說過，她曾覺得她必須小心自己如何對待我，因此我才不會生氣並棄她而去。那些感受多年來漸漸消退，然而它們在症狀的開始上，必然扮演了一個角色。）

寫書反抗天主教會的人被逐出教會。魯柏將那些恐懼轉到整個社會去。縱使當只涉及了詩，在創意工作和教會之間也有衝突。他的確該給自己暗示說，必要的洞見會到來，而不論是有意識或無意識地，適當的連結會做好。但觀念在於，表達自己是安全的，並且，他人生的真正目的，的確是表達組成他個人實相的那些特性。

（停頓非常久。）他也該了悟，愉悅的確是個美德。盡一切辦法彼此表達你們的情感，當它們自然發生的時候。魯柏在兒時沒被教以愛他自己，而將他的才氣視為他存在的正當理由——他覺得，那是個多少可疑的存在，既然他母親常告訴他，他該為他自己的不良健康負責。

這些議題的確全都彼此切合，但它們能夠被解讀，帶入當下，而得到調解。身體不止會欣然同意，而且不止能帶來一個非凡的復原。

（聽到了嗎，珍？）

我的確真的替你倆啟動加速洞見、智慧、內心平安和療癒過程的那些座標，再次提醒魯柏，他膝蓋，和他身體能力的穩定進步。

祝午安。

（「午安，謝謝你。」

（四點三十三分。當我替珍點一支煙時，她說，「我做得很不錯，我並不知道我能不能做到。有好幾次我差一點回過神來，但我做到了。」我注意到她指的那些場合。我讀此節給她聽。當她聆聽我時，有一兩個想法。其一：她將有關逐出教會的事轉移到失去友誼——如果你悖逆了他們，沒人會想與你有任何瓜葛。其二，她試圖更像我——更酷些，不表達這麼多的情緒，更能自制些。而那在她那方面是個錯誤，一個嚴重的錯誤，我說，生自她對保護和愛的願望。

(「嗯，你可以看出它們是如何彼此相合在一起的，」我說，當我們在聊時，她開始感覺賽斯來了。由於時間不早，她不大情願繼續。我告訴她沒有關係。)

(四點四十五分。)換言之，魯柏被賦予強大的創造力，他決意要表達它——但在同時，在他生命的早期，他便被給予這個概念：要表達他創造力天生具有的獨特性本身，是極度危險的。這是主要議題的一部份。

他要了悟到，如果他在生命中有任何責任或目的，那就是要表達這些能力本身。(全都非常強調地)，既然這些能力在他的組成中是如此地自然，它們也擁有其保護機制。他必須瞭解，他有自由表達他詩意的、通靈的本質，而追隨它到它導向的不論什麼地方——既然它的確是他進入存在的自然路徑，以及他與宇宙和一切萬有的最親密的聯繫。

這節的確將議題相當好地綁在一起——而也可好好地用為自由聯想。

此節結束。

(「謝謝你。」

(四點五十分。珍在她第二次傳述中被打擾一次。「那非常好，」我告訴她。它本身包括了極佳的暗示。我已計畫每天讀一陣子給她聽。它作為一個自我催眠的基礎很好用，但我在此也計畫幫助我的太太，而我們能看到，在每天下午我們能完成什麼。

(我幾乎沒時間跟她討論此節，但我認為它是一個最有價值的突破。它也令我看到，甚至珍的詩也是個嫌疑犯，在那兒，我曾有個印象，詩是她的創造力本質上自由的、未被恐懼和懷疑污染的一個面向。多年來，我一直以為，如果珍只寫詩，如果她會有任何問題的話，也只有最小的問題。）

一九八四年五月二日　星期三　下午四點二十九分

（「山岳深深沈入海底，而我仍是我，」當珍相當年輕時，她在一首詩裡寫道。

「我變成神的一位祭司，以學會罪是什麼，」她也寫過。當她與她母親住時，她見到的神父們不喜歡那些作品，因為她寫了它們而申斥她。珍反叛了。她拒絕從教會取得一個特許狀，以便她可以讀某些作品。她又告訴我一次，當她還是個青少年時，一位神父在她後院所做的焚書行動。這是我們在五月一日討論到的一些自由聯想。

（珍將四月三十日的課記在心裡，但還沒試過任何的自我催眠。我倆必須有一人保證她每天讀它或聽到它。我曾有試著催眠她以正確開始的想法，但卻重新考慮了一下。我決定，讓她有時間思考那節，比較好一些，然後再導入催眠的事。我認為那節在其本身就是一種催眠，並且是極佳的一種。）

（今天當我到達三三〇房時，我發現珍的叫人燈今天早晨出了問題，而現在看到，它懸在其罩子外，拆卸了一半。人們時時在房中進出——一度有四位護士與護士助手在那兒，笑笑鬧鬧。午餐後，我試著讀四月三十日的課給珍聽，而彷彿我們每唸幾行就被打攪。更有甚者，今晨有位護士無意中將珍的藥弄錯了。

（珍終於變得相當生氣和心煩，而突然談起今天三三○房的缺乏私密性，這全是我們今天，五月二日，自由聯想的一部份。她激烈地表達她的感受，帶著淚說，如果她想要私密性，住在醫院裡並非得到它的好方法。她補充說，她是一直要私密性的。「說起來很笨，因為我明明知道這樣是得不到任何私密的，」她喊道——而我認為她正在清出一條路，如賽斯在上一節所建議的。

（珍重申她沒有信任她的女性身體，而她想她現在正為她的不要小孩付出代價——終究，她曾被告以那是女人該做的事。她也認為教會對母職的教誨是含糊不清的。她在高中時讀過莎士比亞的一首十四行詩，也給了她一個想法：她在此生的角色是生孩子，而忘掉別的一切。她不曾喜歡過那首詩，而希望它會乾枯而逝。她認為教會意指一個女人該是個修女或母親。

（一個修理工終於來修叫人燈了，那意味著當他在房中時，珍必須被遮蓋起來。這也令珍心煩。她已開始試著讀一課，但做得不好，因此在四點二十五分我接著讀完它。到那時，我們已有許多次中斷了。「呃，」她說，「今天下午我非常的不爽，並且我不舒服，但也許如果我吸一支煙而安定下來，我能上一節短課。我感覺賽斯就在附近，而他有兩個評論，所以我該得到它們。」

（沒錯，下午大半時間她都仰臥著。相當不舒服。昨天也一樣。不過，我認為她的表達憤怒是非常有益的。她的賽斯之聲仍不像平常那麼清晰，她「日常的」聲音也一樣，但兩種聲音都比昨天的改善了許多。她今天的傳述比較快，但她的聲音仍舊不怎麼大。到現在，外面的天色相當亮，所以我們將厚重的藍色窗簾拉上了。而我們上完了整節，沒有任何的干擾。）

我祝你們有個美好的下午。

（「賽斯，午安。」）

情緒的表達是非常好的，尤其是憤怒與挫折的釋放。

這並不表示，你們該集中在那些情緒上，卻是承認並表達它們。這允許新的感受取而代之——而再次的，加速了所有層面的移動。

最初，珍可能很難表達某些資料，但它是非常值得那努力及短暫的爆發的。不過，這種經驗該隨之以你們雙方彼此的再保證，以及魯柏那方的自我提醒，他的存在與經驗的確是被安全與愛所護持的。

那麼，自由聯想的確是在以它該是的樣子運作，而那表達將清乾淨精神與情緒之路，以便魯柏自然的、天生的高亢精神能開始再露出它們的臉。那麼，你倆都將那情況處理得很好。

我真的啟動加速你們個人及共同瞭解的那些座標，以及的確促進一股自然的蓬勃生氣和愉悅重新湧出的自然療癒過程。

（「好，」珍說，「是我。」）

（「謝謝你。」

（四點三十五分。「我告訴你，我不知道我能否上課，」珍說。她的嗓音變得多少有點破破的，而且啞啞的。我讀此節給她聽。她在課開始前不久，真的不開心起來。我再請她安心，說讓這節穿透進去。然後，我說，「你可以寫你自己有關所有這一切的書，就像《珍的神》。」

（「如果我真的感覺心情高昂，我也不會知道要做什麼。」

（「不過，你可以享受它們——在你質疑它們之後，」我開玩笑說。）

一九八四年五月六日　星期日　下午四點二十三分

（珍昨晚打電話來。她說她的床墊感覺舒服些了。過去幾天，珍的床墊有很多問題，當她仰臥時覺得很不舒服，而心情憂鬱。

（昨天我去拿割草機，沒寫《夢》，今晨因為寫信，也只工作了一個半小時。兩天前，從Prentice-Hall轉來四十九封信。

（今天早晨，威爾遜醫師來看珍，而建議說，他想清掉珍右膝上方開口而流水的地方。那兒有一個大洞，雖然療癒的跡象是很明顯的。他也說，即使珍動個手術，他也不知道能不能矯正那腿。珍和他討論一種椅子，珍可以坐在裡面，而他提到像某種輪椅似躺椅的交通工具，那可能可以調整來給珍用。

（「我前兩三天可怕的憂鬱發作已過去了，」她說。「它就這樣不見了。」我該發現是那些感受促成了她整個的不舒服，因為觀察著她，我很確定，她大半的問題是由她自己的反應引起的。然而，今天當她仰躺著時，她也曾非常的不舒服。的確，當我試著令她坐好吃晚餐時，她以這樣一個嚴重的角度跌落到床的一邊，以致我必須請人幫忙來扶她再坐直起來。

（有時，我自己的惱怒明顯地顯示出來，因為彷彿不論我自己做什麼，或任何別人做什麼，我的太太都不會舒服——至少那時不會。她的右腿，以它現在折疊的樣子，一直在朝左邊推她，令她很不雅觀地歪斜著。

（在她吃過飯而我正準備離開時，珍說，「我對令你的生活如此艱難真的非常有罪惡感，」並且說了更多那類的話。我想這是第一次——至少就我記憶所及——她以如此一個簡單、直接的方式作這樣一個聲明。我馬上想它是個極佳的自由聯想資料，我們該追下去。我回答說，我們最好忘掉它，而試著集中焦點在未來上——然而這種罪惡感可能在她的日常生活中扮演了一個具重要意義的角色，而我們該找出這是否如此。

（我自己的擺錘實驗最近告訴我，由於我認為自己在過去該幫珍更多而有罪惡感。只今天早晨，我的擺錘[1]才第一次說，我不再感覺有罪了。這於我是個成就，且是我該繼續探索的一個。我已習於早上在早餐後，以及晚上上床前的最後一件事，是用擺錘。它看來運作得很好。我尚未與珍談這資料。現在可能是時候了。

（當珍上課時，三三〇房的窗子大開著，而有時交通噪音頗令人煩躁。房內變得有點冷，珍叫我關掉風扇。）

我祝你們有個美好的下午。

（「賽斯，午安。」）

口授。記住，生命的每一段（segment）都是被價值完成激發的，所以，永遠是以一個合作性的過程——改正：以一個考慮到其他每段生命的需要與慾望的過程，試圖去用並發展它所有的能力和潛能，並以盡可能多的方式去表達自己。

某種病毒的存在本身，就提供了對抗許多其他疾病的安全性，不論那些病毒是否以活躍的方式存在。當然，很顯然的，地球整體的實質穩定之所以可能，是由於永遠在發生的風暴、「自然災害」及其他彷彿的災難。然而，這種事件促進地球偉大、蓬勃生氣的食物補給，而對星球資源的重新分配也有用。就是如此。

以同樣的方式，在整體的畫面上，疾病也促進健康，以及生命之所有面向。價值完成在微生物和國家內運作，在個別的生物及整個物種內運作，而它聯合了生命所有的顯現，以至於，生物與它們環境的確是聯合在一個整體的合作性冒險裡——在其中，每一段在創造性、成長與表達上，幾乎都在尋求去超越自己。在一個較小的、個別的架構裡，每個男人和女人，都被這同樣的價值完成所激發。就是如此。

你們很快將明白，常常由於恐懼、懷疑，或誤解，有些疾病是如何被「設定來對抗價值完成」的損傷所引起——而其他疾病如何可能實際上導致被誤讀或誤解的價值完成的例子。

我也想在此強調，生命的所有面向不只是體驗覺受，卻是情緒性的感受。所以，有一種天生的俠氣（innate gallantry）在生命所有的段落中運作——值得你們尊敬和思量的一種俠氣。那麼，你該尊敬你身體的細胞、你心智的思維（停頓），並試圖瞭解，甚至最小的生物都與你分享生命的勝利和脆弱之情感經驗。

那麼，我再次祝你們午安。

口授結束——而再次的，我啟動如此加速你們廣大的能量、力量和能力的那些座標。

（「好。」四點四十五分。）

一九八四年五月九日　星期三　下午四點二十九分

（以下是我們在一九八四年五月七日，星期一下午的自由聯想資料：

（我描寫給珍聽，我最近用擺錘來研究，我對她發生症狀和掉牙齒的罪惡感。我們在此進入相當的細節。那時，我們談到我前下方的牙齦，而我一直有太多的牙齒問題。我相當詳細的解釋，由於珍有毛病，我生出的罪惡感。涉及了一些情緒。珍認為，我能令我的牙齒和牙齦重生。

（我們隨之討論，她對她早年宗教性的家庭環境，尤其是對在她生活中的神父們的反應。她同意說，就她釘牢在宗教上，比如說，以及後來在我身上而言，她自己的行為是強迫性的。這其中，有些可能是由於她缺乏一個正常的家庭環境，沒有個父親，我們說，然而我感覺，無論如何，在她的個性裡，有很強的獨立因子，會鼓勵這種行為。當然，所有的極端都是不可接受的，像犯罪的一生一樣。珍缺乏對神父們的一個對抗影響力。當達倫神父在她十來歲向她獻殷勤時，她也覺得被「背叛」了。焚書的事也沒幫助。宗教的概念真地抓住了她，而我認為我們仍只部分瞭解其原因。

（記住這一點是重要的：在我們談過後，我突然發現我的牙齦停止煩擾我了。我告訴珍，我已忘了那情況。教訓是很明顯的，如我到了家後寫的：與那些相關的人分享挑戰大有幫助，而也許是不可或缺的。彷彿是，別人能幫助將一個情況的負面面向減到最小，同時強化正面的。我曾以這方式給珍幫助嗎？或藉加強共同的負面信念而阻礙了她？但這事件幫助我得到，可由簡單的溝通得到的，有療效益處的一手經驗。它提醒了我治療師的古典躺椅。我要與珍再多談談這個。）

※

（這是一九八四年五月八日星期二——珍五十五歲的生日——我們的自由聯想的一個總結：

（珍嘗試用我帶在皮夾中的擺錘；這是在我們討論近來我用擺錘的事之後。自從我的牙齦挑戰過去數日達成了相當的緩解，珍就變得越來越感興趣了。她也多少受到威脅，說我比她得到的效果要好——我卻認為她自己的態度阻礙了她，並且不該做比較。今天我們用它也有困難，因為是她生日，發生了幾個額外的干擾，當各個職員進來唱歌給我們聽，等等。他們帶來卡片及錫箔玩具。我給珍一張卡及糖果，並帶進連翹花，令她感動淚下。那黃花灌木生長在坡居的前院裡。

（由於職員的干擾，珍沒做多久的擺錘。她說，她也覺得該掩飾她的用擺錘，「人們真的會認為我是瘋子」。我說事實是，沒人對躺在她肚子上的擺錘付出絲毫的注意，甚至也不瞭解她在做什麼。我補充說，她必須對自己誠實，她的問題來自她沒有如此，而如果她想要用擺錘，那麼她該如此做。

（珍的確得到幾個答案，並且用左手拿著擺錘，比她以為她可以的拿得好。首先，當她問她是否有一個用她能力的清晰之路時，她沒收到答案。然後，「不」的答案來了。擺錘說它可幫忙珍打開通往動作的一條清晰之路。當在用擺錘時，她的確有重量或動的感覺，她說那是個好徵兆。不過，她大半決定要說說話。

（有關她生日的思維立刻引她到母親節和她自己的母親，瑪麗。珍講了很久，有關圍繞著瑪麗和她自己雜亂無章的矛盾事件。她發現，她小時曾愛過她的母親，並努力的想替她做事，甚至當瑪麗駁回她的努力，比如說，在買一件顏色「錯誤」的睡袍時。

（然後我們談到她的外公、外婆與珍和瑪麗的關聯；她外婆的死；我以前沒聽過的，對市府提出的訴訟；社會福利；珍的外公，約瑟・波爾多，及珍對他的感情，等等。她告訴我，如何由於她外公的死，瑪麗贏得對市府的訴訟，而在雷克街和納爾遜街角，豎立了一個交通燈。珍對那訴訟沒回憶到任何細節：花的時間，涉及的金錢。她當時可能是五或六歲大。我說，再次的，珍看到了家族裡的極端行為。彷彿沒有任何中間立場。她談到她外公在六十八歲時的死亡，當時她是二十歲。我聽她說她從未讀她任何的詩給他聽過時，很感驚訝。）

※

（五月九日：珍讀了前兩天的自由聯想資料，而真的做得很好。她相當快地讀了一部分。當我們略微討論時，她提醒我說，她有時仍有孤立感。我說它們也許是夠正常的，每個人本質上都是孤立的，至少是獨自的，既然沒有別人能替他們過活。他們無法替他們生或替他們死。同時，我明白她的意思——她在世界上需要相當穩定的、甚至經常的強化。

（在電視節目「追尋」〔In Search Of〕上，我們看到一個關於克理夫・貝克司特和他有關植物對人類情緒的反應——或否，如偶爾的例子——的工作。我們認為非常有趣。

（在她用午餐並讀自由聯想的資料後，珍說，她並不知道她自己該怎麼辦。我開始回又堆積起來的書迷來信。在三點四十五分，珍說她感覺到一個「更大的你」——意指我——在她身邊。她說，那很難描寫，而回響我對它是我自己的存有或其一部分的問題。她從那存有感覺到一股極大的愛。她說，如果可能被描述的話，它可能是「環形的」，雖然就彼而言它是無形無相的。

（當我們談論那「形相」，而我寫這筆記時，它的餘波仍流連不去。珍並沒有意識地思索靈異的事。先前，我讀我昨天買給她的生日卡上的句子給她聽，而她與昨天我第一次讀給她聽時一樣地歡喜它。這兩次我們在讀時都有激動的感覺。她不知道那是否可能觸發了她的經驗。但我倆由讀那卡片而生的情感，本身就是寶貴的事件。

（當珍說她終於感覺賽斯在附近時，時間已晚了。在她開始後，我們有一個干擾：一個年輕女孩送來史帝夫和崔西・布魯門索送的一碗花。當我從女孩處接過花來，放在我椅旁的架子上時，珍安靜的躺在出神狀態中。）

我祝你們有個美好的下午。

（「賽斯，午安。」）

這不是書的口授。

（停頓。）魯柏今天下午的經驗，是對你自己關於溝通及其重要性的註的一個反應。（見此節的開始，我在五月七日自由聯想結尾的註。）

在這例子裡，那些筆記容許魯柏看到聯合你們，以及聯合所有生命之更大、卻甚至更親密的一種溝通。

關於植物溝通的電視節目也有作為一個推動力的用處，以便魯柏可以感受所有生命都偃臥其中的「內在世界」愛與合作之流。魯柏談到有時覺得孤立，而那經驗也是要讓他看到，孤立本身也是個幻覺。

（停頓良久。）這種溝通存在於每個層面，但為了他自己個人的理由，且由於你們的關係，魯柏特別地對你自己更大的人格集中焦點：那些往往看似如此難以適當表達的愛、深刻的瞭解及尊敬的屬性。

再次的，我加速啟動療癒、蓬勃生氣及幸福的那些座標——此觸及「生命之靈」（the spirit of life）本身湧出的源頭。

（「謝謝你。」

（四點三十五分。在我讀給珍聽此節後，她對她的經驗說，「它並不特別的生動，但夠明顯到引起注意的地步——你懂我的意思嗎？」我說在課中她已有效地回答了她自己有關那經驗的問題。我建議說，或許當她一個人時，她可以再有那經驗——比如說，在晚上。）

一九八四年五月十二日　星期六　下午三點三十七分

（今天，當珍仰躺著時，她又非常的不舒服。現在，這模式已持續了好幾天了。「現在，當褥瘡在治癒中，你如何能比以前更不舒服呢？」我不久前問道。她不知道。我自己最後的結論是，涉及了更多的事——它與珍的心態和信念有關。

（至少，當我在三三〇房時，珍的胃口在走下坡，而她在自由聯想和課上都鬆懈了。下午我想過，請求醫務人員開給她一些Darvoset，或一些像它的東西，但我沒提，因為我覺得我太太會排斥這想法。然後，昨天，在我說一節課可能有幫助時，珍答應今天上一課。

（今天暖和——六十多度——有時下雨。窗戶大開著，因此交通的噪音撞擊我們。走廊那頭某處，一個女人不時地叫喚著——持續幾小時後，得花許多努力和精力的一個展示。一個護士稱她為「屁股上的芒刺」。然後當她補充說那女人真的有痔瘡時，大笑起來。但對我而言，她難以理解的叫喚指出不只是身體上的一個折磨。）

現在，我祝你們有個美好的下午。

（「賽斯，午安。」）

這不是書的口授。

魯柏近來的不舒服，部分是由於害怕他的身體不能完全治癒它自己，縱使他真的發現了他的危境的理由。

當然，恐懼是一直在那兒的，而你們最近的努力只不過是將它們帶到顯著的地方，或用一束光照著它。這可以被抗衡，如果魯柏強調，他的確是被安全地護持著的，而他的存在是被自動自發地托住的。那安全與再保證的想法對抗了恐懼，而再次打開了自由聯想的通路。

這節該有助於將你來訪時——正是當他想要表現得最好的時候——往往如此明顯的不舒服減

到最小。換言之，他太過努力了。他的每個活動真的能輕易地一個流到另一個裡，而他該提醒自己，在他之內的內在智慧，的確靠自己永遠在尋求他最大的利益，而它自己也永遠在為他工作。如果他想要的話，叫他想像這內在智慧為一個摯愛的父母。這也將鈍化他對自己父母可能有的任何嗔恨的刀口。

我可能回來一會兒，但我現在真的啟動增長自愛、蓬勃生氣和幸福感的那些座標。

（三點四十五分。我兩次讀此節給珍聽。我處理信件，謝謝經由茉德·卡德威爾的努力，收到的六百五十元捐款。當然，我們注意到，賽斯說，珍的不舒服只部分由她無法治癒自己的恐懼而來。那麼，別的理由又是什麼呢？珍隨後說，她認為賽斯真的會回來。在四點十六分繼續。）

他不舒服的另一個理由與他的生日有關，再加上母親節——也就是明天——的想法。

由於他和母親之間的糟糕關係，母親節的想法令他半憎恨又半悲傷（停頓良久），而他曾希望在生日前有進一步的進展。

顯然他真的相信身體能開始覺得越來越好——而那是個可用的好暗示，因為它暗指持續地輸入信息，而沒涉及絕對。

（四點二十分。我讀此節給她聽。她又覺得賽斯來了。四點二十三分。）

他的身體並沒有新的「錯誤」。這種恐懼顯示，對身體的不信任到某程度仍在，因此他該恢復他關於陰性、他的肉身，及健康之間聯繫的記憶。

我真的想提到，我們的書的銷售量的確在增加，並且會繼續如此。

再次的，我祝你們有個美好的下午。

（四點二十六分。我讀此節的後半部給珍聽。「我有個感覺，在我們書的銷售量的增加上，必然涉及了什麼，」當我讀完後，珍說。信件又累積了不少，而現在我又落後了。

「賽斯，午安。」

（在今天的課後，我覺得沮喪，因為對我而言，似乎在所有這些時間之後，珍仍未擺脫她的恐懼，尤其是對她自己身體及其過程的不信任。我視生日／母親節的麻煩為：只是在症狀理由的一個二十年循環之最近的新主意。問題不在於她這些日子為何如此不舒服，卻是：為何身體、心靈選擇了去忍受那些症狀這麼久。）

註❶：在一九七四年，我在珍／賽斯的《個人實相的本質》裡寫道：「擺錘是個非常老的方法。我用它來取得——ideamotor，有關剛剛在我們平常意識之外的知識的潛意識反應。我握著一個懸在線上的小重物，以便它可以自由的移動。藉由在心裡問問題，我按照那擺錘是往前後或左右搖擺，而獲得「是」或「否」的答案。

7

與健康有關的童年狀況，及給父母的建議

一九八四年五月十三日　星期日　下午三點十分

（在卡拉的幫助下，珍昨晚打電話來。今天很暖和，當我開車到三三〇房時，大約六十三度，並且還下了雨，而後來在下午雨勢很大。我在《夢》的工作上沒有進度，並且明天可能也做不了多少。如果天氣不錯，我必須要剪草。我也想畫些畫，但在此時這似乎不可能。

（珍自己讀了昨天的課，我也幫幫她；她對我自己寫的註沒說什麼。她午餐和晚餐都吃得不好。而今天早晨她的確要求服用Darvoset 來緩解她的不舒服。當我今天抵達三三〇房時，她已仰躺著了。喬治亞將她放在那兒的，並且今晨也替珍洗了頭髮，很好看。）

我祝你們有個美好的下午。

（「賽斯，午安。」）

口授。

我們將開始第七章，名字叫：「與健康有關的童年狀況，及給父母的建議。」

（停頓良久。）對成人而言，健康和疾病的概念，與哲學的、宗教的及社會的信念是密切相連的。它們甚至更與科學觀念以及科學一般對生命的看法糾纏在一起。不過，兒童是遠較天真的，而雖然他們對父母的想法作反應，他們的心智仍是開放而充滿了好奇的。他們也被賦予了一個幾乎令人吃驚的彈性和活力。

他們擁有對身體及其所有部分一個與生俱來的愛。他們也感覺到一個熱切的慾望，要去學有關自己的肉體覺受與能力，及所有能學到的一切。

同時，年輕的兒童尤其仍保有一種與宇宙、與所有生命合一的感覺，縱使當他們開始在某個層面上，將自己與生命的整體分開，而去從事愉快的任務時。當他們視自己為與所有其他個體分離與分開之時，他們仍保持了一個內在的理解，和一度曾體驗與整體生命合一的記憶。

（三點二十一分。）在那個層面，甚至疾病也只被認作生命經驗的一部分，不論它可能是多麼的討厭。甚至在一個幼小的年紀，兒童喜悅地在他們架構內探索所有可能覺受的一切可能性——疼痛與喜悅一樣，挫折與滿足一樣，他們的知覺始終是被好奇、詫異，及喜悅所推進的。

由雙親與醫師那兒，以及藉那些人對他們自己的不舒服做了什麼，他們得到對健康和疾病的第一個概念。甚至在他們能看見之前，兒童已經覺察，就健康和疾病而言，父母期待他們什麼，因此，早期的行為模式形成了，他們隨之在成人期對之反應。

你可以休息一下。我也許會也許不會回來，但我真的啟動加速你自己療癒過程及幸福的那些座標。

（三點二十六分。我回了幾封信，感謝捐款給珍的醫院基金的人們。卡拉測了珍的體溫——九十八度四。我讀最後一句給我太太聽。在三點四十四分繼續。）

目前我們將談到擁有一般良好健康的兒童，但他們也可能有一些平常的「兒童疾病」。後來我們將討論有格外嚴重的健康狀況的兒童。

許多兒童經由他們父母善意的錯誤，獲得不良的健康習慣。當父母實際上因孩子的病而獎賞他時，這尤其是真的。在這種例子裡，生病的兒童遠比平常受到縱容，給予特別的注意，給予像冰淇淋這樣的美食，寬免一些平常的家務，並以其他方式鼓勵他將疾病的發作認做是受到特別照顧與獎賞的時候。

我並不是指，不該和藹對待生病的兒童，或給予一點特別的照顧——但該為了兒童的復原獎賞他，並且該努力保持小孩的日常生活儘量正常。兒童往往對他們一些病的原因相當明瞭，因為他們常常從父母處學到，生病可被用為達到一個想要結果的方法。

父母往往對自己隱藏這種行為。他們故意對自己生病的原因閉上眼睛，而這行為變得如此的習慣性，以至於他們不再意識到自己的意圖。

可是，兒童可能對他們意願自己生病相當的覺察，為了避免上學、考試，或他害怕要來的一個家庭事件。不過，他們很快學到，這種自覺是不可接受的，因此他們開始假裝無知，反倒迅速地學會告訴自己，他們彷彿毫無理由的有了一種病菌或一種病毒，或傷了風。

父母經常促進這種行為。有些人只不過太忙，無法問兒童關於他自己的病的事。給一個孩子阿司匹靈，然後在送他上床時附上薑汁汽水和一本著色簿，要簡單得多了。

這種程序不幸地剝奪了一個孩子重要的自覺和瞭解。他們開始覺得是這個或那個不適的受害者。既然他們渾然不覺一開始是自己引起了這問題，於是並不明白自己擁有改正這情況的力量。如果同時他們又因此種行為受到獎賞，那麼當然，壓力便減少了，因此，一次生病或健康不良能變成獲得照顧、受寵身分，及獎賞的方法。

覺察這些事實的父母，只藉由問他們生病的理由，便可以在孩子幼小時幫助他們。一個母親可以說：「你不必發燒才能不上學，或作為得到愛和照顧的方法，因為我不管怎樣都是愛你的。而如果在學校有什麼問題，我們可以想法子一同解決，所以你不必令自己生病。」再次的，這種行為的理由在兒童的心中往往相當的清楚。所以，如果當孩子小時，父母開始這種問話和再保證，那麼小孩會學到，雖然生病可以用來獲得一個想要的結果，但還有較好、較健康的方法能達成這個目的。

很不幸，有些父母以最不好的方式用到暗示的本質，以致一個孩子常常被告以他是體弱多病的，或過度敏感的，而不像其他小孩那樣強健。如果那種行為繼續下去，那麼，孩子很快會將此種說法當真，而開始實行，直到它們真的在孩子的日常生活裡變得太真實了。

口授結束。

此節結束。我祝你們有個美好的下午。

（「賽斯，午安。」）

（四點十三分。為了不知什麼理由我沒讀此節給珍聽。她仍不舒服，所以我比平常早些幫她側躺著。大約九點二十五分時，她在卡拉的幫助下打電話來，當我在打此節時，她說她覺得好一些了。）

一九八四年五月十四日　星期一　下午三點三十分

（今天冷得多，且有雨。當我到達三三〇房時，珍又仰躺著了。不過，由於濕度特高，風扇有時開著。現在珍的生日和母親節——賽斯說促成她不適的因素——都過了，她彷彿好過了一點。）

現在——我祝你們有個美好的下午。

（「賽斯，午安。」）

我們將繼續口授。

（非常久的停頓。）當然，良好的健康是與一個家庭關於身體的信念密切相連的。如果父母相信，身體不知怎地是精神的一個較差的工具，或如果他們只是視身體為不可靠的，或軟弱和脆弱的，那麼孩子將在幼小時開始認為，健康良好是稀有的，而學會將沮喪、缺乏精神，及身體的疼痛視為一個自然、正常的生命情狀。

如果，在另一方面，父母視身體為一個健康、可靠的表達和感受工具，那麼，他們的孩子將以同樣的方式看自己的身體。雙親對彼此，及對他們的孩子，表現一種喜愛的感情是非常重要的，而因此不需要訴諸生病為得到關注，或考驗父母的愛和奉獻的一個方法。

兒童並沒有自然的理由對身體的任何部分感覺羞恥。沒有一個身體的部分該被以秘密的、悄悄的聲調來談論。可是，每個孩子都該被告以，他的身體是個珍貴的私人所有物，因此，很容易建立對身體私密性的一個令人滿意的感覺，而沒有任何羞恥或罪惡的暗示。

不用說，父母該同等喜愛他們的男孩和女孩的身體，因此，沒有一個不如另一個的想法。每個孩子都該盡早被他們的父母教育，以使小孩一再被提醒身體自然的資源和療癒能力。

（停頓良久。）真的相當擔心他們孩子對疾病敏感的父母，常常過份熱心，強調所有種類的運動及與運動相關的節目，但孩子們感受到了他們父母未言明的恐懼，而試圖藉由在運動項目裡達成高目標或成績來使父母放心。

沒有一個區域的思維或信念沒在某方面觸及健康的主題。所以，在這整本書裡，我們將談論許多一開始彷彿與手邊題目不相干的概念。

口授結束。

（三點五十一分。）再次的，教魯柏提醒自己對他身體的想法，及其與他的性和健康的關係，是個好主意。這會幫助他發現他對身體不信任的原因，因此，他能開始對身體的可靠性、足智多謀，與有力的療癒能力有一個新的感受。

今天下午，我也許會也許不會回來，但再次的，我真的加速你們自己的療癒能力，並加快你們自己幸福和安全感的那些座標。

（「謝謝你。」）

（三點五十五分，我讀此節給珍聽。當她在傳述時，被醫院職員打斷了兩次。我該註明，在今天上課前，她讀昨天的課讀得非常好——快而容易。）

一九八四年五月十五日　星期二　下午四點三十二分

（今天，珍仰躺著，舒服了一點兒，雖然並不太多。她午餐——或，就彼而言，晚餐，吃得很少。但，她讀了兩節，讀得很好。我說，我正認真的考慮放棄回覆大多數書迷的來信，它們近來增加了不少。我越來越不容易找出時間集中心力將《夢》完成了。

（珍右膝上的潰瘍顯示出明確的痊癒徵象，而在內部癒合了——比她左手的骨節要好多了。

（雖然外面並沒那麼熱，我們打開了風扇，而窗子也大開著。珍的賽斯之聲比平常大得多。我可以補充說，整節課間，我都有「眼睛的事情」——那些明亮、鋸齒狀的模式移動過我的視野。我形容那效應，並附加了一幅素描，在一九七五年出版的、珍的《意識的探險》裡。今天的插曲是很久以來的第一次，我相信是由壓力引起的，但它沒繼續很久。我沒花時間用擺錘去學到更多。）

現在——我祝你們有個美好的下午。

（「賽斯，午安。」）

這不是書的口授。

如果魯柏和你討論他對身體的不信任，會有相當的幫助——故此表達在你們關係的架構內的那些感受。

那些感受不該以不贊同來對待，當然，因為它的確是的，由於魯柏不贊同這種感受，他常常隱藏它們。以這樣一種方式表達，它們可能真的誘出魯柏的眼淚——而或許也令你流淚。

實際上，魯柏該同情地對待那些感受，解釋給它們聽，它們來自何方。這容許那情緒一些清晰的解決。他甚至可能視那些不信任的感覺為：他自己疼愛的、被嚇怕的部分，然後，再次的，同情地對自己的那個部分說話——告訴它，它為什麼不必再害怕，而在言詞和情緒上強調，自己被嚇怕的部分現在不再需要防禦，卻能允許它自己自由和自然的表達。這些建議，如果付諸實行的話，其價值會是相當可觀的。告訴魯柏，在我們的下一節，我將再開始書的口授。包括談「越來越好的藥」的資料。

那麼，我祝你倆有個愉快的下午，而再次的我加速你們自己的療癒能力，並加快你們自己的安康感及平和心境。我給你們的建議是相當強而有力的。

〔「謝謝你。」〕

〔四點四十分。「嗯，我很高興我做了口授，」珍說。「在你讀給我聽時，我要抽一支煙。」〕

課開始後，珍馬上被一位拿維他命C的護士打斷。記錄那一課時，我十分訝異，珍自己的某個被嚇怕的部分，能在她其餘的精神和肉體的人格上施加這樣大的力量。然後，我想，也許我根本不訝異——對追隨形形色色心理訓練的治療師而言，這種事可能是司空見慣的。再次的，結果我很沮喪。

〔珍感覺到了這個，因為她說我會不贊同。我說，否認她症狀的存在是沒用的。而她回答說，她已可感覺到與今天的賽斯課相連的情緒。我想我們明天可對那事做些什麼，然後才發現，我們的驗光師，吉姆．貝克，在兩點後會到，送來一些時候以前，他替珍檢查的兩副眼鏡。那是我們嘗試自由聯想的黃金時間，然而，珍必須有她的眼鏡。

〔上課後，正當我幫珍側臥時，我們的鄰居喬．本巴羅——他癌症很嚴重——打電話來，邀我與他和他的太太瑪格莉特共享中國食物及「大黃」派〔rhubarb pie〕。我在七點三十分後才抵達他們的家，因為我在試著令珍舒服一些。食物非常可口——直到當我講話時，兩塊雞肉卡在我的喉嚨裡。喬躺在沙發上，看見我試圖吞嚥，而將瑪格莉特從廚房叫出來。我還能呼吸，卻有些費力，因為我喉嚨的肌肉一直試著將肉嚥下去。我知道這情況可能變得很嚴重，但我們都沒慌張。

瑪格莉特曾是位學校護士，她用上漢默李奇法：用她強壯的手臂由我背後抱著我，用力擠。在第三次擠時，一部分雞肉由我的口中跳出。我可以啞聲講話，同時感覺第二部份向我的橫隔膜慢慢下去。令本巴羅一家驚訝的是，我終於能吃完我的飯。那一瞬間，我已準備好讓瑪格莉特用所有必要的力氣，甚至到壓斷一兩根肋骨的程度，如我讀過可能發生的。而那晚躺在床上，我暗忖，萬一我沒活過來，珍會發生什麼……）

一九八四年五月十八日　星期五　下午三點四十八分

（昨晚當我到家時，我看見法蘭克•朗威爾介紹我接觸的、剪草坪的年輕人做好了他的工作；而那草坪看來棒極了。今天下午他還要回來耙落葉。

（當我到那兒時，珍仰躺著。她似乎覺得舒服一點了。吃過普通的午餐後，她戴著她新的近距眼鏡，自己讀了兩節，讀得飛快。我告訴她，我想現在她可以大聲念，比我還快。

（從Prentice-Hall轉來的信增加了相當的多，不論這是否與賽斯近來說書的銷售量正在增加的聲明一致。過去三天以來，湧來大批書迷的信。我已落後很多很多，覺得我再也無法回完信。事實上，今天是我在三三〇房沒有至少回幾封讀者來信的第一天。它給我一種奇怪的自由感；下午似乎延長，或變長了。我相信我已到了棄絕書迷的信，或其大部分的信的地步。或許我會從寫

《夢》的時間裡抽點時間來寫一封最後的回信──包括賽斯的──寄給來信的人。我可以簽名，如此而已。

（這資料是自由聯想的東西，跟隨著賽斯在五月十五日給珍的私人課裡的建議。我們是要討論她對她身體的不信任，及有關的題目。我們昨天曾試過，只不過吉姆・貝克帶來她的新眼鏡。以下顯然是簡化過並較短的，因為我無法記錄我們間所講的每一個字。我們想接通在文字背後的情緒。

（這些大半都在種種不同的時候講過。珍由談她的母親開始，她如何在珍青春期時告訴她，她身體裡有她父親（戴爾墨）的血，而他是有梅毒的。珍被她的第一次月事嚇到了，而告訴一位修女所有的一切──而，或許，那修女也有她自己的煩擾；珍沒說，或許不記得了。

（她也重述，她如何由於月事而不必上運動課，而瑪麗如何說戴爾墨因為有梅毒而眼睛不好，無法閱讀。珍記得所有那些感覺，卻並不感覺它們，她說。她非常怕懷孕，而從不亂來。在我們結婚後，她害怕懷孕，認為它會毀了我們的事業。我提醒她說，當她真的懷孕時，我並沒有太心煩，而是接受了它。她覺得，二十七年前，在科幻小說大會時，男人們沒認真看待她，因為她是個女人。通靈的事也一樣：一個歇斯底里的女人。她覺得男人比女人優越。

（她非常早就與寫詩認同。「我相信我所寫的東西，但人們說，我有一天會沒了興趣而去生小孩，我下了決心不要。」很難與大多數男友分享詩；她發現，裝笨更聰明。瑪麗一直鼓勵她的詩，而兩個女人有好幾年分享了詩。珍習於寫詩來贏回瑪麗的歡心：「同時我又覺得這樣做是出賣自己。我對那事記得很清楚。」我不記得珍以前告訴過我這點，雖然她可能有過。

（珍好幾次很害怕她可能懷了我的孩子。然而，除了有一次在一個激情的片刻，她從未有要小孩的衝動。「但我明確感覺到你陰性的部分是你無法信賴的部分，」她說。當我們談這些事時，她說她越來越煩躁和緊張，而要吸一根煙，因此我們離被埋葬的情感近了。我問她關於賽斯，一個透過女人說話的男人。她說，她懷疑，作為一個女人，如果她說話像個男人，便會有更多權威。在賽斯課開始時，她「感覺到一種口是心非」。我也不記得這個。她再次變得神經緊張，聲音幾乎帶淚。她回想到，賽斯有一次說過，如果他以女人的身份傳過來，珍是不會忍受的。所有這些男性的玩意兒都與她童年歲月裡的神父有關。

（關於信封實驗——賽斯必須幾乎是無所不在的——因為她將教會的權威轉移給賽斯。一個重點，並且我認為是個新的。再次的，珍是緊張而煩躁的，快哭出來了。但我說，教會不會贊同賽斯。進來了一個念頭：她在開始一個假的教會——的確是個異端——還有個假神，賽斯。天主教懺悔補贖的想法在此混了進來。我補充說，既然她要用那能力，而非否定它們，如教會會要她做的，她選擇繼續她精神上的叛逆，因此必須透過症狀付出身體上的補贖。她的詩的創意部份，一直試想超出教會要它走到的地方。我說，一個工整的圓，沒有出路。珍說她可能要咬指甲了。她非常的不舒服，卻沒有眼淚。

（我們談了很多，關於她生命中的神父們，以及她的作品與他們早先的教誨建立的衝突，還有他們個人的行為，好的和壞的。當珍的詩與教會有了矛盾時，或當拉金神父燒她的書時，她不記得她母親有任何反應。我認為這很奇怪。

（三點三十五分。她再次的緊張與煩躁起來，而又抽了一支煙。她談到上一節課，將它全都組合起來。她再描寫川頓神父的所有那些探訪。她談到，當她才三或四歲大時，一位神父放她上床，如何帶性慾地和她「玩」，而瑪麗如何終於想通了。這就是當我們住在一起時，打電話給她的那一個，他老了，住在賓州南邊的一家老人院裡，我相信。她描寫，當川頓神父對瑪麗生氣的時候，如何背對瑪麗坐著，而拉金神父又如何對她獻殷勤。她在一個男性支配的世界長大。珍說，當她才十三歲，與拉金神父第一次見面時，他說：「你就是太冒失了。」一個好的問候語，而顯然珍還記得的一個。當我們在聊時，她今天才發現，她的外公對女人也沒有愛。而瑪麗告訴她：「你是個好孩子，直到你長到十八歲——然後你變成一隻母狗。」在佛羅里達，珍好幾次以為我將離開她。我並沒有。

（當珍的母親讀紙牌或茶葉算命時，珍很害怕。她記得她母親做出後來實現了的預言——但，我問，她做過多少並沒成功的預言呢？可能上百吧！

（以上所有都是一九八四年五月十七日的自由聯想資料。）

※

（以下是一九八四年五月十八日的課：）

現在，我祝你們有個美好的下午。

（「賽斯，午安。」）

這是書的口授。

我之前曾提到，遊戲是成長與發展不可或缺的。兒童透過遊戲演出來學習。他們想像自己在所有各種的情況裡。他們看見自己在危險的尷尬處境裡，然後如魔法般想出自己的脫逃方式。他們嘗試其他家人的角色，想像自己富有或貧窮、年老或年輕、男性或女性。

當他們看見自己在所有種種的情況中強有力地行動時，這容許兒童一種自由、獨立，和有力量的感覺。不必說，實質的遊戲自動有助於發展身體及其能力。

對一個孩子而言，遊戲和工作往往是同一件事，而父母們能利用想像的遊戲，作為加強健康和活力概念的一個方法。當一個孩子脾氣不好或暴躁不安，或頭痛，或有其他看來不嚴重的不舒服的時候，父母能利用這想法：讓那孩子想像你在給他一顆「越來越好的藥丸」。叫孩子張開嘴，而你放那顆想像的藥丸在他的舌頭上，或叫孩子想像拿起藥丸，放在他嘴裡。然後給孩子一杯水將藥吞下，或叫孩子為自己取水。然後，叫孩子念三次，比如說，「我已吃了一顆越來越好的藥，所以我自己很快就會覺得越來越好。」

這樣一種遊戲越早開始越好，而當孩子長大些時，你可以解釋，一顆想像的藥丸，往往與真的一樣有用——如果不是更好的話。

這並不表示，我在叫家長以想像的藥取代真的藥，雖然，我重複，它可能完全一樣有效喔。不過，在你們的社會裡，幾乎是不可能沒有醫藥或醫學而活下去的。

雖然我要強調那點，我也要提醒你們，天生地與理想地，身體是相當有辦法療癒它自己的，而顯然能治好自己暫時的頭痛。在你們目前的階段，你們必須以一個全然不同的學習系統來取代，身體才能展示其真正的潛能與治癒能力。

（四點五分。）在其他的兒童病例裡，叫孩子玩一個治癒遊戲，在其中，他好玩地想像他又再是完全健康地於戶外遊戲；或叫那小孩想像和一個朋友在談話，描寫那疾病為已過去了。甚至在老人院裡，也可用遊戲，因為它可以令自發的感覺復甦，給意識心一個休息而不再擔憂。

許多古老的與所謂的原始人利用遊戲——當然，還有戲劇——為了它們的治療價值，而往往它們的效果有與醫學相當的治療性。如果你的孩子相信，一個特定的疾病是由一種病毒引起的，那麼，建議一種遊戲，在其中，那小孩想像病毒是個小蟲，他可以勝利地以一個掃把趕走，或掃出門去。一旦一個孩子懂了這主意，他常常會編造他自己的遊戲，那將證明是最有益的。

兒童們不被教以這種遊戲，卻往往被教去相信，任何的情況、疾病或危險都將變壞，最不喜歡而非最喜歡的解決之道將被找到。可是，藉由這種精神性遊戲，強調想要的答案，兒童可以在早年學會，以遠較有益的方式利用他們的想像力和心智。

短短休息一會兒，我們還將繼續。

（四點十六分。珍吸了一支煙。在四點二十三分繼續。）

最糟糕的一個概念是，相信疾病是上帝送來的一個懲罰。不幸的是，這樣的一個信念是許多宗教所倡導的。所以，想要做乖孩子的兒童，可能很不幸地努力去得到不良的健康，相信那是神的關注的一個徵兆。被神懲罰往往被視為比被神忽略要好。持有這種觀點的成人，往往讓他們的小孩過著騷亂和沮喪的一生。

在所有種種的疾病裡，凡是可能的時候，且以不論什麼方式，遊戲都該被培養。許多獨裁性的宗教根本尖銳地拒絕容許他們的信眾沈迷於任何一種遊戲，而不悅地視之為罪惡。紙牌遊戲和家庭遊戲——像「大富翁」，實際上是極佳的練習，而任何形式的遊戲都鼓勵自發性，並促進療癒及平靜。

口授結束。

（四點二十九分。）在魯柏這方的一些遊戲行為，會有相當的益處——如果你倆可能一同沈迷於某種遊戲，還會更好些，縱使只涉及了心智的遊戲——沒有特殊目的，除了好玩之外的遊戲。

舉例來說，某個版本涉及你倆和法文書。

再次的，我的確真的加快那些有助於療癒過程的座標，而我祝你們有個美好的下午。

「賽斯，午安。」

（四點三十二分。外面起風了，變冷，而且烏雲密佈。「告訴你實話，我是這麼地難受，我以為我無法上課，」珍說，在我幫她轉身前，她吸了一支煙。我們想到包括法文書，甚或字謎等遊戲。在三三〇房窗子旁，剛開始長葉子的梣木裡，我看到一隻好小的黃鳥在樹枝間掠過。我指給珍看，但她除了一抹顏色外，無法看到什麼。我想，昨天下午，我也看到同一隻鳥。

（所提到的書是珍在紐約州沙拉托加溫泉市，斯基摩學院時代的法英文課本。幾年前，珍開始複習她對法文的知識，而我曾請她教我一點法文。有趣，但我倆都沒堅持我們的想法。）

8

兒童的遊戲、轉世，以及健康

一九八四年五月二十二日　星期二　下午四點二十四分

（以下是一九八四年五月二十日在四點二十分給的，自由聯想資料的一個簡短的總結：

（珍討論昨晚的一個正面的、精力旺盛的夢，在此沒有紀錄。珍說，昨晚的夢系列是她對她身體能力的慶祝——她堅持身體的絕佳運作。她認為她沒用到身體的能力。「我請它原諒我沒那麼做。我給它動的自由——而現在我整個下午都難受極了。」

（她的不舒服狀態可不可能是身體響應的一個徵兆？她習於想：「如果我不停地用我的身體，我就不會做事——那樣是歇斯底里的，因為現在我幾乎不做任何事。」她不知道她的身體是否會完全恢復，然而，她真的相信，她可以伸直她的斷腿。我反而建議，她了解她好的左腿目前是在一個可以伸直的地位。她沒有想到那點。她現在真的認為身體上的恢復是安全的。

（珍感受到一些情緒——她拒絕去思考它——她在她人生這麼晚的時候，才開始一些涉及她的存有的方案。這是我的問題引來的結果。她認為是可能的。

（懲罰。我們必須更多地探索那觀念。珍用暗示——她請母親原諒她，反之亦然，而她也原諒自己。我認為幾乎必然涉及了懲罰。當我們談到這時，珍變得相當緊張和煩躁，所以我知道那兒是有什麼東西的。）

（今天下午，珍好幾次告訴我說，她得到賽斯書下一章的題目。她也說她想要恢復再給預言。）

※

現在我祝你們有個美好的下午。

（「賽斯，午安。」）

我們將開始新的一章，標題是：「兒童的遊戲，轉世，以及健康。」

請等我們一會兒……當兒童遊戲時，遊戲事件往往與在遊戲架構外所體驗的平常實質事件一樣的真實，甚或更真實。兒童在玩牛仔與印地安人，或官兵與強盜，有時可能變得像：如果他們真的在日常生活裡被陷入這樣的一個冒險裡一樣，被那追逐或追捕嚇到。

然後，兒童更生動地運用他們的想像力，甚至，在某些時候用上他們所有的感官，以跟隨或加強想像力繪出的畫面。的確，有許多種的實相、許多版本，而在人類學會集中焦點在一個特定的實相包裹上之前，還要許多時間呢。

在如此做的時候，他們隨之以結構的方式運用他們的想像力，而有助於加強主要的實相架構。不過，有一段時候，年幼的兒童利用到一個了不起的想像自由，以至於，他們能以體驗日常生活的同樣專注、力量，及活力去體驗「替代的」事件。事實上，一個有力的白日夢，可能顯得遠較圍繞著它的其他日常事件要來得真實。當孩子在玩時，他有很強烈的喜悅、憤怒或危險感。

孩子的身體往往反映出，如果所謂的「遊戲」事件是真的時，會引起的那些情況和反射。

你們大半的經驗都是直接發生的，在那兒，感官、想像力、動作和肉體的確實性相遇。可是，在夢中，你往往感覺好像你全然是在另一個地點，而你所有的感官彷彿都以那個地點為軸心而旋轉。換言之，你的經驗是與你平常的生活區域分開的。你可能夢到，你在走或跑或飛，然而，那些活動是與想像力、動作，及肉體的確實性相遇的地區離得夠遠，以至於，相對地說，你的身體保持安靜，同時你似乎在別的什麼地方自由的移動。

（四點四十分。）以一種方式，轉世可以用同類的比喻部份地解釋。你同時有許多存在——但每一個都有其自己的生活區域，你的那部份集中焦點於其上。事實上，那個部份有其自己的名字及自性，而是其自己城堡的主人，可以這樣說。

每個自己有其不可侵犯的點，在那兒，想像力、動作及肉體的確實性相交。不過，像孩子的遊戲一樣，事件發生在事件內，全都戲劇性地真實與生動，全都誘發特殊的反應和行動，而每一個都擁有自己私密的生活區域（熱切地）。

口授結束。

（四點四十四分。）我的確想開始這一章。再次的，我加快那些有助於自我療癒能力、內心平和、啟發和了解的座標，而我祝你們有個美好的下午。

（「賽斯，午安。」）

（四點四十五分。今天珍又是非常的不舒服，尤其是仰躺時。今天早晨她服用了Darvoset，下午當我在那兒時又服用一次。）

一九八四年五月二十三日　星期三　下午四點三十一分

（今天早晨，我做好了給珍在床上用的活動閱讀架，而在下午將它拿到三三〇房。珍能以某種方式用它，但並不如我希望的那樣好。不過，它有幫助。她有時仍很不舒服，而現在是每四小時服一次Darvoset。）

現在我再次祝你們有個美好的下午。

（「賽斯，午安。」）

我們將繼續口授。

在任何特定的一天，一個小孩都可能去騎旋轉木馬。同一個小男孩或小女孩也可能跨坐在一個玩具馬上，而假裝那馬是旋轉木馬的一部分。同一個孩子可能在電視螢幕上看到一個旋轉木馬的影像，或被告以另一個孩子去遊樂場玩，而接著騎過旋轉木馬的事。

那孩子將被騎旋轉木馬的直接體驗完全吸引。他或她的確可能同樣全神貫注——或者更甚地——想像他在騎彈簧木馬。當然，當孩子看電視上旋轉木馬的影像時，會有一些涉入，同時，關於另一個孩子去遊樂場玩的事，就不會令他感到同樣多的興趣。

以多少同樣的方式，事件出現並反映在轉世的存在上。所有的生生世世都發生於同時，就如假設的孩子之旋轉木馬的經驗全都發生在同一天。

不過，以轉世的說法，旋轉木馬事件可能在某些存在裡直接地體驗，或在另一生裡，只變成像一個影像，或發生在涉及真的馬，而非旋轉木馬的一個事件上。換言之，一生所經驗的事件，都會以某種方式反映在其他另一生所經驗的事件上。

（四點四十二分。）我並不是說，在一生裡的事件會引起另一生的事件，卻是說，有一個整體的模式——一個可能事件的儲存所——而在每一生中，每個個人選擇適合他整體私人目的的那些。然而那些生生世世將是相連的。一個個人在一次生命中可能有一個嚴重的疾病。另一生中，那事件可能變成一個不舒服的夢魘。在另一生中，那個人可能有個好友患上同樣的病。又在另一生中，那個人可能決定作個醫生，給同樣的病找到一個原因及一個療法。

不過，並沒人命中注定要為在另一生所犯下的任何罪而受苦。任何一生中，一個人自己存在的理由和目的，都可以在那生本身裡直接找到。

（停頓良久。最後那句話回響了我給《夢》所寫的一篇隨筆。）

口授結束。

（四點四十八分。）我祝你們有個最美好的下午。即使課很短，我也想繼續口授。再次的，我啟動加快你們自己的療癒潛能，並促進幸福和平安心境的那些座標。

（四點四十九分。「嗯，我想就是這樣了，」珍說。在我替她轉到左側前，她吸了一支煙。她不舒服。）

一九八四年五月二十六日　星期六　下午四點三分

（昨天，我在郵件裡收到，在紐澤西州、理堡的心理學家山姆・曼納翰替〈改變實相〉的夏季版寫的長篇文章副本。今天我將那篇文章帶到三三〇房，以便珍可以讀到。曼納翰博士非常贊同地將賽斯資料與幾個心理學派相比，而我告訴珍，我希望他的文章會顯示給她看，她作品的普遍有效性會繼續成長。她喜歡那篇文章，而同意她的作品影響力會繼續成長。

（今天當我在回信時，她說，今天她延遲上課，因為她從我這兒收到我想要暫停一下、以趕完其他的事的訊息。沒錯。但我告訴她，如果想她上課，我今天是準備上一節的。）

我祝你們有個美好的下午。

（「賽斯，午安。」）

——而我將繼續口授。

許多擁護轉世的人，非常堅定地相信，在一世裡的一種疾病，絕大多數在過去一生裡有其根源，所以，要發現目前的疾病或難局的理由，轉世的逆向催眠是必要的。

隨著這種信仰，也可能有一種相當傳統、刻板的因果報應版本。所以，你可能在此生為你前世所犯的錯誤受罰，或你可能真的在為幾千年前所做的錯事補償。再次的，的確，一個人所有的轉世存在是相連的——但，在一世裡的事件，並不會引起下一世的事件。

我必須再一次的提醒你，所有的時間同時發生，所以，關於「現在的懲罰是過去行為的報復」的混淆信念，實際上會是沒有意義的，既然在同時的時間裡，所有的行為都會是同時發生的。

（停頓良久。）不過，你可能對一種特定的疾病有整體的理由，那是和罪與罰毫不相關的，但，反之，可能涉及一種非凡的好奇感，及想體驗的慾望，那是多少有點非常規的——通常不會追求的——異國情調，或以某種說法，甚至是怪異的。

不論其本質，每一生都擁有其自己獨特的有利位置，而有時候，一個人可能採取一個無名的病，或長期的病，只為給他自己大多數別人會避開的經驗。一個個人可能尋求這樣一個立足點，以便以一種不同的方式看宇宙，問一下，從任何其他位置提出，也許便無法回答的問題。

（四點十六分。）舉例來說，另一生也許是與極佳的健康及活力打交道，而如我提過的，在另一生可能獻身於療癒的藝術——但，整體而言，鮮少有人將健康問題本身作為經常的轉世主題，雖然在一個人生為眾多貧窮寒微的百姓之一的情形裡，可能有這主題的強烈暗示。

如果你有健康上的問題，在你切身的經驗裡找其理由，而比起將它們派給遙遠過去裡的一個原因，要好得多。疾病的理由幾乎永遠在目前這生的經驗裡（停頓良久）——而縱使童年舊事原先可能啟動了不健康的行為，容許舊的行為模式運作的，卻是目前的信念。

請等我們一會兒，我們將繼續。

（四點二十二分。珍飲了一口咖啡，吸了一支煙。在四點二十八分再開始。）

如果你關心任何——精神、情緒或身體上——既定問題的話，你該記住某些事實。我在別處已提及其大多數，但它們在這個脈絡裡尤其重要。

新的一段。你必須瞭解，你創造你的實相，由於你對它的信念。所以，試著瞭解，那疾病的特定困境，並非什麼其他仲介強加在你身上的一個事件。要了悟，到某個程度，你的困境或你的病是你所曾選擇的，而這個選擇是以點點滴滴的小而彷彿不重要的選擇做成的。可是，每個選擇都曾導向你目前的困境，不論其性質如何。

如果你瞭解到你的信念形成你的經驗，那麼，你的確有一個很好的機會改變你的信念，因而改變你的經驗。

藉由對自己非常的誠實，你可以發現你自己選擇那困境或疾病的理由。既然當你做每個選擇時，你的用意都非常好，你沒理由感到罪惡——只不過，選擇是建立在信念上，那是信念而非事實。

我們在下一節將繼續口授。再次的，為你倆，我啟動加快你們自己的靈感、啟示及自我療癒的那些座標。

(「謝謝你。」

(四點四十四分。自上次休息後，三分鐘內，珍已被打斷了兩次。「哇！我感覺那兒有這樣一大塊資料，」她說。「而他甚至還有更多呢，但時間已晚，晚餐盤將會送來了，而你必須替我翻身，等等……」我看得出她有能力繼續。「我想他也會回答那位心理學家在他的信裡寫到的一些重點，」她說。我也有同感。

(她今天覺得好了些，那也許是較長的課的一個原因。自從今天早晨，她就沒吃Darvoset，那是個進步。傑夫．卡德開給她另一種維他命補給品——一種辛辣的無色液體，我聞起來像橙皮。這自幾天前的血液測試後就開始了。珍極不喜歡那味道。)

一九八四年五月二十八日　星期一　下午四點八分

現在我再次祝你們有個美好的下午。

(「賽斯，午安。」)

我們將繼續口授。

如果你在任何一種嚴重的困難裡，一開始，去想像你的問題是你自己的信念所引起，可能彷佛是不可理解、不可相信，甚或丟人的。

事實上，其反面可能看似為真。舉例來說，你可能丟掉了一連串的工作，而可能彷彿相當清楚，在任何那些境況裡，都不是你的錯。你可能有一種似乎不知哪兒來的嚴重的病，而你可能覺得，你自己的信念簡直不可能與這樣一個嚇人的病的開端有任何關連。

你可能在一個或好幾個非常令人不滿意的關係裡，它們沒有一個像是被你引起的，同時，你反而覺得好像你是個不情願的受害者或參與者。

你可能有個危險的藥物或酒精問題，或你可能與有這問題的人結了婚。在兩個例子裡，那情況都是被你自己的信念引起的，縱使在一開始這也許顯得非常不可能。為了這特定一章的目的，我們將討論從童年就升起的疾病或情況，因此，我們不包括天生殘障或非常早期的威脅生命的童年意外，或最不幸的兒時家庭狀況。這些將分開來討論。

（在四點十九分停頓良久。）在大多數例子裡，甚至最嚴重的疾病或複雜的生活條件和關係，都是在面對多少顯得是無法克服的困難時，被一個想要成長、發展或擴展的企圖所引起的。

一個個人往往在為某個顯得是阻塞住的目標努力，而因此，他用所有可用的精力和力氣去繞過那妨礙。那妨礙通常是一個需要瞭解或移除，而非繞過的信念。

在這本書裡，我們將涉及信念的本質，並涉及林林總總的方法，那會容許你選擇那些導致一個更令人滿意的生活信念。

雖然這本書名為《健康之道》，我們講的不僅是身體的健康，卻還有精神、心靈和情感的健康。舉例來說，如果你的親密關係是不健康的、不滿意的、挫折的，或難以達成的，不管你的身體狀況是如何的強健，你是不健康的。不論你的情況為何，自問，如果你不受它的束縛的話你會怎麼做，是個好主意。一個酗酒者的太太，可能全心全意希望她丈夫停止喝酒——但如果她突然問自己，她會做什麼，她可能——夠令人驚訝的——感到一陣恐慌。在檢查她自己的思緒及信念時，她很可能發現，她如此害怕達不到自己的目標。以致事實上她鼓勵丈夫的酗酒，因此她不必面對自己的「失敗」。

顯然，這個假設的情況是我的意思的一個信手拈來的例子，而沒談到會圍繞著那男人和那女人關係的數不清的其他信念及半信念。

口授結束。

（四點三十六分。）不過，再次的，我真的加速你們自己療癒能力、靈感及啟示的那些座標。

我真的的確經常關照你倆，現在我祝你倆有個最美好的下午。

（「賽斯，謝謝你。」）

（四點三十七分。「在那些我覺得不想上課的日子，你可以休息，」當我們談天時，珍說，「但在我覺得想上課的日子裡，我想該上——」）

(「你覺得你該上課，或你想上課？」我問。

(「喔，兩者都有，」她說。「兩個是一起的。當我想做時我就想做，」她笑出來。當我讀此節給她聽時，她吸了一支煙。我認為這是很好的一節，而我確定，包含了適用於我們情況的很多東西。)

9

你、你、你，和你。活在自相矛盾中

一九八四年五月二十九日　星期二　下午四點

我祝你們另一個美好的下午。

（「賽斯，午安。」）

下一章，標題是：「你、你、你、和你。活在自相矛盾中。」

（停頓良久。）每一個人都是如此的獨特，以致我顯然無法討論形成人類經驗的所有不可數計及複雜的信念縷——然而，在此，我希望，以某種方式，列出足夠的「明確的概括」，以便你們讀者，就你們自己的生命而言，都能發現許多適用之點。

事實上，你可能發現不只一個你，卻有好幾個你，可以這樣說，每一個追求某種目的，而你可能進一步發現，有些這種目的彼此抵消，同時有些則彼此對立。當然，這種相反的目的能導致精神、身體和情緒上的困難。

許多人相信，讓他們自己出頭、表達他們自己的想法或能力，是危險的。在另一方面，這種個人可能非常積極的要在某種藝術、專業或其他活動領域有所建樹。在這種例子裡，有兩個相反的目地在運作——表達自己的欲望，及害怕如此做的恐懼。

如果兩個信念都同樣的具主宰性與不可或缺，那麼，情況就變得相當的嚴重了。在一方面，這種人可能試著在社會裡、商業上、藝術或科學裡「獲得成功」，卻發現他們自己每向前一步就後退兩步。換言之，他們將遭遇自己造成的阻礙。如果這樣一個人開始成功，那麼，他們會被強而有力的提醒，對缺乏成功的同樣主宰性的需要——因為，再次的，此人相信自我表現乃是必要而可欲的，同時又是極危險的，故此必須避免。

（四點十四分。）結果，難局以許多方式呈現。此人可能在財務上成功，只不過做了一個嚴重或錯誤的商業判斷，因而喪失了財務上的利益。另一個人可能藉由身體本身來表達同樣的難局，因此，身體的活動力雖然是如此可欲，卻仍顯得是非常危險的。

當然，對大多數個人而言，這種推理聽來相當古怪，但我們討論中的人，比如說患有風濕性關節炎，或一些其他損傷動能的病人，可以問他們自己這個問題：「如果我擺脫了這狀況，我會做什麼？」

就像先前提到酗酒者的妻子。這樣一個人可能突然受到一種恐慌感的攻擊，而非鬆了一口氣，故此頭一回體驗到潛在問題下的、對動的恐懼。

然而，為何會怕動呢？因為如此多的人被教以：力量或能量是錯的、破壞性的，或罪惡的，所以要被懲罰。

好玩的、喧鬧的兒童往往被告以：不要做愛賣弄的人，或不要表現他們正常的蓬勃生氣。宗教強調戒律、節制，及苦修的重要性。所有這些態度，還有其他要為許多心靈、身體、精神，及情緒問題負責的信念，都可能對人極端的不利。

很不幸的，也有一些特定的教誨是性取向的，因而在一個性別上而非另一個性別上顯示其效應。男孩們仍被教以要「酷」、冷靜、好鬥，和肯定自己——相反於要溫暖、合作、合群而不虛張聲勢。男孩們被教以：在任何方面依賴都是沒男子氣概的。一般而言，在青少年期，當被母親親吻時，他們變得尷尬——然而，既獨立又依賴，既合作又競爭，是相當自然的。

這種年輕人懷著想要獨立的慾望長大，然而在同時他們也經驗到合作與依賴別人的自然驅力。許多人結果為任何他們認為依賴或沒男子氣概的行為懲罰自己。他們常常害怕表達愛，或優雅地接受情感上的滋養。

結果，有些這種人變得嚴重地被胃潰瘍折磨，因此他們的胃在接受物質的滋養時，變得疼痛及潰瘍了。

我也許會也許不會回來，但再次的，我的確真的加速導向身心平安的那些座標。

（「謝謝你。」）

（四點三十三分。珍一離開出神狀態就注意到，沒人為了任何事打擾我們。我告訴珍，像昨天的課一樣，此節又是非常的好；顯然它有許多地方適合我們的情況。當我們聊天時，我聽見一位護士在門外推著藥車。珍吃過她的阿司匹靈和Dorvoset後，在我替她翻身前，吸了一支煙。

（喬•本巴羅今天下午回到醫院，替他第四回合的化療做準備。我在七點離開珍後去看他。

他看起來和講起話來都好多了。喬對他得與癌症共處多久表示憂心。他也描寫了過去三個月來他常有、卻沒告訴瑪格莉特的一個夢。對我而言，它聽來顯然象徵他對死亡的恐懼及他抗拒對死亡投降的戰爭。他同意我委婉提供的解釋。無論如何，我根本沒那麼有把握我是對的。）

一九八四年五月三十日　星期三　下午四點十五分

（在昨天的課的結尾，我寫說，我在七點離開珍後，去看喬・本巴羅。當我在他的房間，五二二房時，瑪格莉特下去和珍問好。喬預定週四早上回家。

（昨晚，珍仰躺著，極端地不舒服；她說，她左臀上的褥瘡無止盡地令她難受。她吃了Dorvaset和阿司匹靈，但這些都沒有幫助。今天當我抵達三三〇房時，她仰躺著，覺得好多了，雖然並不自在。我告訴她，午餐時，約翰・本巴羅打電話給我，說他的父親暫時不會回家，醫生在他的一葉肺裡發現了一處感染。昨天沒人知道此事。）

現在，我再次祝你們有個美好的下午——

（「賽斯，午安。」）

——我們繼續口授。

（停頓良久。）對關於力量或能量的利用有強烈矛盾信念，並且有時擁有特多要求被利用的精神及身體能量的人，也往往經驗到癲癇。

在許多這種病例裡，所涉及的這人是智力極發達的人，擁有明顯卻鮮少被充分利用的天賦。這種人對個人的力量和能量是如此懼怕，以致令他們的神經系統短路，阻斷去做任何有目的行動的能力，至少暫時如此。

由於他們瞭解到，他們的確天生擁有強大的天賦和能力，這些人往往為他們的疾病而非他們的能力尋求注意。由於他們的機智和面對苦惱的機敏應對，他們可能變成職業病人，他們的醫生偏愛的人。可是，這些人也是活在相反的目的中。他們決意同時既表達自己，又不表達自己。像那麼多其他人，他們相信，自我表達是危險、邪惡，且必然導向受苦的——不論是否自己造成的。

這特定的一群人也常常被一種特別的憤怒佔有：他們因不能炫耀自己的力氣和力量——反之卻「被迫」做出一種有時顯得嚇人及羞辱的行為，而對自己狂怒。

（在四點二十八分停頓良久。）羅患癲癇的人也常是完美主義者——如此努力要做得最好，以致他們結果有一種非常不平順的、抽筋的身體行為。

在某些例子裡，口吃是同類活動的一個非常溫和的例子。在一方面，有些癲癇病人覺得高人一等，同時在另一方面，他們比正常人表現得笨拙得多。再次的，許多人也相信，那些具有特別才能或天賦的人，是不為人所喜，且被迫害的。

這帶我們到不幸與浪漫相連的一大堆信念。

休息一下，我們很快會繼續。

（四點三十四分。珍喝了一口咖啡，並吸了一支煙。「有時我覺得好像有一大塊資料在那兒，然後其他的日子卻什麼都沒有。」她說。在四點四十一分繼續。）

這些信念圍繞著藝術家、作家、詩人、音樂家、演員，及其他彷彿在藝術或其他形形色色的自我表達方式裡，有非比尋常天賦的人。這些信念導致最悲慘的傳奇，在其中，有天賦的人永遠為寶貴的自我表達的禮物以某種方式付出代價——藉由災難、不幸，或死亡。

口授結束。

（四點四十四分。）魯柏的不幸夜晚是他自己對身體恐懼的結果——與他隨之拾起喬自己可怕的恐懼的事實有關，而這些刺激了他自己的。

多少涉及了瑪格莉特的探訪，以及你去探訪喬的病房。要珍去再多做一些有關他身體表現的自由聯想，縱然令他不舒服，也是個好主意——而那些恐懼不該被不耐地對待。它們能夠並且應該被規勸，縱使這意味著一而再地去看相反的信念。

在我們下一節裡，我將試著給你們沿著這個方向的一些進一步的暗示，而我現在祝你倆有個美好的晚上，及一個舒適而愉悅的晚上。

（「謝謝你。」

（四點四十九分。昨晚當我去看他時，喬跟我談到他的恐懼，但我沒機會告訴珍此事，直到今天下午我在三三○房看到珍之後。換言之，珍自己拾到了喬的恐懼，除非當我離開後，瑪格莉特去看珍時可能曾談起過。

（註：瑪格莉特並沒有——反之，她告訴珍，喬覺得好了這麼多，以致家人計畫星期三晚上接他回家，而非星期四早上。）

一九八四年五月三十一日　星期四　下午四點十五分

（在五月二十八日，水療部的一位護士將一個空盤掉在珍的左腳背上，造成皮肉上的一個那種凹傷。珍說很痛。那一點仍會疼，但在療癒中。今晨，喬治亞及另一位護士助手將珍的右脛骨撞上擔架的金屬架上，那是他們將珍放在上面抬去水療部用的。珍痛得大叫，而喬治亞哭了。珍立刻開始告訴自己，一切都會沒問題，而事實看來也如此。雖然在她的小腿和腳一帶都一觸就痛，卻沒有傷口或烏青。當我今午到達三三○房時，沒看到腫脹。

（因為我必須在一點四十五分離開去看牙醫，珍比平常快地吃了午餐。我回來時告訴她，我會試著跟她一同做自由聯想或上一課。她說她不知有沒有力氣作自由聯想——「雖然我真的意圖要試試，像賽斯說的。」昨晚她比較好，但仰躺著仍不舒服，服用了Darvoset和阿司匹靈。

（我打電話到五二二房給瑪格莉特，看看喬如何。當時喬正在做骨頭掃瞄。瑪格莉特說，他變得比進醫院時衰弱多了，雖然顯然預後是沒問題的。）

我祝你們有個美好的下午。

（「賽斯，午安。」）

我們將繼續口授。

這些觀念有許多親戚，因此，我們事實上有一整個家族的信念，它們全都以某種方式相關連。

最重要的，與有關創造力及表達相連的扭曲，是相信知識本身是危險的、邪惡的，並且必然會導向災難的信念。此地，天真無邪被視為等同於無知。實際上，你在這種信念背後所有的是，對自由意志與做選擇的一個恐懼。

你的知識越廣闊，你對可能的行動，及隨之變得可得的一大堆選擇就越覺察。那麼，也有人對知識有一種強烈的渴求，他們相信知識是好而有益的，同時在另一方面他們同樣熱烈地相信，知識是被禁止且危險的。

當然，所有這些例子都導向嚴重的左右為難，並且往往在同時將一個人拉向兩個方向。它們也是許多心靈、情緒和身體問題的原因。

在此可能也該註明，當涉及了女性時，這對知識的懷疑就加深了，因為，傳說相當錯誤地給予一個印象：如果知識為女性所擁有時，它便加倍地可怕。當我們討論明確與性別相連的信念時，這該被牢記在心。

必然像是很顯然，在所有這種信念背後，都有對自然、人，與生命本身的不信任。

（四點二十八分。）不過，我們也必須記住，以一種方式，信念本身是工具，而在某些情況，彷彿相當負面的信念也能為更有益的信念掃除障礙。所以，討論了這麼多的負面信念，別去稱任何信念本身為壞的或邪惡的，是個好主意。它們以自己的方式，並不比，好比說，病毒們在牠們本身，更壞或邪惡。如果你以那方式看待它們，你將避免被彷彿只會導向毀滅的負面思維及信念之無止境的行列所壓倒。反之，舉例來說，將負面信念與橫掃全國的暴風相比：它們有它們的目的——而總的來說，那些目的有促進與支持生命本身的傾向。

不過，在我們仍在這討論當中時，提醒你自己，任何情況都可能被改變得更好。不斷提醒你自己，對一個難題最有利的解答，至少與最不幸的「解答」一樣的可能。也提醒你自己，不管你所有的擔憂，生命本身的精神都是持續地在你的經驗內，而形成你的肉身。

（停頓良久。）在這節裡，再次的，我加速鼓勵幸福及身心平安的那些座標。叫魯柏對最後幾句特別注意。

「賽斯午安。」

（四點三十八分。再次的，我們沒被打擾。珍的傳述很好。當我在替她翻身前讀此節給她聽時，她吸了一支煙。）

一九八四年六月一日　星期五　下午四點十二分

現在我再次祝你們有個美好的下午。

(「賽斯，午安。」)

——我們將繼續口授。

(停頓良久。)大多數人的確過著不令人滿意的生活，其中，許多個人在尋求那些由於全都在爭取他們注意的大團矛盾信念而幾乎無法達成的目標。他們自相矛盾。

這不僅導致私密的兩難、疾病，及彷彿無希望的關係——卻也導致全國性誤解的糾葛，以及世界性的失序。不過，的確有辦法突破這種衝突，而那些表達、和平與滿足的更寬廣大道是每個個人都可得的，不論整個畫面看來彷彿多糟糕。

所以，是可能改善你們的健康，並加深你們所有經驗的品質的。

就你們所瞭解的俗世生活而言，想像所有的疾病終究都會被征服，所有的關係都不可避免地被滿足，或預見一個未來，在其中，世上所有的人都被以平等與尊敬相待，顯然是太樂觀了。在此書裡，先前提到過的更大架構裡，首先，疾病本身是生命之整體活動的一部分。所謂的生病狀態，對肉體生命就與正常的健康一樣必要，所以，我們說的不是在地球上的涅槃——但我們的確在說，本書的每個讀者是可能加速他私人的感知，及延長並擴展平常的意識到一個程度，以至於和目前的經驗對照，生活可以幾乎被認為是「人間天堂」。

（在四點二十八分停頓良久。）這涉及了一種最深奧的再教育。到此為止所提到的矛盾信念是我先前所謂「意識的官方路線」的結果。顯然，人們在那些矛盾信念開始之前很久，就經驗到疾病──但再次的，那是由於疾病狀態在個人和全世界的整體健康所扮演的角色。

那麼，我們必須做的是，重新來過。的確相當可能這樣做，因為你將與你切身熟悉的資料打交道：你自己的思維、情緒和信念。

當然，你必須由你現在的位置開始，但如果努力去貫徹我們將在此建議的那種新假設的話，沒有人不能改善他的位置到一個相當的程度。到某程度這些概念已經在了，雖然它們在世界經驗裡尚不佔主導地位。

休息一會兒，我們將再講一點點。

（四點三十五分。在休息時，琳達拿來珍的阿司匹靈和Darvoset；我的太太仰躺時仍不舒服。在同時，外面有很大的鏗鏘聲：三部救火車及其他的車子，全都鳴著警笛，在我們三樓窗外的角落轉彎，顯然開向急診室的臨時入口。一會兒之後，醫院的播音系統傳來一個「藍醫師」的緊急傳喚。在四點四十四分繼續。）

這替換的思考方式在生物上是恰當的，因為現在應該很明顯，某些信念和概念有助於促進健康，而其他的則阻礙它。

這些概念是自然與生命本身所有部份之情感態度的轉譯。它們比任何的藥還好，促進各種各類生命價值完成的表達，不論其形式。

口授結束。

（四點四十七分。）一個註：這將是此書第一部——稱為「進退兩難」——的最後一章。當我們開始下一章時，它將是第二部——稱為「重新來過」——的第一章。

我想提醒你倆，我所說的真的是可能的，比不可能可能多了。就是如此。魯伯可以從他現在的位置開始，因為每個人必須以手頭的情況開始。威力之點就在當下。

現在我祝你們一個最美好的下午。

（「賽斯午安。謝謝你。」四點五十分。）

第2部・重新來過

10

一個新的開始。指示、建議，與決定

——以及何時去忽略這些

一九八四年六月三日　星期日　下午三點十一分

（今天中午，一位護士及一位護士助手在三三〇房的門口與我會面，告訴我她們花了半小時想令珍舒服。當我到達時，她仰躺著。她仍在服用阿司匹靈及Darvoset，而這兩種藥正開始影響她的聽覺。我注意到，上一週她又聽不清了——我必須說得更大聲、轉大電視的聲音，等等。

（不過，珍吃得不錯，而之後重讀了前四節，當我在回一些信時。我告訴她今天早上法蘭克・朗威爾來訪。我們同意了Crimson King 紅楓在後院裡的位置；明天下午法蘭克將要種它，並帶那年輕的傢伙來剪草，那已差不多六吋長了。昨晚和今晨又下了雨。）

現在我再次祝你們有個美好的下午。

（「賽斯，午安。」）

首先，給魯柏的一個便條：告訴他，不要拖延關於他對身體表現的恐懼的自由聯想，卻盡可能開放地與你討論這點。

這的確也容許你給他一些安慰，而有助於減輕你沒能幫得夠的任何感覺。不過，那感覺該被抒發出來——然後不再貫注於其上。

我們現在要開始本書的第二部：「重新來過。」下一章將稱為：「一個新的開始。指示、建議，與決定——以及何時去忽略這些。」

我們想要重新喚起的思維和信念，是那些在童年裡具主宰性的，如在此書先前提到過的。他們是在每個生物與生俱來的心靈上、精神上、情緒上與生物上的信念。兒童們相信，不只會有個明天，還有許多個明天，但他們也相信，每個明天都會是有報酬的，且充滿了發現。

他們覺得自己偃臥在一個整體的安全感裡，即使面對著一個不舒服的環境或情況。他們覺得被吸引向其他人及其他的生物，而聽其自然時，他們信任自己與別人的接觸。他們有一種天生的自我滿足與自我欣賞感，且本能地感覺，去探索和發展他們的能力，是自然且對他們好的。

休息一會兒。

（三點二十三分。因為我一直在咳嗽及吸鼻子，試圖打噴嚏，珍叫停了。我告訴她，我覺得喉嚨裡有點東西。不過，我真的並不知道是什麼令我發作的。）

他們期待關係是令人滿意且持續的，而期待每個事件都有可能的最好結果。他們享受交流、追求知識，同時也充滿了好奇。

所有那些態度都提供了促進他們身體生長與發展的力量與精神健康。對成人而言，那些概念不論聽來怎樣簡單，它們在自己內仍攜帶著必要的力量和推動力，來充滿生命之所有部分。後來，矛盾的信念往往扼殺了這種先前的態度，因此，當兒童們長大為成人時，他們幾乎擁有一套相反的假設。這些假設視為理所當然，任何緊張的情況都會變壞，與人溝通是危險的，自我完成帶來別人的嫉妒與報復，以及，作為個人，他們活在一個不安全的社會，那個社會是設在一個本身是野蠻、殘酷，且不計代價地只顧它自己存活的一個自然世界裡。

休息一下，我們將繼續。

（三點三十三分。羅勃進來量珍的血壓。天氣冷而多雲。在三點四十二分繼續。）

你的身體實際上靠大量喜悅的期待而活。

胎兒是被對未來的生長與發展的期待所推進的。去預期最不幸的情況會惡化，而非改進，已經夠糟了，但相信人類必然會毀滅它自己，或核子毀滅幾乎是不可避免的，真的就是魯莽了。

許多人不再相信死後的生命，而因此，很多人就被否定了一個心靈上或一個身體上的未來。這剝奪了身體與心智為了享受任何追求或活動所需的熱情和目的。這種信念使得任何人類努力都顯得無用了。有遠較健康和有益的對核能危險反應的方式，而我們在本書後面會討論這些。

目前，我只想建議，所有這種信念都該儘快地被瞭解與討論。我們希望顯示，大多數自然促進健康的信念都可以適用於所有精神的、身體的，或情緒的疾病或困難。我想要保證你，不論你的境況、年紀，或性別，你真的都能重新開始，由你之內重新喚起那些先前更天真的期待、感受和信念。事實上，如果你能按照兒童的遊戲來想像這努力，而非將它視為一個極度嚴肅的成人追求，要好得多。

換言之，甚至對最嚴重的問題，我們也將徐徐灌輸一個多少遊戲性的態度，因為遊戲這概念本身，就鼓勵想像和創造能力的利用。

這個重新來過——

（三點五十六分。林妮拿來珍最近在用的阿司匹靈和Darvoset的混合針劑。它留下一個苦味。我讀此節給她聽，而再次的必須為她說得大聲些，以便她聽到我。在四點十分繼續。）

再次的，由於時間的同時性，信念可於現在這一刻改變。

不必為了信念的「原始」原因，苦苦尋索進入此生或任何其他一生的過去裡。現在，做某一種的改變將自動「全面的」，可以這樣說，改變所有的信念。不過，你不去過份強調達到結果，卻容許自己一些餘地，是重要的。你習慣性地對你的信念反應，往往不加思索，並在一般對時間的概念，以及你對它的經驗內——你必須給你自己「一些時間」去改變那個習慣性行為。

如果這樣做的話，你將發現自己對想要的信念，與對不想要的信念一樣輕鬆而自動地反應。不過，如果這樣做的話，心裡要記住兒童的遊戲概念。這將容許你保持整件事懸在那裡。早在長大成人之前，兒童就會扮演成人，因此，當你仍在成長到那個更有利的畫面時，你同時可以與更想要的信念遊戲。

口授結束。

再次的，我加速導致身心平安、並促進療癒過程的那些座標，而我祝你倆一個最美好的黃昏。

(「賽斯午安。」四點十九分。)

一九八四年六月四日　星期一　下午三點十九分

現在我再次祝你們有個美好的下午。

(「賽斯，午安。」)

我們將繼續口授。

我想深入討論的問題之一就是，自發性與健康和疾病的關係。

你肉身存在的本身就是依賴許多自發性的過程的平順運作。你的思想、呼吸及運動，全都被大半是無意識的活動——至少從你平常想作是意識心的觀點來看——所指導。

你的身體經常不斷地修補它們自己，而你的頭腦會思想——全都沒在你正常有意識的注意之下。這也適用於所有那些使得生命變得可能的內在過程上。你的思想是有意識的，但思考的過程本身則否。在兒童的行為裡，以及在他們肢體自然的節奏性活動裡，自發性尤其重要。情感也彷彿以一種自發性的方式來來去去。

的確沒錯，好像人格的某些自發性部份，遠比我們如此有理由感到驕傲的有意識部份，還要來得有知識。

不過，許多人害怕自發性：它喚起放肆、過份，及危險的自由。即使不那麼熱烈地反對自發性的人，也往往覺得它不知怎地可疑、討厭，也許導向令人蒙羞的行為。可是，自發性代表生命本身的精神，而它是活下去的意志，和激發行為、動作及發現的那些衝動的基礎。以最真實的說法，你的生命是那些自發性過程所提供給你的。如我們在過去的書裡提過的，人類人格曾一度「較與自己合一」。他更平等地照顧到無意識與有意識的經驗。人比較覺察他的夢和所謂的無意識活動。

只不過因為文明人多少過份強調運用一種知識來超越另一種，使得人們害怕自己無意識的、自發的部份。那恐懼本身就引起他們堵住更多又更多的無意識知識。既然自發性的部份與身體活動是如此相關，他們在促進良好健康上非常重要，而當人們感覺與他們自發的自己分離時，到同樣程度，他們也覺得與自己的身體分開了。

（三點四十三分。）這種人變得害怕自由、抉擇和改變本身。他們拼命想要控制他們自己及環境，對抗一大團似乎從內心來的、猖獗的、自發的原始衝動，及一個無心的、混亂的、古老的自然力量。在物質世界裡，這種行為往往導致強迫性行動——樣版式的精神和身體活動，及帶著強烈壓抑色彩的其他情況。在此，任何表達幾乎都變成了禁忌。意識心必須盡可能控制所有的行為，因為這樣的一個人感覺到，只有僵化的、邏輯的思維才夠強，而足以抑制如此強烈的衝動力量。

（停頓良久。）這些態度可能反映在相當簡單的強迫行為裡：不論需不需要，無止境地清掃房間的女人；追隨某種精確、固定生活路線的男人——只開某些路線去上班；比其他人洗手洗得多得多；不斷給襯衫或背心扣扣子及解扣子。許多這種簡單的行為顯示一種極度需要對自己及環境獲得控制，所導致的樣版行為。

休息一下。

（三點五十二分。珍喝了咖啡，並吸了煙。天氣變得多雲了；我告訴她，我希望法蘭克・朗威爾在我們家種紅楓樹，同時那從學校來的年輕傢伙在剪草。於四點繼續。）

任何過份的行為都可能進來，包括吸煙過度、飲食過度，以及飲酒過度。

有些人可能很難相信，自發性是該被信任的，因為他們可能只覺察破壞性或暴力的衝動感覺。自發地表達衝動的概念，在那種情況下，將是最令人恐怖的。

事實上，所涉及的人們在壓抑的、並非暴力的衝動，卻是自然的、愛意的衝動。他們害怕愛的表達或依賴的需要，只會給他們帶來責備或懲罰。所以，他們藏起渴望，而破壞性的衝動事實上有助於保護他們，不去做他們不知怎地學會去害怕的愛的表達。

科學本身，雖然在一些區域那麼的精確，卻常常將本能的、衝動的——

（四點六分。林妮進來給珍藥。她告訴我們，她將離開醫院去Painter Post，一個在艾爾默拉西邊約十七哩的小社區，作個護士長。我們祝她好運。我在四點十四分讀最後一句給珍聽。）

——混亂的、破壞性的活動視為同一種。

自然及人的內在本質兩者都被視為包含著野蠻、破壞性的力量，文明和理性必須堅定地與之抗衡。

科學本身往往展示強迫性的和儀式性的行為，竟至編排其自己的推理路徑，以便它們含括安全領域，而固定地忽略那使得科學——或任何別的學科——成為可能的自發性偉大內在力量。如我先前說過的，自發性明白它自己的秩序。再沒有比自發地生長其自己所有部份的肉體更高度有系統的了。

（全都熱切地：）就如你的生命是由這些自發過程提供給你的，可以這樣說，宇宙的生命也是以同樣方式提供的。你看見物質的星辰，而你們的儀器探入遙遠的太空——但，使得宇宙成為可能的「內在過程」，是那些推進你自己思維的同樣過程。所以，相信自發性與紀律只是相反的東西是錯誤的。反之，真正的紀律是真正自發的結果。

（四點二十四分。）生命中每個元素的價值完成都依賴那些自發的過程，而在它們的源頭是基本的肯定性的愛，及對自己、宇宙，及生命情況的接受。

口授結束。

再次的，我啟動加快你們內心平安和自我療癒過程的那些座標——記住，它們是自發的。

（「謝謝你。」）

（四點二十六分。我告訴珍，她做得很好。她有一個略佳的一天，而吃得不錯。當我開上坡居時，我屏住呼吸——然後看到草真的已割好了；它看來棒極了。當我開進後面的車道時，我看見法蘭克已種好了紅楓樹。還不只此，他將他的耕作機拿回來了，而再次的挖好了後院，準備播種野花的種子。）

一九八四年六月五日　星期二　下午三點五分

現在，我再次祝你們有個美好的下午。

（「賽斯，午安。」）

我們將繼續口授。

（停頓良久。）自古以來，宗教就試圖幫助人瞭解他自己主觀的實相——但宗教有它自己的黑暗面，而為此理由，宗教不幸助長了對自發性的恐懼。

宗教沒去促進人的內在價值的概念，反倒教人不信任內在自己及其外在顯現。大多數教會宣揚一個強調有罪的自己的觀念，而將人看成是被原罪污染了的一種生物，甚至在他出生之前。

這扭曲了的畫面描述一種罪人的族類，天生被邪惡的、有時候是魔鬼的力量驅策。在這教義裡，人需要為他的出生道歉，而生命的情況被視為神降在其犯錯的生物上的處罰。很不幸地，這種觀念也反映在心理學的領域裡，尤其是在佛洛依德派裡——在那兒，比如說，「說溜嘴」可能出賣了自己隱藏的、窮凶極惡的真實慾望。

無意識被瞭解為久已被文明丟棄、不受歡迎的慾望之垃圾堆，同時再次的，大多數宗教理論都投射出，必須被好的工作、祈禱和救贖束縛住的隱delim的自己形象。

在這樣一大團負面假定之中，一個好而無邪的內我概念，幾乎像是可恥的。去鼓勵那個自己的表達，顯得是魯莽的，因為彷彿太清楚了，如果意識的蓋子被打開了，好比說，各種各樣的內在惡魔及被激怒的衝動就會衝出來。

（在三點二十分停頓良久。）再次的，對內我懷有這種看法的人，往往將同樣的概念投射在全部的自然上，以致自然世界顯得同樣的神秘、危險，並且有威脅性。

以政治的說法，這種人也尋找強烈的權威團體或政府，強調法律和秩序在公正或平等之上，而傾向於將社會上較窮、處於較不利地位的成員，視為充滿衝動、危險，永遠準備革命的。有這種信念的人相當常會過度訓練他們的身體、任職警衛，或以某種方式設定自己去控制他們的同胞。

在此，我並不是說，所有的警衛、軍隊或不論什麼的成員，都落入那個類別。不過，這種人將傾向於朝向一個極為有紀律的生活。他們許多的健康問題都將處理爆發（eruptions）——內部的潰瘍、皮膚發疹，或非常明確的精神與情緒上的爆發，以及，由於平常遵守紀律的行為模式，而更為顯著的力量與脾氣的大爆發。

休息一下。

（在三點五十分繼續。）

在大半這種例子裡，都缺乏一種情緒表達的正常範圍。舉例來說，這種人常常覺得極難表達愛、喜悅，或感激，而這缺乏表達被別人視為理所當然，他們看不清其實情，卻反倒認為那人只不過是謹慎而已。

次要人格及精神分裂的插曲也多少具有這種特徵——當矛盾信念阻積起來而被抑制，再次地出現為突然的爆發行為。而當人相信內我真的是一窩混亂的衝動時，那麼，一個人就變得越來越不可能表達正常範圍的活動了。那人隨之覺得了無生氣，且與工作及家庭脫了節。

可是，表達是生活的一個必要部份。每個人都感到那驅策力。當一套僵化的信念威脅會使行動顯得無意義時，那麼另一套被埋葬的、壓抑的信念可能浮出檯面，提供新的推動力，正當需要它的時候——但也形成一個帶有那些與主要自己的特質幾乎相反的特質的次要人格。

對所有這些議題，我們還有更多要說的——但現在我想討論，與性別及健康有關的自發性，或缺乏自發性。

所有剛提過的負面信念，或多或少地都觸及了性別。那些有著剛提過的信念的人，往往將性想做是獸性的、邪惡的，甚至是可恥的。

當關係到女性時，這些態度被強化了。當然，你們對性有一個很強的驅力，而如果你們同時相信它是可恥的，那麼你便處於一個非常曖昧的處境了。還有這種信念及矛盾的婦女，往往結果做了子宮切除術，很巧地由持有同樣信念的男性醫師開的刀。

許多男人期待有兒子，卻同時尊敬婚姻為可敬的家庭生活的一個必要部份，而同時覺得婚姻不知怎地貶低了人——尤其是男人——而性行為本身只在它帶給他一個子嗣時才是正當的。

這樣一個男人將尋花問柳，或與他認為低於他的女人有性行為。以一種奇怪的方式，他甚至會覺得和他自己的太太有性行為是錯的，相信性行為對他倆都是如此貶抑的。在許多這種例子裡，這些人會是偉大的運動員，追隨傳統的男性消遣，而也許對藝術或任何與女性沾上一丁點關係的興趣表示蔑視。

口授結束。

（四點三十三分。）再次的，我加快加強你們自己身心平安、而便利你們自己直覺能力利用的那些座標。

我祝你們一個美好的黃昏。

（「謝謝你。」）

（四點三十四分。珍相當慢的傳述被職員們打斷了三次。我告訴她，這節非常好，就與在最近系列裡所有的課一樣。她很高興。）

（今天很熱——超過八十度——而頭一次感覺像是夏天一樣。珍今天覺得好些。她午餐和晚餐都吃得很好，而很容易地翻了身。她仍在用Darvoset和阿司匹靈療法，加上鈣與其他額外的維他命——我們不知它們是什麼。珮姬‧加拉格在大約六點四十分來訪，所以我準備好而離開了醫院，沒和珍讀祈禱文。）

一九八四年六月六日　星期三　下午四點九分

（我帶給珍一個雞肉三明治——一連串中的第三個，且是我由一家便利商店買的烤雞做的最後一個。她再次地很享受它。她仍不舒服，但今天覺得好一點了。我告訴她，我得早些離開去看牙醫。昨晚，我弄裂了一顆牙，我怕我失掉它了。

（我建議珍，她可在我離開前上一課。一開頭她毫無感覺，而當我等待時，我處理了一些信。最後她說她覺得賽斯在附近了。她的傳述有點慢，卻穩定。）

現在我再次祝你們有個美好的下午。

（「賽斯，午安。」）

——我們將繼續口授。

許多宗教及所謂密教知識的派別曾提倡，性與心靈的概念是彼此正相反的。

在運動競技場的人們也往往鼓勵這觀念，即：性的表達不知怎地會使男人衰弱，並削弱他的體質。神職人員發誓以保證禁欲。再次地，事實上，性的表達在人類經驗的整個範圍是個重要的元素，鼓勵身心的健康與活力。

有些人可能比其他人有較強或較弱的性驅力，然而那驅力是任何個人自然節奏的一個強大部分。阻積起來的話，這種性驅力仍是一直想得到表達的，而往往是有習慣性「性紀律」的人，會突然發作一陣陣性的雜交或暴力。

實際上，哲學性的強調身心紀律，與對有罪的自己信念的一個組合，往往帶來最不幸的人類兩難之局。這些概念通常與權力是可欲卻危險的感覺並駕齊驅。於是，禁欲意味著儲藏起一個人自己的力量。有這種信念的人往往有嚴重的便秘，並有閉尿症狀——舉例來說，保留水、鹽或不論什麼。

（四點二十一分。）他們也可能有腸胃的問題，許多是過度喜愛極端辛辣的食物。有些則有極大的胃口，縱使這些可能被一連串的節食所調節——它然後又被暴食破功了。

涉及了人性裡這麼多其他的元素，以致我並不真的想指出任何罪魁禍首，然而在鼓勵那種行為上，男性隔離的社區顯然惡名昭彰。當然，在這種機構或社區裡的每一個人所受的影響並不相同——但，相對地說，你們的確有這類封閉的社會，而它們真的能變成狂熱主義和僵化的行為樣版的搖籃。再次的，在此你發現，強調的是紀律而非自由意志，以致選擇的機會劇烈地減少了。

一個社會越開放，其人民便越健康。

此節結束。

（「謝謝你。」四點三十分。）

一九八四年六月七日　星期四　下午三點二十一分

（今天很熱——超過九十度——當我中午到達三三〇房時。珍今天好些，而三三〇房開著冷氣和風扇，窗戶也大開著，一點都不熱。我帶著短褲，便換穿了；我的涼鞋已在那兒。天氣有一種奢侈的、多汁的感覺，好像我們的地球終於由一個敵人轉成一個滋養的、護持的父母。幫珍吃午餐之後，我處理信件，直到她說她準備上課了。我告訴我太太，我的牙真的掉了。）

現在，我再次祝你們有個美好的下午。

（「賽斯，午安。」）

我們將繼續口授。

我所說的也適用於沿著女性路線隔離的組織，雖然是到一個較少的程度。

在兩個例子裡，兩性都被否定了任何真正的溝通，而維持住一個極端人工的架構，在其中，兩性實實在在地彼此變成了陌生人。這也鼓勵了形形色色、歇斯底里的反應，以及比正常人們經驗到的一個更大頻率的「傳染性疾病」。

這情況也以一些變化發生在宗教的狂熱派裡，不論嚴格的性隔離是否被強制執行。如果人際關係受到高度管制和監督，或家庭成員被鼓勵偵察他們的親友，那麼你便有同類的對自然的表達及溝通的縮減。

在這種社會裡的人們，往往受到營養不良、頻繁挨揍、灌腸劑的過度使用，及常常過度施行體罰之苦。兒童被嚴格地管教，而欠缺正常的自發性成了常規而非例外。這種組織的成員往往得了他們身體無法運用營養的病。他們常趨附某種時尚食物，但由於真的害怕自發性到如此的程度，他們往往變得罹患了與身體的無意識過程相關的疾病。

（在三點三十四分停頓良久。）當然，你也能發現單個的家庭——或一整個國家——像狂熱教派一樣運作，交託給壓抑及其結果的暴力。

那麼，你擁有的概念，在身體處理其營養、運用其健康和活力時，扮演了一個大角色。如果你相信，身體不知怎地是邪惡的，你可能以幾乎餓死來懲罰它，縱使你的飲食就平常標準來說可能被認為是正常的。因為，你的概念可能引起妨礙你身體接受養分的化學反應。如果你相信身體是邪惡的，最純淨的健康食品飲食將會或可能會對你根本沒多少好處，同時，如果你有個健康的慾望並對你的肉體給予尊敬，那麼吃電視餐，甚至速食，也很可能保持你的健康和足夠的營養。

如果我們在談健康，必須要看的是你的信念。你們有最有效率且美麗的肉體器官、最高貴的關節和附件，最充滿生氣的肺及最精美的感官。要靠你形成一個配得上你的肉體形象的身體——因為你是被你的信念所滋養的，而那些信念能令你每日的食物增益你的活力，或增益你的憂心及壓力。

休息一下。

（三點四十五分。林妮進來檢查珍的生命跡象——它們全都正常——並給她Darvoset。一位新的護士助手問明天的菜單，一如往常，我將它留在走廊裡的藥盤上了。在四點四十四分繼續。）

不幸信念的重量也許最沈重地落在較老的人口上，因為信念已有一段較長的時間比較通行無阻了。

那些特定的信念實際上在青年身上生了根，所以，彷彿所有的生命之花都該在年輕的成人裡完全盛開，然後從那顯赫的位置越來越快地落入不利用和無秩序。

這些概念不只在較老的人口身上引起嚴重的困難，它們在許多直接或間接自殺的年輕人行為上，也扮演了不可或缺的角色。對這些年輕人而言，生命的巔峰在望，只維持一會兒，然後就被奪走了。過度的強調被放在年輕的美和年輕的建樹上，以致顯得是，生命其餘的活動必然都相形失色。

藉經驗得到知識不被認為是個夠實際的學習方法，以致隨歲月而來的技巧與瞭解鮮少被納入考量。

再次的，到某個程度，宗教與科學——尤其是醫學——彷彿全心在鼓勵有關人性最負面的信念。人們視為理所當然，所有精神的、身體的、心靈的及情感的滿足都隨著年歲的增長變差。人們視為理所當然，記憶喪失、身體變弱、感官遲鈍，而情感的生鮮度黯淡了。在四，五十歲之後，甚至想像性活動都常被認為是可恥的了。

面對那樣一種未來的投射，難怪許多青年情願在看到退化的第一個暗示——第一條皺紋或第一絲灰髮——之前，就死掉。這種自然信號必然多麼顯得像是災禍的先驅啊！而在天平的另一端，較老的雙親被他們成年的兒女對待，好像他們正落入一個二度童年的怪誕版本裡。許多人真的對較老的人說話較大聲，無論他們有沒有任何的聽力問題。

你們整個貿易和廣告、競爭和商業的世界，都延長這態度。這還不算娛樂工業的衝擊，它反映對青春的同樣榮耀化，及害怕變老的恐懼。

變老有非常明確、絕佳的邊際效應，我們在本書也將討論——但此處我想要向讀者保證，基本而言，並沒有單單被年老帶來的疾病（熱切地）。

身體往往因為用得越來越少而被用壞（譯註：所謂「用進廢退說」）——而那是由於對在生命晚年裡的健康肉體之真正能力少有研究。那段歲月也包含某些節奏，在其中，正常的療癒過程是非常加速的，而在身體內的生命力本身並不會用完或變少。在任何時候，其表達可能被阻礙，但每個個人獨特的能量並不會單單因為年紀而枯竭。

關於較老的人及其生活方式，我們還將說更多，也會討論幾乎立刻會來馳援的許多信念和概念。自殺的主題也會在一個不同的脈絡裡討論，而當我邀我的讀者去重新來過時，我要你們瞭解，你們真的能從頭來過，不論你的年齡或境況。

口授結束。

再次的我加速鼓勵你們自己身心平安的那些座標，並加快你們自己的療癒能力。

〔「謝謝你。」〕

（四點三十五分。時間漸晚，而我沒讀此節給珍聽。）

11

從最底處向上重新來過。

求生的意志

一九八四年六月八日　星期五　下午三點十四分

（再次的天氣非常暖——至少九十度——但再次的三三〇房又很舒服。微風習習，在三樓上很明顯。午餐後，珍和我一起讀祈禱詞。我看了一會兒信，直到她說她準備好上課了。她似乎比近來要感覺好一些。她的傳述比較慢，卻穩定。）

現在我再次祝你們有個美好的下午。

（「賽斯，午安。」）

——我們將繼續口授。

重新來過——改變一個人的信念，是個大膽的努力。十分可能，在路上你會變得沮喪或幻滅。

在這種時候，給你自己一些放鬆的時間是個好主意。將你的注意力完全轉到別的什麼事，而心裡說，「目前去他的。」整個概念涉及一個過程，在其中，你同時既試又不試，在其中，你不努力去達成結果，反而溫和地開始容許自己去跟隨主觀感受的輪廓，去發現幼時那些心靈和生物上有效的信念，並帶給它們至今你這一生所獲得的最佳智慧。

所以，當你變得沮喪時，一個遊戲性的轉移該給你令你神清氣爽的釋放。一個逃避性的電影或小說，或買一些可能放鬆你的意識心的瑣碎小玩意兒。我們實際上是抱著獲得與我們的身體、我們的心智、我們的同胞，及環境和諧的一種新感受，而捲入了一個生活方式的改變，捲入了我們對自己及世界的看法的改變。

沒錯，再沒有更令人興奮的冒險，而它將帶來比遠征到任何陌生景色更多的驚奇及發現。你們的信念的確以其自己的方式是活生生的。現在，別將它們視為理所當然，反之你將開始注意它們的獨特性及多樣化。

（三點二十八分。）不過，如果我們在談的是重新來過，不妨從最低點開始而往上努力。這樣，你可以看到最黑暗形式的信念，然後漸漸看著它們開始顯現能量、活力和新鮮的推動力。

此章結束。

下一章的標題是「從最底處向上重新來過。求生的意志」。

在幾乎所有健康不良、不幸的生活條件，或心、身壓力的事情裡，都存在著否認、恐懼，及壓抑的強烈味道。

當涉及自殺時，這些便以它們最嚴重、最明顯的方式被看到——尤其是在年輕人的自殺裡。後來我們將討論一些與自殺有關的轉世影響的特例，但目前我們將關心年輕人日益增加的自殺數字。

在某個時候，大多數人會思考到他們自己死亡的可能性。那是對生活形勢相當自然的反應。不過，對某些人，死的想法彷彿變成揮之不去的執念，以致它感覺上是逃避生活難題的一個方法。它甚至在某些人的腦海裡形成了一種誘惑。

可是，在所有存在裡的推動力是存在的慾望——朝向表達、發展和完成的推動力。考慮自殺的人，有些相信死後的生命，有些則否——而以最深的說法，所有的死亡多少都是自殺性的。如果想要倖存的話，肉體生命必須結束。不過，有某些促進自殺活動的條件，而許多宗教和社會——雖然不是全部——曾對終止一個人自己的生命，持有極大的爭議。

個人與生俱來地想與他們的同胞合作。他們有一個幫助別人，及貢獻給共同利益的需要。相反的，許多自殺的人都覺得他們不再被需要，或事實上他們存在的本身妨礙了別人的幸福。自殺的年輕成人不見得是來自社會最貧窮或最低的階層。事實上，貧窮往往成為一個強烈的推動力，導致此人去為他的日常所需奮鬥。

這樣一個人的日子，可能如此被不要命的活動擠滿，以致根本沒時間去思量自殺的事，因為，為生命本身奮鬥是如此的緊張。

再次的，價值完成、發展和目的的慾望是如此強烈，如果那些彷彿被否定了的話，生命變得——或彷彿變得——比較不珍貴了。在許多例子裡，是中上層階級或富裕人家的子女，碰上這種危及生命的兩難之局。有些年輕人被他們的家庭供養得這麼過度，以致彷彿再也無法達成比他們擁有的更多。

（在四點停頓良久。在其傳述間，珍被打斷過一次。）如果他們的父母過度寵愛他們，那麼年輕人可能真的覺得自己好像附屬於父母，或只是他們的所有物。在另一方面，有些中上階級的家庭，強調競爭到如此一個地步，以致孩子們彷彿覺得，他們只是因為他們的成就而被看重，而非只由於做他們自己而被愛。

對大多數人而言，這些情況彷彿都不特別的激烈，而顯然在世界上有遠較糟的人類幻滅的例子。然而許多這種年輕人真的看不到自己做為成人的前途。他們想像不出自己做為未來父母，或有某種事業的樣子。就好像他們的整個生命加速到成人生活的邊緣──然而往更遠處他們便什麼也看不見了。一路上，不論對父母是否明顯，這種年輕人開始感覺生命是無意義的。這種人往往是極有天賦的，然而他們覺得好像那希望永遠不會綻放。

在大多數例子裡，這些年輕人事實上是相當隱秘的──雖然他們展示給父母和朋友的自己可能看起來是活潑而合群的。

你們休息一下，我們再繼續。

（四點十一分。我讀到此的課給珍聽，但這並不容易：由於掉了牙，我很難清楚地發音。在四點三十四分繼續。）

不過，這種人能幫助他們自己，而且能被別人幫助。

首先，讓我說清楚，沒有一個人是為了自殺而「被打入地獄」的。並沒有特定的「懲罰」。不可能自殺的人，縱使很隱秘，通常會對一位朋友、親人，或親密的家人提及此事。這題目不該被忽略或譴責，卻該誠實地檢驗。自殺衝動部分的神話的確是其隱密的面向——所以，那感受的表達本身就是有益的，並導致較好的溝通。

的確，自殺者部分的兩難可能是被與別人缺乏溝通、對朋友或家人的動機的一個誤解，及表達自己的需要和願望的困難所引起的。

口授結束。

再次的，我加速啟動你們身心平安的那些座標，並且加速你們所有的身體過程。

（「賽斯，謝謝你。」四點四十二分。）

一九八四年六月九日　星期六　下午三點三十八分

現在我再次祝你們有個美好的下午。

（「賽斯，午安。」）

——我們將繼續口授。

（停頓良久。）如果你是個常常思量自殺的人，你的確該跟一個知己談談你的問題。

在你這方面，這溝通將有助於澄清事情到一個程度。這樣一個人是在考慮一個不可逆轉的步驟——顯然不該輕率採取的一個。這種人往往是在一種非常沮喪的心態裡，以致他們已不再思考繼續活下去的理由，而只提醒自己死亡的可得。

其他人往往能做些彷彿無害的小評論，而突然打開心理失常者的心智，令他看到新的可能性。因為自己整個精神、身體、情緒，及心靈的部份永遠被刺激去尋求更進一步的成長、發展與滿足，那麼心智十分可能把握甚至最微小的事件，那至少會暫時自發地免除此人的沮喪，甚或絕望。

如果你是在這樣的一個狀況，一定要提醒自己，任何問題的得以解決，是遠較自然和可能的，而每個問題都有個解答。死亡並非解答。以一個非常基本的方式，它是個結束。

不論你可能覺得多沮喪，你的確仍想活下去，不然到現在你會已經死了——所以你有個尋求生命和活力的部份，而那個部份也該被表達。暫且延遲做任何決定是個好主意。無論如何，如果你真的選擇自殺，你總是可以殺死你自己的。可是，如果你自殺了，你這生的選擇就完了。告訴你自己，直到你的生日，或假日後你才會做決定，或你將延後任何決定一個月甚或一星期——你覺得舒服的無論多少時間。

任何治療師也能藉著做這樣的建議而堅持到底，同時，藉著讓那人選擇這樣一個決定延後的時段，而獲得病人的合作。

（三點五十四分。）告訴這樣一個人，他不可以，或不該自殺是沒用的——而的確，這樣一個過程可能相當的危險，加強這人朝向一個死亡決定的傾向。應該強調做抉擇的概念：求生或求死，的確是每個人的選擇。

當他們在為自殺辯論時，有的人可能說，「我有死的權力。」而雖然這是真的，但你們行星上的每個人，都需要每個活著的人的每一點幫助和鼓勵，也是真的。以某種說法，每個個人的能量的確使得世界繼續運行，而自殺是拒絕一個基本的、合作性的冒險。

有著普通健康的人常常思考自殺，也真的就已在一個重要程度將自己關在世界之外了。甚至他們的肉體感官也彷彿模糊了，直到他們往往追求越來越大的刺激。在身心有病的期間，或不令人滿意的生活條件裡，這同樣的態度也以較少的程度，在種種不同範圍變得明顯。可是，如果你是這樣一個人，你也還有其他可以採取的步驟。將你自己投射進一個滿意的未來。提醒你自己，如果你要它的話，未來的確是在那兒的，而你可以長成那未來，就與你從過去長成現在一樣的容易。

許多沮喪的人，幾乎全心全意貫注在世界的悲慘上——可能帶來其結束的可能災難。他們提醒自己，這星球是人口過剩的，而投射到將來人為或自然的最悲慘災禍。

這種思維必然會引起沮喪。它們也繪出對實相的一個極偏頗的觀點，遺漏掉有關人的英雄主義、他的同胞愛、他的好奇和同情，及自然世界本身偉大的救贖特質。因此，這種人必須改變其注意力的焦點。

生命其他創造性的、積極的、有成就的部份一直都在，而單單對它們的思考本身，就能提振精神而遠離緊張。

休息一下。

（四點十一分。珍吸了一支煙。今天很熱而燦爛。一陣好風吹過三三〇房的窗外，使得山梣木新的綠葉隨之起舞。在四點二十三分繼續。）

要點是，世界所有的問題也都代表偉大的挑戰。尤其需要年輕人去努力促進和平及解除核武，去擔起解除食物管制、重新分配食物來源，和鼓勵國家加入這樣一個創造性冒險的任務。那些的確是有價值和激動人心的，與過去任何世代面對的理想一樣的高貴。世界需要每隻手和每隻眼，並為愛和關懷的表達大聲疾呼。貢獻自己給這樣一個理想，遠比以悲哀的眼睛和悲愴的聲音不斷地哀悼全球問題值得讚許。

如果你是了無生氣的，下決心踏出朝向行動的第一個小步，無論它們可能是多小。提醒你自己，生命就暗示著行動和動作，而即使最沮喪的思維活動，都在了不起的突發節奏裡流動。

在這兒給的所有建議，於較輕的狀況裡也有幫助——在平常發作的憂慮、緊張或健康不良裡。即使那些有非常嚴重疾病的人，也永遠能希望有所改進，因此，即使一個人由於一個嚴重的健康難局而考慮自殺，這事也該被慎重的權衡。

彷彿最不可逆的身體狀況，都甚至曾戲劇性地改善，因此，每個明天的確提供了那個可能性。不過，再次的，個人必須做他自己的抉擇，而毋需面對擔憂靈魂本身會不會因這樣一個行為而被譴責的額外負擔。

大自然並不詛咒人下地獄，而在所有存在全都偃臥其中偉大的愛的領域裡，詛咒是無意義的。

再次的，我啟動促進你們自己身心平安的那些座標，並加快療癒過程——而我祝你們有個美好的下午。

（「賽斯，午安。」

（四點四十分。我在替珍翻身前，讀此節給她聽。她在四點二十八分曾被拿藥來的護士打斷。）

一九八四年六月十日　星期日　下午三點二分

（珍似乎好了一點——不是很多——而我回信，直到她說她準備上課了。她最近都開始得早了不少。）

現在，我再次祝你們有個美好的下午。

（「賽斯，午安。」）

——我們將繼續口授。

除非涉及了肉體的疼痛，該避免用藥——尤其是對那些在沮喪狀態的人。

（停頓良久。）所謂的興奮劑（uppers），很快就需要鎮靜劑（downers）來調節情緒，而心智結果達到一種混淆狀態，常常在一種恍惚中。在老人院裡，對那些被認為老耄之人，甚或精神錯亂的人，這種用藥也真的該被認為是危險的。在一些別的情形下，這藥有時實際上被給予過動兒，在那兒，其效果可能非常的不可預料，而產生鼓勵自殺傾向的情緒，即使在那些如此年輕的小孩裡。

許多在社交場合嗑藥的人，真的是在玩一種心理的俄式輪盤賭（譯註：在左輪槍中放一顆子彈，每人輪流往自己額頭開槍，六槍中會有一人中彈而死。）他們的感受可能是像這樣：「如果我命不該絕，這些藥不會傷害我，而如果我命該絕，我吃什麼又有何區別？」不過，他們是對自己的生命冒了某種險——那些沈浸在此種活動裡的人——而風險可能很高呢！

沒錯，有些知識的流派幾乎將某些藥品的利用榮耀化，當做是在鼓勵意識的擴展和釋放壓抑。在有些古老的文化裡，的確以這樣的方式利用藥物，但其用處是很被理解的——而更重要的是，其利用是在社交上被接受的。不過，那些社會是高度儀式化，而以其方式是十分樣版的，就像你們的文化可能對你而言一樣。

（在三點十四分非常長的停頓。）醫生在開任何改變心智的藥時，都該極端的小心，而顯然不鼓勵處於沮喪狀態的病人去用它們。在藥物影響下，選擇變得有限了，而顯然人們在藥物影響下曾自殺過——否則他們可能不會。我並不是說，單單藥物會導致自殺，但藥物心理學已經包括一個會促進俄式羅盤賭的態度，那只會增加了問題。

人們也用藥以便「放鬆」。彷彿像是，有些藥讓一個個人放下恐懼和壓抑的阻擋物，而在情緒上超越日常生活的問題。不過，事實是，許多這種人反而用藥物作為一種化學毯子，它有個掩蓋而非抒解的傾向。

「放下」是信任你自己存在的自發性，信任你自己的能量、權力與力量，並對你自己生命的能量投降（abandon）。「投降」這字本身可能衝擊一些讀者為特別的強烈，但自然的每個元素都對那生命形式投降。你身體的每個原子也一樣。那麼，對你自己生命的力量投降，是依賴誕生出宇宙和你，在大自然內卻超越大自然的偉大力量。

朝向精神、身體、情感與心靈健康的首要第一步，正是那種投降、那種接受與肯定。

（在三點二十六分停頓良久。）求生的意志也天生在自然的每個元素裡，而如果你信任自己的自發性，那麼「存在的意志」便經由你所有的活動而喜悅地釋放與表達。它也十分真實地洗掉沮喪和自殺的傾向。

休息一下。

（三點二十八分至三點三十六分。）

那些感受的確鼓勵意識的表達，並釋放否則可能會埋在緊張和恐懼下的直覺性資訊。這種了悟有它們自己生物上的效應，刺激身體所有的療癒屬性——也輕易地將心智推向「更高的」組織，在其中理解到，生命所有彷彿的不足都得到了彌補。

這向自己生命的權力及力量投降的感覺，並不會導致一個心智的隔離，反倒容許自己去感受它在一個宇宙的創造性戲劇裡扮演的角色。這樣一個瞭解往往無法訴諸言語。反之，它們是在

「純知」的爆發或突然的理解中被感知和經驗的。

自然世界本身是去其他實相的門戶。你並不需要試圖遮掉物質世界，或你平常的意識，以便達到導致蓬勃生氣的健康或經驗的必要知識。事實上，自然世界本身就是其他實相的一部分，而所有實相的源頭現在就在你的存在裡，就如在任何其他的存在裡一樣。

你學會越充分地活著，彷彿隱藏的「宇宙的神秘」就開始出現得越多。它們並不見得以很大的喧囂或炫耀突顯出自己，但，突然之間，最無害的、無邪的鳥鳴，或一片葉子的景象，可能都透露出最深奧的知識。那麼，很諷刺的，許多企圖發現大自然「隱藏的」神秘的人，忽略了自然本身，或視肉體為令人噁心的，或不知怎地是由較差的振動組成的。

可是，在自殺的例子裡，我們看到最劇烈相反的兩極。到一個很強的程度，這種人排斥他們自己的生命，而往往包括一般的生活條件。許多人抗議說，他們首先就不想被生下來，而他們那樣感覺，因為已如此徹底的壓抑了內心求生的意志。他們也常表達一個強烈的與他們父母、朋友、家人、一般同胞疏離的感覺。一路上，他們已忘記童年合作性、遊戲性的冒險，而愛的表達本身變得極其困難。

不過，在此章裡所有的建議都的確能幫助破解那些習慣性的思考模式，而當這樣一個人在看一位治療師的話，如果整個家庭都加入治療，會是非常好的主意。

往往這在財物上是不可能的，但將這樣一個人納入某種團體的情況裡，是個絕佳的程序。在全都思慮過自殺的幾個人之間的溝通，也能建立一個極佳的支持情況，尤其是有一位治療師設定了一些指導時。並非所有可能自殺的人都會去貫徹，而許多結果都過著長而有生產力的生活，所以，即使當負面的想法以其最嚴重的形式展現時，仍有改善與實現的希望。

在危害生命的病例裡，那同樣不幸的信念、感受與態度也以較少的程度，及以不同的混合呈現。不過，那些信念可能沒那麼容易觀察到，而許多人可能根本否認它們的存在。最後，它們往往被一個創傷性的生活情況觸發——一個配偶或父母的死亡、一個主要的失望，或任何令特定的涉入者震驚和心亂的經驗。

在某些癌症、嚴重心臟問題，或其他實際上威脅生命本身的病例裡，這些態度常常在場。在這種例子裡，對個人信念的瞭解，及產生更新的、生物上更重要的信念，顯然會改善情況，並有助於緩解狀況。

（四點十六分。結果這成了此節的結束，雖然我們過了一會兒才發現。當我們聽見一位護士推著藥車停在三三〇房門外時，珍停止說話。一會兒後，我們聽見，她開始搗碎一包維他命C時的重擊聲。珍說，「我不知道你可以聽見維他命C呢。」我在四點四十五分替她翻了身。）

一九八四年六月十一日　星期一　下午四點八分

（我告訴珍，我在大約四點醒過來，擔心我此週必須做的所有的事。我準備開始《夢》第七章的另一節，但瞭解到我必須讓它去。我必須去銀行取支票及匯票，以便支付稅金及帳單，接上花園的水管，並學會如何用我買來澆後院的花的新灑水器。然後，星期三早上，我約好了見我們的律師，關於稅、珍的社會福利，等等。這個月稍晚，我該申請我自己的社會福利津貼。無疑的還有其他事得做。

（所以，今天早上我沒空寫《夢》，但希望明天有空。試圖完成那本書令我覺得，好像我的腳陷在流沙中，一直到膝蓋。我不斷地失去我的投入感，以及如此不可或缺的每日的創造性努力，而我不斷地尋找重新尋獲它的方法，並且維持它在日常的基礎上。珍建議我弄一個支票戶頭。那會有一點幫助，但我需要的遠較多。我已盡可能地削減了，包括一大堆的商業信件，及我們可以涉入的方案。我不再回某些商業信件或讀者的來信。

（在所有其他的事之上，我學會了一件事：我永遠不會再創造像這樣的一個情況了，在此，在一本書送給出版商之前，已過了好幾年。某個地方，某件事必須讓步。我想要回到每天至少畫一點畫的境地。這對我自己的幸福也許是必要的——甚至是不可或缺的，雖然我必須小心不要在這上面給我自己負面的暗示。

（今天又是極熱。）

現在我再次祝你們有個美好的下午。

（「賽斯，午安。」）

我們將繼續口授。

原想自殺的人的問題通常不是抑制的狂怒或憤怒的問題，它反倒是一個人覺得，在他私人生活中，沒有進一步發展、表達，或成就的空間，或那些屬性本身是沒有意義的。

求生的意志已被先前提及的信念及態度顛覆了。

有著威脅生命的疾病的人也常覺得，在他們生命的某一點，進一步的成長、發展或擴展，如果不是不可能的話，也是極難達成的。往往有著那人不知如何處理的複雜家庭關係。對許多這樣的人而言，危機點來臨而被克服了。不知怎地這人學會繞過那不舒服的情境，或由於其他人的涉入，情況改變了——而轉眼間，疾病本身消失了。

不過，在所有的例子裡，價值完成、表達和創意的需要對生命是如此重要，以致當這些受到威脅時，生命本身至少暫時減弱了。與生俱來地，每個人的確瞭解，有死後的生命，而在某些例子裡，這些人領悟到，的確是時候了，是搬到另一個實相層面，去經歷死亡而再次開始另一個全新世界的時候了。

往往，生重病的人相當清楚地認出這種感受，但他們被教以不去談它們。求死的慾望被某些宗教認做是懦弱、甚至邪惡的——然而在那願望背後，存在著求生意志的所有活力，它也許已在尋找新的表達與意義的管道。

（四點二十分。）也有那些罹患一種嚴重的病——好比說心臟問題——的人，經由一次心臟移植手術，或其他醫學程序被治癒了，卻只成為另一個彷彿無關的疾病——比如說癌症——的犧牲品。不過，如果親友們瞭解，涉及的個人並沒成為這疾病的「犧牲品」，而他並非普通所說的一個受害者的話，他們會鬆了一口氣。

這並不是指，任何人有意識地決定去得這樣那樣的疾病，但它的確是指，有些人本能地瞭解，他們自己個人的發展和完成，現在的確要求另一個新的存在架構。

當人們知道他們將死，卻因為害怕傷害所愛的人的感情，感覺無法跟他們溝通時，就產生了很多的寂寞感。然而，另一種個人將過著長久而有生產力的生活，即使當他們肉體的活動力或健康是最嚴重地受損時。他們將仍覺得，自己還有事要做，或是被需要的——但他們存在的主要推力仍是住在物質宇宙內的。

每個人的目的是如此的獨特與個人性，以致試圖在這種事上做任何判斷，都是相當不適當的。也有整體的畫面，因為每個家庭成員在每個其他成員的實相裡，都扮演了某個角色。

舉例來說，一個男人可能在他妻子死亡之後，很快地死去。不論其境況，沒人該判斷這種例子，因為不管這樣一個男人可能死亡的方式，它都會是由於他的生命推力、意圖和目的已不在物質實相裡了。

口授結束。

再次的，我啟動促進你們自己身心平安的那些座標，並加快療癒過程。

（「謝謝你。」四點三十三分。）

一九八四年六月十二日　星期二　下午兩點五十八分

現在，我再次祝你們有個美好的下午。

（「賽斯，午安。」）

——我們繼續口授。

許多癌症病人都有著殉道者的特點，往往多年來忍受著令人不快的情況或狀況。他們覺得無力、無法改變，然而不願留在同樣的位置。最重要的要點，是喚起這樣一個人對他自己的力量和權力的信念。在許多例子裡，這些人象徵性地聳聳肩，說，「該發生的就會發生」，但他們不會實際地對抗他們的情況。

不要過份開藥給這些病人也是重要的，因為有些根絕癌症的藥物副作用本身常是危險的。反之，有些人想像癌是某種可恨的敵人、猛獸或仇人，然後藉精神性的假戰鬥，在一段時間後驅逐了癌症，也時有所聞。雖然這技巧的確有其益處，它卻也令自己的一部份與其他的為敵。比如說，想像癌細胞被某個想像的仙女棒中和了，要好得多。就是如此。

醫生們可能建議一個病人放鬆，然後問他自己，哪種的內在幻想最有益於療癒過程。即刻的影像可能立刻來到腦海，但如果沒獲得立即的成功，就叫病人再試，因為在幾乎所有的例子裡，都會看到一些內在的畫面。

可是，在整個問題背後，是害怕利用一個人的全部力量或能量的恐懼。癌症病人最常感覺一個內在的不耐，當他們感受到自己對未來擴展與發展的需要，卻覺得它被阻擾了。

如果將新的信念插入舊的信念，便的確能驅散阻礙那能量的恐懼——所以，再次的，我們回到那些自動促進健康和療癒的情緒性態度和概念。每個人都是個好人、宇宙能量本身的一個個別化的部份。每個人本就該表達他自己的特性與能力。生命意指能量、力量，及表達。

（在三點十三分停頓良久。）那些信念，如果教得夠早的話，會形成人所知的最有效的預防醫學。

再次的，我們無法過度的一概而論，但許多人十分明白，他們不確定自己想活或想死。無論如何，癌細胞的過度蓬勃生氣，代表表達與擴展的需要——唯一還開放的領域——或看來彷彿如此。

這樣一個人也必須與社會不幸的、有關疾病的一般想法競爭，以致許多癌症病人結果變成孤立或孤獨的。不過，就如在幾乎所有的疾病例子裡，如果可能有一種「思維移植」手術的話，那病會迅速地消失。

即使在最悲慘的例子裡，有些人突然戀愛了，或他們居家環境裡的某些東西改變了，而那人也彷彿一夜間就改變了——同時再次的，疾病消失了。

當然，痊癒可能涉及許多層面的幫助。我稱正常的溝通世界為架構一，同時架構二代表那內在的世界，其中，所有的時間是同時性的，而正常時間裡要花上幾年時間的行動，在架構二裡可能發生於一眨眼之間。

休息一下。

（三點二十二分至三點三十六分）

簡短地說，架構一處理你們正常意識到的所有事件。

架構二涉及在你們有意識的注意底下，所有那些自發性的過程。當你很年輕時，你的信念是相當清晰的——即是說，你有意識和無意識的傾向及期待是和諧的。可是，當你較年長，而開始累積負面信念時，那時你有意識與無意識的信念可能相當的不同。

你可能有意識地想要表達某些能力，同時無意識地你害怕這樣做。不過，無意識的信念並非真的無意識。你只不過不像你覺察正常有意識的信念那樣地覺察它們。負面信念能阻塞在架構一和架構二之間的通路。對那些在任何一種困難中的人，去做以下的簡單練習，是個極佳的主意。

儘量放鬆你自己。舒舒服服地坐在一張椅子裡或躺在一張床上。在腦海裡告訴你自己，你是個非常好的人，而你想改寫自己的程式，擺脫任何與那特定聲明矛盾的想法。

下一步，溫和地再提醒你自己：「我是個非常好的人，」加上：「表達我自己的能力是好而安全的，因為在如此做時，我表達了宇宙本身的能量。」

相同意義的不同句子可能來到你自己的腦海。倘若如此，將它們取代我給的句子。有數不清的、可用的有利練習，但在此我只提及顯得最有益的幾個。

那麼，另一個練習是，再次儘量放鬆你自己。如果你有某些疾病，想像它是點點灰塵。告訴你自己，你能看入你的身體。你可能看見街道或大路，而非肌肉與骨骼，但隨順著顯現出的影像。舉例來說，你可能看見沿街有著泥土或垃圾的街道。那麼，在腦海裡看見自己將殘礫掃乾淨，叫卡車來載垃圾去一個垃圾堆，在那兒你可以看見它燒毀而消失在煙霧中。

（在三點四十九分停頓良久。）代替我剛概述的戲劇，反之，你可以看見入侵的軍隊，攻擊自家的軍隊。在這樣的一個例子裡，看見侵略者被逐出。你看見的畫面會跟隨你自己獨特的傾向和特性。

自己之無意識層面只有從你自己的觀點看來才是無意識的。實際上，它們是相當有意識的，而因為它們的確在處理身體之自發性過程，它們對你自己的健康與幸福狀態也是全然熟悉的。

你也能與那些部分溝通。再次的，儘量放鬆自己。舒服地坐在椅子裡或躺在床上。可能椅子要更好，因為如果你是躺著的，可能很容易睡著。你能將自己的所有這些部份叫做助手、老師，或最適合你的不論什麼名字。

只去做一個直接的要求，要求一些畫面或影像展現在你的內心裡，它將代表你自己內在實相的那些部分。

所以不要驚訝，因為你可能看見一個人、一個動物、一隻昆蟲，或一個風景——卻信任你收到的不論什麼影像。如果它彷彿是一個人，或天使，或動物的影像，那麼，叫它跟你說話，並告訴你如何最有效地擺脫你的疾病或問題。

反之，如果出現了一處風景，那麼，要求一連串這樣的影像，它再次地會不知怎地指向復原之路，或問題的解決之道。然後，貫徹你收到的不論什麼答案。在所有這些例子裡，你在打開架構二的門，清掃你的溝通管道。既然你的肉身本身是由驅策宇宙的那能量本身所組成的，那麼，沒有關於你的任何東西是那能量不覺察的。只要對你自己重複這些想法，就能有釋放壓力，及加速療癒過程的結果。

這些練習可能為你自己的其他練習作出建議。如果是如此，貫徹它們——但，到某個程度，每個讀者都該由其中的一些受益。

口授結束。

再次的，我啟動促進你們自己身心平安的那些座標，並加快療癒過程。

（「謝謝你。」）

（四點二十五分。當珍在上課時，她的速度隨著過程穩定地增加。我告訴她，她做得很好。）

一九八四年六月十三日　星期三　下午三點十三分

（今天是個非常熱、非常忙的一天。今天早晨，在我於十點去見我們的律師之前，我做《夢》的工作半小時。當我離開房子時，在車道上遇見了法蘭克·朗威爾，他在查核，我是否以他告訴我的方式給後院及新樹澆水。

（法蘭克馬上就走了，但我去律師那兒仍遲到了。我們談了許多事，而關於珍的社會福利、殘障給付、收入，等等，他還要回覆我。他也由賓州的哈利斯堡替我申請了一張出生證，而將查查社會福利，看當我仍在工作時，我可能得到哪些福利。

（回家路上，我在便利商店買了一隻烤雞，而給珍做了一個午餐的三明治。它很好，幾乎仍是熱的。她吃了一頓好午餐。我回了一些信，直到她告訴我她準備好上課了。）

現在我再次祝你們有個美好的下午。

（「賽斯，午安。」）

——我們繼續口授。

再次的，該盡一切可能將幽默插入生活情況裡。

舉例來說，病人可以開始從雜誌和報紙蒐集笑話，或滑稽的卡通。在電視上看喜劇將有幫助

——那麼，事實上，任何令病人愉快的分心之事也一樣。

字謎及其他的文字遊戲也會有益，縱使只在腦海裡做。教病人開始學習一些全新的知識領域——例如，學一種語言，或研究在任何領域裡，吸引他的，無論什麼可能的書籍。越能積極而全然地投入這樣一種分散注意力的東西，就越好。然而，精神性地玩遊戲，也能相當有效，而有助於給意識心一個需要的休息。

在所涉及的無論什麼治療裡，該做所有的事以保證給病人提供幫助。病人該透過醫病討論得到足夠的教導，去做關於治療的抉擇。不過，在某些例子裡，病人清楚地表示，他們較喜歡將治療的所有責任交給醫生，而在這種例子裡，該隨順他們的決定。有時，醫生詢問病人是件好事，以確定那決定不只是一時興起的。

任何時候只要可能，病人留在家中都遠比穩定地住在醫院裡要好得多。可是，當必須住院時，家人該試著儘可能表現得誠實而公開。叫這種家庭成員加入在同樣情況的其他團體，是個好主意，以便他們能表達自己的懷疑和猶豫。

事實上，有些家庭成員可能對自己一陣猛烈的未預期反應相當吃驚。他們可能發現自己對病人大怒，因為他們病倒了，而隨後因自己的第一個反應而發展出不幸的內疚感。他們可能覺得，其生命經由非他們自己的理由而被擾亂，然而對這種感受如此慚愧，以致不敢去表達它們。面對同樣問題的一位治療師或一個其他團體因此能有了不起的助力。病人也可能覺得被上帝或宇宙拋棄，或許覺得不公平地被疾病攻擊，故此，激起一整個憤怒的新波動，而憤怒要被表達，而非被壓抑，是最重要的。

（在一整個非常熱——超過九十度——的午後期間，一個風暴正在試圖顯現。太陽逐漸消失在越來越厚的雲後，然而雨彷彿極不願露臉似的。我希望我們為屋子的後院得到一陣大雨。一陣強風持續地激拂過三三〇房窗外山梣木通風的樹枝，而房間開始涼下來不少。

（然後來了一陣更強的風，遠處還有雷聲，並開始了一陣不大的雨。車聲聽來更大了。在醫院的走廊裡，以及到三三〇房的浴室門口，門乒然關起來。在所有這些嘈雜聲中，珍一直在出神狀態裡說話——而我放棄了期待一場真正的雨。）

這樣一個人可能想像他的憤怒或怒氣充滿了一個巨大氣球的內部，它隨之被一根針刺破，由內部的壓力爆破成碎片，殘礫四處散落——散播到海洋上，或被風攫獲，但在任何情形都是病人似乎可接受的方式。

這種人繼續收到與表達愛，也是必不可少的。如果此人是在哀悼一個配偶或親密家人的死亡，那麼，這人或家人購買，或用其他方法提供一隻新的小寵物，會是最有益的。病人該被鼓勵儘量與牠玩耍、去養育牠、去愛撫牠及撫弄牠。

往往這樣一個過程會重新喚起新的愛之萌芽，而真地迴轉了整件事。這尤其是真的，如果在其他生活領域裡，似乎單純地發生了一或兩個有益的改變。

愛的重新喚起很可能啟動架構二到這樣一個程度，以致療癒能量變得不再阻塞，而也將它們的可能行動之線送到此人的生活情況裡——即是說，一旦架構二的管道打開了，那麼，新的可能性立刻在生命的所有領域打開。當然，其中許多都對健康和療癒過程有一個直接的關係。

休息一下。

（三點四十二分。不遠處有一聲雷鳴。站起來伸懶腰，我看見我先前弄錯了：那時，事實上天還沒開始下雨。但現在下了，相當好。我們決定早些替珍翻身，以便我能在五點四十五分離開去看牙醫前餵她。我為此已從午餐留了一盤食物，萬一晚餐沒及時出現的話。不過，晚餐的確來早了，就好像我們曾要求它似的，所以在我離開前，珍已吃了她大半的晚餐。）

一九八四年六月十四日　星期四　下午三點二十分

（今天涼了不少。昨晚至少下了一些雨。珍今天似乎覺得好些。）

現在，我再次祝你們有個美好的下午。

（「賽斯，午安。」）

——我們繼續口授。

在這些，及所有的情況裡，該記住，身體永遠試著療癒它自己，而甚至最複雜的關係都試著解套。

（當賽斯說出此句時，我感到一陣很大的悲傷。）

就生命所有彷彿的不幸而言，發展、完成及成就，遠遠比死亡、疾病及災難的比重要重。重新來過是可以做到的——任何人在任何情況皆可，而無論先前的情況如何，都能帶來一些有利的效果。

以最基本的方式，在所有的疾病背後，都有表達的需要，而當人們覺得，他們的成長領域被削減時，那時他們便煽動行動，意思是要道路暢通無阻，可以這樣說。

在健康問題顯現之前，幾乎永遠有一個自尊或表達的喪失。這喪失可能發生在環境本身，在社會情況的改變裡。例如，在所謂愛滋病的事情中，有一群的同性戀者，許多是第一次「出櫃」，參與提倡他們理想的組織，而突然面對人口的許多其他部分的懷疑和不信任。

想表達他們自己，及其獨特能力和特色的奮鬥，驅策他們向前，然而卻太常被圍繞著它們的無知和誤解所挫敗。結果便有了某些像一種心理感染的東西。當所涉及的人掙扎著去與反對他們的偏見戰鬥時，他們開始感覺甚至更沮喪。許多人幾乎恨他們自己。就所有他們彷彿的虛張聲勢而言，他們害怕自己的確是人類不自然的成員。

（三點三十五分。）這些信念瓦解了免疫系統，而帶來與此病如此相連的症狀。到那程度，愛滋病是個社會現象，表達深深的不滿足、懷疑，及一個被歧視的社會環節的憤怒。

無論肉體上發生了什麼改變，都是因為求生的意志減弱了。愛滋病是一種生物上的抗議，好像象徵性地說：「你們不如殺死我們吧。我們可能比現在你們對待我們的方式還要好些！」或好像它是一種自殺劇，其中的訊息是：「看看你們的行為將我們引領到什麼結果！」

我並不是說，愛滋病受害者全都是自殺者——只不過，在許多例子裡，求生的意志是如此的被削弱，而開始了如此強烈的意氣消沈，在其中，這種人看不到他們自己未來進一步成長與發展的空間，最終常同意了他們自己的死亡。

甚至醫師和護士對於處理這種病人的態度，也只太清楚地顯示，不單是他們對那疾病本身的恐懼，也顯示了他們對同性戀的恐懼，同性戀被視為邪惡而被許多宗教禁止。在這種例子裡，情緒以最高的速度運轉，而愛滋病人常被人類社會排開。往往他們的朋友也捨棄了他們。然而，愛滋病可被那些並非同性戀者，卻有相似問題的人獲得。（停頓良久。）像一些現代的痲瘋群落那樣地隔離一些人，是大錯特錯的。

幸運的是，當社會的狀況改變，當人對人的不人道甚至對最具偏見的人也變得清晰時，那病將自然消失。

休息一下。

（三點四十七分至四點）

同性戀者可由本書中的概念獲益，尤其是，如果小團體集合起來，檢查他們自己的信念，而加強他們求生的意志、求生的權力，及存在的基本完整性。

不過，任何憤怒或敵意也該表達，同時不被過度地貫注其上。

許多其他彷彿是由病毒或傳染散播的疾病，以同樣方式也是與社會問題有關的，而當那些狀況被改正了時，疾病本身也大致消失了。該記住的是，任何醫藥程序、技巧，或用藥的效果，大半取決於病人的信念與感受。

不幸的是，圍繞健康與疾病的整個畫面，大半是負面的，在其中，甚至所謂的預防醫學也可能有嚴重的缺點，既然它常常不只是在問題浮現之前，卻在萬一問題可能會浮現時，便建議藥品或醫技去攻擊一個問題。

許多公共健康的宣告例行地公布種種疾病的明確症狀，幾乎像是畫出疾病的地圖，以供醫藥消費者吞嚥。除了傳統醫藥，還有許多其他的技巧，像是針灸、敷手（the laying on of hands），或可能被認知為療癒者（healer）的人的工作。

可是，身體自己的療癒過程是永遠活躍的——那就是我為什麼如此強烈地勸告你們，去依賴它們，連同無論什麼看似合適的醫藥幫助。但，個人，甚至作為一個病人，必須永遠有個選擇，並有權拒絕任何被建議的治療。

（四點十四分。）不過，主要議題永遠是，個人的信念系統，及他放在身心上的價值感之不可或缺的重要性。

我們一直在處理相當猛烈的疾病，但在其他的領域，同樣的觀念也是真的。舉例來說，有些人歷經一連串令人極不滿意的關係，同時，反之另一個人卻可能體驗一連串一再復發的疾病。儘管所有這些問題，在每個人的生命裡，生命力都持續地運作，而能在任何時候帶來最深奧的、有益的改變。要點是，儘量清除腦海中阻礙生命力美好、平順運作的信念，而積極地鼓勵那些促進健康和療癒經驗之所有面向的發展信念與態度。

（四點二十五分。）口授結束。

再次的，我啟動促進你們自己身心平安的那些座標，並加快療癒過程——而我祝你們有個美好的下午。

（「賽斯，午安。」）

（四點二十六分。沒人出現來測珍的生命跡象——那意味著職員們進度落後了。事實上，當我在那兒的其餘時間——直到七點十分——都沒人出現來測生命跡象。為了改變一下，我們今天沒一起祈禱。最近她想在午餐後祈禱。「當你準備離開時，我變得太憂鬱，而不想在那時再做了。」

（卡拉——通常在晚上很晚時幫珍打電話給我的護士助手——去度假了。今天下午我們在猜測，她就該回來了。也許當珍能再打電話給我時，她會覺得好些。）

12

與進一步的轉世關係有關的死亡或疾病之早年例子

一九八四年六月十五日　星期五　下午三點十二分

現在我再次祝你們有個美好的下午。

在我們討論其他形形色色以較平常的樣子出現的健康和疾病之前，我想談談多少屬於特殊狀況的主題──在生命早期裡，往往彷彿沒有原因或意義的身心兩難之局。

宇宙若非有意義，就是沒有意義。既然宇宙的確是有意義的，那麼，縱使是顯得混亂、殘酷或怪誕的情況，也必然有理由及原因。不過，即使在這種例子裡，某個程度上，個人的確能重新來過──或至少那些與問題中人最接近的人能開始看見一個更大的存在架構，在其中，甚至最悲慘的實質情況都不知怎地得到救贖。

在許多例子裡，這種子女的父母，比他們的孩子受的苦更多，因為好像這種家庭是不公平地背負了最不幸的災難。

我們希望更進一步解釋這更大的存在架構，因為，它的確也影響了所有面向的人類情狀。

下一章：「與進一步的轉世關係有關的死亡或疾病之早年例子。」

──我們將繼續口授。

（「賽斯，午安。」）

（三點二十三分。）如我先前說過的，大多數身體上、精神上、心靈上，或情緒上問題的理由，都能在這一輩子找到，而由於同時性時間的本質，現在的新信念也能影響過去的那些。以一個基本的方式，現在的信念是可能實際上修改彷彿是過去一生的信念。我必須再次解釋，所有的生生世世都是在同時活過的——卻是以不同種的焦點。可是，你對時間的傳統概念，使得說一輩子是發生在另一輩子之前或之後，比較簡單。

再次的，沒有人因為在一次前世犯下的罪而被懲罰，而每一生中，你都是獨特的。在你內的、給你每次生命的內在智慧，也給你每次生命的條件。顯然對你或你們許多人而言，似乎大多數人都永遠會選擇生得健康和完整、在一個絕佳的環境裡、有著富愛心及基因優勢的雙親——換言之，健康、有錢又聰明的長大。

可是，生命太過深奧、種類繁多，而需要很深的情緒反應和行動，那是永不可能被任何一套環境充分滿足的——無論它是多麼的有利。

（三點三十四分。）人類充滿了一種好奇和神奇感，以及探索和發現的需要，因此，甚至好幾世生為國王的男人，都會發現自己覺得無聊，而決定去尋找一個不同或相反的存在。

那麼，有些輩子，你是生於幸運的環境，而在其他輩子，你可能發現一個貧窮和匱乏的環境。你也許一輩子裡生在絕佳的健康中，有著很高的智慧及了不起的機智，然而在另一生裡，你可能生來有病、殘廢或有心智缺陷。

看來也彷彿每個胎兒都必然自然地渴望生長，完整地由母親的子宮出來，而發展到一個自然的童年和成年。可是，以那種說法，也正有同樣多的胎兒想要做為胎兒的經驗，而不進行到其他的階段。他們沒有要長大到完全的人類發展的意圖。事實上，許多胎兒在決定再更進一步、而正常地由子宮出來之前，先探索了存在的那個要素無數次。

那些沒有發展的胎兒，仍然對身體的整個經驗有貢獻，而他們覺得在自己的存在裡是成功的。對這些議題的一個瞭解，有助於明瞭早年的死亡和疾病，及自發的流產問題。

休息一下。

（三點四十五分至三點五十二分）

這些全是生命的持續暗流的一部分，而同樣的議題適用於其他許多其子女在非常早年就死亡了的物種。

這並不是一個不關心的宇宙或自然在運作，但，部份意識在不論什麼層面選擇某種經驗，它滋養了生活環境，而帶來也許永沒在生命表面顯出的滿足。

不過，在人類的例子裡，許多問題無疑會上升到前面來。我並不想一概而論，因為每個生活情境都太獨特而無法如此。我的確要指出，並非所有的胎兒都必然意圖發展成正常的嬰兒，而如果醫學透過其科技，結果變成在指揮一個正常的出生的話，那孩子的意識也許永遠不會覺得與肉體經驗正常地聯盟。

那孩子可能從一種病到另一種病，或只展現一個古怪的對生命的厭惡——一種缺乏熱誠，直到他終於在一個稚年死去。另一個人，在同樣的境況下，可能改變心意而決定順隨正常生活的經驗。

對有些人而言，聽見動物的母親拒絕哺育其子女，或有時甚至攻擊牠，彷彿很不自然——但在那些例子裡，動物母親是本能地覺察那情況，那樣做是避免子女去受未來的痛苦。

我並不勸告你們去殺死畸形兒，但我的確要指出，即使是在最嚴重的例子裡，這種情況是有意義的，而所涉及的意識然後選擇另一種的經驗。

也有全然健康、正常的兒童，事先決定他們只要活到成年的門檻，快樂並充溢著夢想和成就的希望，卻不去經驗任何幻滅、遺憾或悲傷。這種青年死於疾病或意外，卻像一個過了精彩一天的小孩那樣去赴死。在大多數例子裡，他們選擇迅速的死亡。

從某方面來看，這種小孩可能對那些最接近他們的人，試著描述他們的感受，為了緩和那驚嚇。通常，這些人並非傳統說法的自殺者——雖然他們也許是。

（四點十二分。）或許，人類行為最大的變易，顯示在精神狀態，而因此，如果他們的任何孩子被證明是一般認為的精神障礙，父母易於感覺最心碎和沮喪。首先，這名詞是被別人拋下的一個判斷，而一個特定的人格可能在他自己對實相的感知裡覺得十分安適，而只在被別人面質時，才變得覺察那不同。大多數這種人是相當平和而非暴力的，而他們的情感經驗也許真的包括了正常人所不知的細微差別和深度。

許多人只不過是從一個不同的焦點感知實相，感覺一個問題而非思考一個問題。

（四點十七分。當我們聽見我們認為是某個人在走廊裡將醫藥車推向我們房間的時候，珍休息了一下。然後一切都變安靜了。當我探看時，沒看見任何的車，也沒有任何護士或護士助手。就好像我們是單獨在此樓上。

（無論如何，由於此節差不多已到了我今晚能打字的長度，而我也還得去購買食物，我建議珍結束它。）

我祝你們有個美好的下午——再次的，我啟動促進你們自己身心平安的那些座標，並加快療癒過程。

（「謝謝你。」

（四點二十分。仍舊很安靜。根本沒人來測珍的生命跡象。珍說，他們昨天也沒有。一個新的政策嗎？一位護士曾帶進來珍的Darvoset和阿斯匹靈，就是那樣了。）

一九八四年六月十六日　星期六　下午三點二十三分

現在，我再次祝你們有個美好的下午。

（「賽斯，午安。」）

——我們將繼續口授。

現實裡，在人類發展裡常常發生的所有彷彿古怪的變異，對整個基因系統的彈性都是不可或缺的。

舉例來說，試圖「培育去掉」那些似乎不幸的、分歧的基因特性，並無益處。肉體系統會變得太僵化，失去其自然岐異的力量，而終有一天帶來人類存活的一條死路。

可是，幾乎難能有這種可能性，既然以最先進的科技也幾乎不可能執行這樣一件任務——而說真的，想這樣做的企圖本身，很可能立刻觸發整個基因系統那方的一個反應，因此，作為補償，新的變異以甚至更大的頻率出現。

有一些個人，為了他們自己的理由，的確事先——在一輩子或另一輩子中——選擇接受這樣一個變異的基因傳承，往往為了從一個最獨特的面向去體驗生命，而有時則為了鼓勵否則不會發生的其他能力的成長。

人類意識正常地體驗全面廣泛的節奏、形形色色的覺察狀態，而其令人訝異的彈性部份是依賴其缺乏死板、自己自發的傾向，以及對好奇、神奇、發現和情感的接受能力。

（在三點三十五分停頓良久。）這事不常被注意到，但許多所謂精神障礙的人，擁有他們自己獨特的學習能力——即它們往往以異於大多數其他人的方式，學到他們真正學到的東西。許多擁有其他人沒發現的能力，那是最難解釋的。他們在學習過程本身裡，可能以與其他人不同的方式利用化學物。有些可能甚至對物理與心理的空間有較優秀的理解。他們情緒上的能力也是相當前衛的，而十分可能地，他們就數學和音樂而言是有天賦的，雖然這些天賦可能從未開花結果——既然沒人預期它們。

許多殘缺的人以他們的方式，就如天才一般，對人類的發展是不可或缺的，因為兩者都維護了人類意識的彈性本質，並促進其對付事情的能力。

再次的，每個人都造成自己的實相，但每個家庭成員也分享了其他人的實相。所以，不比尋常的基因差異的例子，也往往有帶出家人那方的瞭解、同情和同理心特質的用處——而那些特質對人類發展也是不可或缺的。由於任何這種狀況的理由可能是如此的歧異，那麼，甚至在面對畸形時，生命也該被鼓勵。如果所涉及的意識有其自己活下去的理由，那麼它也會儘量善用即使最悲慘的狀況。反之，如果這意識是違反自己的意圖而被醫學過程維持住生命，它會以某種方式終止自己的肉體生命。

（停頓良久。）看來彷彿嬰兒是沒有信念系統的，因此無法以任何方式主控自己的實相。不過，如先前提及的，身體細胞本身在那些朝向健康和發展的生物傾向上擁有一個相等物。縱使在那些肉體存活可能顯得無意義的例子裡，生物仍有可能去改變其路線到一個驚人的地步。

被貼了精神殘缺甚至白痴標籤的兒童，往往能生長和發展到遠超過醫藥科學的假定——尤其是，如果摯愛雙親幫助他們，不斷提供刺激和興趣的話。

這並不是說，所有這種兒童都該被在家照顧，或，如果雙親受環境所迫，而將他們的子女放在一個機構裡，就該覺得內疚。不過，在每個個別的案例裡，父母的直覺常會指向最合適的方向。如果他們瞭解到，在這種情況背後的確有個理由，那麼，單單是那個了悟，就能減輕父母的負擔，而幫助他們決定在自己特定的例子裡所要採取的路線。

（非常長的停頓，雙眼閉著。）口授結束。

再次的，我啟動促進你們自己身心平安的那些座標，並加快療癒過程——而我祝你們有個美好的下午。

（「賽斯，午安。」）

（四點十六分。當我今天告辭時，珍問我，我認為此節如何。我說它們非常的好——真的。我告訴珍，它是我所預期的。她說，她和賽斯一直想試著以某種方式處理一些相當麻煩的東西，以便它不致太討厭，而結果能有令人樂觀的詮釋。不過，在此我並沒完全引述她的話。

（珍在傳述時，被打斷了兩次。她說，職員們將不在定時測她的生命跡象，尤其是當他們忙碌時。）

一九八四年六月十七日　星期日　下午兩點四十一分

（當我開車去醫院時，天氣陰又冷。昨晚和今晨下了一些雨。對我而言，三三〇房是偏冷的，但珍覺得舒服。

（卡拉休假回來了，而我想今晚她可能幫珍打電話給我。今天下午當我在三三〇房裡睡午覺時，瑪格莉特·本巴羅打電話來，邀我今晚過街去吃晚飯。）

現在我再次祝你們有個美好的下午。

（「賽斯，午安。」）

——我們將繼續口授。

每一生影響每個另一生，而人格的某個部分不僅保留過去世的記憶，也保留未來世的。

當開始研究轉世時，人們偶爾會憶起前生經驗的場合，但對時間的傳統概念是如此之強，以致所謂未來的記憶被封鎖了。

換言之，內我覺知你所有的存在。它明白你許許多多的輩子在哪兒及如何彼此相合。只不過由於你從生下來便如此的外向（oriented outward），以致那個內我有時對你所知的自己而言，可能彷彿是陌生或遙遠且不相關的。你甚至不可能有意識地覺察那存在於一輩子裡、所有無限小的細節；你的意識將會如此的滿溢和雜亂不堪，以致你無法做選擇或使用自由意志。

要在同時處理許多輩子的資訊，甚至會更困難。就你們而言，思考要花時間，而你們會如此地捲入思考本身裡，以致行動會是不可能的。從你們的觀點，所有你生生世世的內在知識，都與那些構成你存在基礎的自動過程屬於同一範疇。

那是說，基本上，你知道你其他的生生世世，就與你知道如何呼吸及消化食物一個樣。涉及了一種不同的知道。

這並不是指，關於你自己轉世存在的一切有意識的知識都永遠是你得不到的——因為，經由種種不同的練習，你的確能學會回憶起一些那類資料。不過，它的確意味著，你與生俱來地覺察你所有的存在，而在一生裡獲得的知識，會自動地轉到另一生去，不論那一生是現在、過去或未來。

（兩點五十四分。）所以，你可能嘗試許多不同類的經驗，有時賦予自己卓越的屬性和力量，仰仗身體的力量在所有其他的考量之上，然而，同時在另一生裡，你利用且發展不尋常的精神能力，享受創造性思維的勝利，同時大半忽略身體的敏捷和力氣。我並無意暗示，你必然在與相反的行為打交道，因為，當意識經由肉體感官表達自己，而企圖探索情感、心靈、生物和精神上的存在時，那兒有無盡的變化——每個都是獨特的。

我要強調，在每一生內，一旦那生的條件被固定之後，自由意志將充分運作。

休息一下，我們再繼續。

（兩點五十九分。當我回一些信時，珍吸了一支煙。下了細雨。在三點三十六分繼續。）

那是說，如果你在貧困或沮喪的環境裡，那麼，自由意志不會改變出生時的條件。

經由你做的選擇，它能幫助你在成年生活裡變得富裕。瞭解到，甚至不幸的出生狀況都不是由某些外界的代辦處強加於你，卻是在你自己實相的內在層面選擇的，該有幫助，並顯然多少令人感到安慰。

這同樣也適用於幾乎任何的情況。關於一般而言的受苦的本質，各宗教持有一些彼此全然相反的想法。有些相信，受苦是上帝送來的懲罰——因著過去或現在的罪，甚至疏失；同時，其他的宗教派別則堅持，受苦是上帝送來，作為他對所涉及的個人之特殊的愛：「上帝必然非常愛你，因為他給你這麼多的苦楚。」（如珍曾被幾個護士告知的。）

生病的人常常被人告以那個說法，及相似的說法。那個概念假定是這樣受苦對靈魂是好的，是為一個人的罪補贖的方法，而以某種方式，做了一個暗示：此生的苦楚，將在天堂加倍的償還。

這種觀念鼓勵個人覺得像是受害者，對他們自己生命的狀況根本沒有主控權。

（這也喚起了我的反諷及氣餒的感覺——因為，告訴珍這種事的護士們，假定是比她的健康要好的。其暗示是，上帝愛珍比愛他們更多，而會在天堂裡透露此點。那麼，這留給那些較健康的人哪種天堂可指望呢？想必是較差的一個，也許以未知的方式？這該令這種人躊躇……）

反之，人們該瞭解，受苦縱然不舒服，在你們整個存在的脈絡當中，它的確不知怎地有一個意義——再次的，它並不是被什麼不公平或不在乎的外在力量或自然施力推到你身上的。

到某個程度，那種了悟能幫助緩解受苦本身到某程度。我也沒在倡導一種宿命論的態度，那多少在說：「我在一個我不瞭解的層面選擇了如此這般的不幸狀況，因而，整件事是我自己無法控制的。我對它無計可施。」

再次的，首先，幾乎所有的情況，包括最極端的，都能被改善到某個程度，而如此做的企圖本身，就會增加一個人對他自己環境的控制感。這並不指，那些不利的情況，以普通的說法，一夜之間就會改變（雖然理想來說，那也是可能的），但，對自己生活的掌控感會鼓勵所有精神和身體的療癒性能。

（三點五十二分。）就在這樣一點「重新來過」而言，主要是要記住，別太快地預期太多，同時認識到，瞬間的治癒的確是可能的。

再次的，精神性遊戲，插入幽默與消遣，是極端有價值的，以令你不致太過努力。有些人太努力去自發，同時，其他人則害怕自發性本身。對轉世生命的知識是自發地持有的，而你能由那知識收到深奧的洞見。這發生在當你並沒在尋找它，但卻與整個觀念夠熟悉，因此你覺悟到這種知識是可得的時候。

我也許會也許不會回來。再次的，我啟動促進你們自己身心平安的那些座標，並加快療癒過程。

（「賽斯，午安。」）

（三點五十八分。珍今天晚上真的打了電話——在大約十點時，正當我坐下開始打這節時。我在本巴羅家待得比我預計的要久。晚餐極可口，之後，約翰和我在好幾個題目上有個很有意思的談話。他讀過了珍最近的書，《超靈七號的教育》，而非常的喜歡它。）

一九八四年六月十八日　星期一　下午四點二分

（昨晚及今晨，我們時有大雨。）

現在我再次祝你們有個美好的下午。

（「賽斯，午安。」）

——我們將繼續口授。

不過。轉世的遺產是很蓬勃生氣的，而它在某種情況下可能有個肯定它自己的傾向。我說的並非尋常的事件，卻是相當非凡的事件，當以某種方式，轉世的記憶似乎滲漏到現在的一生。再次的，這並非尋常的經驗。它鮮少發生。在有些場合——有時是在健康不良或彷彿年老糊塗的期間——這種例子可能發生。他們比較傾向於發生在青春期，雖然我的確要強調我們在說的是特殊案例。

老年人常常開始以他們以前沒用過的方式，練習自己的意識。也許佔據他們思維的分心事比較少了。他們也許寂寞，然後，相當驚訝地發現自己在嘗試演出種種不同的經驗——就目前情況下，在物質世界彷彿最難達成的經驗。

由於他們往往是害怕的，並且對未來不確定，他們比較傾向於將思緒拋回到幼年，去搆到他們最早的記憶，而在腦海裡試著從記憶中所愛的人的聲音，獲得安慰，卻在腦海裡看到一瞥他們沒期待的影像，或聽到其他並不是他們渴望的聲音。

事實上，從許多其他世來的許多插曲的片段，可能湧入他們的意識，而當然，在大多數例子裡，他們對這種經驗是相當沒準備的。另一方面，通常，這種插曲是極令人安慰的，因為，生命之前已被活過許多次的內在保證，正騎著它一起來到。

所涉及的個人隨之可能會回到正常的意識，但如果當那事正發生時，他們說話或喃喃自語，任何觀察者可能視為理所當然，認為這裡涉及了精神錯亂。在那些情況下，不該開藥，除非病人變得非常的煩躁或混亂，而要求它們。不過，在大多數例子裡，那些經驗不會留下任何不利的副作用。

在健康不好的期間，或麻醉過度的狀況，也可能發生同類的事，因為在有壓力的期間——不尋常的壓力——意識沒有充足的敏捷可依靠。在青春期可能發生同樣的事，而很容易被誤以為是一個精神分裂的插曲。

這或許比其他提到的事更常發生，但，通常，這種事件不會重複。在它們打開那人的心智、令他對生命抱持比以前更大的視野後，它們只留做回憶。

再次的，我啟動促進你們自己身心平安的那些座標，並加快療癒過程。

口授結束。

（「謝謝你。」四點三十二分。

（醫院職員令珍中斷此節兩次。不過，她的生命跡象被測量了，體溫高到一〇一．四度——珍很生氣。珊儂說，由於天氣熱而潮濕，珍的體溫才升高了。

（剛在我離開三三〇房之前，天開始下小雨，但當我開車回家時，它很快地變成傾盆大雨。偶爾雨下得這麼密，我幾乎看不到我往什麼地方去。這令人既清涼又振奮。）

一九八四年六月十九日　星期二　下午兩點四十一分

（簡直不能說醫院是個安靜的地方，當救火車和警車在我們窗下停下來，它們的警笛在尖叫和哀嚎，而人們又在三三〇房外，推著咯噠咯噠的藥車，聽著像是一大堆顛簸的鍋子和盤子——所有這些，當珍準備好上課時。我禁不住好奇，任何需要一點兒安寧和安靜的病人，會怎麼辦！）

現在，我再次祝你們有個美好的下午。

(「賽斯，午安。」)

——我們將繼續口授。

不過，到此為止，我們一直在處理矛盾的信念——而它們大部分都能單單在此生的脈絡裡著手解決。

這些信念可能有肉體或精神上的後果，雖然在大多數例子裡，兩者不會立刻發生。我們已處理了隨之可能發生的許多肉體難局中的一些。在其他例子裡，個人在精神或情緒的層面上面對那些困難。人格的一部份可能全心贊成個人權力的善加表達，而被激發去表達運用他的能量和力量。人格的另一部份可能害怕權力及其運用，正如另一部份在裡面歡欣鼓舞一樣。

通常來說，有時候，人格的一個部分不去發展肉體上的併發症，反倒真的以肯定、力量和能量去行動，同時，另一個同樣合法的部份，卻拒絕以不論任何方式去用能量或力量。兩個想法是如此相反，且是如此的勢均力敵，以致有意識的人格幾乎無法忍受同時覺察兩者——

(兩點五十分。喬治亞、瑪莉珍，和簡進來戲耍，吃包著巧克力的蘇打餅乾，而對他們明天計畫為我開的生日派對丟下模糊的提示。我假裝無知——我以為。他們一邊告訴我她們偏愛的蛋糕是什麼，一邊問我——而我說，有巧克力糖衣的巧克力蛋糕。

(在兩點五十八分，我讀此節的最後一行給珍聽。)

在這種例子裡，雖然人格的一部分在表達它自己，並指揮一般的意識能力，另一部份卻呈現默認、潛在，及未表達的狀態。

這個人可能帶著權力、能量和力量，在或長或短的期間，決斷地做事。然後，有時出其不意地，人格害怕的、無生氣的部份會取代意識的正常能力——顯得沮喪、沈默寡言，而難以與人溝通。

人格的一部份將繼續有意識的行為——去工作、購物，或不論什麼，同時人格的其他部分則根本不記得做過那些事。

舉一個假設的例子。稱人格肯定的部份諾瑪A，其消極的伙伴為諾瑪B。諾瑪A出去跳舞，到酒吧去，然後將整個的程序交給諾瑪B，諾瑪B發現自己在吵鬧的環境裡，被她不記得的人圍繞，而完全不知道自己是如何到她現在的目的地。

她的記憶走向將回到她最後還在主控她的意識的時候，而她對諾瑪A的存在，也許有，也許根本沒有任何概念。諾瑪A可能喜歡行動、運動、跳舞和身體的活動，同時諾瑪B可能較喜歡閱讀、散步，或畫畫。

這種人格甚至可能有不同掛的朋友——諾瑪A和B，各自有她們自己的友伴。雖然這些人格可能看來如此的歧異，可是，他們是彼此相連的，而偶爾可能設定他們自己相當怪異的那種溝通。也許給彼此寫神秘的字條，將它們留在必然會被找到的地方——卻用一個特別的密碼、象徵或藥物，因為，太清楚的一個溝通會瓦解整個關係。

人們可能實際上繼續這種存在好多年，直到一些事件什麼的顯示某些東西不對頭：舉例來說，諾瑪A的朋友可能遇見諾瑪B的一個朋友，或，記憶裡的空隙最終可能變得如此頻繁，以致很顯然的，有些事出了毛病。

諾瑪A和B代表精神分裂相當簡單的例子。而我的確保持故事的簡單，以維持議題的清晰。諾瑪A可能真的變成一個越來越肯定或好戰的人格，甚至展示出暴力的傾向，同時另一方面，諾瑪B可能變得甚至更膽小、沮喪，且孤獨。

不過，在其他層面，每個人都很覺知另一個人的在場，而在那些層面，他們的確會對彼此的活動反應。當然，這意味著整個失憶的過程，無論看來是如何的完美，都是表面的。我用了關於權力的不同信念作為一個例子，但，可能涉及任何信念——如果一個人以幾乎同等的重量持有它和它的反面。

（三點二十分。）一個部份可能相信性是好的，同時另一部份卻激烈地相信性是邪惡而墮落的。此地我們將用一個男人做個假設的例子。喬A可能是個絕佳的丈夫、負擔生計的人和父親、一個去教堂的人，他相信性的美與善。喬B可能最熱切地執持相反的觀點——說性至少是邪惡的，或許由魔鬼派來，且有失一個好人的身份。

在最表層，喬A可能經常去教堂，對他的家人和藹體貼，並且，比如說，每晚下班都回家吃飯。他可能在或長或短的期間，繼續一個富有成效的、有成就的存在。

然後，也許無預警地，他可能突然拒絕與他的太太做愛，變得對孩子不友善，下班後，晚餐前，停下來喝幾杯，甚或開始去找妓女，或開始一次外遇——往往與一個他認為低於他的女人。喬A發現酒瓶散佈在他的衣櫃四周時，可能大吃一驚，既然他根本極少喝酒。喬B可能突然在一個陌生的睡房「甦醒」，與一個他這輩子顯然彷彿從沒見過的婦人，在一種「瓜田李下」的情形。

另一方面，喬B可能發現自己在一場家庭野餐或其他的聚會中間——令他不耐和不高興的事件——或更壞的，他甚至根本不記得他的家人。可是，這種難局變得越複雜，便越難將之保密，因為其複雜度本身倍增了它被發現的機率。當然，還有變數。

喬B正在喝酒的時候，可能突然被送回到他喬A的自己。溝通的種類可能非常的獨特而令人困惑，其範圍從數目密碼到無意義的句子，或聽見想像的聲音，那有提醒自己的一部份的作用：在他的存在裡，涉及了另一個彷彿陌生的人格。

休息一下。

（三點三十五分。三個職員測了珍的生命跡象。她的體溫又升高了——九十九度四——沒人知道為什麼。在我們窗下，有許多的車聲。在四點七分繼續。）

在許多例子裡，可能涉及非常強烈的被迫害感與妄想症，但這些將在下一章討論。

在我們剛討論的那種分裂行為裡，催眠常被用為治療法，常常其企圖不僅是將人格的兩個層面介紹給彼此，並且也要發現他們以這樣一個方式分裂的原始時間。

雖然在一個出色的專業催眠師的手中，催眠也許有相當的價值，在這種情形下，作為一種療法，它仍有嚴重的缺點。由於其本來的本質，催眠結果可能更進一步地分割這人格。

在這種治療下，有時候好像發現了新的、較差的人格片段，但反之，這些人格非常可能是被治療本身創造的。催眠師顯然想治癒他的病人，而精神分裂的所有形式在知性上都是令人著迷的。所涉及的人格之片段被給予極大的注意，而他們可能攫住那注意力，尋求進一步令催眠師目眩神迷的方法，然而同時破壞復原。

在會談中，跟不論哪個主要的人格說話是遠較好的，去說服他治療師的關心和興趣，同時讓他知道，在其他層面，他是相當覺察自身其他片段的存在的。

有分裂問題的人們，往往喜歡文字遊戲和字謎，因此，他們很可能用這些來困惑任何治療師。這樣一個人會考慮任何一種治療這個事實本身，的確意謂著他已準備好著手對付一個相當的挑戰。那麼，可以向人格的每個片段表達，他們每一個要變得覺察另一個是個相當大的挑戰。你可將那情形與一個人和他的姊妹或兄弟分開好多年相比較——可是，解釋說，那分離是心理上而非身體上的。

（在四點二十一分停頓良久。）以一種方式，所有這些活動，都是其他活動的變奏。如先前提及的，另一個人，不去形成這種片段自己，可能享受權力的運用，又如此怕它，以致他體驗一次癲癇的插曲，而非一次精神分裂的插曲。

在我們回到對其他身體難局的討論之前，我們將討論一些更進一步不尋常的心理事件，以及它們與矛盾信念的關連。

口授結束。

再次的，我啟動促進你們自己身心平安的那些座標，並加快療癒過程。

（「謝謝你。」）

（四點二十六分。我想，這是珍住院以來最長的一課。「可能比你想要的更長。」她說，意思是，今晚我得花更多時間打字。它大約是在我能處理而不落後的限度。

（「我忘了告訴你，」她說，「我先前得到了下一章的標題：『從神祇、英雄，及其他著名人物來的「訊息」——或，更多矛盾的信念。』」）

13

從神祇、英雄，及其他著名人物來的「訊息」——或，更多矛盾的信念

一九八四年六月二十日　星期三　下午三點五十分

（今天，我六十五歲了，但顯然我不覺得。我猜它假定會作為一個人一生的里程碑——但我並無計畫要退休、辭職，或放棄創作生活。我覺得我遠勝過從前。

（醫院人員的確給了我一個生日派對，而雖然我知道他們在忙什麼，考慮到他們明顯的善意和鼓勵、卡片，及食物——比我們，至少珍和我，能吃的更多——它仍是個令人愉快的驚喜。護士長瑪麗，做了有巧克力糖衣的巧克力蛋糕。我展示給他們看我花俏的內衣，當做一個笑話，而收到適當的啊和喔聲。甚至在三三〇房外走廊的一些陌生人也看到它而笑了起來。我同時一口氣吹熄了蛋糕上所有的蠟燭——也許有二十五根，我猜職員們沒預期我能做到。

（到大約兩點三十分時，我有明顯的飽足感，而我們仍有食物剩下。一整天下來我都在小口地吃它，直到我覺得自己最好停止。許多人停下來祝我生日快樂。

（在我離開珍之前，瑪格莉特．本巴羅打電話來邀我去晚餐，但到那時我已飽了。我在他們家停下來，拿我明晚的晚餐。喬的兒子說，喬因為化療，頭幾乎禿了，而且非常虛弱。他們也給我一包書。約翰調給我一杯威士忌加蘇打水，像我有天晚上在那兒喝的一樣，而我幾乎立刻開始感覺其效應。到那時我事實上已半醉，所以直到九點五十分我才開始打字。）

我祝你們有個美好的下午。

（「賽斯，午安。」）

——我們將繼續口授。

在我們繼續前，我想提醒讀者，在我們討論過的這些或任何其他的問題之中，可能有一段沮喪的期間，或，覺得一個人自己的問題根本沒有解決之道。

這無論在何時發生，都該跟隨我之前所給的步驟。簡而言之，立刻拒絕去為未來或過去擔憂，告訴自己，如果你想要，你可以在另一個時間去擔心——但目前你不會去關心過去或未來。

提醒你自己，就你可能讀過、聽過或歸納過的一切，顯然，並非所有不幸的情況都不可避免地採取最黑暗的調子，而的確其反面才是真的；因為，如果前者是真的，世界及所有的生命早已真的經由災難和大禍而被毀滅了。

集中精神在當下一刻——但更重要的，集中於當下一刻最愉悅的面向。如果那一刻有令人分心的、令人不快的面向，那麼，堅決地將那一刻不論什麼令你愉快或舒服的影像帶入腦海。這些可能是非常單純的。舉例來說，憶起紫羅蘭的香氣，或試著聽見雪的清脆嘎吱聲，或試著觀想一個海洋或湖泊。所有這些過程將有安寧你的身心，及增進你自己儲備的作用。

（四點。）這是個可跟隨的極佳政策，因為無論你在何處，你都可以開始。它至少將暫時助你緩解恐懼和懷疑，因此隨之你後來能以更多的把握進行整個議題。

此節結束。休息一下。

（四點二分。我們聽見在走廊裡的藥車。一位年輕的護士帶來珍的Darvoset和阿司匹靈。現在，在醫院裡一切都很安靜而平靜了。在四點十三分繼續。）

我們將開始下一章。標題，如先前給的，是正確的。

關於實相本質的矛盾信念，幾乎能帶來任何形式的兩難之局，因為個人永遠試著令他的環境合理化，而至少試圖看世界為一個一致性的整體。

一些試圖將矛盾信念放在一起的最複雜方法，往往是精神或情緒性的方法。一個人越覺得世界不一致，他花在企圖將世界恢復原狀的努力便會越多。

有些人擁有彼此如此相反的信念，以致他們被迫做出最複雜的精神或情緒上的策略。他們的困難將彷彿如此巨大，以致，只有一些從外在來源來的干擾才足以給這人一個完整和健全的感覺。一個人可能變得如此害怕用他自己選擇或行動的力量，以致創造出一個超人的建構——一個彷彿超凡入聖的人，他下令給這涉及的個人。

（在四點二十五分停頓。）再次的，讓我們用一個假設性的例子——這次是個名叫唐納的男人。

唐納可能如此怕做決定、如此猶豫不決，以致他建構出一個想像的超人，他命令唐納做這做那。舉例來說，如果在工作上碰到一個決定，那麼，那超人會命令唐納採行某一個路線。唐納已放棄了替他的行動接受責任。這想像的人可能說他是上帝，或從現在或過去來的一位著名英雄，或耶穌基督，或穆罕默德，而所涉及的人格將相當確定事實是如此。

舉例來說，唐納也許幻聽到神或英雄的聲音。那聲音可能如此頻繁，以致變得非常令人分心，或它可能只出現在壓力過大的時候。

再次的，我們以一個相當簡單的畫面開始。我們的朋友也可能確信，他自己是邪惡的、沒價值的，甚或墮落的、最卑劣的人。在這種情況下，一個人或許就建構一個人工的魔鬼或惡魔，他不斷地惹惱此人，而甚至下達一個極具破壞性行為的命令。

這個人，像唐納，也放棄了為自己的選擇負責，而覺得不能叫他為任何可能做出的破壞性行為負責。

（在四點三十七分停頓良久。）所提及的兩種人格的任一種，也可能開始覺得被某個外在的媒介迫害、追逐，或騷擾。當然，在所選擇的媒介中間，有聯邦調查局、中央情報局、蘇聯秘密警察、三K黨，或不論為任何理由從事暴力行為的爭議性團體。

有時這種插曲持續很長的一段時間，但它們也可能只出現幾天之久，自發地澄清，而或許幾年後又再出現。

口授結束。

再次地，我啟動促進你們自己身心平安的那些座標，並加快療癒過程。

(「謝謝你。」

(四點四十一分。珍說，「我有個感覺，凡任何時候賽斯給像這樣的練習時，都是在我及讀者們正需要它們的時候。他提倡的東西，有些我做得非常好，而其他的我做得不好。」

(我心想，對極了。我常覺得，賽斯的資料與珍自己的狀況平行，不管在那一刻它可能是什麼。我認為，就此書而言，這尤其正確。其大部分可以是賽斯專為珍而說的資料。)

一九八四年六月二十一日　星期四　下午四點三分

(今天早上，我才剛將昨天的信件分類好，今天另一批較少的，從Prentice-Hall出版社及獨立寄送的信又到了。

(不過，看過這些信是有報酬的——因為在林林總總的信裡，我發現加起來超過三百七十五美金的支票。我們既感激又感動。現在，當一批信來到，我必須立刻打開它們，看看是否寄了錢來。不然的話，在我去調查它們之前信可能躺在那兒好一陣子。我以前習於不打開它們，直到我拿起它們回信時。一位加州居民打電話給在德州的茉德•卡德威爾，告訴她，他有我們的許可，銷售珍在一九七五年結束的ＥＳＰ班的錄音帶。我們未曾給任何人許可去那樣做，因此，我需要調查那整件事。)

現在我再次祝你們有個美好的下午。

（「賽斯，午安。」）

——我們將繼續口授。

有些人可能看來行為完全正常，除非在一個談話過程中，談起了某個主題，或，除非在環境裡的一些刺激喚起了他們。

舉例來說，個人也許正在夠正常地侃侃而談——當他聽到遠處警車的警笛聲時。這人立刻跳起來，確信那是聯邦調查局或其他機構追蹤他的證據。

有警笛的車子可能消失，然而受驚的人的態度和行為很可能立刻令他們的同伴了悟到，有些事出了差錯。這心理失常的人可能立刻開始一個冗長的激烈發言，描述之前的插曲，在其中，他由一城到另一城被追捕。可能有進一步的併發症，在其中，此人堅持他的電話被裝了竊聽器、信被打開，而私密性不斷被侵害。

對此人的伴侶而言，這可能是任何事出了錯的第一個信號。大半這種例子裡，這冗長的激烈發言可能繼續一會兒，同時，在遠較不嚴重的插曲裡，反之它可能立刻就跳到關於被如此追捕的無秩序、混亂的思緒。或反之，個人可能開始對一般警力的一個相當激昂的討論。

實際上，在那些情況裡的人常常如此害怕權力的運用，在經常監視下的想法，實際上給了他們一種被保護感。

休息一下。

（在四點二十五分繼續。）

重點是，在這種情況裡，這人將試著用來自外界的證據，以證明他的確是被追捕的。以同樣的方式，幻聽上帝或一個惡魔聲音的人，這樣做的確為的是在他自己的頭腦裡維護精神正常的概念。只要他相信涉及了一位神明或惡魔，那麼，這人可以認為整個事件極為非凡，絕對不同於普通的經驗，卻是有效的。

如果治療師試圖說服這樣一個人，幻想的那個人並不存在，那麼，這威脅到此人對個人精神正常的觀念。

口授結束。

再次的，我啟動促進你們自己身心平安的那些座標，並加快療癒過程。

（「謝謝你。」四點三十分。）

一九八四年六月二十二日　星期五　下午三點七分

現在，我再次祝你們有個美好的下午。

（「賽斯，午安。」）

——我們將繼續口授。

那麼，極其重要的是，任何治療師說服案主，雖然那超人是自我創造的，並且／或那聲音是幻覺——這並不意味案主是瘋狂的。

該做一個努力去幫助案主瞭解，思維和信念的錯誤是要為那情況負責的——而，移除那些錯誤的信念能緩解情況。治療師該清楚表明，他瞭解，就一般的說法，案主並沒在說謊，當他報告說聽見魔鬼的聲音時。

按照目前這特殊案例而言，治療師該隨之指出所涉及的思維和信念的錯誤，而試著解釋其多少是習慣性的模子。

首先，觀念必須被解開，然後習慣性的行為才會開始瓦解。治療師也該向案主保證，在許多思想和對話的主題和題目上，案主運作得相當好。當然，這主題本身是如此的廣泛，可以很容易的就它寫一整本書呢，所以是不可能在此包括所有涉及的議題的。

有些錯誤關係到對實質事件的誤解。這個人——確信他是被某些秘密組織追捕——再次的，可能聽到在一輛非常真實的警車上的警笛。錯誤在於，假定那輛車是在追逐那人而非其他的什麼人。治療師能幫助案主學會去質疑他自己對這種事件的個人詮釋。

所有這種案例，都有其自己奇特的併發症。在次要人格（secondary personality）的例子裡，通常指導活動的主要運作部分可能是男性，展現所有平常的男性特質。可是，次要人格可能彷彿是女性，甚至以一種似女人的聲音說話。或可能是其反面。

也可能這個人穿著男性的衣著，然而次要人格卻穿著女性的衣衫——反之亦然。（三點二十五分。）可是，我們主要所捲入的是彷彿失憶期間的特徵，通常非自願地發生，除了或許有點頭痛外，往往沒有任何的過渡。

在這個類別裡，我並沒指像魯柏這樣的人，他以一種輕易安詳的感覺替另一個人格說話，而其結果的資訊是極佳的知識——證明對個人及別人都有幫助的、不尋常的常識之明顯產物。不過，在所有我們討論過的那些例子背後，還是有價值完成的需要，那曾大半被矛盾甚或相反的信念堵住了。

（在三點三十一分非常久的停頓。）無論在一些讀者看來彷彿多麼不可置信，卻是真的：甚至最具破壞性的事件，也是建立在對實相的誤解、相反的信念，及沒能力接受或表達愛上。事實上，那種狂怒，是一個完美主義者落入彷彿不只不完美、卻是邪惡世界的控制裡的記號。

休息一下。

（三點三十四分。珍的生命跡象測好了。我寫了一兩封信，直到她準備好繼續了，然後讀最後一行給她聽。在四點十分繼續。）

這帶我們到另一個最危險的信念——即，目的可以使手段正當化。絕大多數的破壞性行為，都是與那信念一致地做出來的。它導致一個紀律的過度僵化，而逐漸削減人類表達的範圍。

事實上，你該可以看見，我們在討論的問題，首先就以限制「可有的選擇」開始，故此削減了表達的範圍。個人會試著盡可能最好地表達自己，因此，每個個人隨之開始一個全神貫注的努力，去尋找仍舊開放的那些表達途徑。在這整本書裡提及的所有建設性的信念，都該被用於這一章所有的例子裡。個人必須覺得夠安全及被保護，以追求自己的發展，並幫助其他人的完成。口授結束。

再次的，我啟動促進你們自己身心平安、並加快療癒過程的那些座標。

（「謝謝你。」四點十八分。）

一九八四年六月二十三日　星期六　下午三點二十八分

（昨天，早餐後，珍被採了血做測驗，但我們還沒聽到任何結果。今天中午，我在急診室遇見傑夫・卡德——正當我想到他的時候。他說，他擔心所收到的關於珍沒有以前那麼舒服的報告。我說，這種期間似乎是循環不已的，說我看顧著珍，而如果我認為任何別的事出了錯，我會呼叫什麼人的。珍同意循環性的描寫。）

現在，我再次祝你們有個美好的下午。

（「賽斯，午安。」）

——我們將繼續口授。

在精神分裂行為裡，能發生的最稀少且特殊的發展就是，建構一個彷彿擁有了不起力量的超人——一個能說服別人他的神聖性的人。

歷史上，大多數例子都涉及了男性，他宣稱他有千里眼、預言，及全能的能力。那麼，很顯然，受影響的個人，當他給命令或指導時，被認為是在替上帝說話。我們在談的是「造神」，或「造教」——隨你喜歡哪一個。

在幾乎所有這種例子裡，紀律是經由引起恐懼而教給信徒的。非常鬆散地說，教義說，你必須愛上帝，不然祂將毀滅你。這種教義最不可信的面向，看來彷彿應該使它們很容易被識破。可是，在許多例子裡，傳說或教義越荒謬，它們就變得越容易被接受。以某種奇怪的方式，就因為這種故事不是真的，信從者才相信它們是真的。幾乎所有宗教的初始，都曾以某種方式涉及這些精神分裂的插曲。

如此涉及的個人，一開始就必然是極端的心理失常：完全準備為反對社會、國家，或宗教的議題作戰，而因此，能成為以同樣方式受影響、不可數計的其他人的焦點。

（在三點四十二分停頓良久。）阿道夫·希特勒勉強落入這一類。雖然他欠缺替一個超人說話的特徵性記號，這是由於他經常視他自己為那超人。問題是，雖然這種宗教也能啟發人們做出偉大的同情、英雄主義及瞭解的行為，它們的存在卻依賴對實相本質極端錯誤的解釋。

如果我們在此觸及了主要的宗教，那麼，有史以來直到今天，也還有數不清的較小的狂熱教派和異端，都有那了不起的心理力量與能量的同樣戳記，連帶著一個與生俱來的自我毀滅與復仇的傾向。

到種種不同的程度，其他較不引人注意的個別案例，也能擁有同樣的神奇和神秘感。顯然無須浪漫化精神分裂行為，因為其似浪漫的成分早已以一種不幸的樣子連結在大眾的腦海裡，彷彿將瘋子和天才放在某種無法定義的關係裡。像這樣的聲明中，這種信念是很明顯的：「瘋狂是精神健全的另一端。」或：「所有的天才都觸碰到瘋狂。」

在這種概念底下，是對心智本身的恐懼，相信直到某一點其能力是好的並且可靠的——但如果它跑得太遠，那麼它就有麻煩了。

在那個意涵裡，跑太遠是什麼意思?通常它是指，知識本身不知怎地是危險的。就是如此。不過，在某些例子裡，建構出來的超人能對國家、社會，或宗教的狀況作出敏銳的評論。可是，大多數這種人，開始預言世界的結束，選民——不論他們是誰——將被拯救出來。不只少數人曾給這個世界性的「查封」明確的日期——那些日期來了又去了。許多人仍繼續追隨那些似乎已證實自己錯誤的同樣教義；那人想到一個更新的藉口，或一個更新的日子，而事情又照舊進行。

不過，再次的，甚至在遠較簡單的案例裡，建構出的人往往會做出——順帶地說，並沒成真的預言，而幾乎永遠在給命令和指令，那是要毫不質疑地遵行的。

在精神分裂行為底下，還有許多其他很深的心理聯繫，但，既然這本書也致力於其他的主題，我們將繼續談，矛盾信念帶來精神或身體上的困難的其他方式。

口授結束。

再次的，我祝你們有個美好的下午，啟動促進你們自己身心平安、並加快療癒過程的那些座標。

（「謝謝你。」再次的，當珍在替賽斯說話時，職員打斷她兩次。四點二十分。）

14

涅槃、對即是力量、基督士兵進行曲，以及人體作爲一個值得拯救的行星

一九八四年六月二十四日　星期日　下午三點二十三分

（昨晚晚餐時開始潰爛的一個口瘡，當我試著入睡時，實在令我不舒服。我起來了三次，而今晨它似乎比之前更腫和疼得更厲害了。長話短說，昨晚我用擺錘占卜，而它堅持，由於我沒回書迷的信，所以我因擔憂而發展出那口瘡。

（今天早上，我一下床，又用了擺錘，而收到了同樣的答案。昨晚它似乎沒什麼用。可是，這次，幾乎在我給完自己一些溫和的正面暗示之後，我突然馬上開始覺得好些。我立刻知道我將能吃早餐——也許不那麼舒服，但至少能吃。我感覺腫開始消退，好像一個氣球被戳破了。

（當我刮鬍子時，我覺得進步在繼續——再次的，好像變魔術一樣。我向我的潛意識道謝。當我今晨起身時，我覺得這麼難受，以致我考慮尋求緊急的醫學救助——對我而言非常少有的事。一整天，進步都在繼續：晚餐比早餐及午餐都來得容易。而再次的，我加強了我對那簡單的工具擺錘的信心——至少，為我自己。

（珍今天也過得好些。她的牙齦疼痛已兩天，而那已好些了。）

現在我再次祝你們有個美好的下午。

（「賽斯，午安。」）

我們將繼續口授，開始新的一章，稱為：「涅槃，對即是力量（right is might），基督士兵進行曲，以及人體作為一個值得拯救的行星。」

很少人對我們在上一章裡提及的密教情況，有很多個人性的關懷。不過，許多人都涉及了形形色色的宗教概念及哲學，其影響在個人經驗裡是相當不幸的。大多數個人偶爾有一陣子的健康不良，他們由之康復了——因此，總的來說，達成了一個相當舒服的中庸狀態。

帶著強烈宗教情操的人，往往被多過尋常的健康不良及個人困境所煩擾，這很不幸常常卻非永遠——是真的。事實是，宗教曾是人所曾持有的一些最好想法的媒介物——但它也曾是頑固地堅持、曾折磨人類的最惱人觀念。

你無法將哲學自生活分離，因為你的思維和意見給你的生命其意義與原動力。有些人相信，生命是無意義、沒有目的的，而其無數的部份是光靠機率落到一起的。顯然，在此我說的是科學的教義，但這種教義是遠較宗教性而沒那麼科學的，因為它也期待只靠信心而沒有證據地被相信。（三點三十七分。）這種概念必然也會渲染其追隨者對其他主題的想法：性、經濟，及顯然對戰爭與和平的觀念。

再次的，自然的每個部份都是被內在活力、能量及其內的生命力推進的。如果個人相信，他和他的工作是沒有意義的，則身體無法健壯。這種哲學沒在自然裡或在宇宙裡給人一個賭本。

無論如何，所有的生命彷彿都在航向滅絕。至少可以說，靈魂、死後的生命，甚或從一代到下一代生命的整個觀念，大半都變得可疑。在這樣的一個哲學世界裡，人會彷彿根本沒有力量。

（三點四十三分。唐娜進來查珍的體溫：九十八度八。我沒告訴珍，但，當賽斯說話時，我真的有兩次短短地睡著了——我從沒做過的事。經由今晨的用擺錘，我達到我所歡迎的免除緊張及憂慮的感覺，仍在繼續。的確，今天早晨，我很難堅持寫《夢》的工作，甚至當我開始同時以精力和放鬆重新振作的時候。

（我讀最後一行給珍聽。在四點十分繼續。）

如先前提及的，那些觀念可能與可能自殺者的發展有所關聯，尤其是一個年輕的自殺者，因為它們似乎有效地阻擋了一個未來。

不過，這同樣的概念是如此地沒有前途，以致它們往往觸發一個全然不同類的反應，在其中，一個最頑固地堅持那些信念的科學家，突然做了一個完全「重新取景」的動作。這能推他到一個頗為嚴重的精神分裂反應，在其中，科學家現在最狂熱地保衛——只不過短時間之前，他最狂熱排斥的同樣概念。

以一些變異，同類的「突然皈依」可能發生在：當一個人曾貶低宗教的觀念及信仰，突然做了一個不同類的重新取景動作，結果成了一個再生基督徒（twice-born Christian）。

兩個機制都突然以一種特殊的方式使信念系統排好。將所有的懷疑推到一邊，反之卻接受一個對新信念系統的嚴格遵守，以及在那新目標底下，生命本身一個新的重組。

口授結束。

再次的，我啟動促進你們自己身心平安、並加快療癒過程的那些座標。

(「謝謝你。」

(四點二十分。「我注意到我還沒吃任何的Darvoset，」當珍離開出神狀態時，她立刻說。通常在四點左右，有人會送它來。在幾分鐘內，真的有位護士帶來了。

(今天中午我早了一點離開家，以便我有些額外時間上到醫院的五二二房，看看喬・本巴羅是否在那兒——但他不在。在離開珍後，我又去了一次，而這次找到他了。我們愉快地聊了大約半小時。喬躺在床上，整個時間雙眼都閉著，雖然他警覺地跟隨我們的談話。明天他回到化療去。兩天前瑪格莉特告訴我，喬由於無法控制血糖，已回到醫院去了。今晚，她告訴我，醫生在以因素林控制血糖，以便喬可以接受化療。

(當我開進家裡的車道時，約翰・本巴羅從他的車庫走出來，拿給我一大塊檸檬派。在醫院裡，瑪格莉特和我曾對她的檸檬派開玩笑。當我開車回家時，她打了電話給約翰。)

一九八四年六月二十六日　星期二　下午三點三十一分

現在我再次祝你們有個美好的下午。

（「賽斯，午安。」）

——我們將繼續口授。

「強權即公理」（might is right）這句話，也可以反過來寫。（譯註：此句英文成語，中文約定俗成的譯法「強權即公理」，白話意思是：「有力量（權力，強權）就是對的」，此處賽斯將之反過來，說成是「對即是力量」。）

許多世紀以來，被視為理所當然，神是站在最強、最富的國家那一邊。彷彿無疑的，如果一個國家是貧苦或被踐踏的，是因為神令它如此。

這種想法實際上將人們綁在鎖鍊中，促進了奴役及其他不人道的作為。同樣的不幸也適用於東方的涅槃觀念，以及基督教的天堂觀念。兩者都曾被那些有權勢的人用來壓制廣大群眾，去藉由許諾在死後世界裡的未來極樂，而合法化劣等的和不充分的生活條件。

在涅槃與天堂的概念之間，有許多的不同，但每一個都不只被用來把受苦合法化，卻也教人們去尋求痛苦。其想法是，一個人越被迫害和中傷，在一個未來的存在裡，就會得到越大的報償。

在此書裡，我想避免專注在密傳的修持（esoteric pratices）上，但它們的確有時會侵入手邊的主題。

苦修、過份禁食、對身體的個人虐待，好比自我鞭打——所有那些修行都是在相信「受苦本身是某件要追求的事」的信念下實施的。在這樣一種方式裡，痛苦變成一個被追求的目標，而愉悅變得翻轉成痛苦。

那麼，十分平凡的人往往相信，受苦本身是朝向個人發展和心靈知識的一個方法。就健康而言，這種信念可能有最不幸的後果。它們往往要為在輕率的手術中，肉體器官不必要的犧牲負責。

有些人如果認為他們太快樂的話，就會變得焦慮和擔憂——因為對他們而言，那意味著沒為他們的罪付出足夠的代價。他們也許被一些無可否認的危險威脅著，直到最後，他們再一次以某種方式找出自己的懲罰——同時一直在好奇，他們為什麼如此常被健康不良或疾病圍困。

這類症候群可能影響個人、家族，而到某程度的整個國家。它們直接減輕人的健康、存活，及蓬勃生氣。

對於核子毀滅，或其他此類災難經常不斷的恐懼，也能落在這個類別下。

休息一下。

（四點四分。珍聽到走廊裡的醫藥車，但幾分鐘過去，才有位護士帶進Darvoset。珍說她最好結束此節。

（四點二十二分。）口授結束。

再次的，我啟動促進你們自己身心平安、並加快療癒過程的那些座標。

「謝謝你。」

（在課間，佩姬．加拉格短暫地來訪，告訴我，我要買的一個相機在某個店裡打折。

（我告訴珍，我希望今天下午法蘭克已找了他年輕的朋友來剪草，如他今晨答應的，但毫無成果。當我開上我們的路時，我立刻看見草還沒剪。那地方看來糟透了，雖然法蘭克說，他在後院種的一些野花，正開始從護根用的麥桿與草裡冒出來了。

（珍在九點三十五分打電話來，正當我在打此節時。）

一九八四年六月二十七日　星期三　下午三點二分

（珍的康復情況看來並不很好——我告訴她，她的身體正在搞些花樣呢。今天她的腳令她相當不舒服。她的右肩有些腫，而我也認為她的臉頰看來浮腫。之前我曾看過這種信號，卻不記得它們是什麼意思，如果真有什麼的話。今天她的體溫是一〇〇度——又上來了。近來，她有過這樣的擺盪，而午餐吃得不多，晚餐更少，說她必須非常從容地吃，以便不反胃。就我所知，沒有護士曾對醫生說任何事。

（今天相當涼，間或有雲。我以為會下雨，那意味著法蘭克又不會剪草了。〔而我對那件事又說對了。〕）

（我不以為她會要上課，或覺得想上，但珍說她想。當她開始時，她的聲音一開始相當微弱而遙遠。停頓如常。）

我祝你們有個美好的下午。

（「賽斯，午安。」）

我們將繼續口授。

大群大群的人變得如此確信上帝最終的報復與懲罰，以致他們開始為它做計畫。他們的人生變成是逃避痛苦、而非追求愉悅或滿足的一個方式。這對個人而言是真的，但它也適用於所謂的存活團體，他們集中在美國的某個部分，蒐集補給品以使他們繼續存活過大屠殺，而防衛他們的家人避免那些可能偷他們糧食的人。

大多數這種人預期一段混亂的時期，在其中所有的法律都崩潰了。另一個版本強調經濟的領域，預見使得一個人與另一個人較量的經濟崩潰、無政府，及其他的狀況。

當然，這些人們相信，任何既定情況都將變壞，而被帶到其最悲慘的結果。那態度渲染了他們所有其他的信念與行動。有些用宗教的教義，而其他的則依賴科學的信條來證明其論據，但在任何例子裡，他們都被示以一個欺騙與報復的世界。

在這種情況下，良好的精神或身體上的健康都幾乎難以盛行。反之，在這國家以及國外，有些最有益的團體，他們真地積極卻和平的聚集在一起，去為全世界的解除核武努力，而著手對付像核子廢料的問題。他們的努力也導入到其他地方，試著說服世界的所有地區去平等分享他們的財富與食物。

這些可能是「抱負極高」的目標，不過它們本質上是正面的對準完成與成就，以一種強調合作與瞭解的方式，將人們的能量集合在一起。

再次的，結果並不能使方法合理化——因此，再多的戰爭都永不會產生一個有意義的和平。這種概念影響生命的每一個層面，從最微觀的一直往上。並不是說，植物瞭解以通常說法的「你」的概念——但它們的確揀起你的意向，而在「世界的存活」的競技場，它們也是生死交關的。

我也無意浪漫化非人類的生命，或高估其資源，但大自然也有其自己的方式——而在那種方式裡，它不斷地朝向一般的生命存活努力。自然可能不會保你出來，但它永遠在那兒，將它自己的活力及力量加入於這行星整體的好處與健康上。記得我先前說過的，有關疾病與非疾病狀態的關連。交流在病毒和微生物之間閃現，而它們能在一瞬間改變。那麼。再次的，最具樂觀性質的念頭，是生物上最恰當的那些。

休息一下。

（在三點五十二分繼續。珍的聲音多少強大了一些，她的步調快了一點兒。）

這是一個好地方去再次談起一些極端的食物修習，像是過度禁食，及對所謂的自然飲食的執迷。

我說的並非對食物的純粹之一個自然而健康的興趣，卻談的是一個令人煩惱的過度關心。這常常過份到，彷彿沒有一樣食物是完全令人滿足的，而那貫注變得集中在對食物的恐懼上，而非在其好處上。

許多這種態度背後的概念是，身體本身是無價值的，而讓它挨餓不知怎地減低了肉慾的胃口。你通常以一陣混亂的不同種類的飲食法為結束。

有些幾乎完全集中在蛋白質上，有些在碳水化合物上——尤其是米——但，無論如何，自然範圍可得的大量食物和養分卻被刪掉了。

這使得身體在一個經常的騷亂狀態。事實上，有些人是如此的確信，進食是不對的，以致他們節食直到變得餓極了，然後吃得過飽，而強迫自己吐出殘餘物。

其他人，在一個留意自己體重的好意企圖下，完全跳過早餐——一個非常差勁的程序。吃適量的在所有食物範圍裡的食物，並且少吃多餐，要好得多。我瞭解到，你們的社會習俗也支配了你們的飲食習慣——但，一日吃四次輕食，整體上會對你非常好，而給身體一個更穩定、規律的滋養。

這些食物概念是重要的，因為它們是由父母傳給孩子的，而父母往往用食物作為獎賞孩子好行為的一個方法，故此開始了孩子向過重的狀況前進。

口授結束。

我祝你們有個美好的下午。我已啟動促進你們自己身心平安、並加快療癒過程的那些座標。

（「謝謝你。」在四點十分結束。）

一九八四年七月四日　星期三　下午四點四分

（今天早晨，我從傑夫・卡德收到一個非常令人心煩的電話。他也很煩惱珍這些日子比她以前——好比說，兩個月前——顯然不舒服得多。他不希望珍受罪。這次，傑夫沒建議用抗生素，卻告訴我說，在珍的右膝與左手上的潰瘍不會自行痊癒，而在她右肩頂上的新腫塊，可能轉成另一個這樣的區域。〔它並沒有。〕他相信，珍有一個流動的感染，而他希望它不進入珍的血液裡去。我曾懷疑同樣的事。傑夫說，珍的膝蓋需要動一個手術來改正其狀況。

（當然，在那通電話後，我有許多的問題。我替珍以及在我倆之間發生的事感到難過。我也對她選擇的角色感到憤怒，縱使當我想我基本上瞭解它的時候。傑夫打電話來時，我在讀珍的書《個人與群體事件的本質》，第一節的最後部分，一九七七年四月十八日的，連同我為《夢》寫的一個註。那段是談死亡與自殺——自然的死亡，不是別的喔——以及我們如何持續以醫學干擾人們選擇的死亡時間。很難說是個巧合喔，我悟到。

（在詮釋那些段落時，我看出，若按珍自己的選擇，她在兩年前就會死了，但她的計畫被我和醫院人員干擾了。雖然，她在令自己保持活著這事上，顯然扮演了一個不可少的角色，我相信，那舉動是在她自己自然的、選擇的死亡時間被推翻了之後。換言之，她改變了心意。不然的話，沒有一事能令她活著，任何治療都沒用。

（我也因珍好一陣子都沒讓任何有關她的資料透過來而生氣。我認為，這意味著，她有罪的自己，或不論什麼，已再次地鉗緊了。它不想要她復原。那麼，最大的問題是，自己的那個部份為什麼會要——且真的——繼續它們可怕的破壞方式，甚至到了帶來其自己的死亡的地步——因為，我想，如果讓它的話，死亡會是最終結果，順著它們選擇的路徑的最後一步。

（我也曾想了好一陣子，珍在轉世上彷彿有的兩難之局裡，可能有線索——賽斯從未深談那點。這是不許可的。

（我將《群體事件》帶到三三〇房。珍略好一些，然而仍不舒服。她可以吞下一些藥而不吐出來，但對食物則非常小心。我忘了替她做一個我答應過的鹹牛肉三明治，她一直指望用它當晚餐。喬治亞曾告訴她，傑夫打了電話給我，而她對那電話的版本的確是悲觀的。珍明白傑夫的擔心。

（傑夫建議我們暫且什麼都別做，同時他監看珍的狀況。她的體溫有變化，但一般而言尚可。昨天下午它是一百度，但晚餐後降到九十八度七。今晨低了不少。我告訴她，她右肩的腫看來消滅了不少。但她的臉頰是腫的，且多少有污斑，傑夫今晨注意到了。午後略晚，臉頰和肩膀看來都好多了，而珍也表現得好些。

（昨天我告訴珍，我知道她的身體在「搞些花樣」。但，是什麼呢？我說我希望不是她的另一次，一邊進步，同時卻在變壞的情形——在過去那些年裡，我習於怒氣沖沖地叫嚷的事。我們有個長談。我說我要關於她想活或想死的資料——或她是否與《群體事件》裡的資訊一致，試著去死她自己自然的死亡。我想知道，她有罪的自己如何想它在對珍的身體所做的事，它是否在意，甚至是否瞭解，其保護性的行為威脅到它自己的生存。或，珍的死亡是否有罪自己的終極目的？我說這情況必然是常見的一個。我覺得我在這兒說中了什麼，但不確定是什麼——接近更基本的人類狀況，卻鮮少被瞭解的一些東西。

（我告訴珍，如果我們為她的狀況在責怪她自己的那個部份，畢竟其實是最真實、最簡單和最誠實的部份，而它們在帶來珍自然死亡的角色，正在被我們意識心的管閒事和干擾推翻的話，會是個笑話。到底「真相」何在？我問。

（下午過去，珍沒上課。當我們談話時，她哭了幾次——我想，大半是哀悼她可能再也回不了家、看見那房子和土地，等等。我自己也想哭，因為我覺得她是對的。她說，她心太亂而無法上課。我說，我要談她的東西，而非寫書。她說，她一直在上較長的課，以獲得她可以用在自己身上的資訊——她每一天都試著去利用它。對我而言是新聞。我說也許她努力過度了。到四點二十五分她仍沒上課，而我不認為她會上了。

（我們也討論了珍的恐懼：她在此生已做了所能做的一切，故此，已準備好鞠躬下台了。我告訴她，如果她想要離去，我無法、也不會試著拉住她，而我再也不會讓她與維生儀器連接在一起。我也不會要別人對我那樣做。而在我們談話的所有時間，我沒辦法卻只是錯過、只是無法瞭解她為什麼在做她在做的事。我也沒忘記賽斯幾個月前的聲明，說基本上我倆都沒做錯什麼。

（但，我們是如此的害怕和不願意去面對或理解相反於我們被教導的有關死亡的概念，以致我們簡直會對自己做任何事，以阻止大自然以其自己自然且具創意的方式運行。我們如何真的能抗拒自一生下來便灌輸到我們裡面的東西？

（在我們談話的期間，我舉出一長列——以我的觀點——珍在「現在已完全掌控她的人格那部份」之永不滿足的指示下，多年之間放棄了的事。現在大勢已去，除了她的臥病在床，而她這些日子甚至無法平靜地做那個。她甚至放棄了所有的閱讀，即使有了我們如此熱切地向吉姆・貝克要的新眼鏡。我為她做的、閱讀用的黑板架，閒置在三三〇房的衣櫃裡。珍只用過一次。她說，因為較長的課，她才沒用它，或讀任何的東西。

（午睡之後，我問她為何不多閱讀，以保持與世界的聯繫，而從她那兒得到一個相當大的反應。她生起氣來，大叫說，如果我要她去做，她會讀更多。我笑出來——今天的第一次，我說——並且告訴她，只因為我要她多閱讀，她才那樣說——並非她建議自己那樣做。後來，她的確建議我帶一些讀物去。我告訴她，《群體事件》仍是一本很棒的書。「那它為什麼不是一個家喻戶曉的字詞？」我問。沒答案。

（在她對閱讀爆發的怒氣之尾聲，珍結果說了一些重要的話——她沒閱讀，是她做錯什麼事的另一個例子——「而那就是我們在談的事，不是嗎？所有那些我做錯的事？」太對了。當我說我不會再就閱讀的事煩她時，她說我說話像個殉難者。那麼，一個人在這樣一個情況下怎麼能贏，當任一方都被否決時？

（做所有相關的事去展示自從六月二十八以來，發生過的複雜連串事件，是沒有用的。珍仍病得厲害。今天，當她說她會試著上一節課時，我很驚訝。偶爾她的聲音是那麼的弱，我必須叫她重複字或句子。

（「我將跳過開頭的話，」她說。）

再次的，主要議題涉及了，對身體的信任。

這情況本身是醫院環境的一個不幸面向，但你跳到涉及了最壞情況的結論。以你們的說法，魯柏的確受到一個流感似狀況的折磨——但加在上面無法計量的恐懼，延長了那狀況。

此節結束。

（「謝謝你。」四點七分。）

一九八四年七月十七日　星期二　下午七點

口授：（時間，七點至七點十分。）

在我的屋外
有些麻雀
和一隻知更鳥
在我的門外，
還可能有隻烏鴉
或一隻兔子，
而知道牠們在那兒
是美好的。
小樹林仍在側園，
而花栗鼠和松鼠
自在奔跑。

在黃昏知道它
全在那兒是美好的。
微風吹過
側邊的樹而
泥土的芬芳
穿過
紗窗，在空氣中
有許諾
它提醒我
我的少女時期
以及漂浮在
那兒的夢。

一九八四年七月十八日　星期三　下午四點

口授：（時間，四點至四點十五分。七月十九日修改）

我期待著秋天，
它已不遠了，
而我想活起來
充分在肉體裡，如我所曾有地，
而讓秋之疾速
帶我所有的生命到智慧
知識和時間裡
之新的上升。
我還不想死。
那與我所曾有的任何目的一樣清楚。
我要透過我的肉體輕鬆地醒來與活著
帶著一些俠氣與愛。
在峭拔的山巒上有風——
不論究竟它們在哪裡——

但知道宇宙唱歌
縱使在我沒去過的地方
是美好的。
有上升繞行月亮的亢奮冒險，
及像野驢般跳躍
的陰影
在呼嘯和蜷曲的世界裡。
因為處處都有魔法，
而它以，舞過且濺到
我腦海的崎嶇思維
的一個秘密生命
旋轉過我的細胞，
而那兒有新早晨發生
在我身體所有的部份裡。
讓我活著同時好奇並流浪
經過我本性無數的小徑。

一九八四年七月二十二日　星期日　下午一點三十五分

口授：（時間，一點三十五分）

碗櫃說，
「熊先生，我有許多
小蛋糕和小餅乾。
我想與你分享
——只有你和我而已。
我們來一個小派對
而也許唱一些歌。」
熊說，「哎呀！
慢著，碗櫃先生。
雖然我肯定你的目的
是好的，我打賭你有時

是個難駕馭的傢伙，
對一個由如此可愛的木頭
做成的生物而言。
我知道在這兒某處
你有個把戲，雖然我不
聰明，那麼，你獨自
吃你的小餅乾吧，但上帝保佑你的
心，親愛的心。」

口授：（時間，兩點十五分）

我寧願坐在外面
與一隻貓
在太陽下，那兒所有的
秘密都是自由的，
而在小徑上跳舞
嗅著甜蜜的毛莨花

而追逐
早生的螢火蟲
而跳躍過細小的山徑
那兒空氣
明亮又自由——
然後拿出一副
望遠鏡，而
極目四望。
那麼（舉杯）祝
貓和花，
還有彩虹及紫丁香樹。
那麼祝你有個可愛的
早晨並對
山嵐微笑
因為每一天
的確是你會有的

最美的一天。

口授：（時間，兩點二十七分）

空氣有它所曾去過的
每個地方的記憶，
因此北極
最冷的空氣
記得棕櫚樹
和薰風，
而在緬因州的深林裡
吹過的微風
記得好久好久以前
在南法
海岸邊閃爍的
南夜。

一九八四年七月二十五日　星期三　下午六點五十分

口授：（時間，六點五十分至七點）

〈蛙后〉

蛙后
調整她的后冠
而召喚王國裡
最好的王子，
而當她等待時她按摩
她修剪美麗的足尖。
她說，「我派你去一個
最神秘的任務，
因為我要蒐集
最可愛的夜晚和白晝

來裝飾我們王國的牆壁。
我們將有世界所曾知道的
最壯觀的藝廊，
我們可以在那兒冥想
發光的夜晚和白晝
而將它們留下給我們自己。」
王子眨眨眼說，
「親愛的可愛王后，你一定不能那樣做，
因為世界會哭到
睡著，而很快地死於心碎。
目前，自然的美屬於我們所有的人。
沒人能將它偷走，
因為它們自己存在
於心智的世界裡
那兒再沒有小偷能去。」

一九八四年七月二十七日　星期五　下午兩點十七分

口授：（時間，兩點十七分至兩點二十二分）

假設有個穿孔
在遠處的空氣裡
一個沒人知道的地方。
嗯，我打賭有個人會從另一邊
補上它
以致它還再維持
一百年。

一九八四年七月三十日　星期一　下午四點四分

（今天，午餐後，我給珍看她在醫院口授的最後兩篇詩——七月二十五和七月二十七日的。然後一會兒後，她叫我轉低電視音量，拿出我的便條紙簿。她口授了另一首。

有一個訊息
在一個郵箱裡
單單只為給我看。
它也許在某個
舊牧場前，
藏在俄亥俄州，
或也許在某個
海邊的郵箱裡。
它世代以來都在那兒，
只等著我。
不過，它可能遠較接近地
等著我
在我的生命和訊息
唱著同樣的生命歌的地方。

(當我問珍，她要不要我讀回給她聽的時候，她說她不要聽。我告訴她我喜歡它，但在回想時，我看出其內容遠比我最初瞭解的要透露出真情。我相信它確實在處理珍是否要活或要死的問題。

(在此，我將移到珍相當晚之後開始的課上面，而不進入更多的細節。我很驚訝她說要上課：「鮑伯，我不知道我是否能做，或能做多久，但我將試試……」〔譯註：鮑伯(Bob)和羅(Rob)都是羅勃(Robert)的暱稱。〕

(我該補充，在讀她的詩和新的口授給她聽之後，我又讀了在六月二十四、二十六及二十七日《健康之道》的最後三節。珍沒要求這個，但隨我選些東西讀。

(珍的賽斯之聲普通大小，她的傳述很好。我認為她將這一小節傳達得非常好。)

無論如何，在每個人之內，不論他的年紀或情勢，都有新的生命在生長和成熟。存活的概念遠遠延伸到此生經驗之外，而每個人都有隨時準備好的新肉體和心靈的存在，因為並沒有像滅絕這種事。不管你以通常講法是活或是死，你永遠是有意識的、覺察的，且是你自己，而你永遠是宇宙性冒險的一部份，不論你意識的狀態，你永遠涉足其中。

你是被支持的，從未被遺棄，且永遠被一切萬有偉大卻親密的在場摯愛地支持著，祂的愛形成你的氣息、你的生命、你的死亡，因為在其中，未知的神性是永遠被祝福且永遠被認識的。

祂是已知及未知的，形成創造的所有階段，而你是被抱在祂裡面的，受寵成為一切萬有的神聖架構的一部分。

（在四點九分結束。

「你知道嗎，那可以是本書的結束。或我還會再說一點兒，」珍說。「不管發生什麼，鮑伯，我希望所有的資料有一天會出版，如果可能的話。並不是要給你一個負擔。也許，如果你做不到的話，可以找些幫助。」

「是什麼引起所有這一席話的？」我明知故問。

「這整件事，」珍說。「我不知道我會活還是會死。」她相當實事求是地說。「我將會怎麼樣，就會怎麼樣。」

「你是想活或想死，我知道你全都思考過了，」我說。「自從你在大約七月四日的時候停止進食。對我而言就很顯然了。」

（整個下午，我時不時地想哭，當我變得越來越確定，珍真的在慎重思考整件事。她吸了一支煙，而我們一直談到大約四點四十分。珍說，她珍惜我們結婚以來在一起的每一天。我也是——而在那三十年裡，我不相信我們曾分離超過四或五天。我說，我也許無法靠我自己出版所有的資料。還有，我可能不會再結婚。珍說我可以和蘇好起來——雖然我懷疑蘇會想那樣做。

（我說，我希望我們從未離開塞爾，而珍同意。也許事情會不同。她說，「不要解剖。」當我問她，她要土葬或火葬，她沒對任一個模式表示強力的想法，最終卻選擇火葬——也許因為我說，如果在她下葬幾年後，我想搬出城，我該怎麼辦。她沒想到那個。她說，就她所知，她的外公、外婆及其他人都葬在撒拉托加，雖然我們對她母親不確定。我們猜，她的父親，戴爾，葬在佛羅里達的什麼地方——我們不知哪裡。

（在我替她翻身之後，當我試想告訴她我多愛她時，我忍不住哭了。珍也哭了。縱使在多年來累積的所有跡象之後，我仍無法相信這事在發生。今天的課的意義及衝擊使得事情十分清楚。

（當我將她側臥好之後，我找個舒服的姿勢坐著，睡我習慣性的午覺，但沒真的睡多少。我悲傷極了。珍說了她多麼的愛自然，以及她多麼想再看一次房子和貓們。我跟她講四隻鹿的事——三隻公的一隻母的——今天早晨我在後面看到的，一點一點地咬所謂的野花花園。現在有一些血紅的罌粟花開了。

（珍幾樣東西都吃了一點兒，當作晚餐——與她最近幾天做的差不多。這其實對她而言是個進步，因為自從大約七月四日起，除了少數例外，她沒吃進任何固體食物——然後又只吃，可以說，一點渣子。當七月過去，看著她的行為，我可以看到她的確在餓死自己，而如果她繼續下去就會死。她掉了許多磅；她的手臂看來像骨架——到一個較小的程度，她的腿也是。

（晚餐後，我發現了幾樣事。幾天前，護士們曾告訴珍，不論何時，珍需要的話，她可以有嗎啡；是用注射。她也說，昨天她恢復吃甲狀腺的藥物，她在七月四日停掉的——那上最後的一小課的日子。她也透露，她已三天沒去水療了，而必須認輸而再去；她是試著避免更多的痛。

（我在六點五十五分讀此節給她聽。「做得好極了，」我說。

「嗯，就這樣了，」她說，「那就是結尾。」

「這本書的，或賽斯資料的？」

「我不知道。我們走著瞧吧。也許我會開始什麼別的，而一口氣做完，」她說。她幾乎笑出來。「但現在我在試著活過每夜和每天。」

（我聽說，她的夜晚尤其難過。「要是我能得到一點點內心的平靜，會有多好啊！」她說。

（我問她，她想不想試試自由聯想。我說，我認為她中斷了它，是因為她怕它沒有用——雖然我認為它顯出了它是有用的徵兆。我也認為，她停止自由聯想，因為它與導致她身體動彈不得的那些深深抱持的信念牴觸。我告訴她，在上個月，我放棄了希望，她必然也是如此，而她的狀況正完美地反映出，我們每個人的那個損失。她似乎同意。

（我想補充，雖然，有生命就有希望，而如賽斯說過許多次的，一個不想死的人——如珍某一天說她並不想的——不會為任何理由而死。但我告訴珍，我不能叫她做某件她不想做的事。我補充說，在這種情況下我不會想活。

（那麼事情就是這樣了。卡拉在九點十五分替珍打電話來，當我在打這資料時。她告訴我說，珍愛我，而她「今晚比較舒服」。我請卡拉給珍我的愛。我的太太晚上比較好可能意味著什麼，也可能不……今天下午我告訴她，我已準備好隨時收到醫院的電話，叫我趕快去，因為我太太變弱了，死期不遠了。而珍微笑著說，有許多次她都好想叫人打電話叫我去看她，尤其在深夜。

（我愛你，珍，而不知該笑或該哭。我覺得是後者。我祝福你，無論你離開或留下。我猜，今天的課說明了一切，因為它說，為你——和為我——前景都看好，而如果是那樣，我們有什麼可擔心的呢？

（我將以此句做結，雖然我極其誠懇地認為，那些被留在後面的人，比那些走了的人要難受得多了……）

一九八四年七月三十一日　星期二　下午三點五十四分

（今天珍吃了個較好的午餐——那是說，不過讓一隻鳥活著的，但比起七月的大部分，仍是個進步：一點湯、一點蛋黃、咖啡、一點蛋奶凍、巧克力牛奶，等等。

（午餐後，在她無法以兩副眼鏡的任何一副讀昨天的課時，我讀給她聽。昨天她的眼睛也是這副德性。結果，在我們聊了一會兒後，我問珍她想不想試試自由聯想，但沒有得到任何明確的答覆。

（她痛得這麼厲害，以致我結果給了她至少十分鐘我認為是好的暗示。可能進入了催眠。這一回似乎幫她放鬆了；她的手臂和手變得輕鬆和鬆散些。她彷彿較輕鬆地躺在床上，而整個下午提到那經驗好幾次。我將多試試這樣的東西。她很愛我從家裡帶來的花。

（後來我告訴珍，有天法蘭克・朗威爾說的一句話，當我解釋給他聽，珍這個月很難過之後。「嗯，」法蘭克說，「當她不上課時，她總是那樣。」我看得出來，這令珍思索起來。偶爾我倆都會這樣想，但法蘭克隨興的一句話，剛好擊中目標。

（我問珍，她是否認為，上課有平衡那些有罪自己的、非常限制性的想法的作用——說當她放棄上課時，那另一個自己就有自由去使出力量和信念。她不知道，但我認為那是一個有效的想法。我補充說，這整件事令我好為難，並且一直是如此，因為我永遠不確定是否要堅持叫她上課或算了。我對要求珍繼續上賽斯課的事，一直很小心，害怕它們可能主宰了她的生活。如果結果「事實」剛好相反，豈不諷刺。至少現在，對我而言顯得是，避免上課的損害有個非常負面的衝擊。

（「拿出你的東西來。」在我將法蘭克的話告訴珍、而我們討論它一會兒之後，珍說。她在床上躺得高高的，頭靠在枕頭上。她的賽斯之聲既費力又強大，我認為，雖然她在用字上沒有問題。可是，她的聲音不一樣，而節奏明顯地與平常不同；她每幾個字就停頓一下。）

這些課，就像生命本身，是源自廣大無垠、永無休止的存在之創造力的一個禮物。它們單獨地在它們裡面攜帶著未知知識的璀璨，而它們升自魯柏生命的深源，在它們自己內，包含他生長在其間的鄰里和世界，他認識的人們的力量和活力，組成實相的足智多謀和能量。隱藏在課裡的有，川頓神父、他（珍）的母親、他的鄰居和老師了不起的活力——但，在那之外，這些課連結並統合了如他曾經驗的存在的歷史，因此，在以我的聲音說話，並替我說話（顫抖地），他表達了宇宙有福的活力和答謝，正如經由這些課，甜蜜的宇宙承認其自己的在場與存在。而你們兩人一起也活在一個生命內，它表達出許多聲音，而向外流洩其自己的慈悲、高興與喜悅到全世界上，蓬勃生氣它、更新春天，而永不真的結束。

那麼，讓我們繼續。

（四點二分。「就這樣，」珍說，「我不知道他說『讓我們繼續』是什麼意思，但那是我得到的最後一句。我不知道——我分不出它是個哈囉或是個再見……」）

（我讀此節給她聽。「嗯，我會說，你要它是什麼，就可以是什麼。」）

（她點頭。「我覺得如此奇怪，我不知要做什麼。」）

（「那也許是個好兆頭——一個改變的兆頭。讓我知道你想做什麼。」）

（珍說她覺得「害怕和恐慌」，而那，我知道，是個好徵兆。我告訴她，我們觸及了一些需要拉出到公開的東西。不過，在我能試任何像自由聯想的事之前，珍說她還有更多可說的。

（四點十分。）到某個程度，那麼，魯柏在課裡為所有的人說話，為滿溢著思維和情感的聯合心靈說話，它被風記錄下來，給私密、親密，卻又世代相連的男人和女人的生命其聲音——以便，傾聽或閱讀這些課的許多人，也聽見他們自己的內在聲音，而感覺他們自己的本性，以及宇宙本性之輪廓。

（「那就是了，」她在四點十四分說。我寫註，而幫她點了煙，直到在四點半要準備翻身的時候。

（今天下午，我感覺到一丁點的希望，而當然，希望它繼續。也許上課會幫助珍。我也提過許多次，我想帶她回家。「但不是回到那兒的床，」我說，指的是我們擁有的醫院用的床。「我完全不是那個意思。我是指，我想至少看到你多少走動一下。」）

一九八四年八月一日　星期三　下午三點十三分

（隨著我們昨天的談話和行為，今天珍看來且表現得多少好一些。我帶來二月五日和六日的課，而在午餐後讀給她聽。今晨我隨意地選擇了它們，但只揀了那些我要的，因為它們的意思是，珍沒有病，如賽斯一直堅持的。換言之，我告訴珍，她並不需要招來任何有細菌或微生物附著的、身體上使人衰弱的疾病，而被貼上「無法治癒」的標籤。

（這些課也強調，她害怕如果用她的才能，世人會攻擊她。我也有這種恐懼，但到現在對我而言，它們已減輕多了，而我要她也到達那信念平台。我告訴她，我知道她可以，而她是否想活是極重要的。終究，在人生裡，幾乎沒有比被她的症狀攻擊更糟的事，所以，還有什麼可損失的呢？

（二月五日的課甚至強調，治癒她右腿的能量，也可令它伸直。今天我試著說得比較輕鬆些，但結果我怕在我急切想啟動什麼事的當兒，我做得過份了。我想珍被從這麼多角度來的眾多想法及建議轟擊，可能會混亂。

（不過，她的確同意試著上一課，雖然我認為她並不覺得做得到。我曾提她這樣做，為的是幫助她用自己的創造能力，既然它們如此地是她的一部份，然而在以前的時候，我想到叫她不要去用那些同樣的能力，因為我覺得它們會令她的病更糟。我想現在我學到了——並且希望有助於教會珍——除了在每一個領域全力以赴之外，再沒別的了——而那個決心和行動將戰勝一切而放她自由——身體上、創意上及精神上。

（她向後躺在床上和枕頭上，偶爾哭一些些，常常以哽咽的聲音說話，而再次以一種不同的節奏——像昨天一樣，每幾個字便被長長的停頓打斷。）

我祝你們（半哭著）有個最溫柔與和諧的下午。

（「賽斯，謝謝你。你也一樣。」

（停頓良久。）就我所能得知，現在魯柏並不會死。

他仍在積聚他得救的希望，而對一般的狀況變得驚慌失措。他仍在朝復原努力，雖然恐懼和慌亂的確相當地減緩了那復原——而說到復原，我只是指，回到這最近令人煩惱的問題之前的情形。

（常常怪怪的傳述，被情緒哽咽，長長的停頓。）

甲狀腺的藥有幫助，而我相信食物的情況會慢慢地回到先前的時期。

讓他休息一下，而或許我們能回來一下下。

（三點二十一分。珍再次半哭著。她感到恐慌，那意味著我們很接近什麼東西了。我問她那會是什麼，但她沒回答到夠讓我追問那題目。

「我要花一分鐘才能回去談它。」

「好的。」一個字一個字謹慎地：

（三點二十七分。）課的本身該足以再保證，讓他的一些恐慌消退，以便他能開始至少再感覺到有一些鎮靜回來了。現在你的支持的確是無價的。

（珍如此安靜地躺著，雙眼閉著，頭在枕頭上向她的左邊偏著，嘴張著，以致我以為她睡著了。）

避免「錯在哪裡」的議題，極為重要。

（停頓良久。）反之，教他試著感受仍在他內心作用的正確。那麼，那正確能有助於化解或繞航那些其他的要素。

我祝你們有個充滿希望的美好下午。

（「謝謝你。」

（三點三十六分。珍叫我讀此節給她聽，並將我的看法告訴她。我說它的確非常的好——正是我所預期和希望的。它顯出希望的一個再現，一切並沒失去。珍對復原沒那麼多把握，但我說我認為在過去數日我看到那事的徵兆，而現在覺得它會發生。她的胃口在慢慢的改善。她的手臂和手比較能輕鬆的休息，整體而言，她彷彿更放鬆了一點。我想試試更多的暗示，像我昨天做的。我告訴珍，我瞭解要她實現這些事會比較難，但我認為事件會證明它們。

（當我檢查電視、準備好晚餐等等時，我將珍側躺著。我在七點十五分離開。她的生命跡象還好——我相信是九八・五度。沒做禱告。晚安，甜心。）

一九八四年八月二日　星期四　下午三點二十一分

（昨晚，珍沒打電話來。她說，昨晚，跟著那天所有的事件，在我於大約七點十五分離開她後，她「昏過去」了，而好好地睡了兩個半鐘頭。不過，她後來並沒那麼舒服。今晨，她去水療。痛。後來在三三〇房裡，因為她無法用叫護士的按鈕，她必須喊出來求援，而有個護士大聲斥責她。然後喬治亞才來幫忙。

（我很失望，珍今天午餐吃得這麼少。當我抵達三三〇房時，已開始覺得累了，所以決定不去催逼任何一點。我想，也許我們尤其需要時間，從過去數日的情緒裡恢復過來。我也覺得，珍的命運是在她自己的手裡，而任何別人做的任何事，並不會改變那個。我們每個人也都一樣。那麼，她的復原是要看她了，雖然我仍覺困惑，當她說她不想死時，為什麼將她的情況弄到這樣的極端。

（珍從三點到三點六分口授這首詩。

每個女人、小孩和男人
都與我們一樣的無名，
每個人卻被秘密地命名
為自然王國的
皇親貴戚。
風向我們敬禮
星星向我們致謝
作為永恆偽裝的
家族的成員。

（應她的要求，我讀這詩給她聽。有時她不想聽它們。她告訴我昨晚的一個栩栩如生的夢，而在此節末尾，我對那夢有個詮釋。

（然後我讀昨天的課的賽斯部分給她聽，而沒讀我的註。珍說她今天整個來說覺得好一點，而我覺得她看來也如此。「我不知道我今天會不會上課，」她說，「但，將你的紙和筆放在手邊。」而隨後她立刻開始上課。她的話滿載著情感，比昨天傳述得平穩，然而，節奏仍不是輕鬆快速的。

（我對她終究上了課很感訝異，以為她今天可能想更放鬆些。）

我祝你們有個和諧希望的下午。

（「午安。」）

讓魯柏提醒他自己，他的誕生並不必為他母親的傷殘負責。經由生下來，他並沒搶掉他母親自己的生命。

（一瞬間，珍的賽斯之聲就越來越泫然欲泣了。）

他沒有理由（停頓良久）覺得有罪，或為他母親的情況懲罰自己。經由他的誕生，他並沒以任何方式謀殺她。所以，他並非謀殺犯或毀滅者，或可鄙的。那麼，以任何方式，他並非他母親的謀殺者，也不必為他父母婚姻的破裂負責。

他沒有這種罪行可懺悔，或得去懲罰自己。所以，他不是地球的一個不自然的女兒。

休息一下。

（三點二十七分。當珍離開出神狀態時，眼淚不斷淌下她的臉頰，而當她越哭越厲害時，眼淚就更多了。到了休息時，她幾乎是以沈重、陰森森的聲音在傳述她的字句。她啜泣，臉濕答答的，嘴扭曲變形。

（「那就是這一切到底是怎麼回事嗎？」我問，意指多年的症狀。她沒回答。我認為太好了，她表達了內心深處的感情，正如我對她自發性地——似乎——選擇了此節的主題，感到驚訝一樣……我說，這必然很好。

（「我總是試著買東西給她以為彌補，」珍喊道，她整個臉被含淚的情緒扭曲。「我不知道她是否恨我。我猜她恨我。」

（「嗯，」我說了好幾次，「不論她現在在哪裡，我肯定希望你母親明白她對你做了什麼。」我摸索字句以表達我的憤怒，因為看著我太太哭泣，顯然喚起我內心的強烈感情。我覺得想對瑪麗說一些帶刺的話——尤其是當我記起兩天前我看到的那些老照片。一個站在撒拉托加的中央路上雪中的三歲小孩，如何能為傷害任何東西——或任何人負責呢？

（我試著重新保證她好幾次。「甜心，你從未傷害過任何人——」

（你不會想到——在像這樣的一個時候，卡拉進來測珍的生命跡象。既然她在這兒，我請卡拉找一個人來清乾淨珍的耳朵，因為她近來聽力又有問題了。

（卡拉還沒離開一分鐘，另一位護士就進來，說她等一會兒再弄珍的耳朵。我說好。（到現在珍沒在哭了，但她發紅的雙眼和臉必然透露出真情，雖然沒人說任何話。「你從沒傷害任何人，」我又說。「我不知道我試圖說什麼。」我保持緘默，而非像我想做的去咒罵瑪麗。「在我說更多話之前，我最好閉嘴。」）

告訴魯柏，他並不需為殺害他的外婆或管家負任何責任。

所以，就彼而言，並沒有理由自我懲罰或補贖（哭泣著），或混亂。因此，他並沒有以任何方式被詛咒——沒被神或自然，所以他沒理由詛咒自己。所以他是無辜的，並且很明顯是如此。

（三點五十分。一位護士送來珍的維他命。然後另一位進來問好，並談及我們得到的陣雨。「如果再有任何那些小孩進來，我要狂叫了，」當她們離開後，珍說。但她們全都是很棒且可依賴的人，看到她們是可喜的，並且她們顯然喜歡我們。

（我讀到此為止的課給珍聽。在三點五十六分，珍說，「還有更多。」現在她的傳述比較鎮靜，也比較平穩了。）

也沒有理由去怪他的母親，或對她持有任何的怨恨。因為瑪麗對這種議題完全不瞭解。

（停頓良久，雙眼閉著。）在解讀人生時，常常發生誤解這種態度及不幸的錯誤，就像是你插入了一個不屬於那裡的額外母音或音節，卻改變了一整段的詮釋。那麼，讓那個錯誤被抹去。

（在四點一分停頓良久。「我猜就是那樣了……」

（在此節結束後不久，珍開始移動她的雙臂，向上伸展而轉動它們。她的腳和足趾也動了，而她的頭動了一點兒。那動作令人憶起，以一個較小的規模，她在一九八三年十月開始做的，結果卻放棄的那一些。

（「你在做什麼？」我問，「賣弄嗎？」

（珍沒回答。緊閉著嘴，當她一而再地動她的身體時，她發出哼哼和哀哭的聲音，以聲音表達她在身體上做出的同樣努力。這些動作也是對新的自由的一個明確反應，而我提醒她說，賽斯今年早些曾說過，一旦容許它的話，身體將立刻開始反應。我說，這顯然是那些反應的一個徵兆，也是我甚至未曾想到的事。這課及這動作顯然真的表示新的東西。

（當我問她時，珍說今天的課及動作可以被解釋為與她昨夜的夢有關。她夢到，一旦某樣事情、事件，被啟動了，它們不可避免地會繼續其動態，直到它們實現——然後世界會結束。「嗯，」她說，「如果我發現那些事不是真的，那麼世界就不會結束。」我說，那個夢似乎像個象徵性的聲明，那老的信念意指，她沒有希望掙脫一個先前的結論。但，如果在珍和瑪麗之間的那些事件，如今天的課裡聲明的，不必向前進到它們不可避免的結局，那麼就有希望。

（這並不是指，我對瑪麗沒仍舊懷有怨恨。縱使如賽斯說的，瑪麗沒瞭解所涉及的議題，難道這就給她虐待別人的自由？我知道，這是個大題目，並且是捲入其中的所有的人選擇的，但仍然……

（晚餐後，珍再度開始一連串手臂——尤其手——的動作。她身體的其他部分也在回應——就像是，一旦它瞭解它被放任自由了，它馬上就試著盡量去動。非常令人振奮，珍，繼續努力。偉大的事是可能發生的！

（卡拉在九點三十分替珍打電話來，告訴我珍又在做那些動作。那麼，我的太太已然投入了。很好。）

一九八四年八月三日　星期五　下午兩點五十九分

（當我抵達三三〇房時，珍看來輕鬆得多。「不要碰我，」她說，她仰躺著看電視上的肥皂劇，「年輕和不安分的人」，如她每天午間做的。「我只想躺在這兒，讓Darvoset生效……」

（她吃了一個相當小的午餐。在兩點五十九分，當我們在談天時，她開始講到關於再次的覺得害怕和恐慌。很快地她半哭著、呻吟著，手臂和手從我支撐著它們的地方動起來。她的確說了她的恐慌感是與昨天關於她母親瑪麗的課，以及昨晚她的夢有關。我說很好，但她無法實際地確定她今天的恐慌之來源或主題。她繼續半哭著。當我問她是否在想著瑪麗時，她喊道，「讀讀——讀讀昨天的課。我不知道我在做什麼。」

（我在兩點四十八分讀那節給她聽。珍在呻吟和哭泣。她不要聽我替那節寫的註，或她昨天口授的詩。我認為她聽聽那個註是很重要的，但除了等之外，沒有別的選擇。

（在兩點五十八分，含淚地、呻吟地：「羅勃，我要上課試試。我會盡力去做……我不知道我可不可以……好吧，我要試。」然後，含淚地、帶著許多停頓、大半時間閉著雙眼：）

活著並不需要任何巨大的努力。

可以說，不管他自己如何，他不會死。他的活著是世界上最自然的事。所以，他並沒被拋棄。神秘的、創造性的治癒能量的確護持著他。儘量忘掉膝蓋，以及彷彿的障礙。

（非常久的停頓。）身體的動作已經開始肯定它自己。讓他找到那動作。最要緊的，再保證他去感覺其在場。再次的，上課該自動地幫助他鎮定心神，而讓恐慌消散。

我們將回來。

（「現在這樣就好，」珍說。

（三點三分。她仍含著淚，她的聲音常常因情緒而哽咽。她服了Darvoset來幫她自己鎮定下來。雨下得很大，正如昨天下午的陣雨。至今，讀今天的課有幫助。昨晚卡拉曾說，當她打電話時，珍仍在做她昨天開始的動作。現在，珍告訴我，一位朋友早些曾來訪。當動作開始時，珍曾請她離開，因為她還不想在別人面前做那些動作。

（「現在，」珍說，「我的恐懼似乎是，不管我自己如何，我將會死。」

（「那是沒問題的，」我說。「它只是另一個恐懼。只要不去隱藏它。它會消失的。但它顯示，事情到了一個什麼地步——現在是從死亡撤退的時候了。」

（珍吸了一支煙。我告訴她，我讀給她聽昨天的註是很重要的，尤其是那些與她母親有關的。她終於同意了。

（三點三十分。「再上一點課，」珍說。現在她的傳述鎮定得多了。）

進一步提醒魯柏（停頓）他盡了他的力量去幫助你母親，在他覺得你有時無法對你母親表達的愛與溝通上（停頓良久）努力時。

提醒他，他對你們公寓鄰居加拉翰小姐、對他的許多學生的友好行為，以及他給你的愛。也提醒他，對於他的母親，他也沒有惡意。真的要常常親切地提醒他，他多年深愛著他母親，而他自己的存在令他的外公體驗到一種愛，那是他晚年的一道光。

這些元素在他的生命情事中，全都是活生生而非常強而有力的——因此，他與他母親的關係，並沒在任何方面（停頓）變成一個孤立的貫注，存在於生命的其他情事之外。提醒他，魯柏愛自然，並且一向如此。自然愛魯柏，並且一向如此。

讀讀我們最近的資料，也是個好主意，以珍的名字取代魯柏。對他自己、宇宙、你，及他的朋友及讀者，他是珍。

（「好了，」珍在三點四十分說。

（在三點四十五分，當電話鈴響時，我們在談話。是約翰・本巴羅。他的父親，喬，在兩點去世了。約翰剛離開家，正如在我母親於一九七三年十一月去世之前，珍和我也剛離開安養院。珍和約翰說了話，謝謝他照顧我。約翰告訴她，我是個「很棒的男人」。當她告訴我時，我半信半疑，感覺到一股情意。珍開始哼我倆都知道卻無法安置的一首歌——也許是從一個義大利或西班牙歌劇來的一首詠歎調。她說，她認為它不知怎地與喬有關連。

（在一個晚的晚餐後，我去看本巴羅家人。瑪格莉特與我擁抱。她幾乎哭出來。我看得出他們全都哭過。然而他們的電視在放世運會，約翰拿給我一杯威士忌蘇打。也有很多的笑聲和玩笑。瑪格莉特問我，我願不願意在喬的喪禮上擔當一位榮譽扶柩者，我說當然。她說我不必做任何事。第一件閃過我腦海的事是，我沒有西裝可穿——只有我的燈芯絨褲子。我沒提到這個。

（昨晚我沒打字，只在今晨，帶我們的貓，比利，繞屋做過牠早上的短途旅遊之後，打了這節。十點二十五分，電話鈴響，是喬治亞。她讓珍講話。「沒什麼大事，」我太太說，「但我有個蹩腳的晚上。你願不願意早來一點，陪我吃午餐？」

（喬治亞說，她會替我叫一個冷火腿盤，而珍和我做了些安排以便我中午到那兒——她說，不必更早。今晨珍不去水療，而喬治亞要開始在床上給她沐浴。

（這是頭一回我太太要求我在一個不同的時間去。我視之為一件好事，因為我曾叫她這樣做，而它可能有作為一個極佳的治療法並加強新信念的作用。）

一九八四年八月四日　星期六　下午三點

（我在十二點五分抵達三三〇房，正當珍在服她的Darvoset 的時候。她覺得不太舒服，但後來似乎改善了不少。當午餐盤、連同喬治亞替我叫的冷火腿盤送來時，我不餓。珍也吃得很少，除了幾杯冰巧克力牛奶外。我猜，當我看到她再次地不想多吃時，我感到沮喪。

（在兩點三十分，珍開始恐慌發作，正如她最近一直做的。哭泣和呻吟。她再次無法告訴我它們的來源，雖然我們相當肯定涉及了同樣的事──大部分是她的母親。我替她清洗了她的近距離眼鏡，叫她戴上，她抗拒著。然後我叫她讀我替她拿著的昨天的課文──如果我沒堅持，她就不會做的事。她先讀了賽斯資料，然後在我的堅持下讀了註。

（「我猜，我讓恐懼進入每件事裡去了，」她含淚地說。

（我也是又難過又有點生氣。「你的確是的，」我說。「你讓它統治了你生命的每一點，幾乎每個思維，而真的沒多少剩下了，還有嗎？」

（她的恐慌沒像昨天持續得那麼久，而我希望她持續地體驗恐慌會導致其消散。在欷嘘之間，珍重複地說她要試著上一課。「我會盡力去做。」）

再開始，慢慢來。

叫魯柏告訴自己，他能緩慢卻確定地在他的思想、感受、信念裡做小小的調整——縱使他在恐慌，也能感覺那些改變在他的心靈裡移動。

提醒他，並非他所有的天性都真的對他有利，而創意的改變和感受的徵兆開始浮現，像小小的幼芽。

再次的，他沒被拋棄。他在任何方面對他母親的問題都沒有責任，而不論他的恐懼有多強烈，無論如何宇宙的能量都會舉起他來。課程的確自動地加入其自己無窮的摯愛感，藉由聚集療癒的能力——它們有它們自己的慰藉效果。

有時，並非課的文字，卻是課的聲音本身，也藉由直接影響身體本身而將鎮定轉移給他。

整個情況不只是暫時的，卻已經自己轉回頭來，恢復身心到一個重要的程度。

（三點十四分。在珍要求之下，我讀此節給她聽。我難以感覺喜歡它。當課進行時，我再度感覺憤怒。我奇怪它會有什麼好處。當然，可能是我自己今天的態度和心情——然而，這節可以是珍過去十年來所給的課的任何一節。而在所有那些其他的課裡，她的情況都較好——而仍舊沒任何事發生！

（我必然到達了那個點，在那兒，我不覺得她要任何東西，除了她獲得的之外——因為，終究，我們每個人不是都創造了我們自己的實相嗎？毫無疑問，我自己的挫敗和憎恨可能為了我自己的安全而冒出頭來。

（在課後，珍似乎覺得且說得好多了。當我在四點三十分替她翻身時，她經過另一段移動她的手臂和手的時間，而腳動得較少。我禁不住告訴自己，我之前看過許多回同樣的事，卻沒有持久的結果。

（在九點五分，卡拉幫珍打電話給我，正當我結束此節時。她聽來相當好。我們彼此交換愛的話語。）

一九八四年八月五日　星期日　下午四點九分

（當七點五十分接到醫院的電話時，我正在吃早餐。在那個時間的電話嚇了我一跳。護士說，珍不大好。她們無法讓她舒服，她不吃早餐。而她要我去。簡得立刻告訴珍我是否去看她。我離開早餐、貓們、房子，關上燈，開車下去。我並沒認為這是個生死交關的危機，卻是我們近來的談話、上的課、恐慌發作等等的結果。當我離開房子時，雨下得正大。

（珍真的不舒服，兩個墊塊一直墊到她的肩部，墊高並擠入以使她不能移動。我讓兩位護士扶住她，同時我弄掉那墊塊。我們置她於舒服得多的位置。珍偶爾會哭，但不過份。在我到達前，她服了Darvoset。事實上，我覺得她的煩躁是另一個好徵兆。

（事實上，一會兒之後，我令我的太太恢復吃早餐了。她吃得相當好，喝了巧克力牛奶、咖啡，吃了一片果醬土司，咬了幾口蛋和培根。我的在場無疑有助於她的恢復進食。

（當她進食的時候，恐慌還間歇地發作，而我們到某程度將它說開了。我叫她千萬別埋葬感受，而我不認為她曾那樣做。珍想起了好幾個極佳的洞見。其一是，她可能曾將懲罰與身體的動作聯想在一起——這想法源自她在天主教收容所的日子，在那兒，小孩子被罰下跪很長的時段，作為對形形色色「錯事」的懲罰。當我們看電視上芝麻街節目的一個非常富創意的小喜劇時，這來到了珍的意識。我以前從未聽過她做這樣的連結。

（另一個洞見是，「身體有其自己的權力。」她曾多次這樣說，我也一樣，但顯然之前它對珍沒有那麼多的意義。

（在早餐期間，當她一時又變得不安與恐慌時，我像另一天那樣重做暗示／溫和的催眠。再次的，結果非常好。當我說出每個字時，珍專注地瞪著我。

（我告訴她關於我在昨天的報上發現的喬・本巴羅的訃告，而今天在我離開三三〇房後，我會過訪殯儀館，看看喬和他的家人。還有，明天早上我會去喪禮。

（今天一位新護士過二十歲生日。職員們有個派對，及好多好吃的東西，因此，一位護士為珍和我組合了更多的食物。珍吃得滿不錯。不過，她也感受到恐慌的片刻，與她的母親及家庭事件有關，而我們將它講出來。

（我未曾瞭解到，她的外公，約瑟・伯多——珍稱他為「小爸爸」——曾因肺結核住過兩年院，當珍大約十歲的時候。當我們聊天時，我也明白了，當珍的外公想搬出中央路的房子時，他賣掉了所有的家具，並令所有的水電瓦斯等都關掉。瑪麗隨之成功地瓦解了他的計畫，而不准他再踏進家門。對珍而言，這像是家裡的第二次離婚。這傷害到那六歲的女孩。當她三歲時，父母就離異了。

（當珍告訴我，我以前沒聽到過的事時，她哭了。我說，如果她想要自由的話，她必須將過去放在它的位置。她想起好幾個對我而言新的記憶——像是，在週末晚上，去撒拉托加溫泉市下百老匯的青年中心跳舞和社交，等等。她舉出許多她很喜歡做的事——跑步、溜冰、跳舞，以及，為了好玩的純走路。縱使在那時，她就愛自然。

（我很高興。鑑於她有過的、所有這些她早年喜歡的事，我建議她，在有壓力的時候，試著聚焦在它們上面，而非我們平常談到的那些負面的事。總的來說，我認為我們學到了很多，與我昨天的心情相比，我們終究是有希望的。

（當我問她是否想上課時，她驚訝地說，她沒有什麼想法，而幾乎難說是準備好了或有心情。我說她並不必得如此。她顯然開始焦躁起來，並仰躺得夠久了。但，珍終究幾乎立刻開始了一節。她慢慢地說，雙眼時時閉著，她的聲音仍然不穩，有時非常情緒化，甚至顫抖著。）

再次的，你的幫助是無價的，它也升自在你心靈裡浮現的平安和力量的新感受。

現在，那些能量來馳援魯柏了。（停頓良久。）被拋棄的感覺被表達了。藉由他將資料以不同的方式組合，重新安排經驗，將思維由裡到外翻轉過來，這是個療癒性的辦法，會替療癒、安適與安心開路。

（在四點二十分停頓非常的久。）在許多，即使更令人心煩的經驗裡，有一個能隨機應變的力量。魯柏現在又開始替表達清除道路了。重要的不只是課的字句（傳述非常不穩定），因為在那些底下，療癒能量正以其他方式被轉譯。

他該提醒自己，尋找一個新的放鬆之新徵兆，不論它多小，因為那些徵兆現在的確在顯示它們自己。

我祝你們有個最富同情及支持的下午。

（「賽斯午安。非常謝謝你。」）

（四點二十四分。「由於膀胱的痙攣，我必須停好幾次，」珍說，那有助於說明她不穩的傳述。她說，同時，她有一兩次感覺到恐慌，而她腦袋中有個非常動聽而易記的有名調子流過。「我不知道。」她說。「我想我從賽斯那兒得到：『魯柏在水療裡會沒問題的。』因為那是我一直在害怕的一件事。」）

（珍晚餐吃得不怎麼多，那似乎沒問題。我有點累了。我在七點十五分離開，開車到殯儀館。我對我的藍色牛仔褲及鞋子感覺扭捏。我那麼早又匆忙地離開家，沒有時間去計畫更正式的衣服穿。我帶著我平常在三三〇房小憩時穿的外套——它看來比較可以見人。

（但在殯儀館我很快就發現，它根本沒關係；人們什麼都穿。我在那兒遇見約翰、瑪格莉特，及其他人，而簽了訪客簿。喬躺在一具深紅的棺材裡。我告訴約翰，他真的看來很平靜，與他生前的任何時候都不同。我的感覺就和注視我的父母親在他們各自的棺材裡一樣。人們又笑又開玩笑。我告訴約翰，我會參加明天在殯儀館的葬禮，並願意擔任扶柩者，只要時間安排得出來。他們都瞭解，因為他們知道我整天都在醫院裡。今天的事件之後，我不認為我該考慮遲去三三〇房。我告訴本巴羅家人，如果一早發生任何事我會打電話。約翰說，在事完之後，他們有足夠的食物供我吃一星期。甚至在我們的實相裡，生命仍在繼續。

（當我在打這段時，我期待卡拉和珍的來電，但，我在九點五十五分結束此節時，沒有電話來。珍，好睡。）

一九八四年八月七日　星期二　下午四點五分

（以下是八月六日星期一活動的筆記：

（今天早晨，我在九點十五分穿載好要去喬・本巴羅的葬禮。我不想在房子裡晃到九點四十五分——儀式是在十點——所以我告訴瑪格莉特，我會先跑去醫院看珍，然後走過去。珍好一些，很驚訝看到我，試著決定要不要去水療〔她沒去〕。

（我是六個扶柩者之一。我們在儀式後站在外面露台上，三人一行面對面，同時其他六人在我們之間抬著棺材，走下台階到喪車去。

（我發現整個喪禮經驗相當有趣，雖然我對正在進行的事很少瞭解。一位神父在殯儀館短短地致詞，也許是為了驚嚇價值，他以藉由告訴我們，我們每個人遲早都會經驗喬・本巴羅經驗過的同樣的事來開始。那房間有著樑木天花板，令人印象深刻。我認為，在那放棺材的大房間內，「無時間」的特質、光線等等，本身就不只有一點象徵性，與房間一樣孤立於明顯的日、夜，或季節的時間之外。

（我可以看出，喪禮過程的每個動作曾是如何小心地演化，以幫助喪親的家人與死者分離。終究，那過程數百年來已被精鍊了。

（負責的神父——有三位——說喬自己曾計畫了喪禮的大部分，而喬曾問他：「問什麼好人會死？」神父擴大那問題道：「為何任何人會死？」

（當我們進入教堂時，標題為「天主教的葬禮」的小冊子被分給我們，而我保存了我的那本。在儀式期間，我試圖將它塞在外套的口袋裡之後，我終於相當公開地將它帶出去。沒有人盤問我，向我要回它。我要把它給珍看。

（那小冊子解釋了很多——我們在教堂座席裡經歷許多的坐下、站起和跪下；本巴羅家的孫輩拿到祭台的禮物；我們聆聽的聖歌；各位神父讀的聖經選讀；我們給首席神父誦讀的適當經文的回應，他讀自若望福音及其他的聖經經文。

（後來，當我們在三三〇房一同看完小冊子時，珍說它全是彌撒儀式的一部分。只不過，她現在很驚訝看到它全是以英文刊印。在她的時代，它是以拉丁文印在一頁上，英文翻譯印在相反一頁上。對她而言，新的方式彷彿非常奇怪。

（不過，儀式沒有我以為的長，而剛在中午之前我們就在往墓園的路上，迂迴過兩邊有樹的安靜側街。天氣變得悶熱而明亮——事實上，對活著的人是個美麗的日子。雖然我同意神父，當他們每一個都說，喬現在是在一個甚至更好的地方了。

（也許有二十至二十五個人在墓旁，相較於在教堂裡大得多的一群。神父們短短地致詞。他們是全然誠懇的人，而我發現聆聽他們是很吸引人的，當他們以如此絕對的誠懇和確信說著耶穌基督、死後生命等等時。我想，他們的承諾是終生的，因此必然與大多數其他人不同。我暗忖，他們多常對死者進行大致相同的程序，而猜測他們的誠懇和愛如何必然在這種常常重複的時候對他們很有用。因為，對被留在後邊的那些人，他們每一次都必須聽起來真誠、加入那些必要的個人風格，以及參考資料和小故事，以配合新亡者的個人歷史。

（我沒等到放下棺材。我不知道最親近的家人有沒有。約翰·本巴羅做了安排，要某人順便送我回醫院，我的車在醫院。午餐後，珍和我讀完喪禮的小冊子。我覺得平靜而累，拖延了這些筆記很長一段時候。

（在殯儀館，一位朋友告訴我，他不知道珍和我在所有這陣子是如何忍受的。我說，你要不然就是能應付這場合，不然就不能。他同意，而提供我們任何他能給的幫助，我告訴他我非常感激。我的確是的。）

※

（一九八四年八月七日。中午派蒂打電話給我，說如果可以的話，珍要我早些到三三〇房。我吃完了一個三明治就去了。到那時珍很不錯，但她早上非常難過。她去了水療，而弄得不太好：新的人——學生——幫她就位，而沒做對。不過，珍說她有個比平常好得多的夜晚。

（在近來的日子裡，我告訴她好幾次，我認為一般而言，她的右膝排水排得少多了，而她身上幾個其他的疤正顯示好轉的徵兆。她左肩胛骨的腫塊每天的尺寸變化得相當多。

（今天我相當安靜，大半因為我覺得疲倦，而不知還能做什麼來叫她吃東西或對身體的動作更開放。所以我什麼都沒說，覺得很挫折。珍午餐吃得很少，雖然她說早餐吃得較好。我決定，關於水療或吃東西，我不要再說任何什麼，既然它顯得沒有效果。

（我沒期待她上課。當她上課的時候，她的聲音相當的不穩；她停頓了許多次，偶爾以一種我難以瞭解的奇特發音說話。眼睛常常閉著。）

別視為理所當然，說水療的狀況有最壞的意涵。

膝蓋的物質（排水）是從底下乾上來（停頓良久），而那也是療癒過程的一部份。動作在被重新分配，但再次的，對過程的信心是極為重要的。

我將試著回來（停頓良久），而魯柏昨晚部份的夜晚有相當的進步——那是說，更平靜。

（四點十一分。我讀此節給珍聽。在四點二十六分短短地繼續：）

再次的，課本身將有助於促進身心放鬆和舒服的感覺。那麼，我祝你們有個支持性的晚上。

（「謝謝你。」四點二十七分。珍晚餐吃得非常少——然後全吐了出來，因此結果從中午起便沒有進食。我既挫敗又洩氣。她就是不肯吃。九點十五分，她在卡拉的幫助下打電話來，說了些有關在夜晚過去前她該吃些東西。我不知道她如何能做到那個。我沒問。）

一九八四年八月八日　星期三　下午兩點十五分

（今天沒上課，但我想要展示一些詩和筆記的混合物。

（珍午餐吃得很少。關於水療或任何別的東西，我沒慫恿她或問問題。她從兩點十五分——兩點二十八分口授了以下的詩。）

高高在秘密的山上

那兒自然的

宣言到來，
我感覺一個圓滿而自由的新音調
像在某個古老甜蜜的食譜裡的
一整個新世界。

那些素材是
閃閃發光且金黃且明亮
並充滿了期待，
而那音調旋轉
在自然的世界裡蜷曲
帶著一個敬禮，許諾
一本新書出現
在高高山上
那兒地球的
宣言做出。
而那兒有一陣風，

一個衝刺和一個力量和聲音，
一個什麼都不說的聲音
卻形成生命的新字母
它發光而嗡嗡而群集
而射進碎片，
光的七巧板，甜蜜的神秘之炸彈
像火焰的種子般射出，
以只有我知道的
一種狂暴和一種力量
和一個秘密。

（然後在兩點三十三分至兩點三十七分）

有許多星期一
塞在角落裡
兒童們將它們丟在那兒
好久以前，所以我將它們蒐集

起來，清洗乾淨
晾起來讓它們乾。
時間的風迅速地
吹乾它們
因此它們在早晨的
新陽光下撲動，
一個宇宙性的洗衣房。

（今天當我到達三三〇房，我得知的第一件事是，傑夫・卡德已將珍Darvoset 的劑量由每三小時增加到每兩小時一次。珍終於告訴我，她早上非常難受，雖然在夜晚她大半都相當的好。

（她的話轉向到，事實上，說她再度在思考死亡——也許在她的睡眠中——以得到一些心境之寧靜，並且也給我一些寧靜。有時那痛真的令她受不了。她談到她如何的愛生命，以及她生病前，甚至之後的好一陣子，我們曾有的美妙時光。她也說，她很驚訝，她的生命結束於這樣年輕的年紀。她告訴我，在她死後我會有一個很美好的生活，而我自己要很自由。

（她以她上次告訴我關於她死亡的相似的事時，所用的實事求是的聲音說所有這些，那是在賽斯非常最近才說的，無論她怎麼想或怎麼說，她現在都不會死的話之前。我將之牢記在心。然而，她又這樣，再次相當認真的處理死亡的可能性。

（她肩膀上的腫又起來了，但我注意到，她的膝蓋根本沒排水，而整個下午也都沒有。珍說，她一直在想像自己在華特街的老公寓裡〔我們結果有了兩戶〕，以及如她以前那樣在城裡遊逛——一切都像是她在做最後一次的大巡禮。當她說完所有這些之後，問我覺得如何。我說我沒有任何話可說。我不再像以前那樣說個不停，或生氣，等等。我難能叫她做她不想做的什麼事，但我也沒說那個。如果她想死，就是那樣了。我想，管它去死。我決定——再次的——不再擔心她的死活，或她正在餓死她自己，或不論什麼。

（當我在準備用歐蕾油按摩她的腿，如我在替她翻身前總會作的，發生了一些有趣的事。當我壓她左膝下的主要的筋／韌帶時，我發現它像鋼鐵一樣的緊繃和強壯——一如平常。但下一秒鐘它突然非常有彈性地讓步了。在我手底下它彷彿變成了橡皮。珍驚訝地叫出來。她的腿開始發抖，而腳也動了。當我按摩腿一會兒之後，她的頭與肩膀也動了。驚喜：賽斯曾說，她的身體已開始將自己轉回頭了。

（我發現右腿上同樣的相應狀況。當我小心地按摩它時，它也開始動，包括腳、頭和肩膀。當我再按腿時，珍又哭了，並且一直發出一連串低低呻吟的聲音，眼睛閉著。我知道她既害怕我的觸摸，那很痛，又沒預期到在腿裡的反應或動作。

（我告訴她，我不想做過頭了，所以我將她翻到側面。在我小睡後，我將她翻回。當我用枕頭撐起她的腿時，我發現她仍會動，因為筋仍是軟的。同時珍感覺到痛——我說，夠自然的——因為按照傳統信念，沒被用到的肌肉假定會痛。我也釋放出幾個帶刺的評論，意思是，不論她的身體要什麼，她都不會讓它做它愛做的事。

（我說，她多年來都壓制她的身體，而現在，當它動時，她就會痛而抱怨，縱使那動想必是她所要的。我發現我令她迷惑了，因為她無法分辨，在我說身體想要自由，及她想壓制它的掙獰慾望之間的不同，我解釋了，而她彷彿弄清楚了。不過她很痛，而我再按鈴要Darvoset，因為職員送遲了。

（珍對發現未預期的動作又驚又喜。我說我們明天再試試。事實上，晚餐後她開始甚至更痛了。除了在她的右大腿輕輕地按摩幾下，我不知該怎麼辦。感覺它在我的手底下動，即使我也很驚訝——即是說，隨著膝蓋的破碎，被保持在那位置好幾個月之後，它還能這樣做。不過，她的小腹仍像石頭一樣硬。

（我額外停留了半小時，試著幫她鎮靜下來，而在那兒似乎終究有些進展。她問我，我是否感覺一些希望，而我說是的——來自一個先前說她強烈地思考死亡的人的一個奇怪問題！

（我知道，我自己關於她不讓身體走它自己的療癒之路的說法，顯然是對她先前有關死亡的話的反應。我不認為我說得過分——雖然，當然任何像那樣的事都令珍煩惱，即使當它是真的時。然後，我假設，最重要的——我就我之所見表達自己的詮釋——我結果認為我的話是說對了，因為後來她告訴我，我表達了一些直覺的真相。誰知道——也許終究有些可搶救的東西。

（當我在七點三十分準備離開三三〇房時，珍事實上笑了。「也許我終究會回家？」她問。「這就對啦，」我說。幾天前我提到過那個想法。）

一九八四年八月九日　星期四　下午三點五十八分

（昨晚，珍沒有打電話來。我早到那兒幾分鐘；派蒂才剛替她翻身，而她痛得厲害。不過，她有個好的夜晚和早晨，還吃了一些早餐。當她要求我時，我幾乎立刻按摩她左膝底下，而很高興地看到她的腿、頭跟肩膀裡的動作立刻回來了。她說，整晚和早上，她都對自己保證，動是可以的，她信任她的身體，而有過一些動作。

（她的膝蓋只有少量的排水。今晨她沒去水療：「你別開玩笑了。」

（在午餐時，我告訴她，如果還有點可能，我希望她今天上一節，當做鼓勵她的新路線。在一個很少量的午餐、Darvoset等等後，我讀她昨天的課和詩給她聽。她完全準備好上一課了，但我還沒催她。我讀八月七日的課給她聽，在其中，賽斯說她身體的進步已經開始了。

（「我相信可以說它們已是了，」我告訴她。我說我希望它們繼續，我要她在家和我一起。她的左手令她很不舒服，而我按摩它。她的手臂和手繼續在動。

（三點十五分。珍又覺得恐慌了，我們談了談。她不確定其原因。我想涉及了她對動的恐懼，以及舊的家族的玩意兒，而她同意。她半哭著，她的手臂和手開始更多的動作。我揉了揉她的腿，得到更多的反應，卻試著不做得過度。

（珍說她想試試上課。她的聲音多少有點悲傷，且有許多停頓，但總的來說是可以的。眼睛常閉著。）

（碧進來看我們好不好；她說，她今晚值班。我讀那行給珍聽。）

事件是如我們說明的——

——從遙遠的國家那些宣告來到。

（停頓良久。）魯柏正喜悅地瞭解正常身體動作的奇蹟。再次的，課本身的確實質地重新安排、重新組織，因此，身體和精神的內容都充滿了撫慰的療癒訊息和靈藥。

魯柏會活著回家，在一個好得多的身體情況下。

（停頓良久。）我也許會回來一會兒。

（「好的。謝謝你。」）

（四點。珍說她仍感到一點恐慌，而在半哭著。琳來串門子，告訴我們她在四點三十分拿Darvoset來——為了什麼神秘的理由遲了半小時。

（我讀此節給珍聽。我稱之為極佳的。我說，關鍵在提到她的瞭解身體的動作。我提到賽斯說的喜悅，而珍說她感覺到它，甚至當我幫她移動手臂，而她在叫時。我給她點眼藥，而在她經歷過種種額外的動作後，轉大了電視的聲音。我告訴她，我要她回家——家裡所有的房間都在等她。

（當我給珍按摩、準備替她翻身側睡時，珍的動作——尤其是腿的——相當令人吃驚。我驚訝地發現，當我按摩她膝底下的筋時，她的腳開始前後移動了一吋——她至少好幾個月都做不到的事，而證明了左膝關節並沒凍結。我恭喜她。在我替她翻身後，而翻身本身的確是非常的輕鬆——她完全沒有叫，彷彿是在某種平靜中。按摩她的手臂和手，以及她身體的其他部份也容易些了。我告訴她，她做得很好。

（事實上，我沒要求她，而她繼續她的動作。不過，晚餐沒成功——在喝了半杯湯後，她開始吐，吐光了一切。這令我不安，珍並不以為意，而我抑制住我的失望。

（我陪著她直到七點三十分之後。「你最好離開這裡，」珍說，意思是，我待得越久，她越會持續地動。我只關心她別做得過度，而之後肌肉酸痛。我常常告訴她，看到她動是多麼棒，這動作表示，她的身體是極願意合作的，如果允許它的話。我真的認為，要不是她如今已學會了，就是正在路上。重要的是令它繼續，而不努力得過度，要讓身體自己來。

（「如果你照今天的樣子繼續改善，」我說，「你會突飛猛進的。」她同意。而我說，為什麼不呢。永遠是可能的。如賽斯說過的，奇蹟是未被阻礙的自然。珍，什麼都有幫助，所以，讓我們看看會發生什麼。

（至少，目前，我什麼都能接受。珍昨天說過，甚至只要有百分之三十的改善，她就很快樂了。也許她是在路上了。

（九點二十五分。在卡拉的幫助下，珍打電話來，我正在打這些話語。我再次告訴我太太，今天她做得很好。）

一九八四年八月十一日　星期六　下午四點九分

（今天我將珍稱為鳶尾花的她那幅畫帶去三三〇房。那是她最好的一幅畫。她很高興看到它。當我打開包裝紙時，有兩位護士在場。我告訴珍，明天我會換掉在佈告欄上的我的油畫畫像。同時，我將數週來帶到三三〇房的其他的畫調換一番，並從牆上取下一些東西。看起來很美。

（當我抵達時，珍覺得煩躁不安，所以我趕快讓她翻身仰躺。不過，她說大部分夜晚都過得相當好，早晨也好。沒有水療。她牢記著提醒自己對她身體的信任，那有所幫助。

（她吃了一個比平常好得多的午餐，包括一點點固體食物。午餐後，如我一直在做的，我按摩她的雙腿，而再次地獲得好的反應。手臂、手和頭也動了。

（珍叫我讀一些賽斯資料給她聽，所以我選了最後的九節——以我們自從七月四日起長久的停工之後，在七月三十日新的決心與意圖開始。它們全是短的課，但現在承載著我們未來的所有希望，而至今都帶來好結果。我們也談到未來的計畫。

（當珍說她想上一節課時，她在出神狀態裡的聲音相當不穩，而我必須請她重複幾個字。）

現在，魯柏——珍——將能以好得多的情況回家，終於能（停頓良久）坐在一個輪椅似的椅子裡。

右腿將變得可以動得多，因此他可能坐下。會有逐日的——

（四點十二分。很不幸地，一位護士送來珍的Darvoset而打斷了我們。她只停留了幾分鐘，但還是太久了。）

我也許會也許不會回來——但他將再度坐在他的後陽台上。

（「就那樣了，」珍終於說。

（四點十四分。珍服了Darvoset——她大約每兩小時都要服。「有沒有可能——恢復得夠好，能再次坐在後陽台上？」她半哭著問。

（「有何不可呢？」我說。

（她繼續發出哭聲，她的臉扭曲著。「只是能回家和再坐在我的陽台上的可能性……以我的全心全靈，我如此想要相信它……」

（「好吧，」我說，「那就讓我們去努力做到。」

（從她的右膝，我看不到任何的排水，而我相信她左肩的腫已消掉相當多了。整個下午，她有時會相當不舒服，但總的來說，我想她是好些了，那意味著，我們這些日子的方法有相當的幫助。）

一九八四年八月十三日　星期一　下午三點四十五分

（珍昨晚沒打電話。當我今天到三三〇房時，莉塔和派蒂又有困難令她仰躺得舒服。我擺平了她，而她好多了。不過，她午餐吃不多。

（珍說，她在夜間與今晨偶爾做了動作。我在三點十五分按摩她的腿，再次有好的結果。我看見腳和腳趾在反應，明天我要更集中在它們上面。

（在按摩了相當一段時間後，珍口授了這詩。她的腳仍在動。眼睛常閉著，聲音安靜，許多停頓。

在世界
遙遠隱藏的巨石
遠遠的上方
那兒自然所有的

宣告上升
快遞來一個甜蜜迅速的訊息
在其中親愛的秘密
被展開來。
動作的種子，
甜蜜，發光而神秘
以一個突然而未知的音調
說和動
眼眶
其意義單單只有
我知道。
其源頭是更高的
其訊息更清晰
雖然它說話不以字
不以字母
及音節。

（在四點二十六分，在我們談過種種主題，像珍喜歡的政治之後，她叫我轉低電視音量。

「我可能說不超過一或兩句。」）

我只不過想對魯柏再保證我的在場，讓他知道，我在此再度肯定我關於他坐在陽台上的那些聲明。

（停頓良久。）再次地，也告訴他，不論課的文字，新的細微差別和動作是藉課本身攜帶的。

我祝你們有個好的、再獲保證的下午。

（「午安。」）

（四點三十分。珍的口授如此的安靜，以致我必須請她重複幾個字。賽斯提及的，是上週六——八月十一日——的課，當他頭一次提及，珍會能再次坐在她的後陽台上時。自從那時，他也提到過同樣的事。

（是給珍翻身到她左側半小時的時候，然後我要小睡。我先按摩她的腿和手臂，而再次地得到好的反應。她很好，而的確對我們正在創造的新希望反應。）

一九八四年八月十六日　星期四　下午四點三十七分

（從三點四十七分到三點五十七分，珍對我口授此詩。

在人所曾見之
最高雲層後方
有山巒與
隱藏的洞穴，所有
真實的宣告由之而來。
它們的句子是無聲的
然而它們包含一個字
它釋出並填寫
神祇與人之間的
秘密合同，
在久遠之前說出
沒有一個字或一句耳語，
且只單為我說
以一個神奇音調
與一個秘密的訊息
與一個甜蜜的反應

唯有我知悉。

（在四點三十七分，珍說：「你也許想寫下這個。但我有了這想法，不吃也許是身體之療癒性斷食情況——身體自己對療癒的自然版本。」

（「為了什麼目的？」我問。

（「療癒過程。」

（我並不真的瞭解她對我問題的答案，但我看她承受不了我的追問，所以我讓它去了。她吃得仍不足以阻止體重的減輕。因此——如果堅持不吃，它將有極端嚴重的後果。她已然遠遠超過限度了。）

一九八四年八月十七日　星期五　下午三點三十分

（今晨，喬治亞大約在十一點三十分打電話來。珍請我早些到三三〇房，因此我去了。我在寫《夢》的第九章——剛開始。正當我打開車庫的門時，我遇見一個女人，她正開進車道，她有個腫瘤而想見珍。她好幾次寫信給我們，而在不久之後我便停止回信了。

（我跟她談了幾分鐘，說我沒有選擇，必須走了。我聽見她車子的散熱器在沸騰，雖然它並沒漏。她跟著我的車下坡，而進入那兒的加油站，在那兒我跟她揮手道別。我說我也許收到了她最近的信，但已有一陣子不回信了。

（珍不像上次她一早叫我去三三〇房時那麼糟糕。我在午餐前特別按摩了她的左腿；有幫助。

（午餐後，我下樓去交付一張昨天從我們的保險公司收到的支票。那相當小的額度，美金五千，是個謎。我不知道它是為什麼的。會計部門也不知道。

（當我終於回到三三〇房時，我跟珍說，奇怪。也許整個保險的爛帳將以更多的混亂重新打開。我該知道，過去幾個月的安靜是騙人的。我們的帳單已再次累積到大約五萬五千元了——而此時保險公司一直沒寄給我任何支票。我以為醫院可能每一季或什麼的給他們帳單，必然是個一廂情願的想法。

（如果有任何可能的話，我將忘記所有這一切。

（再次的，珍午餐吃得很少，雖然喬治亞說，她早餐吃得還可以。本質上，她還在挨餓。當我下去付帳時，珍和喬治亞談天和吸煙。珍說，她晚些會上課，然後當我準備處理信件時，她改變了心意。她的聲音顫抖得厲害，不大清楚，相當尖而沒什麼音調變化。眼睛時開時閉。）

我祝你們有個最富同情與治療性的下午。

魯柏對那恐慌感毋需害怕或羞愧。它們也該被表達，而再次的，它們隨之為新的能量清出道路。你見到的額外動作，就像季節一樣，自然的升起，而將帶來一種越來越增加的輕鬆感。現在，將會看得出沈著的徵兆。再次的，你是最有價值的輔助。將課讀回給他聽。我們也許會或也許不會回來，但我的存在、注意力和能量是與他同在的。

（「行，」珍說。

（三點三十六分。那「羞愧」的話對我而言是新的。「那或許是我為何上這一課的理由，」珍說。她說她有時對恐慌感到羞愧，而同意我說的，如果那羞愧可能是用來壓抑恐慌，它——恐慌——會更持久。

（我必須承認，當我太太說，她對恐慌感到羞愧時，我吃了一驚。我沒想到她還剩下什麼事可瞞著我的——但在反思時，我明白她的行徑是十分典型的、十分秘密的。也許我早該猜到像這樣的事正在進行——但另一方面，我又怎麼會有責任呢，除了可能在一個不重要的方面？

（令我絕望的就是像這樣的事件，因為再次的，我看見珍沿著同樣的老路走，而好奇，從這所有的一切，到底學到了什麼——如果真的學到了任何事的話。我奇怪，如果我太太是在死亡的門口，並且目前正餓死她自己，一個人怎麼能說學到了很多呢？我們必須遇見和克服的每個挑戰都是在一個較低的層面，而單單去突破它或克服它，只將一個人留在陷落本從那兒發生的上一個層面。從來沒有衝上梯子幾個階梯的激湧，我們可以勝利地從那兒回望。

（當我按摩珍的左腿時，她發出如此多的噪音——呻吟——以致喬治亞進來了。我解釋了其益處，並展示給她看我在做什麼。喬治亞明白了。在課後，我按摩了珍所有的四肢——而再度達到一些極佳的結果。珍尤其在她的腿和腳裡有更多的動作。而儘管有那些好結果，再次的，我暗忖：你得做什麼，才能起碼回到你最近跌落下去的棲息之處？）

一九八四年八月二十三日　星期四　下午兩點四十六分

（這是給八月二十二日的註：

（令人驚喜地，我們做了一件使我倆都覺得非常快樂的事。珍告訴我，今天早上照顧她的一位助手的事。她與丈夫及三個孩子分開居住，今天中午看到一台二手的洗衣機，而付不起一百三十元的價錢。「告訴她我們會付，」我說，或那個意思的話。也許我說，「我們能替她買。」那會省了她去自動洗衣店洗衣，雖然它並不提供那乾衣的部份。珍立刻熱心地同意了。彷彿得到了信號般地，助手進來倒空珍的尿袋，而我們對她解釋我們的想法。可預期的，她首先拒絕了，但我們說服了她。

（「從來沒有人為我做過像那樣的事，」她說。我們不很詳盡地解釋，別人幫助過我們。我們決定，明天我給她現金，而非叫她或店家寄帳單給我。她無法相信。她吻了我們兩個人。我們請她不要告訴任何人，雖然我預期她會告訴喬治亞——她在醫院最親近的朋友。在她工作完離開時，又再謝謝我們。

（我很久都沒看到珍對做任何事如此地熱忱了。她真的充溢著愉悅，而我立刻知道我們做了正確的決定。我發現，這在我太太身上可能有非常療癒性的效果。以這方式幫助別人對我們而言是個突破。我常常好奇，我——或任何別人——還能做什麼去幫助珍，而此處，一個可能的答案一直就擺在我們眼前……）

※

（八月二十三日。今天早晨，在五點四十五分，電話鈴聲令我爬出了床。除了在醫院的人之外，不可能有任何別的人，我奔出臥室時一邊在想。是尚恩，夜班護士。我跟珍說話：「我並沒瀕死或什麼的，但你現在能不能來？我好難受……」

（我餵了貓，刮了鬍子，而在七點前抵達三三〇房。珍很酸痛。我叫了兩位夜班助手來幫我將墊塊從她身子底下拿出來，而我們漸漸地令她舒服了些。她整個臉因為痛而緊張，看來不怎麼標緻。Darvoset幫助她鎮定下來。我看見在她左肩胛上腫脹的水泡大了許多——這引起她很大的不適。一開始，她不知要繼續側睡，或是仰躺，但事實上，移動位置有所幫助。護士長瑪麗進來，而我說該刺破那水泡以排水而減輕壓力。她同意：「他們會用一根針刺進去。」她在病例表上註明而離開了，非常和藹——但一整天都沒有任何行動。沒有醫生出現。

（在早餐時，珍說，如果有絲毫可能的話，今天稍晚她想上一節短課。在一天進行之間，她彷彿覺得舒服些了。我帶了《夢》的第九章及筆記本到醫院。當她叫我關上門，並拿出上課的筆記本時，我正在做書的工作。

（珍的聲音時斷時續，幾乎是尖銳的，以一種不比尋常的單調聲音說著。大半時間她的眼睛半閉著。）

一個最美好的下午。

（「賽斯午安。」）

不管其彷彿的單純和傻氣，贈送金錢以便幫助別人目前的需要，以其自己的方式，是個天才的手法。

由於魯柏混合象徵和實際的天性，以一種他好一陣子都沒體驗到方式，這舉動給他一個絕佳的、明確的自我贊同感。非常有價值，這是他開始消耗固體食物的原因。

在贊同他，並在你非常早的探訪上，你自己的舉止也是無懈可擊的。

我無法過度強調這些點。我也強烈地建議，像這樣給予你和魯柏知道有所需要的人小額的金錢，結果可以是朝向行動和動作的轉捩點。我建議這種活動立即開始。當然，那些書曾以更大的方式幫助人，但我們要這一種對明確自我贊同的快速預防接種——可以這樣說。

身體正展現甚至更多的活動徵兆，而所提及的這種舉動將美妙地加強移動的新輕鬆。

你自己對金錢建議的默許也是極為有關的。

我也許會也許不會回來——但再次的，課本身將鼓勵更多的鎮靜和信心。我的確可能回來，但我要你倆討論這節。

「謝謝你。」

（三點。當課進行時，珍的腳開始隨著一致移動。我讀此節給她聽。由於法蘭克・朗威爾來訪，我們沒法多討論它。我告訴法蘭克，他幫我們在後院種的紅楓顯然已死了，但他說它並不見得真的死了。

（我按摩珍的肢體和幫助它們動作，有好的結果。令我驚訝的，今午她嚐了好幾種不同的食物，那是在喬治亞的要求下，膳食部在她的餐盤上送給我的一些東西。過去幾天，我在她的飲食上看到一些進步，但至今今天是最佳的。）

一九八四年八月三十日　星期四　下午兩點五十分

（昨天當我在十二點四十五分到三三〇房時，珍側躺著。她看來很糟——由於吃得太少而憔悴——我想，她蜷曲的姿勢像一個老的胎兒。

（「我也許選擇了死亡，」她無力地說。

「你是有，」我坦白地說，「現在不會太久了。現在我看不到你改變自己的方式了。太晚了。」

「我不想聽，」她說。「將電視轉大聲。」她喜愛的肥皂劇正上演。

那小小的交談幾乎綜合了這些日子來我們的態度，以及珍變壞中的身體狀況。昨天她吃了一些午餐，卻沒吃什麼晚餐。今天她午餐吃得更少。我提醒她我在四點十五分必須去看牙醫。這立刻壓縮了她能在其中做任何事的時間的想法，雖然我並沒感受到任何壓力。她常常問我幾點了。

在一個貧乏的午餐後，珍說，昨晚她靈光一現，像一個「耳炸聲」，說她這次並不會死。它很短，卻非常清晰。我知道她在午餐後有事告訴我，卻沒料到這個。我根本對這新聞毫無反應——而立刻憶起，當我們的律師告訴我，保險的事已完全解決了時，我的全然缺乏反應。顯然，一次又一次的「服用」恐懼、擔心及消極，以及珍每日更糟的情況，我完全麻木了，而無法反應。我並沒相信或不相信。也許我是害怕去希望。

無論如何，珍彷彿覺得好多了，所以當她甚至談到今天下午上個課時，我也隨聲附和。我要她幫我填寫菜單，因為我決定，將她從不碰的項目放上去是沒有用的。

然後她說，她的腿吵著要做活動的運動，所以我特別按摩她的左腿，她的腿和腳動得相當好。

（當她想要的時候，珍仍能加緊做事——所以我們早一點上課，因為我稍晚要離開。在所有這些時間之後，我必然是比我想像的還消極，因為，當她說她現在不會死時，我不相信她。因為看來她的生命顯然已幾乎結束。這些日子當她說她將死時，我同意她。

（她的賽斯之聲根本很弱，而我很難明白一些半顫抖的話語。大半時間雙眼半閉。）

我們省掉開場白。

魯柏的感覺是對的：他還沒準備死——他還不會死。在有某種感覺與知道那感覺是真的之間，有個區別——即是說，也許，你真的覺得甲即乙，但你的詮釋可能完全錯誤。由於你覺得，比如說，甲與乙為一，這並不會使得它們如此。

當然，許多的困難是由環境引起的，而他越早能回家越好，無論這可能顯得是多麼大膽的假定。

他必須重獲那回家的決心，而因此你也該盡你所能地同樣去做；你覺得那件事是沒希望的，並不表示那件事真的是沒希望的——而這一點必須被盡可能清楚地瞭解。

將想像力移向那方向是極重要的。你倆的確是可能這樣做的——那個創意的、想像的動作的重要移動。

再次的，單單課的本身的確有幫助，並且恢復一些寧靜。

等一下。我希望隨後會回來。

（兩點五十九分。「哦，我的天，」珍說，用一個變成她喜愛的表達方式。「讓我喘口氣吧。我一說我想去做——上課——我就嚇著了。它顯示，你如何必須讓那些感受出來。我希望我能大吼大叫，但我沒辦法……」我讀此節給她聽。「哦，我的手臂，」她說。我感覺它們一下，而珍正將它們保持得像彎曲的鐵棍似的姿勢。

（三點六分。「我猜我會再多做一點。哦，天哪，好難……」

再次的，魯柏表達那些恐慌的感覺，從而向外釋放它們，是極重要的。那個釋放也放鬆了肌肉，並重組結構，像是將晶體以一種新形式組合在一起。

再次的，這課本身將有助於放鬆……❶

（三點八分。「哦，鮑伯，就這樣了，」她說，半哭著。「我希望我能尖叫出來。」我不止一次叫她儘管那樣做。

（我們聊了一會兒。珍彷彿對我何時會離開去看牙醫比什麼都在乎。她的世界已變得如此的受限制。

（當她終於問我，我對此節怎麼想時，我很難表示任何的希望，相對於我現在久已覺察的那些負面感受。我說了像：「今天早晨，當我在做《夢》的第九章時，我必須重讀一些追溯到一九八一年的課——它們是完美的。它們對什麼出了錯進入了精確的細節，而它們今天就像一副手套那樣符合。只不過看看你現在的處境——糟多了。」這四年怎麼了？

（當快到我要離開的時間時，我終於表達了一些怒氣。我控訴珍沒有關心我經歷的情緒風暴。這發生在當我試著使她的手臂舒服、而發現她儘量令她自己保持僵硬時──畢竟，她是假設該知道而已學到了的。這使我沮喪。我覺得被這種行為打敗了。）

（「但我真的在意，」珍抗議說。「我非常在意。我甚至想到去死以讓你自由。」）

（「相信我，」我說，「我也那樣想過。如果我說我沒有，我就是在說謊……」）

（我該補充說，我並不是指，我希望她死，以便我能自由。我要她活著──跟我一起在家、工作和唱歌。在牙醫的椅子裡我想到這個。當我在晚餐時回去，卻忘了告訴她，明天我會。正當我在打這一節時，珍打電話來。）

註❶：（在珍去世四天之後，一九八四年九月九日的註──賽斯最後的話，一直到最後都想幫忙。）

跋

那麼，拿去吧，這最後一本書。賽斯資料的結束——或是嗎？現在，我做完《健康之道》的校對工作，而多少鎮靜一點之後，至少能稍稍地跟那個問題打交道了。

當珍在醫院的最後幾天，她簡直就停止了進食，而我知道她過渡到另一個實相的時候近了。當她在一九八四年九月裡的那個凌晨在睡眠中去世時，我在她身邊。與平常一樣，如在《健康之道》裡的紀錄顯示的，賽斯做了他那部分，還更多。然而，當珍決定了要走時，他也默許了。他那部分沒有抗議，例如，沒有關於他的聲音「被永遠靜默了」的反控。我也沒有任何一種的反叛感覺——只有一種麻木的接受狀態。

雖然我告訴自己，我知道珍還活著，我並不習慣面臨肉體的死亡。當我太太側躺在那兒，她美麗的眼睛仍張開著，它們是藍色的，帶著淡褐色的小斑點，而像一個孩子的眼睛那樣清澈而平靜，我用原子筆畫了兩幅我太太的像。我有個模糊的想法，我會用那素描作為我將替她畫的畫像的參考。我想，它們會是獨特的。（我尚未畫那些特定的肖像，但仍計畫去那樣做。）

珍在年輕時，曾是個虔誠的天主教徒。既然她是在一家天主教醫院去世，我召請了一位神父到她的床邊講話。當他說：「摯愛慈悲的天主，我們交付我們的姊妹給祢。祢在此生非常愛她……」我試了，卻哭不出來。神父答應給我一張他的悼詞副本。

在接下來的日子裡，我參加了珍早已決定下來的火葬，料理了許多法律事項，付了帳，與幾位朋友簡短地談話。我們的墓地不在艾爾默拉。後來，當我能獨處時，我的眼淚開始來了。我每天哭泣，哭了不只一年。然而在我太太死後第二天，我便回去工作，完成《夢、進化與價值完成》的卷二。

我還能做別的什麼呢？

而正如珍仍存活著，她的作品也一樣。雖然一個人能說，她在這個實相的生命已過去了，她的志業卻並沒有。許多人寫過信說，每次他們讀珍的書時，它們都是新的——他們不斷地在它們裡面發現新的資料。這也發生在我身上。它同時發生在珍ＥＳＰ班的錄音帶上，當她替賽斯說話、當她自己與學生交流，或當她以出神語言——蘇馬利——說話及唱歌時。所有這些事都是多奇妙的存活徵兆啊！

然而，甚至還有更多東西出自珍那了不起的大量作品。比如說，整潔打好字的、包含她的詩的十五本三孔紙夾；她的論文和日誌；其他一大堆未出版的賽斯資料，我在序裡提到過其中之一；一本我可能做成可出版模式的、未完成的自傳；同樣的，來自未完成的小說《超靈七號》第四集的一段，在其中，珍談到七號的童年；一本她的畫冊，附帶著評論；幾本我仍認為值得出版的早期小說。無疑的，足以讓我用餘生去作，而或許在我加入我太太之後，讓別人繼續去作。

多年來，珍和我的工作導致我們收到成千上萬的信件，不只由這國家，還有外國。我仍滿懷感激地每天收到信，而仍在奮鬥著以某方式回覆每一封。珍和我常說，沒有別人的反應，我們又會在哪裡？除了在最開始可能逃過我們的書信外，我保存了所有的。

當珍在一九七〇年出版了《靈界的訊息》時，我們對她作品會有的衝擊相當的沒有準備。現在，一盒又一盒的信存在耶魯圖書館，在那兒，它們的私密性受到了保護。現在我有許多其他的可送去。我愛我們所曾收到的每一封信，甚至那些不怎麼友好的。以我的意見，與那些我們素未謀面的人們的友誼，是罕為人所知和體驗的。往往那些朋友以我們無法相比的方式付出了他們自己。他們仍然如此。

所有賽斯課——定期的、私人的及給ＥＳＰ班的——副本都在耶魯，我們文件的收藏裡。許多其他的資料也在那兒：我曾花了好幾年收集它。所有這些差不多都是對外公開並且免費的，只有關於為私人用途可以拷貝多少的幾個限制，有時候需要我的允許。

我很引以為傲，在這個實相、我們複雜而非常具創意的系統裡，我幫助過珍和賽斯。我感謝他們——正如我感謝你們每一個人，親愛的讀者，為了你們過去、現在和未來的貢獻。那麼，我們每個人都是一切萬有偉大神秘的一部分，我們一起探索它，卻各自以我們自己的方式。

如賽斯在《健康之道》裡，一九八四年七月三十一日的課裡說的，「這些課，就像生命本身，是源自廣大無垠、永無休止的存在之創造力的一個禮物。」

我想以這樣一句話來結束這跋。

羅勃・柏茲

紐約州，艾爾默拉

一九九七年九月

國家圖書館出版品預行編目資料

健康之道：最後的一堂賽斯課／Jane Roberts
著；王季慶譯. --初版. --臺北市：遠流,
2005〔民94〕
面；　　公分. —（新心靈叢書；49）
譯自：The way toward health

ISBN 957-32-5454-9（精裝）

1.健康法　2. 超心理學

411.1　　　　　　　　94002705